C.S. HARRIS

DAS
SCHWEIGEN
VON
MAYFAIR

Ein Sebastian St. Cyr Krimi

Im Andenken an

Dr. Robert D. Harris, Dezember 1922 bis August 2007

Lehrer, Mentor und Freund

»... wer weiß, wo Schlangen schlafen?«

Anonym

Kapitel 1

Montag, 4. Mai 1812

Die junge Frau starrte aus dem Fenster und fuhr sich in einem fort mit der Hand am Arm entlang, den ein Schultertuch umhüllte – eine nervöse und ruhelose Bewegung. Draußen dimmte der dichte Nebel das Licht des sterbenden Tages und dämpfte die Geräusche der Stadt.

»Sie mögen den Nebel nicht, stimmt's?«, fragte Hero Jarvis, die sie beobachtete.

Sie saßen in einem goldenen Lichtkegel, den die Lampe auf den glänzenden Teetisch warf. Hero hatte darauf ihr Notizbuch, Federhalter und Tinte sowie die übliche Frageliste ausgebreitet, die sie entwickelt hatte. Die junge Frau wandte ihren Blick wieder Heros Antlitz zu. Sie war älter als manche der anderen Prostituierten, die Hero bereits befragt hatte. Trotzdem war sie noch so jung! Ihr Gesicht wirkte noch weich, die Haut glatt, und ihre grünen Augen blickten wach und intelligent. Sie hatte gesagt, ihr Name sei Rose Jones, aber nach Heros Erfahrung nannten Frauen in diesem Gewerbe selten ihren echten Namen.

»Gibt es überhaupt jemanden, der Nebel mag?«, sagte Rose. »Man weiß nie, was da draußen lauert.«

Der Akzent der jungen Frau verwirrte Hero, denn sie sprach reines Mayfair-Englisch, ohne die geringste Spur von Cockney oder anderen ländlichen Einschlägen. Hero betrachtete das feine Gesicht und die graziöse Haltung der Frau, und sie verspürte einen Anflug von Interesse, das persönlicher und zugleich ablehnender Natur war, sodass sie es nicht genauer hinterfragen wollte. Wie hatte diese junge Frau – sicherlich nicht älter als achtzehn oder neunzehn Jahre und ganz offensichtlich von vornehmer Herkunft und Erziehung – hier stranden können, im *Magdalene House*, einem Zufluchtsort der *Society of Friends*, einem Verein zur Unterstützung von Frauen, die aus der Prostitution entkommen wollten?

Hero griff nach ihrem Federhalter, tauchte ihn in das Tintenfässchen und fragte: »Wie lange gehen Sie bereits diesem Gewerbe nach?«

Auf Roses Lippen erschien ein bitteres Lächeln. »Ihr meint, wie lange ich schon eine Hure bin? Nicht einmal ein Jahr.«

Sie sagte es, um zu schockieren. Doch Hero Jarvis war nicht die Art Frau, die leicht zu schockieren war. Im Alter von fünfundzwanzig Jahren sah sie sich selbst als eine Person, die immun gegen die Exzesse der Gefühlsduselei war, die so viele ihres Geschlechts umtrieben. So nickte sie schlicht und ging zu ihrer nächsten Frage über. »Welcher Arbeit sind Sie vorher nachgegangen?«

»Vorher? Vorher habe ich nichts gemacht.«

»Sie lebten bei Ihrer Familie?«

Rose legte den Kopf schräg, und ihr Blick taxierte Hero auf eine Weise, die diese nicht billigte. »Warum seid Ihr hier und stellt mir diese Fragen?«

Hero räusperte sich. »Ich untersuche eine Theorie.«

»Welche Theorie?«

»Ich glaube, dass die meisten Frauen sich nicht aus einer angeborenen moralischen Schwäche heraus prostituieren, sondern aus wirtschaftlicher Notwendigkeit.«

Eine Gefühlsregung glitt über Roses Antlitz, und ihre Stimme klang schroff. »Was wisst Ihr schon davon? Eine Frau wie Ihr?«

Hero legte ihren Federhalter zur Seite und erwiderte Roses Blick ohne ein Zwinkern. »Sind wir wirklich so unterschiedlich?«

Rose antwortete nicht. In der einsetzenden Stille hörte Hero von unten die Stimmen der anderen Frauen, das Klirren von Besteck, ein helles Lachen herauf klingen. Es wurde spät; schon bald würde Heros Kutsche wieder vorfahren, um sie zurück zum Berkeley Square zu bringen, in die Sicherheit und Bequemlichkeit ihrer privilegierten Welt. Vielleicht hatte Rose in gewisser Weise recht. Vielleicht ...

Der Lärm einer Faust, die unten an die Haustür pochte, scholl durch das Haus. Hero hörte den erschrockenen Aufschrei einer Frau und das schroffe Grummeln einer Männerstimme. Ein Wutschrei wurde plötzlich zu Angstgebrüll.

Rose sprang von ihrem Stuhl auf, die Augen aufgerissen. »Oh Gott, sie haben mich gefunden.«

Hero erhob sich. »Was meinen Sie? Was geschieht hier?«

Sie hörte jetzt mehr Männerstimmen, das Rumpeln umgeworfener Möbelstücke, das Klirren zerschlagener Keramik. Frauen schrien. Eine von ihnen flehte mit tränenerstickter Stimme, dann ging sie zu einem Wimmern über, das kurz darauf abrupt abbrach.

»Sie sind hier, um mich zu töten.« Rose wirbelte herum, ihr Blick huschte durch den Raum und blieb an einem Schrank hängen, der den größten Teil der Wand verstellte. »Wir müssen uns verstecken.«

Von unten klang das Geräusch laufender Füße herauf, und der Schrei einer Frau verwandelte sich auf ekelerregende Weise in ein ersticktes Gurgeln. Rose riss die Schranktür auf. Hero streckte eine Hand aus, um sie aufzuhalten. »Nein. Hier werden sie zuerst suchen.«

Hero ging quer durch den Raum und öffnete das Flügelfenster, das auf die nebelverhangene Gasse darunter wies. Das Fenster lag über einem abschüssigen Dach, das wahrscheinlich zur Küche oder zur Wäschekammer gehörte. »Hier entlang«, sagte Hero. Sie nahm einen hektischen Atemzug, und die feuchte, rauchgeschwängerte Luft stach ihr in die Lungen, als sie ein Bein über die niedrige Fensterbank schwang und sich unter dem Rahmen hindurch duckte.

Die Dachziegeln aus Schiefer, bedeckt mit Moos, Wasser und Ruß, waren glatt unter den weichen Ledersohlen von Heros halbhohen Ziegenlederstiefeln. Sie bewegte sich vorsichtig und stützte sich mit einer Hand an dem rauen Gestein der Hauswand ab, als sie sich umdrehte, um Rose durch die schmale Öffnung zu helfen.

Als sie das Fenster hinter ihnen vorsichtig schloss, hörte Hero einen Mann aus dem Hausinneren rufen: »Hier ist sie nicht.«

Ein anderer antwortete ihm mit tieferer Stimme. Seine Tritte waren bereits im Treppenhaus zu hören. »Sie ist hier. Sie muss oben sein.«

»Sie kommen«, flüsterte Hero und spürte, wie Roses Griff sich warnend fester um ihren Oberarm schloss.

Sie folgte der Richtung, in die der zitternde Zeigefinger der jungen Frau wies, und erkannte die Gestalt eines Mannes, die sich unten im Nebel abzeichnete. Eine an der Hintertür postierte Wache, die sicherstellen sollte, dass keine der Frauen aus dem Haus auf die Gasse flüchten konnte.

Geduckt schlich Hero über das rutschige Schieferdach bis zum Rand. Sie sah den Mann unten hektisch auf und ab gehen. Den Hut hatte er tief ins Gesicht gezogen, und er verkrampfte die Schultern, um sich vor der Feuchte zu schützen.

So leise wie möglich schwang Hero ihre Füße über den Rand. Ihre in cremeweiße Strümpfe gekleideten Beine hoben sich kaum von dem weißen Nebel ab, als ihr edles, blaues Reisekleid aus Alpaka an der Dachkante hängen blieb und nach oben wanderte. Sie wartete, bis der Wachmann genau unter ihr stehenblieb. Dann drückte sie sich vom Dachvorsprung ab und ließ sich auf ihn fallen.

Die Wucht des Aufpralls zwang ihn grunzend in die Knie, Hero fiel zur Seite. Sie landete im Matsch. Der Sturz auf die Hüfte ließ sie leise aufschreien, doch rasch rappelte sie sich auf die Füße. Der Mann war noch immer auf Händen und Knien, als Heros Absatz ihn hart seitlich am Kopf traf und gegen die Hauswand taumeln ließ, wo er in sich zusammensackte und still liegen blieb.

Rose glitt über den Dachrand und landete in einem Wust aus zerrissen Unterröcken unten, ihre Haut darunter wurde zerkratzt. »Gütiger Himmel. Wo habt Ihr das gelernt?«

»Ich habe früher mit meinem Bruder gespielt.«

Das Geräusch des Fensters, das über ihnen aufgerissen wurde, ließ beide mit dem Kopf nach oben rucken. Eine Männerstimme drang durch den Nebel. »Drummond? Bist du da?«

Rose griff nach Heros Hand, und sie rannten los.

Sie hetzten durch eine schlammige Gasse mit lockeren Pflastersteinen, die von hoch aufragenden, rußgeschwärzten Hauswänden aus Backstein gesäumt war. Schweratmend, die Finger der jungen Frau fest in der Hand, lief Hero auf den rechteckigen weißen Fleck am Ende der Gasse zu, in dem die Silhouette einer Kutsche sich aus dem Nebel schälte. Sie hatten den Bürgersteig fast erreicht, da hörte Hero den Knall einer Pistole hinter ihnen. Neben ihr sank Rose nieder.

Hero wirbelte herum und fing die junge Frau auf, die in sich zusammensackte. Die Kugel hatte ein klaffendes, bluttriefendes Loch in ihre Brust gerissen.

»Oh, nein. Nein«, flüsterte Hero.

Roses Lippen öffneten sich, und dunkelrotes Blut rann über ihr Kinn. Hero spürte das Blut der jungen Frau warm und nass über ihre Hände laufen, und sie sah, wie das Licht in Roses Augen schwächer wurde und verlosch.

»Nein!«

Der Knall eines zweiten Schusses hallte durch die Gasse. Hero hatte das Gefühl, sie spürte die Kugel wie das Flüstern eines Geistes an ihrer Wange vorbeifliegen.

»Es tut mir so leid«, sagte sie und schluchzte leise, als sie Rose in den Schlamm gleiten ließ und weiterrannte.

Kapitel 2

Dienstag, 5. Mai 1812

Der Morgen dämmerte bewölkt und viel zu kalt für die Jahreszeit herauf. Die Luft war schwer vom stinkenden Rauch der Kohlefeuer und der sich hartnäckig haltenden Nebelreste. Zwei Fahrzeuge bewegten sich in westlicher Richtung auf die City von London zu. Die gelbe Kutsche einer Dame folgte dem Schatten des Zweispänners eines Herrn, der um baufällige Droschken und die hohen Karren herumsteuerte, die von Männern in Kitteln und Lederschürzen gelenkt wurden. Als sie an der *Strand* ankamen, zügelte der Fahrer des Zweispänners die beiden Füchse vor dem letzten einer Reihe von kleinen Läden mit bogenförmigen Eingängen. Die Pferde schnaubten und bewegten unruhig die Köpfe. Die Dame beugte sich vor und bedeutete ihrem Kutscher, hinter ihm anzuhalten.

»Wollten grad ein Wettrennen beginnen«, sagte der Laufbursche des Gentlemans von seinem Platz hinten auf der Kutsche. Die scharfen Laute seines Cockney-Englisch trugen weit in der feuchten Luft.

»Das bekommen sie noch früh genug«, sagte der Gentleman und übergab seinem jungen Stallburschen die Zügel.

Der Name des Herrn war Sebastian St. Cyr Viscount Devlin. Viertes Kind und jüngster von drei Söhnen des Earls of Hendon und seiner Gräfin Sophia, hatte er diesen Titel durch das Ableben seiner beiden älteren Brüder erworben. Dem jetzt neunundzwanzigjährigen Viscount sagte man nach, seine Erfahrungen als Soldat in den Kriegen hätten ihn sehr mitgenommen. Jedoch schienen nur wenige Londoner die genaue Natur der Umstände zu kennen, die ihn zu der Entscheidung geführt hatten, sein Offizierspatent vor etwa zwei Jahren zu veräußern und nach England zurückzukehren. Bis zum vergangenen Herbst war die berühmte Schauspielerin Kat Boleyn seine Geliebte gewesen, doch diese Liaison hatte aus ebenfalls geheimnisumwitterten Gründen abrupt geendet.

Die Dame in der Kutsche beobachtete, wie der Viscount von seinem Zweispänner heruntersprang, wie sein Reisemantel und das Cape um ihn herum schwangen und er den Kopf in den Nacken legte, um zu dem hölzernen, im Wind schaukelnden Ausleger hinaufzublicken, auf dem ein Dolch und zwei gekreuzte Schwerter zu erkennen waren. Der Viscount war schlank und groß, sein Haar sogar noch dunkler als das seines Vaters in dessen Jugend. Doch während die Augen seines Vaters von einem durchdringenden Blau waren, ließ das wilde Gelb der Augen seines Sohnes an nächtliches Wolfsgeheul denken. Vor einiger Zeit hatte Seine Lordschaft die Jagd nach Mördern zu seiner Spezialität gemacht. Doch in den letzten acht Monaten hatte er sich dem Saufen, dem Glücksspiel und der Treibjagd verschrieben, mit einer unbekümmerten Risikofreudigkeit, die anscheinend dem Ziel dienen sollte, in naher Zukunft zu sterben.

Die Dame in der Kutsche sah, wie der Viscount den Laden betrat. »Warten Sie hier«, wies sie ihren Kutscher an und bedeutete dem Lakaien, den Tritt herauszuklappen.

Sebastian wog den Dolch in der Hand und prüfte vorsichtig sein Gewicht. Es handelte sich um ein prächtiges Stück, den Ebenholzgriff zierte ein filigranes maurisches Muster aus Silber und Messingintarsien.

»Er ist gerade diese Woche aus Spanien hereingekommen«, sagte der Ladenbesitzer, ein kurzer, rundlicher Mann mit vollen, rosigen Wangen und kahl werdendem Schädel, der hinter dem Tresen seines unauffälligen kleinen Lokals in der *Strand* stand. »Feinster Toledo-Stahl. Und das Kunsthandwerk auf dem Griff ist von ungewöhnlicher Exzellenz, würdet Ihr nicht auch sagen?«

Mit einem Nicken wirbelte Sebastian herum und schleuderte den Dolch auf die Zielscheibe an der Rückwand des Ladens. Die Klinge drang links ein, unmittelbar neben dem Schwarzen in der Mitte, zitterte noch einen Augenblick, dann stand sie still.

Die Hände des Kaufmanns bewegten sich unruhig. Er war verärgert, denn Devlin verfehlte niemals sein Ziel. »Offenbar gibt es einen unsichtbaren Makel. Lasst mich Euch einen anderen zei...«

»Nein. Die Klinge ist richtig geflogen.« Sebastian rieb sich mit Daumen und Zeigefinger die Augen. Er war sich eines feinen Tremors in seiner Hand bewusst, der von zu vielen schlaflosen Nächten, zu vielen Flaschen Brandy und zu vielen ungegessenen Abendmahlzeiten herrührte. »Ich nehme ihn.« Er griff nach seiner Börse, da klingelte die Glocke an der Tür, und eine Dame betrat den Laden. Sie trug einen Hut mit Straußenfeder zu ihrer jagdgrünen Pelisse und brachte den Duft des Frühlingsmorgens mit sich herein.

Sie war eine große Frau, gerade der ersten Blüte der Jugend entwachsen, mit braunem Haar, das sie streng zurückgesteckt trug, in einer wenig schmeichelhaften Frisur, die die Hakennase noch hervorhob, welche sie von ihrem Vater geerbt hatte: Charles Lord Jarvis, Vetter des Königs und bekanntermaßen die im Hintergrund agierende Macht hinter der zerbrechlichen Regentschaft des Prinzen. Sie reagierte auf die ehrerbietigen Grüße des Ladenbesitzers mit einem Nicken, richtete ihren direkten Blick aus grauen Augen jedoch auf Sebastian.

»Ich habe Euren Zweispänner draußen gesehen. Den mit dem perfekten Paar Füchse und einem Laufburschen, der nicht älter als zwölf zu sein scheint.«

Sebastian wandte seine Aufmerksamkeit wieder der Aufgabe zu, die erforderliche Anzahl Banknoten abzuzählen. »Ich glaube, Tom ist dreizehn. Warum? Hat er Euch um Eure Börse erleichtert?«

Sie zog eine Braue hoch und bekam damit einen Gesichtsausdruck, der ihn unangenehm an ihren Vater erinnerte, wenn er sich am arrogantesten und skrupellosesten zeigte. »Ist er ein Taschendieb?«

»Das war er.«

»Wie ... originell.« Sie räusperte sich. »Ich würde gerne eine Ausfahrt durch den Park unternehmen.«

Sebastian studierte Hero Jarvis' feindseliges, aber entschlossenes Antlitz. Er hatte keinerlei Illusionen über die Gefühle dieser Frau ihm gegenüber. Sie hatte bei mehreren Gelegenheiten ihre Ansicht geäußert, dass er eingesperrt gehörte – oder standrechtlich erschossen. »Ich vermute, das ist eine Aufforderung, Euch zu einer Fahrt einzuladen.«

»Vielen Dank.« Sie huschte zur Tür. »Ich warte in Eurem Zweispänner auf Euch.«

Mit angestachelter Neugier verließ Sebastian wenige Augenblicke später den Laden und fand Miss Jarvis auf dem Hochsitz seines Zweispänners sitzend vor, einen geschlossenen Sonnenschirm neben sich, die Zügel in ihren kundigen Händen. Sebastians Laufbursche war nirgendwo zu sehen, obgleich die elegante Stadtkutsche von Miss Jarvis an der Ecke stand. Ihr Fahrer sah aus, als schliefe er.

»Wo ist Tom?«, fragte Sebastian und stieg neben ihr auf, um die Zügel zu übernehmen.

»Ich sagte ihm, dass er nicht gebraucht wird.«

»Zwei Dinge«, sagte Sebastian gleichmütig und trieb die Füchse an. »Ich schätze es nicht, wenn andere Menschen sich um meine Pferde kümmern, und ich gestatte es niemandem, meinen Dienstboten falsche Befehle zu erteilen.«

»Es steckt keine Bosheit dahinter. Ich wollte nicht, dass er dabei ist.« Sie öffnete mit einem Schnappen ihren Sonnenschirm und richtete ihn gegen den schwachen Sonnenschein. »Und wenn ich auch Eure Empfindlichkeit in Bezug auf Eure Pferde verstehen kann, so gab es, nachdem ich den Laufburschen weggeschickt hatte, keine andere Möglichkeit, nicht wahr?«

»Miss Jarvis«, entgegnete er, seine Stimme war ein raues Krächzen, »in den letzten achtzehn Monaten hat Euer Vater versucht, mich ermorden zu lassen und die Existenz einer mir sehr nahestehenden Person beinahe zerstört. Warum unternehmen wir diese Fahrt?«

»*Er* hat versucht, Euch töten zu lassen? Meines Wissens habt Ihr gedroht, ihn zu töten.«

»Mehrfach«, stimmte Sebastian ihr zu und steuerte den Wagen durch die Tore des Hyde Parks.

»Und Ihr habt mich entführt«, erinnerte sie ihn.

»Zusammen mit Eurer Zofe«, bestätigte er. »Aber nur für kurze Zeit. Und das führt uns zur Frage zurück, warum Ihr hier seid.«

»Letzte Nacht hat eine Gruppe unbekannter Männer das Magdalenenhaus in der Nähe von Covent Garden überfallen. Sie haben mehr als ein halbes Dutzend Frauen getötet und das Haus in Brand gesteckt.«

Das Magdalenenhaus war etwas, worüber man in gemischter Gesellschaft nicht sprach. Sebastian warf ihr einen raschen Seitenblick zu, bevor er sich betont wieder seinen Pferden zuwandte. »Ich wusste, dass diese Zufluchtsstätte gebrannt hat«, sagte er. »Aber ich erinnere mich nicht, etwas von einem Überfall auf das Haus gehört zu haben.«

»Für die Bow Street ist es viel einfacher, das Feuer wie einen Unfall zu behandeln.« Ihre Lippe kräuselte sich. »Schließlich waren die Opfer nur Frauen von schlechtem Ruf.«

»Woher wisst Ihr, dass das Feuer kein Unfall war?«

»Weil ich dort war, im Haus. Eine der Frauen entkam mit mir durch ein Fenster, und wir rannten die Gasse entlang.«

Einen Augenblick herrschte Stille, und Sebastian verdaute das Gehörte. Sie sagte: »Ihr habt nicht gefragt, warum ich dort war.«

»Nun gut, Miss Jarvis: Warum wart Ihr dort?«

»Ich habe Nachforschungen für einen Gesetzesentwurf angestellt, der bei der nächsten Sitzung im Parlament vorgelegt werden soll. Er soll das Leben mittelloser Frauen verbessern. Jahrhundertelang haben die Reden scheinheiliger Moralisten und Pfarrer, die sie von ihren Kanzeln herunter donnern ließen, die Gesellschaft davon überzeugt, dass Frauen deshalb zu Prostituierten werden, weil sie an einem angeborenen Mangel an Moral leiden. Ich hingegen glaube, dass die widerwärtige Wahrheit Folgende ist: Die meisten Frauen nehmen zu diesem Gewerbe nur als letzte, verzweifelte Maßnahme Zuflucht. Wenn sie keine der anderen Möglichkeiten ausschöpfen können, sich ihren Lebensunterhalt zu verdienen, die unsere Gesellschaft für sie bereithält, erkennen sie rasch, dass ihnen nichts anderes übrig bleibt, als zu stehlen, ihren Körper zu verkaufen oder zu verhungern.«

Sebastian warf ihrem beherrschten Antlitz einen Blick zu. Es schien ihm unwahrscheinlich, dass ein solches Thema die Tochter von Lord Jarvis umtrieb. Aber letztlich wusste Sebastian nur wenig über diese Frau. »Was geschah mit der jungen Dame, die Euren Worten nach mit Euch geflüchtet ist?«

»Sie wurde erschossen, noch ehe wir die Straße erreichten. Zum Glück hatte ich meine Zofe in der Kutsche zurückgelassen, weil sie mit ihrer strengen und tadelnden Ausstrahlung die Frauen vom Reden abhält. Andernfalls wäre sie zweifellos ebenfalls getötet worden.«

Sebastian blickte über den Park und dachte darüber nach. Es war eine unpassende Uhrzeit für eine Ausfahrt. Abgesehen von einem Mann in einem schäbigen Gig, der einem halbwüchsigen Jungen das Fahren beibrachte, lag der Kiesweg menschenleer in der spärlichen Morgensonne.

Nach einer Weile sagte Sebastian: »Ihr werdet mir vergeben müssen, Miss Jarvis, wenn ich das nur schwer glauben kann. Seht Ihr, mir scheint, dass im Falle, jemand hätte es gewagt auf Lord Jarvis' Tochter zu schießen, jeder Wachtmeister und jeder Richter von ganz England just in diesem Augenblick auf den Beinen wäre, um die Hinterhöfe, Gassen und schäbigsten Häuser zu durchsuchen, damit die Verantwortlichen vor Gericht gestellt würden.«

Sie bewegte ihren Sonnenschirm hin und her, und ihre Wangen röteten sich vor Verärgerung. »Mein Vater war von der Möglichkeit beunruhigt, dass meine Gegenwart im Magdalenenhaus in der Öffentlichkeit bekannt werden könnte ...«

»Beunruhigt?«, sagte Sebastian und zog eine Braue hoch.

»Beunruhigt«, wiederholte sie mit Nachdruck.

»In Anbetracht von Lord Jarvis' Haltung zu Sozialreformen nehme ich an, dass ›konsterniert‹ wohl die passendere Formulierung wäre.«

»Mein Vater weiß, dass meine Ansichten zu Politik sich von seinen unterscheiden.«

Sebastian lächelte nur.

»Er forderte, dass Sir William Hadley persönlich die Untersuchung leiten solle«, sagte sie.

»Dann könnt Ihr ganz beruhigt sein. Als leitender Untersuchungsrichter der Bow Street hat Sir William sich als rücksichtslos, frei von Skrupeln und sehr effektiv erwiesen.«

»Ich fürchte, ich habe mich nicht verständlich ausgedrückt. Sir William wurde angewiesen, sicherzustellen, dass es keine offiziellen Ermittlungen geben wird, da

solche Ermittlungen unvermeidlich dazu führen würden, dass mein Name mit dem Zwischenfall in Verbindung gebracht würde. Stattdessen hat mein Vater die
Absicht, sich selbst um die Verantwortlichen zu kümmern. Er will, dass alles ruhig abläuft. Sehr ruhig.«

»Lord Jarvis ist ausgesprochen effektiv darin, sich
ohne Aufsehen um Menschen zu ›kümmern‹«, sagte Sebastian. »Ich glaube, Ihr braucht Euch keine weiteren
Sorgen um die Angelegenheit zu machen.«

»Das einzige Interesse meines Vaters besteht darin,
diejenigen zu töten, die mein Leben in Gefahr gebracht
haben.«

»Und ist das nicht genug?«

Sie wandte sich ihm zu, und ihre Augen blickten genauso intelligent – und undurchschaubar – wie die ihres Vaters. »Eine der Frauen, die ich letzten Abend befragte, hieß Rose. Rose Jones. Sie kann nicht älter als
achtzehn oder neunzehn Jahre gewesen sein, hochgewachsen und feingliedrig, mit braunem Haar und grünen Augen. Ich würde schwören, dass sie von guter
Herkunft war. Sehr guter Herkunft.«

»Das ist gut möglich. Unglücklicherweise werden in
vornehmen Familien geborene Frauen oft durch die
Umstände in die Prostitution gedrängt, Miss Jarvis.« Sebastian beendete die zweite Runde durch den Park
schweigend, dann kehrte er zur *Strand* zurück. »Pfarrerstöchter, Töchter von verarmten Rechtsanwälten
und Ärzten, Witwen und Waisen von Offizieren, die im
Krieg gefallen sind ... sie alle gibt es in Covent Garden in
viel größerer Zahl, als Ihr es Euch anscheinend auszumalen vermögt.«

»Das mag sein. Aber als wir gestern Abend zum ersten Mal hörten, dass diese Männer in das Magdalenenhaus einbrachen, sagte Rose zu mir: ›Oh Gott, sie haben mich gefunden. Sie sind gekommen, um mich zu töten.‹ Etwas später hörte ich, wie die Männer sagten: ›Sie ist nicht hier‹ und ›Sie muss oben sein.‹ Ich glaube, Rose Jones ist der Grund, weshalb diese Frauen getötet wurden. Ich möchte wissen, wer sie war und warum diese Männer hinter ihr her waren.«

»Warum?«

»Warum?« Die Frage schien sie zu überraschen.

»Ja. Warum möchtet Ihr es wissen? Ordinäre Eifersucht?«

»Nein.«

»Was dann?«

Sie schwieg einen Augenblick. Die feuchte Luft ließ ihr glattes braunes Haar kraus werden, während sie über den nebligen Park hinweg blickte. Ihre Nasenflügel weiteten sich, als sie einen tiefen Atemzug einsog, dann sagte sie: »Ich habe diese Frau in den Armen gehalten, als sie starb. Es hätte ganz leicht ich selbst sein können. Ich nehme an, ich habe das Gefühl, dass ich ihr etwas schuldig bin.«

Ihre Darbietung schien aus dem Herzen zu kommen, und wäre sie ihm von jemand anderem als Jarvis’ Tochter geboten worden, hätte Sebastian ihr vermutlich Glauben geschenkt. Er sagte: »Und warum genau habt Ihr mich aufgesucht?«

Sie wandte ihm das Gesicht zu, und der Anflug von Menschlichkeit, den er einen Augenblick lang in ihr gesehen zu haben glaubte, war verschwunden. »Es ist außerordentlich befremdlich, aber ich bin zu der

Erkenntnis gelangt, dass niemand aus meinem Bekanntenkreis viel Erfahrung mit Mordfällen hat. Also habe ich natürlicherweise an Euch gedacht.«

Sebastian stieß ein scharfes Lachen aus.

In ihren Augen glomm Irritation auf. »Ich amüsiere Euch, Mylord?«

Um der Wahrheit die Ehre zu geben: Hero Jarvis bereitete ihm eine Höllenangst. Sebastian schüttelte den Kopf. Doch er sagte lediglich: »Ich bin in der Vergangenheit vielleicht in mehrere Mordermittlungen involviert worden, Miss Jarvis, aber Mörder zu fassen gehört nicht zu meinen bevorzugten Zeitvertreiben.«

»Wie würdet Ihr es dann bezeichnen? Als Eure Berufung?«

Kat Boleyn hatte es einst als seine Leidenschaft, seine Besessenheit bezeichnet, als die selbst auferlegte Strafe für seine Sünden, die sie nur halb verstand. Aber das schien heute schon ein Leben lang her zu sein, und er verschloss seinen Verstand diesem Gedanken gegenüber. Er sagte: »Ich war seit einer ganzen Weile nicht mehr in diese Art der Untersuchungen verwickelt.«

»Ich habe bereits davon gehört, wie Ihr Euch in den letzten Monaten Eure Zeit vertrieben habt«, sagte sie trocken. »Seid versichert, dass ich Euch nicht darum bitte, persönlich zu ermitteln. Ich bitte lediglich um einen Rat, wie ich eine solche Ermittlung beginnen sollte.«

»Ihr habt die Absicht, diese Morde selbst zu untersuchen?«

»Deutet Ihr an, ich sei dazu nicht fähig?«

»Ich deute an, dass Frauen Eures Standes für gewöhnlich Polizisten, die Bow Street Runners etwa, mit ihren Untersuchungen betrauen.«

»Das ist in diesem Fall nicht möglich.«

»Wegen Sir William?«

»Nicht ganz.« Röte überzog ihre Wangen, und er fragte sich, was sie ihm vorenthielt. »Ich habe meinem Vater versprochen, keinen Kontakt zu den Untersuchungsrichtern aufzunehmen.«

Er studierte ihre sorgsam beherrschten Gesichtszüge. »Aber Lord Jarvis hat keine Einwände dagegen, dass Ihr Eure eigenen Ermittlungen durchführt?«

Sie drehte den Kopf zur Seite und betrachtete die Ladenreihe, an der sie vorbei fuhren. Sebastian lachte leise. »Ihr habt es ihm nicht gesagt, richtig? Er wird es herausfinden.« Lord Jarvis unterhielt ein ausgedehntes Netzwerk an Spionen und Agenten, das ihm den wohlverdienten Ruf der Allwissenheit beschert hatte.

Sie sagte: »Ich habe nicht vor, meine Handlungen zu leugnen.«

Ein Anflug von Bewunderung durchlief Sebastian. Es gab nicht viele Menschen, die den Mut besaßen, den Weg des mächtigen Vetters des Königs zu durchkreuzen. Er sagte: »Ihr seid Euch auch darüber bewusst, dass ich die Information, die Ihr mir gegeben habt, nutzen könnte, um Euch zu schaden.«

»Ihr meint, um meinem Vater durch mich zu schaden.« Sie erwiderte seinen Blick, ohne zu zwinkern. »Dieser Gedanke ist mir tatsächlich gekommen. Es ist ein Risiko, dass ich bereit bin einzugehen.«

»Die Identität dieser Frau herauszufinden ist für Euch von derartiger Wichtigkeit?«

»Ich glaube, nichts ist jemals von solcher Wichtigkeit für mich gewesen«, sagte sie schlicht.

Spannungsgeladene Stille breitete sich zwischen ihnen aus. Es gab ein Dutzend guter Gründe, dieser Frau aus dem Weg zu gehen und nur sehr wenige Anreize, ihr zu helfen. Und doch war die Verführung, Jarvis zu verärgern, mächtig. Doch dieser Umstand alleine hätte noch nicht gereicht, ihn in Versuchung zu führen, wäre da nicht auch ein vages Interesse, das unerwartet rasch stärker wurde. Ihm fiel nichts ein, das ihn in den letzten acht Monaten interessiert – gar gefesselt – hatte.

Er lenkte den Zweispänner neben ihre Kutsche und sagte: »Wenn ich es täte, Miss Jarvis, würde ich damit anfangen, mit den Behörden zu sprechen. Herausfinden, was sie bisher ermitteln konnten.«

Zum ersten Mal, seit sie sich an diesem Morgen zu ihm gesellt hatte, konnte er eine leichte Erschütterung in ihrer Contenance erahnen. »Aber das kann ich als Einziges nicht tun.«

»Nein. Aber ich kann es tun.«

»Ihr? Aber … aus welchem Grund solltet Ihr Euch in diese Sache verwickeln lassen?«

»Ihr wisst, warum.«

Sie hielt seinem Blick stand. Und in diesem Augenblick wurde ihm klar, dass sie den Grund tatsächlich kannte. Sie wusste, dass er jede Gelegenheit ergreifen würde, ihrem Vater Unbill zu verursachen. Ja, mehr als das: Sie war sogar von dieser Prämisse ausgegangen.

»Danke sehr, Mylord«, sagte sie und erlaubte sich ein angedeutetes Lächeln, als sie sich umwandte, um abzusteigen. »Werdet Ihr es mich wissen lassen, wenn Ihr etwas herausfindet?«

»Gewiss«, sagte Sebastian und machte sich auf die Suche nach seinem Laufburschen.

Kapitel 3

Sebastian fand Tom vor dem Laden des Waffenschmieds, wo er schon auf ihn wartete. Der aus der Gosse stammende, kleingewachsene Junge mit seinem braunen Haar, den Zahnlücken und einem Gesicht, das man praktischerweise sofort wieder vergaß, diente Sebastian sowohl als Stallbursche wie auch als williger Handlanger in einigen von Sebastians weniger gewöhnlichen Aktivitäten.

»Sie sagte, ich wär' nich' erwünscht«, erklärte Sebastians Laufbursche, als dieser von Miss Jarvis' Trick erzählte. »Wie hätt' ich wissen sollen, dass so 'ne feine Dame wie die einfach 'ne Rausschmeißerin türkt?«

»Miss Jarvis würde dagegenhalten, dass sie die Rausschmeißerin gar nicht getürkt hat, da sie deine Anwesenheit ja nicht wünschte.«

Toms Augenbrauen zogen sich zu einem schwarzen Balken zusammen, der für künftige Begegnungen zwischen dem Laufburschen und Lord Jarvis' patenter Tochter nichts Gutes verhieß.

Sebastian verkniff sich ein Lächeln und griff nach den Zügeln. »Ich möchte, dass du für mich eine Botschaft an Dr. Gibson überbringst. Du findest ihn wahrscheinlich im Armenhaus in der Chalk Street – ich glaube, er arbeitet jeden Dienstagmorgen ehrenamtlich dort. Bitte ihn, mich auf dem Grundstück des *Friends' Magdalene House* in Covent Garden zu treffen. Ich werde dort sein, sobald ich mit Sir Henry gesprochen habe.«

»Das Magdalenenhaus?« Toms Augen strahlten in plötzlichem Interesse. »Is' das nich' das Haus, wo's letzte Nacht gebrannt hat?«

»Richtig.«

»Meint Ihr, da stimmt was nich' an der Geschichte vom Brand?«

»Miss Jarvis sagt, es war Mord.«

Sebastian traf Sir Henry Lovejoy, den leitenden Untersuchungsrichter des Queen Square Public Office, an seinem Schreibtisch an, wo er den *Hue and Cry* las. »Mylord«, sagte Sir Henry und sprang auf, als der Angestellte Collins Sebastian in das Zimmer führte. »Bitte, kommt herein und setzt Euch.«

Sir Henry, ein kleiner Mann mit Brille, war Kaufmann gewesen, bis der Tod seiner Frau und seiner Tochter sein Interesse auf Recht und Gesetz verschoben hatten. Sie mochten ungleiche Freunde sein – Sebastian und dieser ernste Magistrat mit der seriösen Haltung und der standfesten Hingabe an einen strengen Ehrenkodex, der eines Priester würdig wäre. Aber nichtsdestotrotz waren sie Freunde.

»Was können Sie mir zum gestrigen Brand im Magdalenenhaus sagen?«, fragte Sebastian und setzte sich auf den Platz, auf den Sir Henry deutete.

Sir Henry nahm umständlich seine goldgefasste Brille ab und rieb sich die Nasenwurzel. »Schreckliche Sache. Als letztes habe ich gehört, dass man bereits vier Leichen aus dem Schutt geborgen hat, und wahrscheinlich gibt es noch mehr. Nach Angaben der Quäker, die das Haus betreiben, hielten sich zum Zeitpunkt der Tragödie sieben leichte Mädchen in dem Etablissement auf, außerdem die Frau, die für den täglichen Betrieb des Hauses verantwortlich war, eine Hausdame namens Margaret Crowley. Anscheinend hat sie vor ungefähr zehn Jahren selbst Zuflucht bei den *Friends* gesucht und ist kürzlich wieder zurückgekommen, um zu helfen. Man nimmt an, dass sie eines der Opfer ist.«

»Gibt es irgendwelche Hinweise, dass die Frauen erst ermordet wurden, nachdem das Feuer gelegt wurde?«

»Ermordet, sagt Ihr?« Sir Henry hatte eine fast komisch anmutende, hohe Stimme, die jetzt noch höher wurde. »Gütiger Himmel, nein.«

Sebastian runzelte die Stirn. »Wie viele Überlebende gab es?«

»Keine, soweit ich weiß.«

»Finden Sie das nicht seltsam? Dass es keiner der Frauen gelang, sich aus dem Feuer zu retten? Es war erst – wie spät? – fünf oder sechs Uhr abends, als das Feuer ausbrach.«

Sir Henry zog seine dünnen Schultern hoch. »Das Haus war alt und das Holzgebälk trocken. Es hätte schnell Feuer gefangen. Die Menschen denken oft, sie hätten mehr Zeit, um zu entkommen, als es tatsächlich der Fall ist. Sie verlieren die Orientierung und gehen zugrunde.«

Das war möglich, nahm Sebastian an. Aber er fand es schwer zu glauben, dass keine einzige der acht Frauen es geschafft haben sollte, sich aus dem Rauch und den Flammen hinaus zu retten. »Ich vermute, das Office der Bow Street führt die Untersuchungen durch?«, fragte er wie nebenbei.

Sir Henry nickte. »Es ist ja auch in der Nähe der Wache. Ich glaube, Lord Jarvis persönlich hat Sir William als Leiter der Ermittlungen angefordert.«

»Lord Jarvis? Welches Interesse hat er an der Sache?«, fragte Sebastian, neugierig, was der Untersuchungsrichter darauf antworten würde.

Sir Henry blickte überrascht, als hätte er sich diese Frage gar nicht gestellt. Niemand hinterfragte die Handlungen von Lord Jarvis. »Das ist mir nicht bekannt.«

»Und hat Sir William Obduktionen der Frauen angeordnet?«

»Ich glaube nicht, nein. Das Letzte, was ich gehört habe, war, dass die Leichen zur Bestattung zu den *Friends* überführt werden sollten.« Sir Henry sah verwirrt aus. Nach einer Weile sagte er: »Darf ich es wagen, Euch nach Eurem Interesse an dem Fall zu fragen, Mylord?«

Sebastian erhob sich. »Ich habe kein Interesse daran. Ich stelle nur für jemanden aus meiner Bekanntschaft Ermittlungen an.« Er wandte sich zur Tür, blieb jedoch stehen, blickte zurück und fragte: »Sie haben nicht zufällig von einer jungen Prostituierten namens Rose Jones gehört? Achtzehn, vielleicht neunzehn Jahre alt, von guter Herkunft.«

Sir Henry dachte einen Moment nach, dann schüttelte er den Kopf. »Nein. Denkt Ihr, sie war eines der Opfer?«

»Das könnte sein.«

»Wer war sie?«

»Da liegt das Problem«, sagte Sebastian. »Ich weiß es nicht.«

Kapitel 4

»Heute Morgen haben uns Berichte erreicht, dass die Ludditen erneut eine Baumwollmühle in West Riding in Brand gesteckt haben«, sagte der höchst ehrenwerte *Prime Minister of the United Kingdom*, Spencer Perceval. Der Premierminister, ein kleiner, dünner Mann, der immer einen sehr ernsten Gesichtsausdruck zur Schau trug, ging nervös auf dem Teppichboden eines der Räume in Carlton House auf und ab, die Charles Lord Jarvis dort unterhielt.

»Das ist mir zu Ohren gekommen«, sagte Jarvis und ging zu dem Fenster, das zur Mall hinausging. Er war in jeder Hinsicht ein massiv gebauter Mann. Groß und breitschultrig, brachte er vielleicht zweimal das Gewicht des Premierministers auf die Waage. Er verfügte auch über mindestens zweimal so viel Macht und war um ein Unendliches gerissener. Die Berichte seiner eigenen Agenten in Yorkshire waren bereits am Vorabend auf seinem Schreibtisch gelandet.

»Glücklicherweise«, fuhr Perceval fort und ging noch immer auf und ab, »traf die Bürgerwehr früh genug ein, um einige oder auch mehrere der Teilnehmer festzunehmen. Wir glauben, es sind dieselben Männer, die vergangenen Monat bei dem Zerschlagen der Webstühle dabei waren.«

»Das war kein Wunder. Nur eine Folge des gezielten Einsatzes von Provokateuren.«

Der Premierminister drehte sich um und sah ihn an. »Ihr habt die Bewegung unterlaufen?«

»Dachtet Ihr, ich würde stillsitzen und zusehen, während maskiertes Gesindel die industrielle Produktion dieses Landes lahmlegt und sich des Nachts in den Mooren versammelt, um Drills und Manöver zu üben, wie eine Bande blutdürstiger französischer Revoluzzer? Wir haben mehr Truppen in England im Einsatz, um die Ludditen zu bekämpfen, als gegen Napoleon in Iberien. Ich habe Verständnis dafür, dass der Prinz davor zurückschreckt, gegen das eigene Volk vorzugehen, aber die Zeit ist gekommen, diesem Nonsens ein Ende zu bereiten.«

»Das ist nicht nur in Yorkshire so«, sagte Perceval. »Es gibt auch Hinweise, dass einige der Arbeiter in Lancashire …«

Jarvis erzeugte einen rauen, abfälligen Ton tief in seiner Kehle. »Lasst ein Dutzend Männer des Yorkshire-Gesocks hinrichten und ein paar Hundert zur Botany Bay deportieren, und Eure Lancashire-Rebellen werden es sich zweimal überlegen, bevor sie noch mehr Maschinen zerstören.«

Der Premierminister blickte besorgt. »Ja. Das nehme ich an. Trotzdem, Provokateure einzusetzen …«

»Geht auf mein Gewissen, nicht auf Eures«, sagte Jarvis trocken. »Und wenn Ihr Euch Sorgen darüber macht, dass diese Angelegenheit den Prinzen erbosen könnte, werden wir es ihm einfach nicht erzählen.«

»Ja, das mag das Beste sein.«

Jarvis wandte sich wieder den Papieren auf seinem Schreibtisch zu. »Wenn sonst nichts anliegt?«

»Bitte? Ach, nein. Guten Tag, Mylord«, sagte der Premierminister, verbeugte sich und ging.

Jarvis stand neben seinem Schreibtisch, und seine Gedanken wandten sich vom Premierminister, dem Prinzen und den Ludditen ab und persönlicheren Angelegenheiten zu. Als Nachfahre einer alten und mächtigen Familie war Jarvis Eigentümer eines großen und einträglichen Anwesens sowie eines gemütlichen Stadthauses am Berkeley Square. Aber im Allgemeinen mied er seine eigenen Häuser soweit möglich und verbrachte die meiste Zeit stattdessen in seinen Klubs oder in den Räumen, die er hier in Carlton House und im St. James's Palace unterhielt. Das Haus am Berkeley Square war von Frauen übervölkert, und Jarvis hatte wenig Geduld mit Angehörigen des schönen Geschlechts, am wenigsten mit seiner halb irren Frau oder der habgierigen Xanthippe, die seine Schwiegermutter war.

Einst hatte Jarvis auch einen Sohn gehabt, David. Damals war ihm der Junge wie eine Enttäuschung vorgekommen, jedoch war Jarvis inzwischen zu der Erkenntnis gelangt, dass er etwas aus David hätte machen können, wenn er noch leben würde. Stattdessen war ihm nur seine Tochter Hero geblieben. Allein der Gedanke an sie löste inzwischen in seiner Brust ein saures Brennen aus.

Wäre sie als Junge geboren worden, würde sie ihn mit Stolz erfüllen. Stolz auf ihren starken Willen und ihre unleugbare Intelligenz. Doch er hatte sie zu lange der Obhut ihrer halbverrückten Mutter überlassen, die keinerlei Führung über das Mädchen ausgeübt hatte. Die Folge davon war, dass sie mit einem Sammelsurium an Vorstellungen aufgewachsen war, die nur als radikal bezeichnet werden konnten. Was nun ihre letzte Machenschaft anging ... nun, zumindest hatte sie genug

Verstand gehabt, zuerst zu ihm zu kommen, anstatt stracks zur Bow Street zu marschieren. Sir William hatte er unter Kontrolle. Jetzt mussten nur noch die losen Enden verknüpft werden. Jarvis war gut darin, lose Enden zu verknüpfen.

Zwar verdankte Jarvis seine Einführung in den Hof möglicherweise seiner entfernten Verwandtschaft mit George dem III. Aber erst sein unvergleichlicher Intellekt in Kombination mit unbeugsamer Willensstärke und Durchtriebenheit hatten ihn sowohl für den König als auch für den Prinzregenten unverzichtbar gemacht. Das Amt des Premierministers könnte ihm unverzüglich übertragen werden, wenn er das nur wünschte. Er wünschte es jedoch nicht, sondern war es zufrieden, die nominelle Leitung des Landes Männern wir Spencer Perceval und dem Earl of Hendon zu überlassen. Niemand verstand besser als Jarvis, welche Beschränkungen die Machtpolitik mit sich brachte. Er empfand es als viel erfüllender – und lukrativer –, Macht aus dem Schatten heraus auszuüben. In ganz England gab es keinen mächtigeren Mann als Jarvis. Allerdings war auch niemand in ganz England seinem König und seinem Vaterland leidenschaftlicher verpflichtet. Für England und die Dynastie, die an seiner Spitze stand, würde Jarvis alles tun.

Ein Kratzen an der Tür ließ ihn den Kopf drehen. Ein blasser Angestellter verbeugte sich und sagte: »Colonel Bryce Epson-Smith für Euch, Mylord.«

»Schick ihn herein.«

Mit dem Hut in der Hand trat der Colonel in die Raummitte und verbeugte sich tief. »Ihr wünschtet mich zu sehen, Sir?«

Der Colonel war ein großer Mann – nicht ganz so großgewachsen wie Jarvis, aber überaus muskulös. Er hatte dunkles Haar und graue Augen. Der ehemalige Kavallerie-Offizier stand seit mehr als drei Jahren in Jarvis' Diensten. Unter Jarvis' Agenten war er der intelligenteste und zugleich der skrupelloseste.

Jarvis zog eine emaillierte Schnupftabakdose aus seiner Tasche und öffnete sie mit einem Schnippen seines Fingers. »Vergangene Nacht hat jemand ein halbes Dutzend Huren in einem Zufluchtshaus der *Society of Friends* in der Nähe von Covent Garden umgebracht. Ich will, dass Sie herausfinden, wer es getan hat, und sie töten.«

Ein Hauch von Überraschung glitt über die sonst ausdruckslosen Züge des Colonels. »Der Prinzregent interessiert sich für den Zwischenfall?«

Jarvis hielt eine Prise Tabak an sein Nasenloch und schnupfte ihn. »Es ist eine persönliche Angelegenheit.«

Colonel Epson-Smith beugte zustimmend den Kopf. »Ich kümmere mich sofort darum, Sir.«

»Mit aller Diskretion, bitte.«

»Gewiss.« Epson-Smith verbeugte sich erneut und zog sich zurück.

Kapitel 5

Schon lange, bevor er die Überreste des Magdalenenhauses in Covent Garden erreichte, konnte Sebastian den üblen Gestank alten Rauchs riechen, der schwer in der kalten Luft hing.

Das Haus war eingestürzt und hatte nichts als eine schwelende, ausgebrannte Hülle aus geschwärztem Backstein und verkohltem Gebälk zurückgelassen. Drei Männer, die sich feuchte Lederhäute um die Schuhe und Tücher vor die untere Gesichtshälfte gebunden hatten, suchten sich vorsichtig einen Weg durch die Ruinen. Eine kleine Gruppe zerlumpter Frauen und Kinder hatten sich an einer nahen Häuserecke versammelt und beobachteten alles mit verhärmten und ernsten Gesichtern. Sogar der Bäckerjunge war still, sein Tablett mit den abkühlenden Brötchen hing vergessen an einem Band um seinen Hals.

Sebastian entdeckte Paul Gibson, der ungeschickt neben einer zierlichen Leiche kauerte, die in ein fleckiges Kleid aus gelber Baumwolle gekleidet war. Noch sechs weitere Leichen lagen in einer säuberlichen Reihe entlang des Pfads. Vier davon sahen stark verbrannt aus. Ihre schwarz verfärbte Haut hatte Blasen geworfen, ihre Gesichter waren bis zur Unkenntlichkeit verkohlt. Doch ein paar der Frauen waren offenbar durch heruntergestürzte Trümmer geschützt gewesen. Ihre Körper waren zerschmettert, aber noch erkennbar.

Sebastian ging neben seinem Freund in die Hocke und starrte auf ein junges Mädchen, dessen schlanke Gestalt vom Feuer weitgehend unversehrt war. Sie konnte nicht älter als dreizehn oder vierzehn Jahre gewesen sein. Ihr Antlitz hatte noch runde, kindliche Wangen, und ihr helles Haar, das wie ein Seidengespinst aussah, bewegte sich sacht in der rauchgeschwängerten Luft. Doch was Sebastians Aufmerksamkeit erregte, war das zerrissene und blutige Mieder ihres schlichten Musselinkleids. »Kann das durch einen herabfallenden Balken passiert sein?«, fragte er.

Paul Gibson schüttelte den Kopf. »Nein. Sie wurde mit einem Messer erstochen. Hier, in die Seite«, er zeigte auf die Stelle, »und mehrmals hier in den Brustkorb.«

»Zur Hölle«, sagte Sebastian leise. »Sie hatte recht.«

»Wer hatte recht?« Gibson sah zu ihm auf. »Hat jemand dieses Inferno überlebt?«

»Es scheint so.« Sebastian deutete mit dem Kinn auf die lange, schweigende Reihe. »Was ist mit den anderen?«

Gibson presste die Lippen zusammen, dann drehte er den Kopf und folgte Sebastians Blick. Der Ire hatte Jahre als Armeearzt gearbeitet, wo er sich allen unaussprechlichen Grauen des Schlachtfeldes hatte stellen müssen. Inzwischen lehrte er am St. Thomas Hospital und führte in der Nähe des Towers außerdem eine kleine chirurgische Praxis. Trotz allem wusste Sebastian, dass jeder vorzeitige oder gewaltsame Todesfall Gibson immer noch zusetzte. Deshalb konnte man ihn oft dabei entdecken, wie er spätnachts in dem kleinen, schwer zu findenden Gebäude am Ende seines ungepflegten Gartens die Mysterien von Leben und Tod an Leichnamen erforschte, die aus den unbewachten Kirchhöfen der Stadt ausgegraben worden waren.

Niemand in ganz London verstand einen toten Körper besser zu lesen als Paul Gibson.

»Mit den anderen ist es weitgehend das Gleiche«, sagte Gibson. Er rappelte sich mühsam auf die Füße und schwankte leicht, als er das Gewicht auf sein gutes Bein verlagerte; den Unterschenkel seines anderen Beins hatte er durch eine französische Kanonenkugel eingebüßt. »Manche von ihnen sind so schlimm verbrannt, dass es unmöglich ist, ihre genaue Todesursache ohne eine Obduktion zu bestimmen. Aber ich habe mindestens eine weitere Frau gefunden, die niedergestochen wurde, und eine, deren Kehle aufgeschlitzt wurde.«

»Könnte eine von ihnen erschossen worden sein?«

»Ja, tatsächlich. Die Frau ganz am Ende wurde eindeutig erschossen. Woher wusstest du das?«

Sebastian starrte zu der weiter weg liegenden schwarzen Gestalt. »Kann man sie identifizieren?«

»Ihre Mutter könnte es vielleicht. Wobei ich nicht wollen würde, dass ihre Mutter sie so in Erinnerung behält.« Gibson sah sich um, als ein heiserer Ruf von einem der Männer erklang, die sich durch die schwelenden Ruinen arbeiteten. »Sieht aus, als hätten sie noch eine gefunden«, sagte er. »Damit sind es acht.«

Sebastian ließ langsam den Atem ausströmen. »Jesus Christus.« Er sah zwei Männer aus den Ruinen heraussteigen, eine Behelfstrage zwischen sich.

»Die hier is' in schlimmem Zustand«, sagte einer der Männer, als sie ihre Last vorsichtig am Pfad ablegten. »Lieber Gott, lass es die Letzte sein.«

Gibson ging neben der verkohlten, schwarzen Gestalt in die Hocke, aber er sagte: »Sie ist so verbrannt, dass selbst eine richtige Autopsie ...«

»Weg von der Leiche!«

Sebastian blickte hoch und sah einen großen, bärenhaften Herrn in übertrieben hohem Hut und rot-weiß gestreifter Seidenweste von einem groben Wagen absteigen. Sir William Hadley, einer der drei Amtsrichter der Bow Street, kam schnaufend zu ihnen, das Kinn vorgeschoben, als wäre er bereit für einen Kampf. »Was denken Sie, was Sie hier tun? Haben Sie nicht gehört, was ich sagte? Weg von der Leiche!«

Gibson richtete sich langsam auf. »Ich bin Chirurg.«

»Chirurg! Wer hat Ihnen erlaubt, diese Leichen zu untersuchen? Ich habe keine Obduktion angeordnet. Und erzählen Sie mir nicht, eine der Familien hätte darum gebeten, denn das werde ich Ihnen nicht glauben. Huren haben keine Familien ... zumindest keine, die sie anerkennen würden.«

Die Brauen des Iren zogen sich in einem Stirnrunzeln zusammen. »Dennoch wird eine Obduktion angeordnet werden müssen, Sir William. Diese Frauen wurden ermordet.«

»Ermordet?« Der Bow-Street-Richter stieß ein abfälliges Lachen aus. »Wovon sprechen Sie? Das war kein Mord. Diese Frauen sind in einem Feuer ums Leben gekommen. Jemand hat eine Kerze zu dicht bei einem Vorhang stehen oder glühende Kohle aus dem Kamin fallen lassen.«

»Und wie erklären Sie die Stichwunden?«

»Stichwunden? Welche Stichwunden?«

»Mindestens zwei dieser Frauen wurden erstochen, und einer weiteren wurde die Kehle ...«

In einer ablehnenden Geste wischte Sir William mit seinem massigen Arm durch die Luft. »Genug davon. Ich werde die Arbeitszeit meiner Wachtmeister nicht für die Untersuchung des Todes von einem Haufen Bordsteinschwalben verschwenden. Denken Sie, die guten Bürger unserer Stadt machen sich etwas daraus, wenn ungefähr ein halbes Dutzend dieser Flittchen weniger auf der Straße unterwegs sind?«

Sebastian nickte zur Leiche des blonden Mädchens am Ende der Reihe. »Ich denke, ihre Mutter macht sich sehr wohl etwas daraus.«

»Hätte sie eine Mutter, die sich was aus ihr machte, wäre sie keine käufliche Dame geworden.« Sir William hielt einen Augenblick inne, und seine Augen verengten sich, als er Sebastian musterte. »Ich kenne Euch. Ihr seid Lord Hendons Sohn.«

»Richtig.«

Flammende Röte überlief das breite, fleischige Gesicht des Magistrats. »Das ist nicht Eure Angelegenheit, hört Ihr? Es ist mir egal, ob Euer Vater Schatzkanzler ist. Ich dulde nicht, dass Ihr Euch in diese Ermittlungen einmischt.«

Sebastian sagte: »Mir war nicht klar, dass es Ermittlungen gibt, in die ich mich einmischen könnte.«

Sir Williams Antlitz nahm eine solch dunkle Tönung an, dass es violett erschien. Er stieß mit seinem fleischigen Zeigefinger nur wenige Zentimeter vor Sebastians Nase in die Luft. »Ich warne Euch, Mylord. Haltet Euch hier heraus, oder ich werde Euch verhaften lassen – mögt Ihr Sohn eines Peers sein oder nicht.«

Der Magistrat entfernte sich stampfenden Schrittes und bellte Befehle zu den Männern, die die Ruinen durchsuchten. Gibson starrte ihm hinterher. Aber Sebastian interessierte sich mehr für die elegante Stadtkutsche, die an der Straßenecke anhielt, und deren livrierter Lakai sich sputete, um den Schlag zu öffnen.

»Wer ist das?« fragte Gibson, der dem Blick seines Freundes gefolgt war.

Eine große Dame in einer schicken Pelisse war im offenen Schlag erschienen. Die Straußenfeder an ihrem Hut zitterte in der kalten Luft, während die Dame darauf wartete, dass der Lakai den Tritt herausklappte.

»Das«, sagte Sebastian, »ist Miss Hero Jarvis.«

»Die Tochter von Lord Jarvis? Warum ist sie hier?«

»Sie ist die Frau, die das Feuer überlebt hat.«

»Miss Jarvis? Was in Gottes Namen hatte sie im Magdalenenhaus zu tun?«

»Untersuchungen«, sagte Sebastian und ging, um der Lady aus der Kutsche zu helfen.

Kapitel 6

»Ich erwartete, Euch hier zu finden«, sagte Miss Jarvis und ließ sich von ihm herunter helfen. Dann zog sie sogleich ihre Hand zurück und trat einen Schritt weg. Im schattigen Inneren der Kutsche sah Sebastian eine Zofe, die steif dort saß und die Hände im Schoß verschränkt hielt.

»Das ist Paul Gibson, nicht wahr?«, sagte Miss Jarvis und blickte an ihm vorbei, wo Gibson neben dem Zweispänner stand und mit dem finster dreinblickenden Tom sprach. »Der Chirurg?«

»Ihr kennt ihn?«

»Ich habe mehrere seiner Vorträge im St. Thomas gehört – über den Blutkreislauf und die menschliche Muskulatur.«

Das wäre das Letzte gewesen, was Sebastian von ihr erwartet hätte, doch diesen Gedanken behielt er für sich.

»Ich bin ehrlich überrascht, ihn hier zu sehen«, sagte sie. »Ich dachte nicht, dass Sir William vorhätte, Autopsien anzuordnen.«

»Das hat er auch nicht. Gibson ist hier, weil er ein Freund von mir ist.«

Sie sah zu ihm auf. »Hat er etwas gefunden?«

»Er sagt, die Frauen wurden ermordet. Die meisten wurden erstochen, aber er denkt, mindestens eine wurde erschossen.«

Sie öffnete ihren Sonnenschirm zum Schutz vor der blassen Sonne. »Ihr habt an meinen Worten gezweifelt, nicht wahr?«

»Ja.«

Sie nickte, als hätte sie genau das erwartet. In der Straße vor dem Haus war Sir William unterdessen damit beschäftigt, das Verladen der traurigen Reihe verkohlter Leichen auf den Karren zu beaufsichtigen. Sie beobachtete ihn eine Weile, dann sagte sie: »Hat Doktor Gibsons Ansicht Sir William dazu gebracht, eine Autopsie der Frauen anzuordnen?«

»Nein, und ich vermute, das haben wir Eurem Vater zu verdanken.«

Sie schüttelte den Kopf. »Ich bezweifle, dass es dazu gekommen wäre, auch ohne die Intervention meines Vaters. Sir Williams Einstellung gegenüber Prostituierten ist bekannt. Im letzten Monat musste ein Straßenhändler vor die Untersuchungsrichter, weil er eine Frau in St. Paul's Churchyard zu Tode geprügelt hatte. William ließ den Mann mit einer Verwarnung davonkommen.«

Sebastian betrachtete ihr Antlitz mit der hellen Haut. »Warum seid Ihr hier, Miss Jarvis?«

Der Wind wehte ihr eine Haarsträhne quer über das Gesicht, aber sie schob es mit einer völlig ungekünstelten Bewegung zur Seite. »Ich habe mit der *Society of Friends* gesprochen. Es scheint, dass ein Gentleman namens Joshua Walden in der Nacht, in der Rose zum ersten Mal im Magdalenenhaus Zuflucht suchte, dort Dienst tat. Er lebt in Hans Town. Ich dachte, er könnte uns vielleicht mehr über sie erzählen.«

»Uns‹?« Sebastian verschränkte die Arme vor der Brust und wippte auf die Fersen zurück. »Ich stand unter dem Eindruck, dies wäre Eure Untersuchung, Miss

Jarvis. Dass meine Rolle lediglich die eines Beraters und schnell abgehandelt wäre.«

Sie legte den Kopf in den Nacken, hob eine Hand, um ihren Hut festzuhalten und blickte die zerstörten, rauchgeschwärzten Wände des Magdalenenhauses entlang. Eine Regung glitt über ihr Gesicht, der Hauch einer schmerzlichen Empfindung, die jedoch sofort wieder verschwand. »Das war nur ein Trick, und das wisst Ihr auch. Ich möchte herausfinden, wer diese Frauen getötet hat, Lord Devlin, und warum. Und ich bin nicht zu eitel, um anzuerkennen, dass Ihr in solchen Dingen deutlich erfahrener seid als ich. Ich hatte gehofft, dass Euer Interesse geweckt würde, wenn Ihr einen Einblick in diesen Fall bekämt, und sei er auch noch so kurz.«

Als er nicht darauf antwortete, sagte sie: »Glaubt Ihr an Gerechtigkeit?«

»Als abstraktes Konzept, ja. Aber ich fürchte, in unserer Welt gibt es nur wenig echte Gerechtigkeit.«

Sie nickte in Richtung der geschwärzten Ruinen des Magdalenenhauses. »Im Leben hat unsere Gesellschaft Rose im Stich gelassen – so wie all diese Frauen. Ich will sie nicht auch noch im Tod im Stich lassen.«

»Ihr seid nicht für die Gesellschaft verantwortlich.«

»Doch, das bin ich. Das sind wir alle, jeder auf seine eigene Weise, sei der Beitrag auch noch so klein.« Sie drehte sich um und sah ihm fest in die Augen. »Kommt Ihr mit mir nach Hans Town?«

Er wollte bereits ablehnen. Doch als er in ihre strengen grauen Augen blickte, erkannte er, dass ein Teil von ihr tatsächlich auf sein Nein hoffte, denn das gäbe ihr die Entschuldigung an die Hand, sich zurückzuziehen. Vom Tatort, von der Angst und von dem Grauen, das die Tatnacht für sie bedeutete.

Als er sich umwandte, sah er, wie die Arbeiter gerade den Leichnam des hellhaarigen Mädchens auf den Karren hoben. Und in diesem Augenblick dachte er nicht mehr an Lord Jarvis oder an Hero Jarvis. Er dachte an das Leben, das diesem Kind vorenthalten worden war, und an die Männer, die es ihm genommen hatten.

Und so überraschte er sich selbst nicht weniger als Hero Jarvis mit seiner Antwort: »Ja.«

Kapitel 7

Joshua Waldens Haus in Hans Town stellte sich als ein bescheidenes Backsteinhäuschen mit weißgestrichenen Fensterläden und einer glänzend schwarzen Haustür heraus. In den Blumenkästen vor den Fenstern blühten üppig Nelken und Steinbrech.

Walden, ein großer, fast klapperdürrer Mann Ende vierzig oder Anfang fünfzig mit einem Schopf dichten, graumelierten Haars, empfing sie in seinem schlicht ausgestatteten Salon. »Ich fühle mich sehr geehrt von Eurem Besuch, Hero Jarvis«, sagte er und bat sie, sich zu setzen. »Außerordentlich geehrt sogar. Ich las Euren Artikel über die hohe Sterblichkeitsrate bei Kindern, die von der Gemeinde als Kaminkehrer an die Schornsteinfeger verkauft werden. Eine faszinierende Arbeit.«

»Oh, danke sehr«, sagte Miss Jarvis und schenkte dem Quäker ein so strahlendes Lächeln, dass Sebastian blinzeln musste. »Wobei ich aber gestehen muss, dass der Aufbau des Artikels nicht von mir selbst stammte.«

Auf seinem Platz neben dem leeren Kamin hörte Sebastian amüsiert zu, während Miss Jarvis entschieden und gewitzt daran arbeitete, die Gemeinsamkeiten in der gutherzigen Haltung zwischen ihr und ihrem Gastgeber zu betonen. Die beiden Kämpfer für mehr Menschlichkeit tauschten sich ausgiebig über alles aus, begonnen bei Krankenhäusern, in denen man stationär aufgenommen werden konnte, bis hin zu den Armengesetzen. Sie lenkte das Gespräch langsam und sehr geschickt auf den eigentlichen Grund ihres Besuchs.

»Wie ich hörte, waren Sie in der Nacht, in der Rose Jones im Magdalenenhaus Zuflucht suchte, dort?«, sagte sie.

»Ja. Es war die dritte Nacht.«

»Die dritte Nacht?«, sagte Sebastian.

Walden lächelte. »Man sagt auch Mittwoch dazu. Ich erinnere mich daran, weil das Wetter schrecklich war – der Regen fiel als dichter Vorhang, und es war bitterkalt. Wir hatten keinen sehr ausgeprägten Frühling bisher, oder? Die armen Frauen waren durchnässt und gefährlich unterkühlt.«

Sebastian setzte sich aufrecht hin. »Frauen?«

»Ja. Sie waren zu zweit. Ich erinnere mich nicht an den Namen der anderen. Helen oder Hannah ... etwas in der Art. Ich fürchte, sie blieb nicht lange. Unsere Regeln sind nicht unmenschlich, aber streng. Wir haben herausgefunden, dass manche der Frauen, die zu uns kommen, ihr Leben nicht wirklich ändern wollen. Ich fürchte, Helen oder Hannah, oder wie auch immer sie hieß, gehörte zu dieser Kategorie. In der Nacht, in der sie kam, war sie verängstigt, aber das verflüchtigte sich bald. Schon nach einem oder zwei Tagen ging sie wieder.«

Miss Jarvis nickte, von der Natur der Unterhaltung weder peinlich berührt noch schockiert. »Sie sagten, sie war verängstigt?«

»Oh ja, das waren sie beide. Das ist nicht ungewöhnlich. Viele der Frauen, die zu uns kommen, flüchten aus schrecklichen Bedingungen – eigentlich aus Sklaverei, wisst Ihr. Die Zuhälter, die sie halten, haben sie entweder dazu gezwungen, Papiere zu unterzeichnen, die die armen, einfältigen Mädchen für bindend halten, oder sie haben sie in einen Zustand hoffnungsloser Verschuldung geführt. Diese Männer nehmen selbst für die Kleidung, die die jungen Frauen auf der Haut tragen, eine Gebühr, sodass die Mädchen sich, wenn sie fliehen, sozusagen des Diebstahls schuldig machen.«

»Gab sie Ihnen einen Hinweis auf die Art der Bedingungen, aus denen sie geflohen ist?«, fragte Sebastian.

»Gewöhnlich dringen wir bei unseren Befragungen nicht so tief zu solchen Einzelheiten vor. Aber aus einer oder zwei Äußerungen, die Hannah – ja, das war der Name der anderen jungen Frau. Hannah, nicht Helen. Wie auch immer, aus einer oder zwei Äußerungen, die Hannah fallen ließ, hatte Margaret Crowley den Eindruck gewonnen, dass die Frauen in einem festen Bordell arbeiteten und wohnten.« Er hielt inne, und seine dünne Brust hob sich in einem Seufzen. »Margaret Crowley war die Leiterin des Magdalenenhauses, müsst Ihr wissen.«

Miss Jarvis beugte sich vor, um seine Hand auf der Armlehne des Sessels zu tätscheln. »Ja. Es tut mir sehr leid.«

»Haben Sie eine Vorstellung, wo das Bordell sein könnte?«, fragte Sebastian.

Walden räusperte sich. »Die eine junge Frau – Hannah – war sehr mitteilsam. Ich glaube, sie erwähnte den Portman Square.«

Sebastian nickte. Feste Bordelle, in denen die Mädchen auch wohnten, waren selten in London. Weiter verbreitet waren die offenen Bordelle, deren Frauen – zumindest offiziell – unabhängig waren. Die jungen Frauen gabelten ihre Freier in den Vergnügungsparks oder im Theater oder auch in den Straßen der Stadt auf und brachten sie dann in die offenen Bordelle, in denen sie ein Zimmer hatten. Andere brachten ihre Männer in »Stundenhäuser«, in denen sie nicht wohnten; sie mieteten ein Zimmer nur für die benötigte Zahl der Stunden oder auch Minuten an. Andere nutzten die zahlreichen Garküchen, Rauchersalons und Kaffeehäuser, in denen man ebenfalls Schlafzimmer zum schnellen Gebrauch anmieten konnte, und deren ausschließlich männliche Kundschaft sie zu guten Jagdgründen machte.

»Ich fürchte, ich kann Euch wirklich nicht viel mehr über Rose Jones berichten«, sagte Walden. »Viele der jungen Frauen reiben sich an den Beschränkungen, die wir ihnen auferlegen, doch nicht so Rose. Sie hat das Haus nie verlassen.«

»Weil sie immer noch Angst hatte?«

»Ja, das glaube ich.«

»Sagte sie je etwas über ihr Leben, bevor sie ...«, Miss Jarvis zögerte.

Walden schüttelte den Kopf. »Nein. Dabei war sie offensichtlich von guter Herkunft. Frauen wie sie sehen wir nicht so oft. Aus einem bestimmten Grund behaupten viele der Frauen, die zu uns kommen, sie seien Pfarrerstöchter, doch ich glaube, nur wenige sind das tatsächlich. Aber ich habe keinen Zweifel daran, dass Rose sehr guter Abstammung war. Sehr guter Abstammung, ja wirklich.« Er blickte von Miss Jarvis zu Sebastian. »Eure Fragen haben mit dem Brand zu tun, richtig? Denkt Ihr, das Feuer war möglicherweise kein Unfall?«

»Das glaube ich in der Tat.«

Joshua Walden nickte, die Lippen fest zusammengepresst.

Erst, als er sie zur Tür begleitete, sagte er plötzlich: »Es gibt noch eine Sache, die helfen könnte. Wir hatten ein junges Mädchen im Haus, das sich Rachel nannte. Ich glaube, sie kann nicht älter als dreizehn gewesen sein – ein zauberhaftes Kind mit hellem Haar. Eines Abends hörte ich – durch reinen Zufall – wie Rose zu dem Kind sagte: ›Ich hieß früher Rachel.‹ Es ist mir im Kopf geblieben, weil Rachel fröhlich lachte und sagte: ›Und ich hieß früher Rose.‹«

Er lächelte sanft bei dieser Erinnerung, doch sein Lächeln verflog rasch. »Aber vielleicht hat das nichts zu bedeuten. Manche Mädchen ändern oft ihren Namen.«

»Vielleicht«, sagte Sebastian und blieb kurz in der einfachen Eingangshalle des Quäkers stehen. »Aber es könnte auch Roses eigentlicher Name sein. Ich danke Ihnen.«

»Das war eine glückliche Fügung«, sagte Miss Jarvis, als Sebastian ihr in ihre wartende Kutsche half. »Ich hatte nicht erwartet, so viel zu erfahren.«

»Ihr denkt also, dass wir viel erfahren haben?«

»Ihr nicht?« Sie wandte sich zu ihm um und sah ihn überrascht an. »Wie viele Bordelle kann es am Portman Square schon geben?«

Er trat einen Schritt zurück. »Glaubt es mir oder nicht, Miss Jarvis, aber ich habe nicht die geringste Vorstellung. Doch kenne ich jemanden, der es weiß.«

Kapitel 8

Neben dem kleinen Landsitz in Hampshire, den eine unverheiratete Großtante Sebastian vermacht hatte, unterhielt er auch ein Haus in der Brook Street. Das Anwesen in Brook Street 41 war um einiges kleiner und weniger imposant als das Stadthaus seines Vaters am Grosvenor Square – des Schatzkanzlers und fünften Earls of Hendon, Alistair St. Cyr. Allerdings hatte Sebastian seit September letzten Jahres weder das Haus seines Vaters am Grosvenor Square noch sein ererbtes Landgut in Cornwall besucht.

Als Sebastian die wenigen Stufen zu seinem eigenen Hauseingang erklomm, hörte er in der Ferne Donnergrollen, das die Luft des verhangenen Nachmittags erzittern ließ. Er überreichte seinen Hut dem Majordomus Morey und sagte: »Wo ist Calhoun?«

Jules Calhoun war Sebastians Leibdiener. Die nicht gerade orthodoxe Natur einiger von Sebastians Aktivitäten hatte es in der Vergangenheit schwierig gestaltet, für die Position des Leibdieners einen passenden Anwärter zu finden. Doch bereits vor acht Monaten war Calhoun dem Haushalt in der Brook Street beigetreten, und er hatte noch nie die geringste Neigung gezeigt, sich verängstigt oder eingeschnappt wieder zu empfehlen.

Der Majordomus war allerdings keiner von Calhouns Bewunderern. Er rümpfte die Nase. »Sicherlich gibt es Hausdiener, die über mehr Verstand verfügen, als so kurz vor der Dinnerzeit in die Küche zu stürmen«, sagte

Morey mit Grabesstimme. »Unglückseligerweise gehört Calhoun nicht zu diesen Gentlemen.«

Sebastian verbiss sich ein Lächeln. »Kocht er wieder seine Schuhwichse?«

Ein Muskel zuckte in Moreys angespannter Wange. »Sollte Madame LeClerc darob kündigen ...«

»Madame LeClerc soll kündigen, weil Calhoun beschlossen hat, gelegentlich Zeit in der Küche zu verbringen?« Sebastian zog seine Handschuhe aus. »Das ist nicht sehr wahrscheinlich.«

Madame LeClerc hätte jeden anderen Hausdiener mit einem Topf Schuhwichse in die Ställe verbannt. Aber die Köchin wurde nur aus Höflichkeit »Madame« genannt. Tatsächlich war sie eine junge Französin Ende zwanzig, eine etwas mollige Frau mit schwarzem Haar, lachenden Augen und einem Kussmund. Und Calhoun war ein überaus berückender *Gentleman's Gentleman*.

Morey rümpfte erneut die Nase. »Soll ich ihn anweisen, Euch aufzuwarten, Mylord?«

Sebastian legte seinen Herrenmantel ab. »Guter Gott, nein.« Schuhwichse war eine wichtige Angelegenheit. »Ich werde zu ihm gehen.«

Morey verbeugte sich in majestätischem Schweigen und zog sich zurück.

Das Herabsteigen des Viscounts in seine eigene Küche erregte einigen Aufruhr. Das Küchenmädchen ließ eine Schüssel mit halbgeschälten Erbsen fallen, während Madame LeClerc nach Luft schnappte und sagte: »Ist irgendetwas nischt rischtig, Mylord? 'at Euch vielleicht meine Seezunge nischt gemundet, die isch für das Dinner gestern Abend zubereitet 'abe?«

»Die Seezunge war wunderbar«, sagte Sebastian und balancierte vorsichtig über die Kaskade rollender Erbsen hinweg. »Ich bin gekommen, um mit Calhoun über die Schuhwichse zu sprechen. Wenn Sie uns entschuldigen könnten?«

Madame LeClerc warf dem kleinen, schlanken Mann, der den Inhalt eines schweren Topfs auf dem Herd umrührte, einen schmachtenden Blick zu, bevor sie sich zurückzog.

Die Luft in der Küche war vom Geruch nach Bienenwachs und Harz geschwängert. Wegen der Hitze des Herdes hatte Jules Calhoun sein Jackett abgelegt und die Ärmel seines Hemdes hochgekrempelt, und trotzdem gelang es ihm, einen Eindruck adretter Sauberkeit zu wahren. Nichts an seiner Haltung oder seinen beeindruckenden Fähigkeiten als *Gentleman's Gentleman* verriet die Tatsache, dass er im berüchtigtsten Freudenhaus Londons aufgewachsen war.

»So besorgt Eure Lordschaft auch um den Glanz Eurer Stiefel sind«, sagte Calhoun, ohne sich umzusehen, »so kann ich doch nicht sehen, dass diese Sorge Euch in die Küche herunterlocken würde.«

Sebastian ging zu einem der geradlehnigen Stühle neben dem geschrubbten Küchentisch, um sich niederzulassen. »Ich möchte wissen, was Sie mir über die festen Bordelle um den Portman Square herum sagen können.«

Calhoun blickte herüber, wobei eine Strähne seines glatten, flachsfarbenen Haars ihm in die Stirn fiel. »Sucht Ihr nach etwas Bestimmtem, Mylord?«

»Ich suche nach einem Haus, in dem man die Dienste einer attraktiven jungen Frau von edler Herkunft, etwa achtzehn bis zwanzig Jahre alt, anheuern könnte. Dunkles Haar. Schlank. Gebildet.«

Calhoun wandte seine Aufmerksamkeit wieder der blubbernden Masse auf dem Herd zu. »Hat ein solch zartes Wesen eure Zuneigung gewonnen, Mylord?«

»Nicht direkt. Ihr Name ist Rose – oder vielleicht Rachel – Jones und sie wurde letzte Nacht ermordet, als jemand das *Friends' Magdalene House* in Covent Garden überfallen hat. Ich habe Grund zu der Annahme, dass sie aus einem Haus in der Nähe des Portman Square geflüchtet war.«

»Ah. Ich verstehe. Nun, um den Portman Square herum gibt es nur drei Wohnbordelle.« Calhoun gab eine schwarze Mixtur aus einer Phiole in den Topf. Sebastian beobachtete ihn interessiert. Wie die meisten Leibdiener wahrte Calhoun seine Schuhwichsrezeptur als dunkles Geheimnis. »Wenn Eure junge Frau zierlich und von guter Herkunft war«, sagte der Hausdiener, »dann bezweifle ich, dass sie im *Goldenen Kalb* gewohnt haben könnte. Dort findet man den Typus dralles Milchmädchen. In der Chalon Lane gibt es ein Haus, in dem manchmal feinere Mädchen zu finden sind, aber sie bedienen diejenigen, die junges Fleisch bevorzugen.« Ein missfälliges Schaudern glitt über seine Züge. »Sehr jung. Und es sind auch nicht nur Mädchen.«

»Und das dritte Haus?«

»Ich würde sagen, das trifft es vermutlich am ehesten. Es heißt *Orchard Street Academy*. Die meisten der jungen Frauen dort geben nur vor, Ladies zu sein, aber manche von ihnen sind es tatsächlich. Die Vorsteherin ist ein dünner, gieriger Drachen, die in ihrer Blütezeit Schauspielerin war. Sie nennt sich Miss Lil.«

»Gehört ihr das Gebäude?«

»Nein. Der eigentliche Eigentümer ist Ian Kane.« Calhoun griff nach einer kleinen Flasche. »Ein ausgebuffter Kerl.«

Sebastian beugte sich vor. »Erzählen Sie mir von ihm.«

Calhoun fügte etwas zu der Mischung hinzu, das wie Klauenöl aussah. »Ich hörte, sein Vater war ein Bergmann aus Lincolnshire. Unser Ian zog nach London, als er gerade mal siebzehn Jahre alt war, und heiratete eine Witwe, die in Newgate einen Krämerladen besaß. Jetzt besitzt er ein Dutzend unterschiedlicher Etablissements – alles vom Krämerladen über Pubs bis zu Einrichtungen wie der *Orchard Street Academy*. Er ist schlau und skrupellos.«

»Skrupellos genug, um eine Frau zu töten, die aus seinem Etablissement geflüchtet ist?«

Calhoun hob den Löffel hoch, um die Konsistenz seiner Mixtur zu überprüfen. »Seine Frau starb ein Jahr nach der Hochzeit. Sie stürzte die Treppe hinunter und brach sich den Hals. Es gibt Menschen, die behaupten, dass Kane sie gestoßen hat. Andererseits könnte das auch nur ein Gerücht sein.«

Sebastian betrachtete das halb abgewandte Gesicht seines Dieners. »Was denken Sie?«

Calhoun zog den Topf mit der Schuhwichse vom Feuer. »Ich denke, dass Menschen, die Ian Kane als Gefahr oder auch nur als Last betrachten, mit höherer Wahrscheinlichkeit einen verfrühten Tod erwarten dürfen.« Er blickte herüber, seine blauen Augen waren beschattet. »Ihr tätet gut daran, das im Sinn zu behalten, Mylord.«

Kapitel 9

Hero Jarvis sah sich selbst als vernünftige Person, die sich nicht dem Eigensinn oder unsinniger Sturheit hingab. Sie entstammte einer alten, mächtigen Familie und verstand sehr wohl die Zwänge, die ein solches Erbe mit sich brachte. Trotzdem folgte sie nicht dem weitverbreiteten Glauben, dass die Tugenden einer Frau auf Demut, Keuschheit und Gehorsam begrenzt waren. Zwar strebte sie durchaus Demut an, auch wenn es ihr zu bestimmten Zeiten schwerfiel. Sie war auch eine keusche Frau und hatte sich, inzwischen fünfundzwanzig Jahre alt, einem Leben als Jungfrau verschrieben. Dies rührte allerdings mehr daher, dass sie nicht willens war, sich der Macht eines Ehemanns zu beugen, als aus irgendeinem anderen Grund. Aber was unkritischen Gehorsam anging – nun, nach Heros Meinung galt das für Kinder, Diener und Hunde.

Ihr Vater neigte dazu, sie geistig entweder zu den Überempfindlichen oder zu den Radikalen zu zählen, doch mit dieser Ansicht lag er falsch. Sie war weder das eine noch das andere. Sie betrachtete glühende Demokraten als gefährlich wahnhaft, und obgleich sie Werke der Wohltätigkeit unterstützte, hatte sie keineswegs die Absicht, in einer Suppenküche Porridge auszuteilen oder ehrenamtlich in einem Waisenhaus zu arbeiten. Ihre Leidenschaft für Wandlung und Reform war eher intellektuell als emotional und galt eher den Gesetzen als Einzelpersonen. Sie folgte einem grundlegend anderen Moralkodex als ihr Vater – und damit war es auch überwiegend zu erklären, dass er sie nicht verstehen konnte.

Zur Entscheidung, selbst dafür zu sorgen, dass die Morde im Magdalenenhaus nicht vergessen wurden, war sie nicht auf leichtem Wege gelangt. Doch sobald sie sich durchgerungen hatte, die Frau nicht im Stich zu lassen, die in ihren Armen gestorben war, verfolgte Hero ihr Ziel mit der gleichen konzentrierten Zielstrebigkeit, die ihren Vater auszeichnete. Da sie sich darüber im Klaren war, dass sie nicht über die Erfahrung und die Fähigkeiten verfügte, die nötig waren, die Aufgabe angemessen zu meistern, war es ein logischer Schritt gewesen, die Hilfe von jemandem wie Viscount Devlin zu suchen. Aber Hero wusste, dass es sowohl einfältig als auch feige wäre, wenn sie sich davon zu überzeugen versuchte, dass ihre Verpflichtung damit endete. Und Hero Jarvis war weder einfältig noch feige.

Sie kehrte zum Stadthaus ihrer Familie am Berkeley Square zurück, tauschte ihren Mantel und die dazu passende, moosgrüne Pelisse gegen ein gedeckteres, graues Ausgehkleid und einen kleinen Hut mit Schleier ein. Dann machte sie sich in Begleitung ihrer widerstrebenden Zofe auf den Weg in Richtung Covent Garden.

Heros Nachforschungen nach den Gründen für den starken Zuwachs in der Zahl der Prostituierten in der Hauptstadt in letzter Zeit hatten ihr eine Vertrautheit mit Menschen und Orten beschert, die den meisten Frauen ihres gesellschaftlichen Standes unbekannt waren. Sie hielt es für sinnvoll, ihre Kontakte für ihren Versuch, die Frau zu finden, die ursprünglich mit Rose Jones im Magdalenenhaus eingetroffen war, zu nutzen. Lord Devlin war vielleicht ein erfahrener und geschickter Detektiv, doch die Tatsache, dass er ein Mann war, blieb. Und die Attitüde, mit der die gefallen Frauen aus der Halbwelt Männern gegenüberstanden, war Hero durchaus bekannt. Wahrscheinlich würden sie sich viel bereitwilliger Hero gegenüber öffnen, einer Frau, als einem Angehörigen des Geschlechts, das sie zugleich hassten und verachteten.

Zu dieser nachmittäglichen Uhrzeit war der Hauptplatz von Covent Garden noch vom Markttreiben belegt. In den umgebenden Straßen hallten die Rufe der Fischerfrauen und der Händler, die »frischen heißen Tee« und »feine reife Orangen, zuckersüß« anpriesen. Die geschminkten und willigen Frauen, die später herauskommen und die dunkler werdenden Kolonnaden und Theater belagern würden, saßen oder standen noch in Grüppchen in den Küchen ihrer Unterkünfte zusammen und schnatterten miteinander.

Hero dirigierte ihren Kutscher zu einer verborgenen Unterkunftseinrichtung in der King Street, die von einer Irin namens Molly O'Keefe geleitet wurde. Molly, eine große, füllige Frau mit unglaublich rotem Haar begrüßte sie mit den Händen in den Hüften, und in ihrem breiten Lächeln kräuselten sich die Fältchen neben ihren wässrigen grauen Augen. Früher selbst eine Prostituierte, war Molly gewitzt genug gewesen, um sich aus der abwärts führenden Spirale zu befreien, die für die meisten in Krankheit und frühem Tod endete.

»Hab' nich' erwartet, Eure Ladyschaft wiederzusehen«, sagte Molly und streckte die Hand aus, um Hero über die schmale Veranda zu ziehen. »Kommt herein, kommt herein.«

»Ich bin keine Ladyschaft, wie Sie sehr wohl wissen, Molly«, sagte Hero und drückte Molly den Korb mit feinem Brot und frischem Bauernkäse in die Hand, den sie mitgebracht hatte. »Mein Vater ist ein Baron, kein Earl.«

Molly zeigte in einem Lachen ihre vom Tabak fleckigen Zähne. »Sicher. Aber Ihr seid 'ne Lady, da führt nix dran vorbei. Außerdem könntet Ihr 'ne Ladyschaft sein, wenn Ihr wolltet. Müsstet nur einen der Lords heiraten, die Euch ganz sicher den Hof machen.«

»Und weshalb sollte ich das wohl tun wollen?«

Molly lachte erneut. »Ich will verdammt sein, wenn ich das weiß.«

Ihre säuerlich dreinblickende Zofe im Schlepptau folgte Hero der Vermieterin den schäbigen Flur entlang in die Küche, die als Gemeinschaftsraum der Unterkunft diente. Im Zentrum der Küche stand ein alter und rau gescheuerter Tisch, um den sich die unterschiedlichen Mieterinnen des Hauses gruppierten. Etwa ein Dutzend schäbig gekleideter Frauen in zerrissenen Schuhen schnatterten, ohne ein Blatt vor den Mund zu nehmen, über Männer und Kleider und ihre eigenen, höchst unwahrscheinlichen Vorstellungen für ihre Zukunft. Die dicke Luft roch nach Bier, Gin, Zwiebeln und einem schwachen anderen Geruch, den Hero mit Orten wie diesem verband, und dessen genaue Natur sich ihr immer noch entzog.

Molly O'Keefes Einrichtung war kein Bordell, auch wenn die meisten ihrer Bewohnerinnen Prostituierte waren. Diese Frauen waren unabhängige Prostituierte, die es vorzogen, ihr Privatleben und ihr Gewerbe getrennt zu halten. Sie blickten sowohl auf die

Freudenhäuser mit festen Bewohnerinnen als auch auf die offenen Bordelle mit wechselnder Belegung hinab, lebten hier, in Molly O'Keefes Haus und nahmen ihre Freier mit in Stundenhotels, um dort ein Zimmer zu mieten.

Hero war noch nie in einem Bordell mit festen Bewohnerinnen, einem Mietbordell oder einem Stundenhotel gewesen. Zwar frustrierte es sie, aber als junge, unverheiratete Dame der feinen Gesellschaft wagte sie bestimmte Grenzen nicht zu überschreiten, wie ungeduldig sie auch den Konventionen gegenüberstehen mochte. Ihr Kontakt zu den Frauen auf der Straße, die sie studierte, war deshalb auf neutrales Territorium beschränkt geblieben, wie dieses Haus oder Zufluchtsstätten wie das Magdalenenhaus. Aber sie hatte genug über sie alle gelernt, um die Beziehungen zu begreifen, die das eine Segment der Unterwelt mit dem nächsten verknüpften. Über die Bewohnerinnen von Molly O'Keefes Haus würde Hero Zugang zu praktisch allen Prostituierten Londons bekommen.

»Ich würde gerne mit Ihren Bewohnerinnen sprechen, wenn ich darf«, sagte sie zu Molly und schob den Schleier von ihrem Gesicht zurück.

Molly klatsche in die Hände. »Nun gut«, sagte sie laut. »Hört mal her, ihr besoffener Haufen wertloser Flittchen. Die Lady hier will mit euch reden.«

Jemand kicherte, während vielleicht die Hälfte der Frauen am Tisch weiter sprachen. Eine Frau mit kurzem blondem Haar und ausladenden Brüsten, die im tiefen Ausschnitt ihres Kleids zu sehen waren, sagte: »Und warum sollten wir ihr zuhören?«

»Weil euch das, was ich zu sagen habe, zwanzig Pfund einbringen könnte«, sagte Hero und trat ans Kopfende des Tisches.

Zwanzig Pfund waren viel mehr als ein gutes Hausmädchen innerhalb eines Jahres verdienen konnte. Sofort wurde es still im Raum. Nun, da sie die Aufmerksamkeit der Frauen hatte, sagte Hero: »Letzten Mittwoch sind zwei Frauen aus einem festen Bordell am Portman Square weggelaufen. Eine nannte sich Rose. Die andere hieß Hannah. Rose war eine der Frauen, die letzte Nacht im Magdalenenhaus getötet wurden. Aber Hannah hatte das Heim einige Tage vor dem Überfall wieder verlassen. Sie ist vielleicht in Gefahr, oder sie könnte etwas darüber wissen, warum der Überfall stattgefunden hat. Ich würde gern mit ihr sprechen.«

Ein Gemurmel aus Flüstern und unsinnigen Kommentaren erhob sich im Raum. Hero hob die Stimme und sprach weiter: »Wenn eine von euch oder aus eurem Bekanntenkreis mir Informationen liefert, die mir helfen, Hannah zu finden, bekommt die entsprechende Person eine Belohnung von zwanzig Pfund.«

»Äh, dann sucht Ihr wohl nach mir«, sagte eine hochgewachsene, skelettartig dünne Frau mit langem braunem Haar. »Ich bin Hannah. Woher wusstet Ihr, dass ich hier bin?«

Die anderen Frauen am Tisch lachten, während Molly grummelte und sagte: »Unsinn. Das ist Jenna Kincaid.«

»Bitte denkt nicht«, sagte Hero und ließ den Blick über die versammelten Frauen wandern, »dass ich so dumm bin, für falsche Informationen zu zahlen. Ich werde die Frau, die ich suche, erkennen, wenn ich sie sehe. Wer auch immer vortritt, bekommt die Belohnung nur, wenn die Information, die sie mir gibt, sich als richtig erweist.«

»Woher wissen wir, dass Ihr dieser Hannah nichts Böses wollt?«, rief eine der Frauen am anderen Tischende.

»Ich bin nicht als Vertreterin des Gesetzes hier«, sagte Hero und musste erneut die Stimme über das fortgesetzte Gemurmel erheben. »Die Frauen im Magdalenenhaus wurden umgebracht. Die Beamten haben kein Interesse daran gezeigt, die Verantwortlichen zu ermitteln. Niemand weiß, warum diese Frauen getötet wurden. Und das heißt, dass Hannah vielleicht nicht die Einzige ist, die in Gefahr schwebt. Wer auch immer diese Frauen umgebracht hat, könnte es wieder tun. Ihr alle seid potenziell in Gefahr.«

Diese Äußerung löste, wie erwartet, einen Aufruhr aus. Hero wartete einige Augenblicke ab, dann sagte sie: »Wer von euch über die gesuchte Information verfügt, kann mich morgen im Bollock's Museum treffen. Ich werde von zehn bis elf Uhr vormittags in den Ausstellungsräumen sein. Ich werde ein marineblaues Ausgehkleid und einen Hut mit zwei Straußenfedern tragen. Aber ich warne euch: Jede, die meine Zeit mit falschen Informationen vergeudet, wird anschließend Grund haben, ihre Frechheit zu bereuen.«

Die Frauen verstummten schlagartig. Hero hatte den Kniff heraus, ganz wie ihr Vater zu klingen, wenn sie es wollte.

Molly blickte ungewöhnlich grimmig drein, als sie mit Hero zum Eingang des Hauses ging. »Ich habe schon Gerede gehört, dass die Frauen im

Magdalenenhaus umgebracht worden wären, aber ich hab's nicht geglaubt.«

»Ich fürchte, es ist die Wahrheit«, sagte Hero. Auf der schmalen Veranda drehte sie sich um und nahm Mollys Hand. »Danke für Ihre Hilfe.«

Mollys Mundwinkel sackten hinab, und ihre Wangen röteten sich. Sie ruckte mit dem Kopf Richtung Küche. »Ihr meint wirklich, die Weiber sind in Gefahr?«

»Es ist möglich. Ehrlich gesagt weiß ich es nicht.«

Molly musterte sie mit zusammengekniffenen Augen, ohne zu zwinkern. »Die meisten feinen Herren und Damen, die wir hier zu sehen kriegen, wollen die Huren bestrafen. Wollen sie lebendig in die Hölle schicken, damit sie am Ende lammfromm und unterwürfig wieder rauskommen. Aber Ihr seid nicht so.«

Hero lachte leise. »Vielleicht, weil ich lammfromme, unterwürfige Frauen nicht mag.«

Molly lächelte nicht. Sie sagte: »Diese Hannah, nach der Ihr so dringend sucht ... Is' Euch je in den Sinn gekommen, dass Ihr Euch selbst in Gefahr bringt, wenn Ihr se sucht?«

»Ich bin viel besser geschützt als sie.«

»Vielleicht.« Molly nickte zur Kutsche mit den beiden livrierten und gepuderten Lakaien. »Aber wenn Ihr schlau seid, schaut ihr nächstes Mal, wenn ihr herkommt, dass Euer Kutscher ein Schießeisen dabei hat. Keiner is' ganz sicher.«

Kapitel 10

Mit vorsichtigen Schritten über verkohlte Balken, geschwärzte Möbel und zerbrochene Backsteine hinweg suchte Sebastian sich einen Weg durch abgebrannte Zimmer, in die von oben das trübe Nachmittagslicht fiel. Von der Straße her erklangen das Rattern eines Karrens und die Rufe eines Scherenschleifers: »Heute Messer oder Scheren zu schärfen?« Aber hier herrschte eine unnatürliche Stille, als ob etwas lauerte.

Sebastian hatte sich überlegt, dass ein Besuch in der *Orchard Street Academy* nach Einbruch der Dunkelheit besonders effektiv wäre. Deshalb war er hierher zurückgekehrt, zu den Überresten des Magdalenenhauses, um nach Antworten auf Fragen zu suchen, die er sich noch gar nicht gestellt hatte.

Er drängte sich durch eine zerstörte Tür in die ehemalige Küche und sah sich um. Wenn Rose Jones in der Gasse erschossen worden war, wie Miss Jarvis gesagt hatte, dann mussten ihre Mörder ihre Leiche hier hereingezogen haben, bevor sie das Haus in Brand stecken konnten. Vielleicht hatten sie das Feuer sogar vom Küchenherd aus gelegt.

Ein undeutliches, schlurfendes Geräusch lenkte seinen Blick zur entfernten Ecke, wo er einen Hund zu sehen glaubte, der nach Futter suchte. Doch es war kein Hund. Beim Klang von Sebastians Schritten ging der Kopf eines Kindes hoch. Sein Gesicht war dreck- und rußverschmiert, das Haar matt. Mit einem Keuchen hastete der zerlumpte Junge zur Türöffnung, unter seinen bloßen Füßen stoben kleine Aschewölkchen auf, als er losrannte.

»Warte«, rief Sebastian, doch der Junge war bereits über die hintere Veranda und in die Gasse gelaufen.

Sebastian folgte ihm in eine enge, schattige Gasse, die nach Abfall und Urin stank. Auf seiner linken Seite endete der gepflasterte Weg vor einer aufragenden Backsteinmauer. Er wandte sich nach rechts und folgte dem Weg, den Miss Jarvis am Abend zuvor eingeschlagen haben musste. Das Durcheinander der Fußabdrücke im Dreck konnte von jedem stammen. Aber am Ende der Gasse fand er doch, wonach er suchte: eine getrocknete Blutlache, die über die Pflastersteine verschmiert war, als wäre eine Leiche weggezogen worden.

Er ging in die Hocke, um nach irgendetwas in dem verrottenden Kohl und den weggeworfenen Innereien zu suchen. Doch er fand nichts.

Er legte den Kopf zurück und blickte an den Gebäuden hoch, die ihn umgaben. Gewiss hatte jemand etwas gesehen oder gehört.

Er rappelte sich wieder auf die Füße und begann mit der Teehandlung in den Geschäftsräumen an der Ecke. Die Inhaberin entpuppte sich als eine stämmige mittelalte Witwe mit einem schweren Doppelkinn und einem durchdringenden Blick aus grauen Augen. Sie richtete ihre Schürze und brauste bei der ersten Erwähnung des Magdalenenhauses auf.

»Ein Glück, dass wir das los sind, sag ich«, grummelte sie. »Das hier is' eine anständige Straße, wirklich. Diese Flittchen konnten wir hier nicht gebrauchen. Das war Gottes Urteil, was passiert is', wenn Ihr mich fragt.«

»Haben Sie nichts Verdächtiges gesehen? Vor dem Brand, meine ich. Vielleicht Männer, die das Haus beobachteten?«

Die Teehändlerin drehte sich weg, um eine massive Kiste hochzuheben und sie auf eine Seite zu wuchten. Dabei schien sie nicht mehr Kraft aufwenden zu müssen, als wäre es ein kleiner Nähkorb. »Da lungerten doch immer Männer herum. Is' ja nur logisch, oder? Ich meine, wenn man bedenkt, was für Weiber das waren.«

»Haben Sie letzte Nacht Schüsse gehört?«

Sie drehte sich um und sah ihn aus strengen, unfreundlichen grauen Augen an. Aus einem großen Muttermal neben ihrer Nase wuchsen drei Haare. Sie erzitterten, während die Frau ihn misstrauisch von oben bis unten musterte und seine von Calhoun makellos glänzend polierten Stiefel, den hervorragenden Sitz seines Mantels und das steife, weiße Leinen seines Hemdes und seines Halstuchs mit ihrem Blick erfasste. »Was geht Euch das überhaupt an, einen feinen Gentleman wie Ihr?«

»Ich führe für jemanden Befragungen durch, mit dem ich befreundet bin. Es gibt Hinweise darauf, dass das Feuer kein Unfall war. Dass es tatsächlich Mord war.«

»Hinweise?« Die fleischigen Fäuste der Frau landeten auf ihren breiten Hüften. »Und wer macht so Hinweise, hm? Die Quäker bestimmt. Ein Haufen Heiden, wenn Ihr mich fragt. Mit ihrer komischen Art und ihren fremdländischen Vorstellungen. Vor allem ihre Zufluchtsstätten für das verruchte Pack.«

»Ein Gottesurteil also?«

»Genau.«

Sebastian verließ den Teeladen mit seiner muffigen, stark riechenden Luft und klapperte die Straße in beide Richtungen ab. Er redete mit dem Lehrling eines Kerzenziehers und einem Kurzwarenhändler, einem Kohlehändler und einem Wollhändler. Erst als er den Laden des Käsehändlers direkt gegenüber dem niedergebrannten Haus betrat, traf er jemanden an, der bereit war, zuzugeben, dass er am Abend zuvor etwas Ungewöhnliches gesehen oder gehört hatte.

Das dünne, braunhaarige Mädchen hinter der schlichten Holztheke war jung, höchstens vierzehn oder fünfzehn, und hatte die rosigen Wangen und klaren Augen eines Landmädchens. »Was meint Ihr damit, ob ich irgendwas Ungewöhnliches vor dem Brand letzte Nacht bemerkt habe?«, fragte sie, während sie die Scheibe Blauschimmelkäse einpackte, die er ausgewählt hatte.

Das trübe Licht des wolkenverhangenen Tages fiel durch alte Fenster herein, die nur verschwommene Sicht auf eine vorbeifahrende Kutsche freigaben. Sebastian wurde klar, dass er von dieser Stelle aus einen ungehinderten Blick auf die geschwärzten Backsteinmauern und die eingefallenen Kamine auf der anderen Straßenseite hatte. »Vielleicht jemanden, der nicht so aussah, als ob er in die Nachbarschaft gehörte?«, schlug er vor.

Sie sah auf, ihre Lippen verzogen sich zu einem verschmitzten Lächeln. »Wie Euch, meint Ihr?«

Sebastian lachte. »Bin ich so deplatziert?«

»Na, oft kommen solche wie Ihr nicht hierher, das ist mal klar.« Sie hielt inne und beugte sich vor, stützte die Ellbogen auf dem Tresen ab, und ihr Lächeln verflog, als sie die Stimme senkte. »Aber doch, ich hab' was gesehen, was mir ziemlich komisch vorgekommen ist. Ich hab's meinem Pa gesagt, aber er meinte, ich soll mich um meinen eigenen Kram kümmern. Sagte, wir brauchen nich' noch mehr Ärger.«

Der erdige Geruch alten Cheddars und von frischem Bauernkäse erfüllte die Luft um sie herum. Sebastian fragte sich, mit welcher Art von Ärger der Käsehändler und seine Familie bereits kämpfen mussten. Aber er sagte nur: »Was haben Sie gesehen?«

Sie warf einen Blick zurück auf den mit einem Vorhang geschlossenen Alkoven, als wollte sie sich vergewissern, dass ihr Pa nicht dort lauerte. »Männer. Feine Herren. Die lungerten stundenlang hier rum – gingen die Straße rauf und runter, in die Läden und wieder raus, aber gekauft ha'm sie nix.«

»Wie viele Männer?«

»Weiß nicht genau. Drei. Vielleicht auch vier. Ein paar von denen sind auch hier reingekommen. Ha'm so gemacht, als würden sie sich umgucken, aber eigentlich haben sie die ganze Zeit nur nach dem Haus auf der anderen Straßenseite gelinst.«

»Hatten sie dunkles Haar? Oder helles?«

Sie dachte einen Moment darüber nach. »Die zwei, die hier reingekommen sind, waren dunkel. Die waren vielleicht 'n bisschen älter als Ihr, aber nich' viel.«

»Erinnern Sie sich sonst noch an irgendetwas?«

»Ähem ...« Sie zog die Silbe in die Länge und verzog das Gesicht vor Anstrengung, sich zu erinnern. »Die ha'm mich ein bisschen an Mister Nash erinnert.«

»Mister Nash?«

»Der reiche Pinkel, wo seinen ganzen Käse bei meinem Pa gekauft hat. Ist letztes Jahr gestorben.«

»Inwiefern haben die Herren Sie an Mr. Nash erinnert?«

Sie zog eine Schulter hoch. »Weiß nicht. War einfach so.«

Sebastian blickte durch das Fenster mit Wellenmuster im Glas auf den ehemaligen Eingang des Magdalenenhauses. »Haben Sie diese Männer in das Haus hineingehen sehen?«

Sie schüttelte den Kopf. »Es wurde so neblig, dass ich nicht mal den König hätte sehen können, wenn er mitten über die Straße gefahren wäre.«

»Und nachdem es angefangen hatte zu brennen? Haben Sie die Männer da gesehen, in der Menschenmenge?«

Sie schüttelte erneut den Kopf. Sie senkte die Stimme noch mehr, dann sagte sie: »Aber ich habe Schüsse gehört. Zwei. Kurz bevor der Brand ausbrach.«

So viele Menschen in dieser Nachbarschaft hatten verneint, Schüsse gehört zu haben, dass Sebastian schon begonnen hätte, Miss Jarvis' Geschichte zu misstrauen, wenn sie nicht durch Gibsons medizinische Beobachtungen gestützt worden wäre. Er sagte: »Niemand sonst gibt zu, etwas gehört zu haben. Warum?«

Wieder warf sie einen schnellen Blick über die Schulter. »Keiner wollte das Haus hier haben«, flüsterte sie. »Sie wollten, dass es verschwindet.«

Sebastian studierte die feinen Linien ihres jungen Gesichts, das zarte hellbraune Haar, das in natürlichen Wellen unter ihrer Morgenhaube herausrutschte. »Also sagen Sie damit ... was?«

Sie sog rasch den Atem ein, und ihre Augen weiteten sich, als sie begriff, wie er das, was sie gerade gesagt hatte, verstehen könnte. »Nich' dass Ihr mich falsch versteht. Ich sage nicht, dass irgendeiner hier was damit zu tun hat, was passiert ist. Ich sage nur, die Leute haben so über das Haus gemurrt, dass sie vielleicht Angst haben, jemand könnte ihnen die Schuld zuschieben, wenn die Wachtmeister anfangen, zu untersuchen, wie's zu dem Brand gekommen ist.«

Sebastian griff nach seinem eingepackten Käse und legte eine großzügige Summe auf die Theke. »Und warum haben Sie es mir dann erzählt?«

»Pippa?« Eine nörgelnde Stimme erklang aus dem hinteren Teil des Ladens. »Bedienst du immer noch denselben Kunden?«

Pippa zog sich zurück.

»Warum?«, fragte Sebastian nochmals. Aber das Mädchen wirbelte herum und verschwand hinter dem Vorhang des Alkovens.

Er trat aus dem Käseladen hinaus in die Straße, in der die Schatten länger wurden und ein kalter Wind wehte. Als er sich zu seiner Kutsche wandte, schälte sich die vertraute Gestalt eines Mannes aus dem düsteren Schatten neben einem Kohlewagen und trat Sebastian in den Weg.

»Ich bin überrascht, Euch hier zu sehen, Devlin«, sagte Colonel Bryce Epson-Smith. »Ich hatte den Eindruck, Ihr hättet Euren durchaus befremdlichen Zeitvertreib aufgegeben, um Euch gepflegt zu Tode zu saufen.«

Bewusst langsam ließ Sebastian den Blick über die große, elegante Gestalt des ehemaligen Kavallerie-

Offiziers wandern, von der adrett gerundeten Krempe seines Kastorhuts bis zu seinen glänzenden schwarzen Hessischen Stiefeln. Als Jarvis Kat Boleyn mit dem Tod eines Verräters gedroht hatte, war Epson-Smith sein Werkzeug gewesen. Der Mann war gewieft, böse und todbringend. »Auf welchen befremdlichen Zeitvertreib beziehen Sie sich?«

»Eure selbstgewählte Rolle als Rächer für zarte Jungfrauen, die einen zu frühen Tod gefunden haben.« Epson-Smith nickte in Richtung der geschwärzten Wände des ausgebrannten Hauses auf der anderen Straßenseite. »Nur dass es hier nicht ganz um Jungfrauen ging, nicht wahr?«

»Ich nehme an, Sie sind im Auftrag von Lord Jarvis hier.«

Epson-Smith hakte angelegentlich einen Daumen in die Tasche seiner Seidenweste. »Ich würde sagen, dass wir, in diesem Augenblick zumindest, in der gleichen Angelegenheit hier sind.«

»Ist das so? Mir ist daran gelegen, Gerechtigkeit walten zu lassen. Eure Anwesenheit legt es hingegen nahe, dass Lord Jarvis' Absichten gänzlich anderer Natur sind.«

»Gerechtigkeit? Für ein halbes Dutzend wertloser Huren? Was bedeuten sie Euch?«

»Acht«, korrigierte Sebastian. »Acht Frauen sind tot. Und wenn sie so wertlos sind, warum sind Sie dann hier?«

Wenn der Colonel den echten Kern von Jarvis' Interesse kannte, war er zu geschickt, es zu erkennen zu geben. Er sagte lediglich: »Wisst Ihr, wir könnten zusammenarbeiten.«

»Das glaube ich nicht.«

Mit unverrückbarem Lächeln drehte Epson-Smith sich um. Aber er hielt lange genug inne, um zurückzublicken und zu sagen: »Solltet Ihr Eure Meinung ändern, wisst Ihr, wo Ihr mich findet.«

Kapitel 11

Eine für die Jahreszeit ungewöhnlich kalte, aber klare Nacht brach herein. Ein beißender Wind wehte von der fernen Nordsee her, der die letzten Wolken und den Rauch der Kohlefeuer wegfegte, die die Stadt in diesen Wochen des Jahres manchmal ersticken konnten.

Sebastian ließ seine Stadtkutsche an der Ecke Portman Square zurück und ging das kurze Stück zur Orchard Street zu Fuß. Seine Tritte hallten auf den Pflastersteinen wider. In diesem Teil der Stadt mischten sich die Stile: Herrenhäuser, die denen von Mayfair ähnelten, aber verstreute, alte Straßen, die im Lauf der Zeit langsam verschwanden. Aus einem nahegelegenen Varieté klang Gelächter, das sich mit einer Melodie vermischte, während die durchdringenden Aromen frisch gemahlener Kaffeebohnen und des billigen Fusels *Blue Ruin* aus dem Kaffeehaus und der Gin-Handlung auf der anderen Straßenseite herüberwehten. Als er durch einen Durchgang ging, löste sich eine Frau aus den Schatten, und eine Öllampe in der Nähe warf flackerndes goldenes Licht auf ihre unbedeckten blonden Haare und das schmale Antlitz.

»Auf der Suche nach Gesellschaft?«, fragte sie mit zittrigem Lächeln. Sie konnte nicht älter als fünfzehn sein, die Augen standen riesig in dem blassen Gesicht. Sebastian schüttelte den Kopf und ging weiter.

Die *Orchard Street Academy* war ein altes Anwesen, etwas von der Straße zurückgesetzt. Flackerndes Lampenlicht zeigte ihm eine frisch gestrichene, schwarze Tür und Fenster mit festverschlossenen Vorhängen.

Aber eine der Regenrinnen hing zerbrochen herunter, und ein muffiger Zerfallsgeruch erfüllte die Luft. Er pochte fest gegen die Tür und blieb ruhig stehen, während ein Auge ihn aus dem Verborgenen heraus musterte und seine Aufmachung abschätzte. Die Türsteher solcher Etablissements konnten schneller als jeder Kavalier in der Bond Street mit einem Blick den Wert des Capes, der wildledernen Hosen und der Stulpstiefel eines Gentlemans erfassen.

Er erwartete, von einem alternden Schwergewichtler vom Rummel eingelassen zu werden. Stattdessen wurde die Tür von einer dünnen Frau mittleren Alters in einem hochgeschlossenen, dunkelbraunen Seidenkleid geöffnet. Sie hatte grell rot geschminkte Wangen und schwarzgefärbte Wimpern. »Guten Abend, werter Herr«, sagte sie im durchdringenden Tonfall einer Frau, die gewohnt ist, auf der Bühne zu stehen. »Tretet doch herein.«

Aus einem abgeschiedenen Alkoven drangen die Klänge einer Harfe her, die von geübten Fingern sanft gespielt wurde. Er trat in einen Salon mit verschossenen grünen Seidenvorhängen und gestreiften Kanapees, die das Wohnzimmer einer verarmten Gräfin hätten zieren können. In dem einstmals mit feinem Gold eingefassten Spiegel über dem leeren Kamin blühte der Schimmel. Die Luft roch nach Wachskerzen und feinem Brandy, unter dem nur schwach der schwere Moschusduft von Sex und Erregung zu erahnen war.

Während die meisten Londoner Prostituierten ihre Freier auf den Straßen oder solch belebten Orten wie Theatern oder den *Vauxhall Pleasure Gardens* aufgabelten und dann in ihre Zimmer mitnahmen, hielten sich die festen Bordelle auch noch. Sie zogen Frauen an, die davor zurückschraken, sich dem rauen und gefährlichen Wettkampf auf den Straßen zu stellen, und sie zogen Männer an, die genug davon hatten, in Hinterhausgassen dunkle Treppenstufen zu einem unbekannten Haus hinauf gelotst zu werden.

Aus dem rauchgeschwängerten Raum zu Sebastians Rechten drangen leises Stimmengemurmel und die Geräusche, die ein Kartenspiel begleiten. Als Sebastian durch den gewölbten Durchgang blickte, erkannte er Sir Adam Broussard und Giles Axelrod unter dem etwa halben Dutzend Gentlemen, die um einen grün bespannten Tisch herum saßen. Doch der protzige Kerl, der mit einer Flasche Wein und einem drallen, goldblonden Mädchen über die hintere Treppe verschwand, war offensichtlich kein Gentleman. Trotz der vordergründigen, scheinbaren Vornehmheit, deren sich die *Orchard Street Academy* lobte, verlor sich das Klassenbewusstsein, wenn es um die Kundschaft ging. Dann war das einzige Kriterium Zahlungsfähigkeit, gute Zahlungsfähigkeit.

»Ihr habt uns noch keinen Besuch abgestattet, nicht wahr?«, sagte Miss Lil. Ihr Blick erfasste den Goldanhänger an seiner Uhrenkette und den silbernen Knauf seines Stocks.

Sebastian schüttelte lächelnd den Kopf. »Nein. Ihr Etablissement wurde mir von einem Freund empfohlen.«

Miss Lil streckte in einer umfassenden Geste die Hand aus und deutete auf die drei weiblichen Paradiesvögel, die erschienen waren und sich locker im Salon verteilten. Sie waren in Gewänder aus edelsteinfarbener Seide gekleidet, deren tiefe Dekolletees reife Brüste freigaben. Die Seide umschmeichelte jede Rundung und überließ nur wenig der Vorstellungskraft; unter den zu kurzen Kleidersäumen lugten zierliche Fußknöchel hervor. Seit acht Monaten hatte Sebastian nicht mehr die Berührung einer Frau gespürt – und seit Jahren hatte er nicht mehr darüber nachgedacht, eine andere Frau als Kat an sich heranzulassen. Er dachte auch jetzt nicht daran.

Etwas von seinem mangelnden Interesse musste wohl auf seinem Gesicht zu erkennen gewesen sein, denn Miss Lil sagte: »Vielleicht möchtet Ihr eine Flasche Wein ordern, um sie mit den Damen zu trinken. Möchtet Ihr sie etwas näher kennenlernen, bevor Ihr Eure Wahl trefft?«

Die drei Dirnen musterten ihn mit der blanken Geschäftsmäßigkeit von Frauen, für die ein Mann nur ein weiterer Kunde, ein Freier ist. Eine von ihnen, eine große Frau mit ebenholzfarbener Haut und königlichem Hals, lächelte ihn an und sagte mit jamaikanischem Akzent: »Ich bin Tasmin.« Neben ihr schürzte ein stark geschminktes Freudenmädchen mit dem tiefschwarzen Haar und der blassen Haut Irlands die Lippen und pustete ihm einen Kuss zu. Die dritte, ein zierliches Gassenmädchen mit einem Schopf kurzer, flachsfarbener Locken, kräuselte ihre kindliche Nase und lachte fröhlich. Sie vermittelte den Eindruck kindlicher Unschuld. Doch als Sebastian in ihre regengrauen Augen blickte, vermutete er, dass sie deutlich näher an fünfundzwanzig als an fünfzehn Jahren war.

»Ein Burgunder wäre schön«, sagte Sebastian.

Miss Lil nickte der Dirne mit dem flachsfarbenen Schopf zu. »Becky wird ihn holen.«

»Ich interessiere mich für eine Frau, von der mir ein Freund erzählt hat«, sagte Sebastian und ließ sich auf einem der gestreiften Seidenkissen nieder. »Eine große, schlanke Frau mit hellbraunem Haar und grünen Augen.«

Becky, die zurückgekommen war und eine Flasche Wein und Gläser auf einem angeschlagenen Tablett brachte, wankte kurz verräterisch. Sie warf der Jamaikanerin einen Blick zu; die starrte erschrocken zurück.

»Ach?«, sagte Miss Lil und schenkte mit ruhiger Hand den Wein ein.

»Ich glaube, er sagte, sie hieße Rose «, fuhr Sebastian fort, »aber das kann ich auch falsch im Kopf haben.« Ihm war eingefallen, dass sich die Frauen auch leicht auf die Schnelle einen neuen Namen ausgedacht haben könnten, den sie den Quäkern im Magdalenenhaus nannten. »Mein Freund behauptet, dass sie charmant sei und die Manieren und den Akzent einer Herzogin hätte.«

Von oben erklang ein Poltern und der erschrockene Aufschrei einer Frau, der rasch unterdrückt wurde. Keine der Frauen im Raum drehte auch nur den Kopf.

»Euer Freund muss die Bekanntschaft von Rose Fletcher gemacht haben«, sagte die Puffmutter und reichte ihm ein Glas Wein. Ihre Finger, die seine streiften, waren unnatürlich kalt, so als sähe diese Frau nie Sonnenlicht. »Unglücklicherweise ist Rose heute Abend nicht zugegen. Aber ich denke, Ihr werdet in Becky einen unterhaltsamen Ersatz finden.«

Sebastian nahm einen langen Schluck Wein. Er war überraschend gut. »Wenn ich morgen wiederkomme – wird Rose dann zugegen sein?«

Sebastian war sich des starren Blicks bewusst, mit dem die dunkelhäutige Frau, Tasmin, ihn betrachte. Doch nicht der geringste Hauch einer Emotion zeigte sich auf dem sorgfältig beherrschten Antlitz der Vorsteherin. Sie verzog die Lippen zu einem Lächeln. »Ich fürchte, Rose hat uns verlassen. Ihr wisst, wie ruhelos manche jungen Frauen sind: Sie sind es nie zufrieden, an einem Ort zu bleiben. Wenn Becky nicht Eure Gunst erringt, dann bin ich sicher, dass Ihr Tasmin genießen werdet.«

Sebastian hob seinen Wein erneut an die Lippen. »Haben Sie eine Vorstellung, wohin Rose gegangen sein könnte?«

Miss Lils Lächeln haftete unverrückbar in ihrem Gesicht. »Ich fürchte, nein.« Einen kurzen Augenblick huschte der stählerne Blick der Vorsteherin zur Jamaikanerin. Die junge Frau erhob sich graziös und glitt aus dem Raum.

»Wie bedauerlich. Ich hatte mich schon so auf die junge Dame gefreut.« Sebastian ließ einen suchenden Blick durch den Salon wandern. »Mein Freund bat mich auch, Mister Kane von ihm zu grüßen. Ist er anwesend?«

»Mister Kane?«

»Richtig. Mister Ian Kane.«

Miss Lils Blick aus blassblauen Augen hielt seinem stand. Die Spannung im Raum war schlagartig greifbar. Sie setzte ihr Weinglas heftig auf und lächelte nun nicht mehr. »Wie es scheint, weckt keines unserer

Mädchen Eure Zuneigung. Ich glaube, für Euch ist die Zeit gekommen, zu gehen.«

Sebastian erhob sich. Von oben hörte man, wie eine Tür zugeschlagen wurde, dann das Lachen einer betrunkenen Frau. »Vielen Dank, dass Sie mir bei einem Glas Wein Gesellschaft geleistet haben«, sagte er. Er ließ eine Münze auf den Tisch fallen, um für den Wein zu zahlen, und nickte den beiden Dirnen zu. »Die Damen.«

Vor der Tür blieb Sebastian auf der obersten Stufe des Hauses stehen und wartete, bis der kühle Wind die anhaftenden, erstickenden Düfte des Hauses verwehte. Zwei Fackelträger liefen vorbei und beleuchteten den Weg für eine Kutsche, die von einem hübschen Paar Grauer gezogen wurde. Ihre Fackeln füllten die Luft mit dem Geruch von heißem Pech.

Bei seinem Besuch dieses Hauses hatte Sebastian drei Dinge erfahren: dass Rose »Jones« ihrem Metier tatsächlich hier in der *Orchard Street Academy* nachgegangen war. Dass sie sich früher Rose Fletcher genannt hatte. Und dass die Umstände ihres frühzeitigen Austritts aus dem Haus die verbliebenen Bewohnerinnen dieser Einrichtung schon bei der bloßen Nennung ihres Namens in einen Zustand der Fassungslosigkeit versetzten.

Müßig seinen Gehstock schwingend, stieg er die Stufen zur gepflasterten Straße hinunter. Als er sich zum Portman Square wandte, löste sich ein großer, bulliger Mann aus der schattigen Gasse neben dem Haus und ging stracks auf ihn zu.

»Was schnüffelt Ihr hier rum und fragt all diese Fragen?«, wollte der Mann wissen und schob sein graustoppeliges Gesicht so nah, dass Sebastian seinen vom Gin geschwängerten Atem roch. »Und was habt Ihr mit Mr. Kane zu schaffen?«

Der Mann sah mit seiner gebrochenen Nase und einem Blumenkohlohr aus wie ein ehemaliger Preisboxer. Mit Ende dreißig oder Anfang vierzig begann er jetzt Speck anzusetzen. Aber er war immer noch ein Berg von einem Mann, einen guten halben Kopf größer als Sebastian und sicherlich anderthalbmal so schwer.

»Ich habe eine Botschaft für Mister Kane, von einem alten Freund«, sagte Sebastian und umfasste seinen Gehstock fester.

Die Lippen des Mannes verzogen sich und enthüllten braune Zahnstummel. »Mr. Kane hat kein' Umgang mit der Kundschaft. Was wollt Ihr wirklich? Wenn Ihr nich' hier seid, um die Ware zu begutachten, habt Ihr hier nix zu schaffen. Es is' meine Aufgabe, dafür zu sorgen, dass es im Haus kein' Ärger gibt, und Euresgleichen is' immer Ärger.« Er streckte die Hand aus und knüllte Sebastians Rockaufschlag in seiner fleischigen Faust zusammen. »Dass Ihr nich' mehr herkommt, hört Ihr? Wir wollen hier nichts mit Eurer Sorte zu schaffen haben.«

»Sie zerknittern meinen Mantel«, sagte Sebastian.

»Ja?« Das Lächeln des Mannes wurde noch breiter. »Vielleicht sollte ich stattdessen Euern Schädel zerknittern.«

In einer ruhigen und gezielten Bewegung ließ Sebastian seinen Stock zurück und dann aufwärts schwingen, und er legte seine ganze körperliche Kraft hinein. Der Ebenholzstock glitt zwischen den Beinen des Türstehers nach oben und schmetterte in sein Gehänge.

Die Augen des Schurken quollen hervor, der Atem wurde ihm aus dem Körper gepresst und er ließ Sebastians Mantel los, um sich vornüber zu beugen und mit beiden Händen seine Genitalien festzuhalten. Sebastian fasste nach unten und ergriff den Mann vorne an seiner fettigen Weste, dann schob er ihn zurück, bis seine Schulterblätter gegen die Backsteinmauer der Gasse stießen. »Vielleicht sollten Sie es in Betracht ziehen, ein paar Fragen zu beantworten.«

Der Türsteher biss die Zähne zusammen und griff mit der rechten Hand nach einem langen Messer, das er in einer Lederscheide an seiner Seite trug. Sebastian schlug mit dem Spazierstock gegen das Handgelenk des Mannes. Er heulte auf und ließ das Messer fallen.

»Das war unklug«, sagte Sebastian und drückte den Gehstock quer gegen die Kehle des Mannes, um ihn an der Wand zu fixieren. »Das ist auch nicht die feine englische Art, einen Kunden zu behandeln. Ich habe die Absicht, mich bei Mr. Kane zu beschweren.« Sebastian verstärkte den Druck des Stocks auf die Luftröhre des Mannes. »Wo finde ich ihn?«

Dem Mann stand vor Angst der Mund offen. »Das kann ich nich' sagen.«

Sebastian zog den Stock von der Kehle des Mannes weg und ließ ihn schwungvoll gegen das rechte Knie des Mannes sausen. Der Türsteher sackte zu einem schiefen, zerknitterten Haufen zusammen. »Vielleicht möchten Sie Ihre Renitenz noch einmal überdenken?«

Der Mann lag da, eine Hand über sein Knie gewölbt, die andere schützte noch immer seine Genitalien. »Ich sach' doch, ich weiß es nich'!«

Sebastian stieß leicht mit der silbernen Spitze gegen das andere Knie des Mannes. »Das ist keine sehr kluge Antwort.«

Der Türsteher leckte sich über die Lippen. »Er ist im *Black Dragon*. In der Dyot Street, neben *Meux's Brewery*.«

»Woran erkenne ich ihn?«

»Ist'n gutaussehender Bursche. Kupferfarbenes Haar. Verbringt die meisten Abende in sei'm Büro auf dem Zwischenstockwerk und malt.«

»Malt?«

»Ihr wisst schon. Bilder. Er malt gern Bilder von Huren und vom Fluss und der Stadt.«

»Ich möchte, dass mein Besuch bei Mr. Kane eine Überraschung wird«, sagte Sebastian. »Lassen Sie uns eine Abmachung treffen, einverstanden? Sie erzählen ihm nicht, dass ich komme, und ich erzähle ihm nicht, dass Sie derjenige sind, von dem ich die Information habe, wo ich ihn finden kann. Verstehen wir uns?«

Der Türsteher rieb sich mit dem Handrücken über die Lippen. »Ihr verfluchter Bastard ...«

Sebastian schob die Spitze seines Gehstocks unter das Kinn des Mannes und zwang ihn, den Kopf in einem unangenehmen Winkel zurückzulegen. »Verstehen wir uns?«

»Aye, aye. Nehmt nur den Scheißstock von mir weg.«

Sebastian ließ die Spitze des Stockes neben das Messer sinken, das auf den feuchten Pflastersteinen lag, und mit einer Bewegung aus dem Handgelenk schickte er die Klinge klappernd in die dunkle Gasse. »Zieh noch einmal eine Klinge gegen mich, und du bist tot.«

Kapitel 12

Sebastian bahnte sich seinen Weg durch die dunklen Straßen voller zerlumpter Diebe und Arbeiter in groben Kitteln, die nach Hause zu ihrem Abendessen eilten. In der Luft hing schwer der Geruch von kochendem Kohl und gerösteten Zwiebeln, und als er weiterging, kam ihm in den Sinn, dass er selbst noch kein Dinner gehabt hatte. Appetit oder den Wunsch zu schlafen hatte er so lange nicht mehr erlebt, dass unter seinen Fingern die Zeit verging, ohne dass er den Drang nach etwas Kräftigendem verspürt hatte.

Er war ein wenig überrascht, dass er ein weiteres Mal in eine Mordermittlung involviert war. Die letzten acht Monate hatte er überlebt, indem er sämtliche Gefühle unterdrückt hatte – nicht nur Liebe und Wut, sondern auch Neugier und den Drang nach Gerechtigkeit, sogar das einfachste Interesse daran. In letzter Zeit hatte er festgestellt, dass er mal einen Tag verleben konnte, ohne an Kat zu denken, ohne sich an den Duft auf ihrem Kopfkissen zu erinnern, ohne sich mit einem Schmerz nach ihr zu sehnen, der ihn sowohl beschämte als auch ängstigte.

Aber es gab einen Grund dafür, dass er in diesen zurückliegenden Monaten seine Gefühle mit Alkohol und Schlaflosigkeit abgetötet hatte. Es schien, dass eine Emotion mit der anderen verknüpft war. Wenn man sich einer von ihnen öffnete, fluteten auch die anderen zurück, unkontrollierbar. Er dachte darüber nach, wie sehr er die Begegnung mit dem Ex-Boxer der Orchard Street genossen hatte, und diese Erkenntnis besorgte ihn. Gewalt konnte verführerisch sein. Er hatte im Krieg zu viele Männer gesehen, die sich in der berauschenden Umarmung von Tod und Zerstörung verloren hatten. Er wusste, was diese Erfahrung aus einem Mann machen konnte. Was sie einst aus ihm beinahe gemacht hätte. Und dass sich das wiederholen könnte.

Jetzt konnte er die Brauerei schon riechen, den durchdringenden Geruch von Malz, der sich mit dem allgegenwärtigen Gestank nach Kohlefeuer und Pferdemist vermischte. Die Dyot Street führte zum nordwestlichen Teil von Covent Garden, der in dieser Ecke Londons als St. Giles bekannt war. Eine hutzelige, schwarz gekleidete Frau verkaufte in einer Ecke gegenüber des *Black Dragon* Backkartoffeln, die sie auf einem Feuer in einem alten Fass garte, und hatte regen Zuspruch. Sebastian blieb stehen, um sich eine Kartoffel zu kaufen, was ihm einen Vorwand bot, einen Augenblick zu verharren und die Taverne auf der anderen Straßenseite zu betrachten.

Es war ein breites, ausladendes Gebäude, im frühen achtzehnten Jahrhundert errichtet. Das obere Stockwerk ragte über das untere vor. Wie es aussah, war die Kundschaft eine Mischung aus ansässigen Geschäftsleuten und Gelichter aus der Nachbarschaft. Einen Augenblick dachte er daran, zur Brook Street zurückzugehen, um sich weniger auffällig zu kleiden, dann entschied er sich dagegen.

Er bemerkte ein hohlwangiges Mädchen von acht oder zehn Jahren, das in einem der nächsten Hauseingänge stand und mit seinen dünnen Händen einen fadenscheinigen Schal um die Schultern festhielt. Seine braunen Augen waren sehnsüchtig auf die Kartoffel in seinen Händen geheftet. »Hier.« Er streckte sie ihr hin.

Sie zögerte nur einen kurzen Augenblick, dann schnappte sie nach der Kartoffel und lief davon. Beim Laufen stießen ihre Fersen an den zerrissenen Saum ihres Kleidchens. Sebastian wartete, bis ein überladener Brauereikarren vorbeigefahren war, dann überquerte er die Straße zum *Black Dragon*. Auf halbem Weg den Block entlang traf er auf eine schamlos lächelnde Frau in einem tief ausgeschnittenen, fadenscheinigen gelben Kleid, die für ein paar Schillinge mit ihm in der nächsten Gasse verschwinden und alles mit ihm tun würde, was er von ihr verlangte. Sie schnappte nach Luft, als er ihr eine Krone in die Hand drückte.

»Nein«, sagte er, als sie ihn in die lockende Dunkelheit führen wollte. »Ich habe etwas anderes im Sinn.«

Misstrauisch und beunruhigt sah sie aus ihren braunen Augen zu ihm auf. Sie war wahrscheinlich nicht älter als fünfundzwanzig, vielleicht dreißig Jahre. Sie war einmal schön gewesen, und Spuren ihrer Jugend waren noch vorhanden. Aber ganz offensichtlich hatte sie ein hartes Leben gehabt.

»Wie heißt du?«, fragte er.

Sie zog die Nase hoch. »Cherry. Warum?«

»Ich will, dass du folgendes machst, Cherry. Ich will, dass du zwei Minuten wartest und mir dann in den *Black Dragon* folgst. Du wirst mich dort im hinteren Bereich stehen sehen, in der Nähe der Treppe. Beachte mich nicht. Du sollst nur einen Tumult auslösen. Wenn dir das gelingt, springt noch eine Krone für dich heraus, wenn ich wieder rauskomme. Verstehst du?«

»Einen Tumult?«

»Richtig. Genug Unruhe, um die Aufmerksamkeit aller Anwesenden zu erringen und zu behalten, aber nicht so viel, dass du im Knast landest.«

»Das kann ich«, sagte Cherry.

»Gut. Denk daran, warte zwei Minuten.«

Sebastian drückte die Kneipentür auf und trat in einen düsteren Schankraum mit niedriger Decke, der nach würzigem Kuchen, warmem Bier und erhitzten Männern roch. Ein Crescendo aus Gesprächen und Gelächter wogte von den Bleiglasfenstern, die auf die Straße wiesen, zu der engen Holztreppe im Hintergrund, die zum ersten Stock hinaufführte. Auf dem Absatz konnte Sebastian eine geschlossene Tür erkennen.

Köpfe drehten sich, als er sich zwischen Männern in blauen Arbeiterhemden und rauen Kordwesten hindurch seinen Weg bahnte. Am zur Treppe gelegenen Ende des Tresens fand er einen Platz und orderte ein halbes Pint. Er drehte den Rücken zum Tresen, stützte die Ellbogen auf den alten Holzbohlen ab und ließ den Blick über die zerkratzten Tische und die nachgedunkelten Nischen wandern. Wie aufs Stichwort trat Cherry in den Gastraum.

Ein Windzug von der offenen Tür ließ die Flammen in den Zinnlampen aufflackern und das Licht auf ihrem dunklen Haar und den blassen, runden Schultern tanzen. Sie zögerte kurz und durchsuchte mit den Blicken die Ansammlung, so wie er es getan hatte. Ihre Blicke huschten ohne ein Anzeichen des Erkennens über ihn hinweg und blieben schließlich an einem schmerbäuchigen Mann mit grauen Bartstoppeln hängen, der allein an einem Tisch mitten im Raum saß.

Sie stützte die Fäuste in die Hüften und reckte das Kinn in gespieltem Zorn vor, der außerordentlich überzeugend wirkte. »Hier bist du also, du nichtsnutziger Hammeltreiber!« Ihr schriller, zorniger Tonfall schnitt durch das Murmeln der männlichen Stimmen. Der Mann mit dem grauen Backenbart, der gerade sein Pint hob, hielt mitten in der Bewegung inne und warf einen raschen Blick über die Schulter.

»Brauchst gar nich' nach hinten zu schau'n, als ob du St. Peter selbst dort erwartest. Ich rede mit dir, du schäbiger Fettwanst.«

Backenbart stellte sein Bier mit einem Knall ab und schluckte mühsam. »Ich kenne Sie nicht.«

»Kennst mich nich'!« Sie beugte sich mit blitzenden schwarzen Augen zu ihm hinunter, die Arme in die Seiten gestemmt. »Du kennst mich nich', sagst du? Dann kennst du wohl deine eigenen zehn armen, verlausten Gören auch nich'?« Vor Wut bebend baute sie sich vor ihm auf. Er schob noch seinen Stuhl zurück, als sie bereits die Hand hob und ihm damit mitten ins Gesicht schlug.

Der Klang von Fleisch, das auf Fleisch traf, ließ die Versammelten plötzlich in Schweigen verfallen. Ein schlaksiger halbwüchsiger Junge mit einem Tablett voller leerer Krüge stellte seine Last zur Seite, um nach ihrem Arm zu greifen. »Es gibt hier keinen Grund zu ...«

Sie riss sich aus seinem Griff los. »Lass mich los, du bekloppter Irrer.«

Ein kahlköpfiger Mann mit einer gebrochenen Nase hastete von einem Tisch in der Nähe hinzu und packte den Grünschnabel mit seiner fleischigen Faust am Kragen. »Hey. So behandelt man keine Dame.«

Backenbart stemmte sich auf die Füße, eine Hand an die rotleuchtende Wange gepresst. »Dame? Du nennst die ’ne Dame?«

Der Glatzköpfige wirbelte herum und rammte eine seiner fleischigen Fäuste in Backenbarts Bierbauch.

Im Raum ging es plötzlich hoch her. Jemand holte mit der Faust gegen den Grünschnabel aus, der duckte sich und fiel gegen einen Holzstuhl, der unter ihm zersplitterte. Sebastian hörte, dass die Tür auf dem Treppenabsatz aufgerissen wurde, und sah einen stämmigen Mann in einer ledernen Weste die Treppe zu dem Tumult herunterpoltern. »Was ist denn hier los? So etwas wollen wir hier nicht im *Black Dragon*.«

Sebastian schlich sich still und heimlich an ihm vorbei die Treppe hinauf und in das Zimmer auf dem Zwischenstockwerk.

Nach der schummerigen Beleuchtung im Gastraum ließ das gleißende Licht in diesem Raum Sebastians Augen tränen. Auf dem Kamin brannten zwei Leuchter mit Wachskerzen, und noch drei weitere waren auf Tischen überall im Zimmer verteilt. Ian Kane stand vor einer Staffelei mitten auf einem wertvollen chinesischen Teppich. Von mittlerer Größe und mit einem Schopf in der Farbe polierten Kupfers, war er bis auf Hosen, Hemd und Gilet ausgezogen und hielt ein Stück Zeichenkohle in der Hand. Im Abstand von vielleicht dreieinhalb Metern posierte ein hübsches junges Ding auf einem blauen Samtdiwan ausgestreckt für ihn. Sie hatte weiche, weiße Haut, und ihre goldenen Locken umgaben sie wie ein Heiligenschein. Sie trug rosafarbene Schläppchen und eine Perlenkette, sonst nichts.

Bei Sebastians Eintreten blickte Kane herüber. Das Mädchen schrak hoch, doch Kane sagte: »Nicht bewegen«, und sie fror in der Bewegung ein.

»Nette Arbeit«, sagte Sebastian, der herbeitrat, um eine halbvollendete Kohlezeichnung im Stil von Ingres zu betrachten.

Von unten klangen das Klirren zerbrechenden Glases und der heisere Schrei eines Mannes herauf. Kane griff nach einem Lappen und wischte sich ruhig die Finger ab. »Ich nehme an, Ihr habt diesen Aufruhr aus einem bestimmten Grund angezettelt?«

Im Englisch des Bordellbesitzers war noch der schwache Anklang des rollenden Lancashire-Akzents zu hören, aber ganz offenbar hatte er in den zehn oder fünfzehn Jahren, die seit seinem Entkommen aus den Gruben vergangen waren, enorme Anstrengungen unternommen, ihn auszulöschen. Seine Hosen, der Mantel und die Weste konnten nur von besten Schneidern der Bond Street stammen. Sebastian verstand ohne Weiteres, wie Pippa in der Käsehandlung diesen Mann für einen Gentleman halten konnte. Wie ruchlos die Natur seiner derzeitigen Geschäfte auch sein mochte, so gab Kane sich äußerste Mühe, seine Herkunft zu verbergen. Aber wenn er nicht sein Haar gefärbt hatte, hätte Pippa ihn wohl kaum als »dunkel« bezeichnet.

»Ich dachte, unsere Unterhaltung würde ohne die Anwesenheit eines Ihrer Gentlemen vom Rummel ausgewogener verlaufen«, sagte Sebastian. Er durchwanderte den Raum und nahm die Leinwände an der Wand in Augenschein. Sie waren in einem ähnlichen Stil wie die Kohlezeichnung auf der Staffelei, jedoch in Öl ausgeführt und zeigten sowohl Szenen in Londoner

Straßen als auch von Schiffen auf der Themse. Ein besonders herausstechendes Gemälde der Kirche von Allhallows Barking, die in einem Streifen Sonnenlicht lag, war nur halb vollendet. Doch die meisten Bilder zeigten nackte Frauen in unterschiedlichen sinnlich ausgestreckten Posen.

»Ich nehme an, das ist einer der Vorteile, wenn man ein Bordell betreibt«, sagte Sebastian. »Sicherlich gibt es nicht viele Künstler, die solch leichten Zugang zu einem Haus voller Frauen haben, die mehr als bereit sind, ihre Kleider abzulegen.«

Kane legte nur seinen Lappen zur Seite und schnaubte.

»Ich möchte wissen«, sagte Sebastian, »ob Sie je Rose Fletcher gemalt haben.«

»Wen?«

»Rose Fletcher. Bis letzte Woche war sie eine der begehrtesten Damen in der *Orchard Street Academy*. Soweit ich es verstanden habe, sind Sie der Besitzer.«

Kane hob ein kurzes Stück Kohle auf und fuhr eine feine Linie entlang der Hüfte der Gestalt auf seiner Zeichnung nach. »Ich habe mehrere Häuser und beschäftige unzählige Frauen. Denkt Ihr, ich kenne sie alle?«

Von unten klang ein lautes Poltern herauf, gefolgt von einem Wutschrei. Sebastian sagte: »Diese Frau hat Ihr Haus vorzeitig verlassen und sich versteckt. Ich frage mich, ob sie sich vor Ihnen versteckt hat.«

»Was denkt Ihr?«, sagte Kane und blieb auf sein Werk fokussiert. »Dass ich mein Haus mit Ware aus einem ruchlosen Ring für weiße Sklavinnen bestücke?« Er hatte ein aalglattes, attraktives Gesicht und einen sinnlichen Mund mit strahlendweißen Zähnen, die er in einem breiten Lächeln zeigte. »Warum sollte sie sich vor mir verstecken? Jede einzelne Bordsteinschwalbe in den Straßen Londons würde Euch glauben machen, dass sie entführt und zum Gewerbe gezwungen wurde. Das ist eine Lügengeschichte. Die Mädchen haben sich für mein Haus entschieden, und sie sind frei zu gehen, wann immer sie es wollen.«

Sebastian sah die Dirne auf dem Diwan an. Sie machte eine vorsichtige Bewegung, blieb dann jedoch still liegen. Ihre Brüste mit den rosafarbenen Spitzen hoben sich sanft in jedem Atemzug. Sanfte Röte hatte sich auf ihre Wangen gelegt. Augenscheinlich war es eine Sache, nackt vor Ian Kane zu posieren, aber eine ganz andere, dies in Anwesenheit eines Fremden zu tun.

Sebastian sagte: »Sie waren nicht verärgert, als sie wegging?«

Auf Kanes plötzlich angespanntem Kiefer zeichnete sich ein Muskel ab. »Es gibt immer Huren, die weggehen. Gewöhnlich kommen sie wieder zurück. Aber auch wenn nicht – glaubt Ihr, mich kümmert es? Wo sie herkommen, gibt es immer noch mehr von ihnen.« Er ruckte mit dem Kopf zur Straße unter ihnen. »Ihr könnt keinen Block entlang gehen, ohne einem halben Dutzend dieser Flittchen zu begegnen.«

»Vielleicht. Aber Rose Fletcher hatte zweifellos vor jemandem Angst.«

»Die meisten Huren haben vor jemandem Angst. Vor einem Ehegatten vielleicht, oder vor einem Freund, der mit seinen Fäusten zu schnell bei der Sache ist.« Kane legte den Kopf auf eine Seite und betrachtete die

Zeichnung vor sich. »Was ich mich frage«, sagte er und verwischte vorsichtig die Linie, die er soeben gezeichnet hatte, »ist, warum ein Gentleman wie Ihr ein Interesse an einer Ware vom Haymarket hat. Sicherlich habt Ihr nicht Euretwegen ein Auge auf sie geworfen?«

»Nicht direkt. Sie ist tot. Sie ist eine der acht Frauen, die gestern im Magdalenenhaus umgebracht wurden.«

Die Andeutung, dass der Brand im Magdalenenhaus kein Unfall gewesen war, schien Kane nicht zu überraschen. Allerdings verbreiteten Neuigkeiten sich schnell in den Straßen. Ohne aufzublicken sagte er: »Denkt Ihr, das war ich?«

»Ich denke, dass Sie etwas verbergen.«

Es gab eine Pause, nach der der Bordellbesitzer anscheinend zu einem Entschluss kam. Er griff nach einem dünneren Stück Zeichenkohle. »Ihr habt recht. Rose Fletcher hat in der *Academy* gelebt. Sie war fast ein Jahr dort. Warum sie uns verließ, weiß ich nicht. Sie hatte nie den Eindruck erweckt, dass sie dort unglücklich wäre.«

»Rose Fletcher war nicht ihr richtiger Name, oder?«

»Wahrscheinlich nicht. Die Frauen legen sich alle Decknamen zu.«

»Wissen Sie, woher sie kam?«

Kane stieß ein scharfes Lachen aus. »Frauen wie sie sind Ware. Denkt Ihr, es spielt für mich eine Rolle, woher sie kommen? Wir sprechen hier nicht von edlem Wein. Der Herkunft ist nicht von Bedeutung.«

Sebastian warf einen Blick auf die nackte Frau auf ihrem Diwan. Die Röte ihrer Wangen hatte sich vertieft.

»Hatte Rose je mit jemandem in der *Academy* Meinungsverschiedenheiten?«

»Kunden meint Ihr?« Kane schüttelte den Kopf. »Wir sind bezüglich unserer Kundschaft sehr sorgfältig. Diejenigen, die es rau mögen, gehen zu anderen Einrichtungen.«

»Hatte sie Spezialkunden?«

»Sie war ein sehr beliebter Artikel in unserem Angebot.« Seine Augen verengten sich, als er sich vorbeugte, um ein Detail an den Brüsten der Frau auf seiner Skizze auszuarbeiten. »Tatsächlich gab es jedoch einen besonderen Kunden, von dem ich weiß. Er war so in sie vernarrt, dass er anbot, sie vom Haus freizukaufen.«

»Freizukaufen? Ich dachte, Sie sagten eben, dass diese Frauen keinen Sklavinnen seien?«

Kane zuckte die Achseln. »Sie hatte Schulden. Wie die meisten Huren. Sie arbeiten, um ihre Schulden zu zahlen.«

Es war die übliche Praxis: Man streckte den Frauen gerade genug Geld vor, um sie dauerhaft zu verschulden, sodass sie nicht einmal aussteigen konnten, wenn sie es wollten. Es war der Form nach keine Sklaverei, aber unterm Strich lief es darauf hinaus.

Sebastian betrachtete das glatte Antlitz des Mannes. Quer über seine Stirn verlief eine verblasste blaue Linie. Sebastian hatte an Grubenarbeitern solche Spuren schon gesehen. Kohlestaub setzte sich in heilende Schnittwunden und hinterließ diese Spur, die nie ganz verschwand. Kane hatte augenscheinlich als Junge selbst einige Zeit in den Kohleminen verbracht, bevor er nach London flüchtete. Sebastian sagte: »Wie hieß der Freier, der sie kaufen wollte?«

»O'Brian. Luke O'Brian.«

»Wer ist das?«

Kane ließ sein Lächeln erstrahlen. »Denkt Ihr wirklich, ich liefere Euch alles?«

»Tatsächlich frage ich mich, warum Sie mir so viel erzählt haben.«

Kane lachte, ganz auf seine Zeichnung konzentriert. Sebastian sagte: »Und war Rose gewillt, diesem O'Brian überlassen zu werden?«

Kane blickte weiterhin auf seine Zeichnung. »Nun, nein.«

»Warum nicht?«

»Das sagte sie nicht.«

»Sagte sie es nicht oder sagen Sie es nicht?«

Beide hörten einen schweren Tritt auf der Treppe. Einen Augenblick darauf kam Kanes angeheuerter Preisboxer zurück in die Kammer, und die Augen des Kerls verengten sich bei Sebastians Anblick. »Gibt's hier Ärger, Mister Kane?«

»Kein Ärger«, sagte Sebastian und ließ eine Hand betont in die Tasche seines Mantels gleiten, in der er seine Steinschlosspistole hatte. »Ich bin auf dem Sprung.«

Der Blick des Handlangers huschte zu Sebastians Hand. Er spannte den Kiefer an, blieb aber, wo er war.

Sebastian lächelte. »Guten Abend, die Herren.« Er verbeugte sich zu der stillen Frau auf dem Diwan. »Madame.«

Cherry wartete auf dem Bürgersteig vor dem *Black Dragon* auf Sebastian.

»Du bist nicht verletzt worden, oder?«, sagte er und ließ eine Krone in ihre ausgestreckte Hand fallen.

»Ich? Ne. Das war'n Spaß. Hat Euer kleiner Trick Euch beschafft, was Ihr wolltet?«

Sebastian blickte zu der Kneipe und sah einen bulligen Schatten, der im Licht der Lampe zurückzuckte. »Ich bin mir nicht sicher.«

Kapitel 13

George, der Prinzregent des Vereinigten Britischen Königreichs und Irlands, hielt ein Fläschchen Riechsalz in einer plumpen, weißen Hand und hob sie an seine Nasenlöcher.

»Perceval berichtete uns, dass es in Yorkshire einen weiteren Angriff gab«, sagte der Prinz. »Ludditen!« Er atmete tief ein und schüttelte sich, wobei Jarvis sich nicht sicher war, ob es seine Reaktion auf das Riechsalz oder auf den Gedanken an die Maschinenstürmer der Webereien war. »Sie machen immer weiter wie die Wilden«, fuhr der Prinz fort. »Verhüllen ihre Gesichter. Zerschlagen Maschinen. Es muss etwas getan werden!«

»Es gab bereits eine Anzahl Verhaftungen«, sagte Jarvis und wünschte den Premierminister heimlich zum Teufel. Was war in Perceval gefahren, dem Regenten diese Geschichte auf dem Tablett zu servieren? »Unglücklicherweise sind die niederen Dienstgrade immer noch in die Geschehnisse in Frankreich verstrickt. Sie glauben, dass sie die Gesellschaft beeinflussen können. Sie werden mit ihren Aktionen immer dreister. Doch je mehr Fortschritt unsere Truppen auf dem Kontinent machen, umso rascher werden diese Ludditen und ihresgleichen erkennen, dass sie in die Irre gehen.«

»Ja, aber machen wir auf dem Kontinent denn Fortschritte?«

»Das werden wir«, sagte Jarvis resolut.

Der Regent lehnte sich ruhelos in sein Kissen zurück. Ein großes Tablett Krabben in Butter und vier Flaschen Port nach dem gestrigen Abendessen hatten die besorgniserregendsten Symptome des Prinzen ausgelöst – die Darmbeschwerden, das Zittern in seinen Händen und Füßen, die geistige Verwirrung. Dieser Vorfall in Verbindung mit einem starken Aderlass durch Doktor Heberden hatte George so erschöpft, dass er nicht mehr tat, als zwischen seinem Bett und der Couch in seinem Ankleideraum zu wechseln. Leider jedoch nicht genug, um seinen Premierminister nicht zu empfangen.

George sagte: »Perceval brachte mir ein Exemplar seines neuesten Flugblatts. Er scheint eine besorgniserregende Weissagung in der Bibel entdeckt zu haben. Etwas über eine neue satanische Macht, die sich im Westen erhebt. Dort liegt die Schrift, beim Fenster.« Der Prinz winkte mit einer dicken, beringten Hand in einer vagen Geste in Richtung eines kleinen Tisches.

Jarvis versuchte für gewöhnlich, die gelegentlichen Bemühungen des Premierministers, Gottes Wille zu interpretieren, zu ignorieren. Religion hatte durchaus ihren Platz in der Gesellschaft. Sie wies den Massen ihr Schicksal zu und sicherte ihre fromme Hinnahme der Herrschaft der Bessergestellten. Aber dies ging zu weit. »Bitte sagt mir nicht, dass Perceval unsere ehemaligen amerikanischen Kolonien mit dieser neuen satanischen Bedrohung gleichsetzt?«

Der Regent schnupperte erneut an seinem Riechsalz. »Er befürchtet, dass es so sein könnte.«

»Nun, ich werde dieses neue Flugblatt gewiss mit Interesse lesen«, sagte Jarvis. Er klemmte sich die streitbare Publikation unter einen Arm, verbeugte sich und verließ rückwärts die königlichen Gemächer.

Ein großer, muskulöser Mann stand an die Wand des prinzlichen Vorzimmers gelehnt. Als Jarvis quer durch den Raum zum Flur ging, schloss der Mann zu ihm auf und ging neben ihm her.

»In der Angelegenheit, die wir vorhin besprachen«, sagte Colonel Epson-Smith.

»Kommen Sie mit mir«, sagte Jarvis und bog in den Korridor ein.

Die Schritte der beiden Männer warfen ein Echo in dem höhlenartigen Raum. Epson-Smith sprach leise. »Es scheint, als würde noch jemand anderes sich für die Sache interessieren.«

»Wer?«, fragte Jarvis, ohne innezuhalten.

»Devlin.«

»Devlin? Welches Interesse hat er daran?«

»Er weigert sich, es zu sagen. Außerdem macht eine Frau Nachforschungen.«

»*Eine Frau?*« Jarvis wirbelte herum, um den Mann neben sich anzublicken, und was auch immer Epson-Smith in Jarvis' Antlitz sah, brachte ihn dazu, einen Schritt zurückzufallen.

»Ich bin noch nicht sicher, um wen es sich handelt, Mylord. Aber in den Straßen geht das Gerücht, eine edle Dame hätte in einigen der Unterkunftshäuser in Covent Garden Fragen gestellt, und ...«

»Vergessen Sie die Frau«, schnappte Jarvis und ging weiter.

Epson-Smith senkte den Kopf und fiel neben ihm wieder in seinen Schritt ein. »Wie Ihr wünscht, Mylord. Und Devlin?«

Jarvis blieb am Eingang zu seinen eigenen Gemä-
chern stehen. Ein dünner, nervöser Diener sprang auf
und nahm Haltung an. »Mylord!«

Jarvis streckte dem Diener die Streitschrift des Premierministers entgegen und sagte knapp: »Verbrennen
Sie das.«

Der Diener verbeugte sich ängstlich. »Jawohl, Mylord.«

Zu Epson-Smith sagte Jarvis schlicht: »Ich kümmere
mich um Devlin.«

Kapitel 14

Paul Gibson unterhielt seine Praxis in einem alten Sandsteingebäude am Fuß des Tower Hill. Daneben stand sein Haus, das ebenfalls aus Stein gebaut, aber klein und schlecht in Schuss war. Gibson war nämlich Junggeselle, und seine Haushälterin Misses Federico weigerte sich standhaft, auch nur einen Fuß in einen Raum zu setzen, in dem sie auf Glasbehälter mit menschlichen Körperteilen treffen könnte. Dieser Vorbehalt begrenzte ihren Wirkungsbereich auf Küche, Wohnzimmer und Flur.

»Das ist der Fötus eines Schweins«, sagte Gibson zur Erklärung des kleinen, kräftig rosafarbigen Kringels, der in einem Glasbehälter in einer Flüssigkeit schwamm. Der Behälter stand auf der Kaminumrandung und hatte Sebastians Aufmerksamkeit erregt. »Ich habe ihn als Anschauungsobjekt für meine Anatomielesung im St. Thomas benutzt.«

»Aha«, sagte Sebastian und goss Brandy in zwei Gläser, wovon er eines seinem Freund brachte.

»Ich sagte Misses Federico, dass es ein Schwein ist«, sagte Gibson und nahm das Glas dankend entgegen. »Aber sie weigert sich dennoch, hier sauber zu machen.«

Sebastian legte einen Stapel Papiere und Bücher vom abgewetzten Ledersofa auf den Boden und setzte sich. »Man sollte doch annehmen, dass sie sich inzwischen daran gewöhnt hat.«

»Manche Menschen gewöhnen sich nie daran.«

Sebastian war sich nicht ganz sicher, ob er selbst sich jemals an die Körperteile würde gewöhnen können, die Gibson so sorglos in seinem Haus verteilte, aber diesen Gedanken behielt er für sich.

Gibson sagte: »Sir William hat die Leichen aller Frauen zur Bestattung zu den *Friends* überführen lassen. Die Beerdigung ist für morgen Abend angesetzt. Unglücklicherweise haben die *Friends* mir jegliche Autopsie verweigert. Aber sie haben mir erlaubt, die Leichen gründlicher in Augenschein zu nehmen.«

»Und?«

»Ich glaube nicht, dass auch nur eine der Frauen im Feuer umgekommen ist.« Gibson lagerte den Stumpf seines linken Beins auf einen Stuhl und senkte den Kopf, um die Schmerzgrimasse zu verbergen, die seine Gesichtszüge verzerrte. Sebastian wusste, dass es Zeiten gab, in denen der Schmerz so schlimm wurde, dass Gibson sich tagelang in der süßen Linderung des Opiumrausches verlieren konnte. »Sie waren alle bereits tot – oder kurz davor – als der Brand gelegt wurde. Zumindest«, fügte der Arzt hinzu, »vermute ich, dass es Brandstiftung war. Einen Beweis dafür habe ich nicht.«

Sebastian hob den Brandy an seine Nase und sog den schweren Duft ein.

»Ich kann es nicht mit Sicherheit sagen«, fuhr Gibson fort, »aber für mich sehen die Morde nicht wie ein Akt aus Leidenschaft aus. Wer es auch immer getan hat, ist sehr methodisch vorgegangen. Er muss eine Frau nach der anderen getötet haben, schön der Reihe nach. Es gibt keine zusätzlichen Verstümmelungen an den Leichen.«

Sebastian nickte leise. Beide hatten sie im Krieg Männer im Mordrausch gesehen, die immer und immer wieder auf die Leichen eingestochen hatten, auch wenn das Leben längst erloschen war.

»Was kannst du mir über die Frau erzählen, die erschossen wurde?«

»Nicht viel, fürchte ich. Der Leichnam war weitgehend verbrannt. Nach ihren Zähnen zu urteilen würde ich sie auf jünger als zwanzig Jahre schätzen. Sie war eine schlanke, recht große Frau. Klingt das nach dieser Rose Jones?«

»Als sie in der Academy war, nannte sie sich Rose Fletcher.«

Gibson zog eine Braue hoch. »Denkst du, das ist ihr echter Name?«

»Wahrscheinlich nicht. Joshua Walden denkt, früher könnte ihr Name Rachel gewesen sein.«

Gibson grunzte. »Nicht die übliche Molly oder Elizabeth.«

»Nein. Wer sie auch war, sie war von guter Herkunft. Was ich bisher herausfinden konnte, legt nahe, dass ihre Anwesenheit im Magdalenenhaus der Grund für die Metzelei war.«

Sebastian bemerkte den Blick, mit dem Gibson ihn aufmerksam studierte. »Warum hast du dich in diese Sache reinziehen lassen?«, fragte Gibson.

Sebastian nahm einen Zug aus seinem Glas. »Hast du den Eindruck, dass sonst irgendjemand daran interessiert ist, diese Morde aufzuklären?«

»In Londons Straßen werden ständig Frauen umgebracht, Sebastian.«

»Nicht auf diese Weise.«

Gibson schwieg einen Augenblick. Dann sagte er: »Es ist wegen Jarvis, oder? Es ist eine Möglichkeit, ihm den Finger ins Auge zu stechen.«

Sebastians Lippen verzogen sich zu einem leichten Lächeln. »Das erklärt es zum Teil, richtig.«

»Weiß Miss Jarvis, dass deine Beweggründe nicht ausschließlich ritterlicher Natur sind?«

»Ach, das weiß sie sehr wohl. Tatsächlich spekuliert sie genau darauf.«

Gibson verlagerte das Gewicht auf der Suche nach einer bequemeren Position für sein malträtiertes Bein. »Ich bin heute in Covent Garden Miss Boleyn begegnet. Sie hielt ihre Kutsche an und richtete das Wort an mich.«

Sebastian nahm einen tiefen Zug seines Drinks und antwortete nicht.

»Sie hat nach dir gefragt«, sagte Gibson. »Sie wollte wissen, wie es dir geht.«

»Was hast du gesagt?«

»Ich habe gelogen. Ich sagte, es ginge dir gut.«

Sebastian schenkte sich einen weiteren Drink ein. »Sie ist nicht mehr Miss Boleyn.«

»Sie benutzt den Namen immer noch als Künstlername, nicht?«

Gewiss tat sie das. Aber Sebastian achtete sorgsam darauf, nicht als Miss Boleyn an sie zu denken.

»Ich habe ihr erzählt, dass du dich in Mordermittlungen hast verwickeln lassen«, sagte Gibson.

Das würde ihr nicht gefallen, dachte Sebastian. Früher hatte sie immer darüber lamentiert, was ihn die Jagd nach Mördern kostete. Andererseits war es für sie vielleicht nicht mehr von Bedeutung. Oder die

Bedeutung hatte sich gewandelt und war jetzt eher die für eine Schwester, nicht mehr für eine Liebende, wie früher.

Zu Sebastians Erleichterung wechselte Gibson das Thema erneut. Er sagte: »Denkst du, der Bordellbesitzer, dieser Kane, könnte hinter den Morden stecken?«

Sebastian stieß langsam den Atem aus. Ihm war nicht einmal aufgefallen, dass er die Luft angehalten hatte. »Ich glaube, dass er ganz und gar dazu fähig wäre. Allerdings bin ich mir nicht sicher, aus welchem Motiv er es hätte tun sollen.«

»Rose Fletcher ist ihm davongelaufen, oder nicht? Es klingt so, als wäre sie eine wertvolle Ware für ihn gewesen.«

»Wertvoll durchaus. Aber nicht wirklich rar. Diese Stadt ist voll von Frauen, die dazu bereit sich, sich zu verkaufen, um am Leben zu bleiben. Und auch wenn Kane sie wahrscheinlich in einer Dauerverschuldung gehalten hat, kannst du sicher sein, dass er die Schulden nie übergroß hat werden lassen.«

»Vielleicht ist sie zur Warnung für andere umgebracht worden«, sagte Gibson.

»Vielleicht«, stimmte Sebastian zu. »Aber sieben Frauen umbringen, um nur eine bestimmte zu erwischen?« Er schüttelte den Kopf. »Nein, ich glaube, wer das getan hat, war verzweifelt.«

»Oder sehr wütend«, sagte Gibson. »Wie hast du vor, diesen Mann, diesen O'Brian, zu finden?«

Sebastian leerte seinen Brandy. »Ich setze Tom morgen darauf an.«

Gibson mühte sich auf seine Füße hoch und griff nach dem leeren Glas seines Freundes. »Eine junge Frau wie sie – gebildet und von hoher Abstammung – wie konnte sie nur so enden?«

»Jemand hat sie betrogen«, sagte Sebastian, »und ich rede jetzt nicht von ihrem Mörder. Sie wurde vorher verraten. Von den Menschen, deren Pflicht es gewesen wäre, sie zu lieben und für sie zu sorgen.«

»Ich frage mich, ob ihre Familie überhaupt weiß, dass sie tot ist.«

Sebastian hob den Blick zu dem Schweinefötus auf der Kaminumrandung. »Ich würde sagen, das hängt davon ab, ob ihre Familie sie getötet hat oder nicht.«

Kapitel 15

Mittwoch, 6. Mai 1812

Sebastian stand neben dem Schlafzimmerfenster. Sein Blick ruhte auf den noch schlafenden Straßen der Stadt unter ihm. Er sah den feucht glänzenden Schimmer, den die Dämmerung auf die Backsteine warf, und die Tauben, die über der Linie der nahegelegenen Dächer aufflogen. Im fahlen Licht der frühen Morgendämmerung ragten die Kamine Londons dick und dunkel auf, und die Turmspitzen der städtischen Kirchen hoben sich vor dem langsam heller werdenden Himmel ab. Es war die Stunde zwischen Nacht und Tag, in der die Zeit ihre Bedeutung verlor und ein Mann sich in der Vergangenheit verlieren konnte, wenn er es zuließ.

Er griff nach dem Fensterflügel und öffnete ihn, damit die kalte Luft der ersterbenden Nacht hereinströmen und in sein nacktes Fleisch beißen konnte. Die Träume, die ihn in den wehrlosen Stunden seines Nachtschlafs immer noch viel zu oft überfielen, hatten ihn aus dem Bett und zum Fenster getrieben. Tagsüber konnte er seine Gedanken beherrschen, er vermochte sogar die Sehnsucht zu beherrschen, wenn sie ihn überfiel. Schlaf jedoch machte ihn verletzlich. Deshalb mied er ihn, so gut er konnte.

Es gab Männer, die ihr Leben in einem sanften, Brandy-geschwängerten Nebel verbringen und durch Rauschwaden auf Spielkarten blicken konnten, die nichts bedeuteten. Ob man gewann oder verlor, innerlich blieb man totenstarr. Doch Sebastian war zu dem Schluss gekommen, dass all das nur eine Illusion war –

sowohl das Gefühl, innerlich abgestorben zu sein, als auch der Trost des Rausches. Es war nur Selbstbetrug, dem ein Mann sich hingab.

Und außer ihm selbst fiel niemand darauf herein.

Der Tag brach warm und sonnig an, und in ihm lag das goldene Versprechen eines Frühlings, der lang hatte auf sich warten lassen. Sebastian nahm sein Frühstück zeitig ein und schickte dann nach seinem Laufburschen Tom, den er in der Bibliothek erwartete.

Tom kam mit schlurfenden Schritten herein. »Es war keine Absicht«, brach es aus ihm heraus.

Sebastian blickte vom Bericht seines Gutsverwalters auf, den er gerade las, und zog die Brauen herunter. »Was war keine Absicht?«

Tom ließ den Kopf hängen und drehte seine Pagenmütze in den Händen. »Es tut mir so leid, Meister, ehrlich!«

»Wenn du wieder die Schöße von Moreys Mantel angezündet ...«

Toms Kopf ruckte hoch. »Hab' ich nich'!«

»Na, Gott sei Dank, immerhin.« Auch wenn Morey eine missbilligende Haltung pflegte, führte er Sebastians ungewöhnlichen Haushalt doch mit der Kompetenz und der Effektivität des Artilleriefeldwebels, der er in früheren Jahren gewesen war. Es wäre eine schwierige Herausforderung, wenn Sebastian ihn jemals ersetzen müsste. »Dann heraus mit der Sprache«, sagte er und starrte den Laufburschen unverwandt an. »Was hast du angestellt?«

»Ich hab' grad die Küche saubergemacht, ne? Ich und Adam – er ist der neue Diener. Wir ham bisschen rumgespielt, und ...«

Sebastian erinnerte sich an einen Lärm, der von unten heraufgedrungen war, an Madame Le Clercs fassungslose Schreie, unterbrochen von der beschwichtigenden Stimme Calhouns. »Erklär es mir später. Ich will, dass du jemanden für mich findest. Einen Mann namens Luke O'Brian.«

Toms Augen blitzten aus Vorfreude. »Denkt Ihr, der könnt' was mit dem Mord an den Frauen zu tun ham?«

»Ich denke schon.«

»Was für'n Typ is'n der?«

»Ich habe nicht die geringste Vorstellung. Das Einzige, was ich weiß, ist, dass er regelmäßig ein Bordell in der Nähe des Portman Square besucht. Es heißt *Orchard Street Academy.*«

Tom rammte sich die Mütze wieder auf den Kopf. »Ich find' den, keine Angst.«

»Ach, und Tom ...«

Tom drehte sich an der Tür noch einmal um.

»Gib auf dich acht.«

Tom zeigte in einem breiten, strahlenden Grinsen seine Zahnlücken, dann war er weg.

Der Lärmpegel aus der Küche stieg unterdessen an. Sebastian legte den Bericht seines Verwalters zur Seite und stand auf. Er durchquerte gerade die Eingangshalle, da hörte er, dass vor seinem Haus eine Kutsche angehalten wurde. Mit einem Blick durch das Bogenfenster zur Straße sah er eine gutgekleidete junge Frau in der Tür der Kutsche erscheinen.

Sie war groß und umwerfend, mit glänzend schwarzem Haar und einem sinnlichen, lachenden Mund. Sie
hielt einen Augenblick inne, das Sonnenlicht lag weich
auf ihrem Antlitz, und allein ihr Anblick raubte ihm
den Atem. Er beobachtete, wie sie eine in einen eleganten Ziegenlederhandschuh gekleidete Hand ausstreckte, um sich von ihrem Lakaien über den Tritt aus
der Kutsche helfen zu lassen. Erinnerungen an die
Träume der letzten Nacht überfluteten ihn und erfüllten ihn mit Scham. Es waren die Erinnerungen und das
Begehren, die ihn aus dem Schlaf gerissen hatten und
noch immer in ihm nachklangen.

Seit acht Monaten nannte sie sich nun Misses Russell
Yates. Aber früher war ihr Name Kat Boleyn, und sie
war die Liebe seines Lebens gewesen.

Jetzt nannte er sie seine Schwester.

Kapitel 16

Sebastian wartete mit dem Rücken zum leeren Kamin und ließ Morey seine Besucherin in die Bibliothek führen. Sie kam herein und duftete nach der kalten Morgenluft – und nach sich selbst. Die Herausforderung an seine Selbstbeherrschung war so stark, dass er nichts anderes tun konnte, als mit krampfhaft auf dem Rücken verschränkten Händen stehen zu bleiben und sie anzusehen.

Sie blieb unmittelbar hinter der Tür stehen und drehte den Kopf nach Morey, der sich mit einem Diener zurückzog. Dann blickte sie Sebastian eine ganze Weile quer durch den Raum an. Sie sagte: »Ich erwartete nicht, dass du froh wärst, mich zu sehen.«

Seine Stimme war ein heiseres Krächzen. »Du hättest nicht kommen dürfen.«

Sie durchforschte sein Gesicht, und ihre blauen St.-Cyr-Augen zogen sich vor Sorge und von ihrem eigenen Schmerz zusammen. »Du weißt, dass ich nicht ohne guten Grund hier wäre.«

»Etwas stimmt nicht. Was?«

Er sah zu, wie sie ihre feinen Lederhandschuhe auszog und die Samtbänder ihrer Haube löste. Sie war einst sein Lebensmittelpunkt gewesen, die einzige Frau, die er jemals zu seiner Gattin hatte nehmen wollen. Dann, vor acht Monaten, war sein Leben in einer Reihe unerträglicher Enthüllungen um ihn herum zusammengestürzt.

Die Entdeckung, dass sein Vater, der Earl of Hendon, sich einst eine schöne irische Schauspielerin namens

Arabella als Geliebte gehalten hatte, war keine Überraschung gewesen. Viele Männer von seinem gesellschaftlichen Stand taten so etwas. Auch war es nicht ungewöhnlich, dass Hendon seine Geliebte geschwängert hatte. Solche Angelegenheiten wurden gewöhnlich mit Diskretion behandelt. Nach der Geburt hätte das Kind von seiner Mutter weggenommen und in die Obhut einer »guten Bauernfamilie« der Gegend gegeben werden sollen, auf dass man nie wieder etwas von ihm sehen oder hören würde. Allerdings hatte sich die Mutter von Hendons Kind der Liebe an dieser Stelle seiner Entscheidung, sie von ihrem Kind zu trennen, verweigert und war zurück nach Irland geflohen.

Damit hätte die Geschichte beendet sein sollen. Doch Arabellas Kind war seinerseits nach London gekommen. Es hatte sich den Namen Kat Boleyn gegeben und war eine der angesehensten Schauspielerinnen auf Londons Bühnen geworden. Außerdem wurde sie die Geliebte eines jungen Viscounts: Hendons Sohn Sebastian.

Nun stand sie vor ihm, umklammerte die feinen Ziegenlederhandschuhe, ihre Miene war undurchdringlich. Sie sagte: »Weißt du, dass es Hendon nicht gut geht?«

Sebastian schüttelte den Kopf. »Er hat nichts zu mir gesagt.«

»Wie sollte er denn auch? Du sprichst doch nicht mit ihm.«

»Du lässt es so klingen, als würde ich ihn schneiden. Das ist nicht der Fall.«

»Gewiss nicht. Das wäre doch zu ordinär, nicht wahr? Nur dass ein höflicher Gruß im Vorbeigehen noch mehr schmerzt als jemanden zu schneiden. Das verriete zumindest einen Anflug von Gefühlen.«

»Hat er dich hergeschickt, um für ihn vorzusprechen?«

»Das müsstest du doch besser wissen.«

Natürlich hatte sie recht; er wusste es besser. »Ich bitte um Verzeihung.« Er wandte sich ab, zu einem Tisch in der Nähe des Fensters, auf dem eine Sammlung Karaffen und Gläser standen. »Ein Glas Ratafia?«

Er blickte zu ihr und sah ein schiefes Lächeln auf ihren Lippen. »Ich glaube, wir brauchen beide etwas Stärkeres als Fruchtlikör, meinst du nicht auch?«

Er streckte die Hand nach dem Brandy aus. »Etwas Stärkeres, allerdings.«

Die Spannung im Raum – das Wissen, was einst zwischen ihnen gewesen war und nie wieder sein durfte – erhöhte sich bis zum Zerreißen. Sie sagte: »Hendon kann man keine Schuld an dem geben, was geschehen ist. Er hat nichts getan, was Männer seines Standes nicht schon seit tausend Jahren und mehr täten. Er hatte eine Geliebte und hat sie geschwängert. Wie hätte er voraussehen können, was du und ich einander wurden?«

Sebastian sah hoch, nachdem er Brandy in zwei Gläser eingeschenkt hatte. »Du verteidigst ihn? Er hätte dich deiner Mutter weggenommen, wenn sie nicht geflüchtet wäre.«

»Er handelte in den besten Absichten.«

»Für wen?«

Sie antwortete ihm nicht. Hendon tat immer das, was das Beste für die Linie der St. Cyrs und ihr Erbe war. Alles und jeder andere war verzichtbar. Sie sagte: »Du bist nicht dessentwegen böse mit Hendon, was er meiner Mutter antun wollte.«

»Ich bin seit Jahren böse mit Hendon. Das ist nur noch eine Lüge mehr auf der Liste so vieler Lügen.«

»Eigentlich keine Lüge, Sebastian. Er wusste nicht, dass ich sein Kind bin. Niemand von uns wusste es.«

»Aber er wusste, dass es dich gab. Und nie hat er ein Wort gesagt. Das wirft doch nur mehr Fragen auf, oder? Was hat er mir noch alles *nicht* gesagt?«

Sebastian hielt ihr das Glas hin. Sie nahm es und achtete sorgsam darauf, dass ihre Fingerspitzen seine nicht berührten. Sie sagte: »Hast du deine Mutter noch nicht gefunden?«

Sein halbes Leben hatte Sebastian geglaubt, seine Mutter wäre tot, das Opfer eines Schiffsunfalls in dem Sommer, als er elf Jahre alt war. In Wahrheit war sie aus ihrer lieblosen Ehe geflüchtet – und hatte Sebastian, ihren einzigen lebenden Sohn, aufgegeben. Eine weitere Lüge seines Vaters. Er sagte: »Ich glaube, sie ist irgendwo in Frankreich. Der Krieg macht die Suche nach ihr … misslich.« Er nahm einen tiefen Zug Brandy und spürte sein Brennen bis in den Bauch. »Hast du Hendon verziehen, was er deiner Mutter angetan hat?«

»Zuerst war ich wütend auf ihn. Aber ich habe erkannt, dass seine Liebe zu Arabella echt war. Ich kann es in seinem Gesicht sehen, wenn er von ihr spricht. Seine Stimme wird weich und seine Augen werden lebendig.«

Über Sebastians eigenes Antlitz musste wohl ein Hauch Emotion gehuscht sein, denn sie sagte: »Es tut mir leid. Ich hätte das nicht sagen sollen.« Er wusste, dass sie den Schmerz und die Eifersucht vollends missverstand, die sie wahrgenommen hatte.

»Ich wusste den größten Teil meines Lebens, dass die Ehe meiner Eltern ohne Liebe war«, sagte er. Sie trat zu dem Bogenfenster, das auf die Brook Street hinaussah, und wandte den Kopf ab, sodass er sich einen gestohlenen Augenblick lang erlaubte, sie zu betrachten. »Siehst du Hendon oft?«, fragte er.

Sie drehte sich wieder um und sah ihn an. »Er kommt ins Theater. Manchmal machen wir eine Ausfahrt im Park.«

»Ich kann mir nicht vorstellen, dass Amanda das billigt«, sagte Sebastian. Amanda Lady Wilcox war Sebastians andere Schwester – die legitime.

»Sie kennt die Wahrheit«, sagte Kat.

»Und erkennt dich genauso wenig an wie er.«

»Wie könnten sie die Wahrheit anerkennen, wenn alle Welt doch weiß, dass ich deine Geliebte war?«

Schmerzhafte Worte. Worte, die die Schande all dessen wieder zurückbrachten, was sie einander gewesen waren. Und doch kamen mit der Scham auch all die Gefühle zurück, die Sebastian in den letzten acht Monaten so schmerzlich zu ignorieren versucht hatte. Er erschauerte.

Sie stellte ihren Brandy unberührt beiseite. »Ich verstehe deinen Zorn. Denkst du, ich wäre nicht zornig? Aber Hendon die Schuld zu geben ist nicht richtig. Er hat uns das nicht angetan.«

Er leerte sein eigenes Glas und setzte es heftig ab. »Und doch ist es ihm irgendwie gelungen, genau das zu bekommen, was er wollte, nicht wahr?« Sebastian liebte Kat, seit er einundzwanzig und sie achtzehn

Jahre alt gewesen war. All diese Jahre hatte Hendon ge-
kämpft und intrigiert, weil er seinen Sohn daran hin-
dern wollte, unter seinem Stand zu heiraten. In gewisser Weise war es Ironie, dass der Schlüssel zur Zerstörung ihrer Liebe all die Jahre da gewesen war, wenn er
nur davon gewusst hätte. »Glaubst du, die Tatsache,
dass ...« Sebastian begriff, was er gerade sagen wollte
und setzte neu an. »Denkst du, die Tatsache, dass es tatsächlich ein Fehler *war*, dich zu wollen, macht es irgendwie einfacher, den Verlust zu ertragen? Tja, tut es
nicht.«

Es überraschte ihn, als er ein trauriges Lächeln sah,
das bis in ihre Augen strahlte. »Ach, Sebastian. Du
glaubst immer, dass du dazu fähig sein müsstest, Dinge
zu ändern, sie zum Guten zu wenden.«

»Willst du mir damit sagen, dass ich arrogant bin?«

»Du weißt, dass du das bist.«

Sie teilten ein Lächeln, das nur langsam erlosch. Er
sagte: »Wie geht es dir? Ehrlich?«

»Ehrlich?« Sie hob das Kinn in einer Geste, an die er
sich nur zu gut erinnerte. »Yates ist kein fordernder
Ehemann. Wir kommen gut miteinander aus. Er führt
sein Leben und ich führe meines.«

Sebastian hatte bereits von Russel Yates' Aktivitäten
gehört, von den ungewöhnlichen, aber diskreten Liai-
sons, die auch nach seiner Trauung fortbestanden.
Über Kat hatte er keine derartigen Gerüchte gehört. »Ist
es wirklich so?«, sagte er.

Sie zog eine Schulter hoch. »Ich habe meine Arbeit im
Theater. Das genügt.«

Er ging zu ihr, so dicht, dass er sie hätte berühren können, was er jedoch nicht tat. »Mehr als alles andere«, sagte er, »will ich, dass du glücklich bist.«

Sie blickte zu ihm auf. »Echtes Glück ist selten.«

»Das sollte es nicht sein.«

»Paul Gibson hat mir erzählt, dass du über den Tod der Frauen in Covent Garden Nachforschungen anstellst.«

»Ja.«

Er war sich nur zu bewusst, wie sie sein Gesicht absuchte, und fragte sich, was sie darin fand. Die schlaflosen Nächte? Die Monate, in denen er sich besoffen und nach Zerstreuung gesucht hatte, die ihm Vergessen, aber keine Erleichterung beschert hatten? Sie sagte: »Ich war früher immer besorgt, wenn du in Mordermittlungen verwickelt warst. Da wäre es wohl vorzuziehen, wenn ich sähe, wie du dir bei der Jagd den Hals brechen oder dich zu Tode saufen würdest.«

Er wandte sich abrupt ab. »Du sagtest, Hendon ginge es nicht gut. Was fehlt ihm?«

»Die Ärzte sagen, es ist das Herz. Er isst und trinkt zu viel.«

»Damit wird er wohl kaum aufhören.«

»In den letzten Monaten geht es ihm schlechter. Er vermisst dich, Sebastian. Die Entfremdung zwischen euch bereitet ihm großen Kummer.«

Sebastian blieb neben seinem Schreibtisch stehen und sah über die Schulter zu ihr. Erst nach einem Augenblick war er fähig, ihr zu antworten. »Es tut mir leid. Ich bin noch nicht bereit, mit ihm zu sprechen.«

Sie nickte knapp, dann band sie die Bänder ihrer Haube zu einer Schleife und streifte sich die feinen

Handschuhe wieder über. »Warte nur nicht, bis es zu spät ist, Sebastian.«

Kapitel 17

Miss Hero Jarvis saß zur gottlos frühen Morgenstunde von halb zehn Uhr im Morgenzimmer und trank eine Tasse Tee, als ihr Vater zu ihr kam. »Du bist früh auf«, sagte sie.

Er sank in den Stuhl gegenüber dem ihren. »Ich wollte dich noch antreffen, bevor du das Haus verlässt.«

»Ach? Möchtest du eine Tasse Tee?«, fragte sie und streckte die Hand nach der Teekanne aus.

»Ja, danke sehr.« Er beugte sich vor und betrachtete sie streng mit gerunzelter Stirn. »Ich war der Auffassung, wir hätten eine Übereinkunft.«

Sie goss mit sicherer Hand einen Schwall Milch in seine Tasse, dann füllte sie mit Tee auf. »Ich habe sie nicht verletzt. Ich habe zugestimmt, nicht zu den Untersuchungsrichtern zu gehen, und das habe ich nicht getan.« Natürlich hatte die Übereinkunft eher die Züge eines Edikts gehabt, dem sie sich wohl oder übel hatte beugen müssen. Er hatte sie gewarnt: Sollte sie versuchen, sich den Magistraten wegen der Todesfälle zu nähern, würde er öffentlich bekanntgeben, dass ihre Aussage, zum Zeitpunkt des Angriffs in jenem Hause gewesen zu sein, nur ein Ziel gehabt hätte. Nämlich jenes, Aufmerksamkeit für das Anliegen solcher Weiber zu erregen. Deshalb sollte man sie gar nicht beachten.

Sie überreichte ihm die Tasse. »Ich nehme an, du hast von einem oder mehreren deiner Untergebenen einen Rapport erhalten?«

»Du wusstest, dass ich Berichte bekommen würde.«

»Ja.«

Er presste säuerlich die Lippen zusammen. »Du bist es, oder nicht? Die edle Dame, die Fragen über das Magdalenenhaus gestellt hat?«

»Dachtest du, ich würde das nicht tun?« Als er nicht antwortete, sagte sie: »Ich weiß, dass dein größtes Anliegen in dieser Sache darin besteht, meinen Namen nicht mit dem Zwischenfall in Verbindung gebracht zu sehen. Du brauchst jedoch nicht zu befürchten, dass ich nicht mit äußerster Diskretion vorgegangen wäre. Nichts kann meinen Namen mit den Vorkommnissen in jener Nacht in Zusammenhang bringen.«

Lord Jarvis schob seine Teetasse unberührt zur Seite, den Blick immer noch starr auf sie gerichtet. »Wenn ich dir befehlen würde, damit aufzuhören, würdest du gehorchen?«

Sie hielt seinem Blick stand, ohne zu zwinkern. »Ja, aber ich würde es dir übelnehmen.«

Jarvis nickte. »Dann werde ich dich nicht darum bitten.«

Hero bemerkte erst, dass sie die Luft angehalten hatte, als sie sie in einem tiefen Seufzer herausließ.

Er erhob sich. »Es versteht sich von selbst, dass du Vorsicht walten lässt.«

»Ich werde Vorsicht walten lassen.«

Er nickte erneut, dann verließ er den Raum.

Sie sah ihm überrascht nach. Sie hatte erwartet, dass er sie auch nach Devlins Rolle fragen würde, denn sie bezweifelte nicht, dass ihr Vater inzwischen auch von dem Interesse des Viscounts an den Mordfällen erfahren hatte. Jarvis' Zurückhaltung verwirrte sie, doch nur einen Augenblick. Sie kannte nicht alle Einzelheiten der Animositäten zwischen den beiden Männern, aber sie wusste, dass sie tief gingen. Und ihr wurde klar, dass Lord Jarvis zweifellos nicht in Betracht gezogen hatte, dass Devlin sich auf ihre persönliche Bitte hin in die Ermittlungen der Magdalenenhaus-Morde eingemischt hatte.

Kurz vor zehn Uhr an diesem Morgen hielt Heros Kutsche vor dem Bullock's Museum in 22 Piccadilly an, einem Gebäude, das wie ein Kegel geformt war. Gigantische, mehr als vier Meter hohe Statuen von Isis und Osiris blickten auf sie herab. Sie waren fast nackt und trugen ihren Kopfputz *à la Egyptienne.* Sie zahlte einen Schilling Eintritt und ging durch einen von Papyrus gesäumten Säulengang, der so entworfen worden war, dass er dem Eingang zu einem ägyptischen Tempel ähnelte.

Für einen Sixpence zusätzlich konnte sie sich einen kleinen Führer kaufen, in dem die Wunder der verschiedenen Ausstellungsräume beschrieben waren. Sie wanderte eine Weile herum und sah sich zuerst die Sammlung von Holz- und Elfenbeinschnitzereien an, dann die Ausstellungsstücke, die Captain Cook von der Südsee nach Hause mitgebracht hatte. Im Westflügel betrat sie den Pantherion, der der Broschüre zufolge »sämtliche bekannten Vierbeiner der Erde« enthielt. Ausgestopft natürlich. Zum Pantherion gelangte man durch eine Basalthöhle, von der es hieß, sie sei dem Gang der Riesen auf Staffa nachgebaut worden – wobei der Führer offen ließ, wo genau besagter Gang sein sollte.

In der Ferne hörte Hero Kirchenglocken die Viertelstunde schlagen. Es war fast elf Uhr. Sie betrachtete eine indische Hütte, die vor dem Hintergrund eines tropischen Waldes mit glasäugigen Elefanten, fauchenden Tigern und einer großen, eingerollten Schlange aufgebaut worden war. Sie spürte, wie sich ein Gefühl der Frustration in ihr ausbreitete. Es war ein Fehler gewesen, das erkannte sie jetzt, das Treffen für diesen Morgen anzukündigen. Sie hatte eine gewisse Dringlichkeit verspürt, aber sie hätte mehr Zeit einrechnen sollen, damit sich die verheißene Belohnung herumsprach. Mehr Zeit für die Frauen von Covent Garden, den Mut zu diesem Schritt zusammenzunehmen.

Sie stieg die Stufen zum ersten Stock hinauf. In einem Raum, der einer mittelalterlichen Halle mit einer Gewölbedecke glich, waren antike Waffen und Rüstungen ausgestellt. Hier fand sie eine junge Frau, die allein auf einer Bank saß. Hero betrachtete sie mit neu erwachender Erwartung. Offensichtlich wartete die Frau auf jemanden. Sie saß da und hielt ihr Retikül mit beiden Händen fest, während ihr wachsamer Blick durch den ganzen Raum wanderte. Mit ihrem bescheidenen rosafarbenen Musselinkleid und der runden Haube sah sie eher wie eine junge Debütantin denn eine der Dirnen vom Haymarket aus, aber vielleicht hatte sie sich bewusst auf eine Art gekleidet, die nicht die Aufmerksamkeit der Leute auf sie lenken würde. Hero hatte sich gerade dazu durchgerungen, sich der jungen Frau zu nähern, als diese von ihrem Sitz aufsprang und durch die Halle zur Treppe eilte.

Als Hero sich umblickte, bemerkte sie den Gentleman in chamoisfarbenen Hosen und einem olivgrünen Mantel, der ihr die Treppe hinauf gefolgt war. *Natürlich*, dachte Hero, *ein heimliches Stelldichein.*

Mit einem undamenhaften Schnauben wollte Hero sich gerade der Treppe zuwenden, als eine weibliche Stimme mit einem leichten Akzent sagte: »Ihr seid das, oder? Die feine Dame, wo bei Molly O'Keefe aufgekreuzt ist und Fragen über Rose und Hannah gestellt hat?«

Hero drehte sich um und sah eine große Jamaikanerin mit einem langen, königlichen Hals und eleganter Haltung aus den Schatten treten. Ein Schauder der Vorfreude überlief Hero. »Haben Sie Informationen für mich?«

»Kostet was«, sagte die Jamaikanerin.

»Sie bekommen Ihre zwanzig Pfund, sobald sich die Information, die Sie mir liefern, als richtig herausstellt.«

Die mandelförmigen Augen der Frau verengten sich. »Woher weiß ich, dass Ihr liefert?«

Heros Kopf ruckte nach oben. Noch nie hatte jemand ihre Ehrenhaftigkeit infrage gestellt. »Sie haben mein Wort.«

Die Frau lachte nur.

Hero sagte: »Wie heißen Sie?«

»Tasmin. Tasmin Poole.«

»Wissen Sie, wo ich Hannah finden kann?«

Tasmin Poole schüttelte den Kopf. »Ich weiß nicht, wo Hannah Green ist. Aber ich hab das hier.« Sie hielt ein feines Silberarmband hoch, von dem ein Anhänger in Form eines Wappens herunterhing.

Hero streckte die Hand aus, aber das Freudenmädchen schloss die Faust fest um das Armband und entzog es so den Blicken. »Na-na. Ihr wollt's sehen? Dann zahlt dafür.«

»Woher haben Sie es?«

»Rose hat's mir gegeben.«

»Sie hat es Ihnen *gegeben*?«

Tasmin Poole lächelte. »Sagen wir, es war eine Bezahlung.«

»Woher weiß ich, dass Sie mir die Wahrheit sagen? Woher weiß ich, dass dieses Armband Rose gehört hat?«

Die jamaikanische Dirne verzog ihren sinnlichen Mund zu einem schiefen Lächeln. »Ihr habt mein Wort.«

Heros Finger schlossen sich fester um die Bänder ihres Retiküls. »Ich gebe Ihnen zehn Guineen für das Armband.«

»Fünfzehn«, sagte die Jamaikanerin.

»Zwölf.«

»Dreizehn.«

»Dreizehn also.« Hero griff in ihr Retikül und holte das Geld hervor. Sie hätte auch das Doppelte gezahlt. »So, und was können Sie mir zu Rose sagen?«

In einer flinken Bewegung übergab Tasmin Poole das Armband und strich die Bezahlung dafür ein. »Das kost' extra.«

Kapitel 18

In dem Versuch, seine launische französische Köchin zu besänftigen, pickte Sebastian bei einem Nachmittagsimbiss in seinem Esszimmer an einem Stück kaltem Lachs herum. Da kam Tom zurück und brachte ihm die Information, dass Luke O'Brian, den Ian Kane als Spezialkunden von Rose genannt hatte, Handelsvertreter war und mit Kunden von Indien, den Westindischen Inseln bis hin nach Kanada Geschäfte machte.

»Der kauft alles für die; von Päckchen mit Nägeln über Pflüge bis zu Möbelstücken und Teppichen und anderem Zeugs für ihre Häuser – egal, was sie gerade brauchen. Ich hab' keinen gefunden, der was Schlechtes über ihn zu berichten gehabt hätte. Man sagt, er ist mit seinen Kunden so ehrlich wie's nur geht, aber mit den Händlern geht er auch großzügig um.«

»Ein echter Ausbund der Tugend also.« Sebastian faltete seine Serviette und legte sie beiseite. Er sah Morey an und sagte: »Sagen Sie bitte Calhoun, dass ich ihn sofort brauche.«

Der Majordomus verbeugte sich und verließ den Raum.

Tom runzelte die Stirn. »Ein echter Aus- was?«

»Ein Ausbund. Ein Vorbild der Tugend und Perfektion.«

»Hört sich an, als hätt' ich recht.«

Sebastian drückte sich vom Tisch ab. »Was allerdings die eine Frage heraufbeschwört, nicht? Die Frage: Wie kommt es, dass so ein Ausbund regelmäßig einen Ort wie die *Orchard Street Academy* besucht?«

»Was meint Ihr zu braunem Kord?«, sagte Calhoun, der in dem Schrankfach suchte, in dem Sebastians ausgewählte Kleidungsstücke vom Gebrauchtwarenhandel aus der Rosemary Lane und der Monmouth Street aufbewahrt wurden. »Er wird sich grässlich mit der roten Weste beißen, aber Bow Street Runners scheinen eine ausgeprägte Vorliebe für braunen Kordsamt zu haben. Und sicherlich mögt Ihr dieses ...« Der Leibdiener drehte sich um, ein schwarzes Halstuch zwischen zwei Fingern von sich haltend. »Das Individuum, das es mir verkaufte, hat mir versichert, man könne es einen Monat tragen, ohne es zu waschen.«

Sebastian hörte auf, sich Puder ins Haar zu reiben, und blickte sich um. Durch das Puder und geschickt aufgelegte Theaterschminke hatte er sein Äußeres bereits um zwanzig Jahre altern lassen. Ein Polster um seine Mitte würde zwanzig Pfund zu seinem Gewicht hinzufügen. »Nur einen Monat?«

Calhoun lachte. »Zur Not auch zwei.«

Mit einigen Fragen, die er am Flussufer verschiedenen Menschen stellte, gelangte Sebastian bald zu den Ablege-Docks auf der Isle of Dogs, wo er Luke O'Brian fand. Er überwachte das Aufladen einer Ladung Baumwolle und Hanf zur Verschiffung nach Barbados. Eine ganze Weile beobachtete Sebastian ihn aus einem gewissen Abstand. Der Handelsvertreter war ein ansehnlicher Mann von vielleicht dreißig oder fünfunddreißig Jahren. Er war teuer, aber schlicht gekleidet, und sowohl dem Schiffskapitän als auch dem einfachen Seemann gegenüber gleichermaßen freundlich.

Die meisten Bow Street Runner, die Sebastian kennengelernt hatte, waren raue, ungehobelte Männer. Diese Attitüde nahm Sebastian jetzt an und versetzte sich immer tiefer in seine Rolle, während er das windumtoste Dock entlang ging. Nach und nach veränderte sich dadurch auch seine Körperhaltung und seine Art, sich zu bewegen. Diesen Trick hatte Kat ihn gelehrt, als sie beide noch jung und verliebt gewesen waren. Und als sie unglückseligerweise noch nichts von dem gemeinsamen Blut ahnten, das durch ihre Adern floss.

»Sie sind O'Brian, richtig?«, sagte Sebastian schroff. »Luke O'Brian?«

Der Handelsvertreter drehte sich um. Er hatte hellbraunes Haar und haselnussbraune Augen, die von lebhafter Intelligenz zeugten. »Das ist richtig. Kann ich Ihnen helfen?«

»Mein Name ist Taylor.« Sebastian klopfte auf die Aufschläge seines Kordmantels und schob die Brust vor. »Simon Taylor. Wir untersuchen den Tod von Rose Fletcher.« Er hatte gelernt, dass er gar nicht *sagen* musste, er käme von der Bow Street. Diese Annahme folgte einfach auf sein Verhalten.

Sebastian beobachtete, wie das vorsichtige Lächeln von O'Brians Antlitz verschwand und einem scharfen, leisen Atemzug wich. »Tod? Rose ist tot? Sind Sie sicher?«

»Wir glauben, dass sie eine der Bewohnerinnen des Magdalenenhauses war, das am Montagabend abgebrannt ist.«

O'Brian drehte sich zum Kanal um. Mit einer Hand bedeckte er seinen Mund, und er presste die Augen fest zu. Entweder war er ehrlich entsetzt oder ein überragender Schauspieler. Er brauchte eine Weile, bis er sprechen konnte. »Sind Sie sicher, dass das kein Missverständnis ist?«

Der Geruch nach heißem Teer und totem Fisch stach Sebastian in die Nase. »Wir glauben es nicht. Wann haben Sie sie zum letzten Mal gesehen?«

O'Brian schüttelte den Kopf, das Gesicht immer noch zur Seite gewandt. Seine Stimme war ein zerbrechliches Flüstern. »Ich weiß nicht … Vielleicht vor zehn Tagen. Sie sagte mir nicht, dass sie die Orchard Street verlassen wollte. Als ich wieder hinkam, haben sie mir nur gesagt, dass sie weg ist.« Plötzlich blickte er zu Sebastian. »Sind Sie ganz sicher, dass sie sich im Magdalenenhaus aufhielt?«

»Bei diesen Frauen ist es nicht einfach, Bescheid zu wissen, nicht wahr? Hat sie Ihnen je ihren wahren Namen genannt?«

»Nein. Sie sprach nicht gern über ihr … früheres Leben.«

»Hat sie Ihnen nie etwas erzählt?«

O'Brian spielte erneut nachdenklich an seiner Uhrkette. Sie war aus Gold, bemerkte Sebastian, unauffällig, aber sehr modisch. Die Manschetten und der Kragen seines Hemds wirkten sauber und gepflegt, er trug ein schneeweißes Halstuch. Dieser Handelsvertreter trug kein schwarzes Tuch um den Hals. »Nur, dass ihre Mutter tot war«, sagte O'Brian und blickte über die Masten der Schiffe hinweg, die außerhalb der Docks vor Anker lagen und sich im Wind bewegten. »Aus einer oder zwei Bemerkungen von ihr habe ich geschlossen, dass ihre Familie in Northamptonshire lebte. Sie hat wohl zwei Schwestern gehabt – und einen Bruder.

Ich glaube, er war in der Army. Aber sie sprach nicht gerne über sie.«

»Northamptonshire? Wissen Sie, warum sie von zu Hause weggegangen ist?«

O'Brian schüttelte den Kopf. »Nein.«

»Und Sie haben auch keine Ahnung, warum sie von der Orchard Street weggelaufen ist?«

»Nein. Sie wusste, welche Gefühle ich für sie hatte. Wenn sie in Schwierigkeiten war, warum ist sie nicht zu mir gekommen?«

Sebastian sagte: »Glauben Sie, sie hatte mit Kane Schwierigkeiten?«

O'Brians Kiefer verspannte sich. »Vielleicht. Aber noch wahrscheinlicher mit diesem elenden Untersuchungsrichter.«

»Welcher Untersuchungsrichter?«

O'Brians Augen weiteten sich, als er den Atem einzog. »Sir William. Dieser Bastard hat sie mehrmals mit seinen Schlägen ganz schön zugerichtet.«

»Ian Kane sagte, er würde gewalttätige Kundschaft von seinen Mädchen fernhalten.«

»Für gewöhnlich schon.« O'Brian sah hoch zur Sonne, die gerade hinter einer Wolke hervorblickte und die vom Wind bewegte Wasseroberfläche funkeln und blitzen ließ. »Aber man kann einen Magistrat der Bow Street nicht wirklich fernhalten, nicht wahr?«

»Bow Street? Meinen Sie Sir William *Hadley*?«

O'Brian warf ihm einen Seitenblick zu, und ein unerwartetes, grimmiges Lächeln kräuselte seine Lippen. »Richtig. Sir William Hadley höchstselbst. Was wollen Sie also dagegen tun? Hm, Mister Bow Street Runner?«

Kapitel 19

Da Bow Street Runner im Allgemeinen nicht in ihren eigenen Kutschen durch London zu fahren pflegten, war Sebastian in einer Mietkutsche zur Isle of Dogs gefahren. Er war in einer schäbigen Droschke angekommen, die ein grantiger alter Kutscher lenkte. Der weigerte sich, seinen Maulesel zu einer schnelleren Gangart als seinem langsamen Schritt anzutreiben. Aber auf dem Rückweg hatte Sebastian mehr Glück. Die Droschke schwankte bei dem Tempo, in dem sie über die Brücke über den Limehouse Cut bretterte, hin und her. Schwungvoll bog sie in die gerade, langgestreckte neue Commercial Road ein.

Es war ein glücklicher Zufall, dass Sebastian noch einmal zurückblickte – und zwar rechtzeitig, um einen Mann in einem dunklen Mantel auf einem Grauen hinter der Droschke her kommen zu sehen. Sebastian hatte den Mann bereits vorher bemerkt. Da hatte er in der Tür eines Kaffeehauses in der Nähe der Werft herumgelungert.

Natürlich konnte es Zufall sein. Jeder, der von den Docks der Westindischen Handelskompanie zurück nach London wollte, würde unweigerlich dieselbe Strecke nehmen. Sebastian beugte sich vor und sagte zum Fahrer: »Biegen Sie hier links ab. Fahren Sie auf Umwegen zum Fluss hinunter.«

»Aye, Meister«, sagte der Kutscher überrascht.

Sie bogen in eine enge Gasse ein, die auf einer Seite von einem offenen Feld begrenzt wurde, auf der anderen von einer langen Reihe neuer Häuser. Dieser Teil der Stadt wuchs schnell. Er war geprägt von den Docks und Speicherhäusern, die im Lauf des Kriegs erbaut worden waren. Sie passierten die langen Leinpfade der Sun Tavern Fields und setzten ihren Weg begleitet von den intensiven Gerüchen einer Kupferschmiede und der überwältigenden Hitze einer Eisengießerei fort.

Der Mann im dunklen Mantel auf seinem grobschlächtigen Grauen hinter ihnen hielt mit einigem Abstand mit.

»Wohin jetzt, Meister?«, rief der Kutscher.

»Halten Sie auf halber Strecke der Straße an, vor der Taverne dort.«

Die Taverne war ein neues, zweistöckiges Backsteingebäude mit Erkerfenstern zu beiden Seiten des Eingangs. Als Sebastian den Kutscher bezahlte, ritt der Mann im dunklen Mantel langsam vorbei, dann zog er am Fuß des Hügels die Zügel an und blickte über den Quay und die Speicherhäuser, die ihn säumten, hinweg.

Sebastian betrat die Kneipe und bestellte sich ein Glas Daffy's. Die Taverne war bevölkert von Hafenarbeitern und Tagelöhnern, die den kleinen Gastraum mit ihren Stimmen, dem Rauch ihrer Pfeifen und dem durchdringenden Geruch nach ihren ungewaschenen Arbeiterkörpern füllten. Mit dem Gin in der Hand suchte Sebastian sich einen Platz an einem leeren Tisch in der Nähe eines der Fenster, die die Straße überblickten.

An der Einmündung einer Gasse direkt gegenüber der Taverne stand der Mann im dunklen Mantel. Während Sebastian ihn beobachtete, zündete er sich eine Pfeife aus weißem Ton an. Der blaue Rauch waberte um sein Gesicht, als er einen tiefen Zug nahm. Er sah wie

Anfang dreißig aus, ein mittelgroßer Mann mit einer Hakennase und einem kantigen Kinn, das vom Bartwuchs eines Tages bläulich beschattet wurde. Eine Schulter gegen die Backsteinwand des Ladens neben sich gelehnt, sog er an seiner Pfeife. Er kniff die Augen zum Schutz vor dem Rauch und vor dem unausweichlichen Gestank der Gasse zusammen.

Sebastian stellte seinen unberührten Drink auf dem Tisch ab und ging aus der Kneipe hinaus. Er musste einen Augenblick stehen bleiben, weil gerade ein hochbeladener Förderkarren mit Kohle vorbei rumpelte. Dann trat er vom Gehweg in den aufgeweichten Matsch der ungepflasterten Straße. Der im Mantel drehte den Kopf weg, als gelte seine ungeteilte Aufmerksamkeit dem Wald aus Schiffsmasten auf diesem Abschnitt der Themse.

Sebastian stellte sich genau in das Sichtfeld des Mannes. »Wer hat Sie geschickt, mich zu verfolgen?«

Die Augen des Mannes weiteten sich, aber davon abgesehen behielt er seine bewundernswert ausdruckslose Miene bei, als er sich von der Wand abstieß. »Ich weiß nich', von was zur Hölle Sie reden.«

Die Erfahrung hatte Sebastian gelehrt, die Hände eines Mannes im Auge zu behalten. Er nahm das Blitzen der Messerklinge einen Augenblick, bevor es zu seinem Gesicht fuhr, wahr. Sebastian ließ seine linke Faust nach oben schwingen und wehrte den Unterarm des Mannes mit einem kräftigen Schlag ab, dabei machte er rasch einen Schritt zurück.

Zu spät spürte Sebastian, wie sein Stiefel auf zertrampelte, matschige Kohlblätter und Schlamm traf. Die Ledersohle geriet gefährlich ins Rutschen, und er glitt seitwärts, wobei sich sein Bein in einem schmerzhaften Winkel nach außen bog.

Schwarzmantel schwang herum und rannte los.

»Mist.« Sebastian fing sich wieder, rannte ihm hinterher, vorbei an kaputten Fässern, zerbrochen Kisten und Abfallkübeln, die nach Fischinnereien und Abfällen stanken. Am Ende der Gasse liefen sie durch ein offenes Gatter auf einen Kohlenlagerplatz. Sebastian hörte einen heiseren Ruf von einem der Arbeiter, als sie vorbei stürmten und zwischen aufgetürmten Bergen aus glänzender, blauschwarzer Kohle hindurch liefen. Ihre Füße wirbelten dabei Schmutzwölkchen aus feinem Kohlenstaub auf.

Der Mann vor Sebastian schlug sich zur Seite, kletterte über die Mauer des Lagers und stürzte sich in den Betrieb auf dem Quay. Sebastian jagte ihm hinterher, rumpelnden Karren und der schnalzenden Peitsche eines brüllenden Aufsehers ausweichend.

Vor ihnen gähnte der dunkle Eingang eines Speicherhauses, eine riesige Gewölbekammer, in deren diesiger Luft die berauschenden, verbotenen Düfte von Bordeaux und der Côte d'Azur hingen. Schwarzmantel verschwand die Steinstufen hinunter; die Lampenreihe über ihm flackerte, als er vorbeilief. Sebastian rannte ihm hinterher. Gestelle mit Weinfässern türmten sich über ihnen auf und warfen lange Schatten über den mit Kopfstein gepflasterten Flur, der im schwankenden Licht der Lampen feucht glänzte. Irgendwo tröpfelte eine Flüssigkeit – Wein oder ein Rest des nächtlichen Regens. Das gemächliche Tropfen bildete einen Kontrapunkt zu den Geräuschen der Schritte in Lederschuhen und den keuchenden Atemzügen.

»Was zur Hölle wollen Sie von mir?«, rief der Mann. Seine Stimme hallte wie ein Echo, als er auf der anderen Seite des Weinkellers die Treppe hinauflief, immer zwei Stufen auf einmal nehmend.

»Wer hat Sie angeheuert?«

»Fahr zur Hölle!«

Oberhalb der Treppe wandte der Kerl sich nach rechts. Weil er einen Hinterhalt befürchtete, wurde Sebastian langsamer. Als er schließlich in das blendende Nachmittagslicht hinaustrat, war der Mann verschwunden.

Schweratmend ließ Sebastian den Blick über die geschwärzten Speicherhäuser um sich herum schweifen. Ein Paar betrunkener, flachsblonder Matrosen torkelte vorbei. Sie trällerten ein deutsches Seemannslied. Aus der Ferne erklang das Hämmern von Küfern, die auf dem Quay Fässer bearbeiteten, das Rasseln von Ketten, die an Lastzügen hochgezogen wurden ... und aus dem Speicherhaus zu seiner Rechten ein *Rumms* wie von einem Körper, der gegen ein unerwartetes Hindernis rannte.

Dieser Speicherraum war dunkel, es gab keine Lichterkette wie die, die das Weinlager in eine lange Höhle voller tanzender Schatten verwandelt hatte. Sebastian trat vorsichtig ein und gab seinen Augen Zeit, sich anzupassen. Mit jedem Schritt hafteten seine Füße am Boden, als wäre er frisch geteert. Er brauchte eine Weile, um zu erkennen, woran es lag: über viele Jahre war Zucker aus den Fässern gerieselt und hatte den Boden bedeckt, wo er in der feuchten Luft dann halb geschmolzen war. Irgendwo von oberhalb hörte er das gleiche, leise saugende Geräusch. Dann hörte es auf.

In einigem Abstand zum offenen Eingang herrschte in der Lagerhalle fast vollständige Dunkelheit. Aber Sebastians Seh- und Gehörsinn waren seit jeher schärfer gewesen. Wie von einem Wolf, hatte Kat immer gesagt. Sebastian unterdrückte den eigenen Atem und lauschte, sein Blick wanderte über die Reihen übereinander gestapelter Fässer.

Es war nur die leiseste Ahnung eines Geräuschs: Stoff, der über Holz streift. Sebastian wirbelte genau in der Sekunde herum, als Schwarzmantel von dem nächstgelegenen Fässerturm auf ihn sprang.

Die plötzliche Bewegung brachte die Fässer ins Wanken und ließ sie in einer Phalanx aus brechenden Dauben und Sturzbächen von Zucker umkippen, die Sebastian von den Füßen riss. Er stürzte hart, warf jedoch eine Handvoll Zucker in Schwarzmantels Gesicht, der neben ihn sprang, das Messer in der Hand. Der Mann fluchte und taumelte zurück, womit er Sebastian genug Zeit verschaffte, sich auf die Seite zu drehen und auf die Knie zu kommen. Mit beiden Händen umklammerte er eine zerbrochene Daube.

»Hurensohn«, fluchte der Mann und machte sich zum nächsten Angriff bereit.

Sebastian schwang die Daube wie einen gekrümmten Knüppel und hieb das gezackte Ende gegen das Handgelenk des Kerls. Das Messer flog schlitternd in die Dunkelheit. »Wer hat dich angeheuert?«, schrie Sebastian.

Der Mann wirbelte herum und hastete mit im Zucker rutschenden und zugleich klebenden Stiefeln zu dem entfernten Lichtviereck.

Sebastian wuchtete sich auf die Füße und setzte ihm nach. Sie brachen in das Sonnenlicht, beide mit einer feinen Staubschicht funkelnder weißer Kristalle bedeckt.

»Engländer«, sagte einer der deutschen Seemänner und lachte, als Sebastian vorbeilief.

Sebastian hörte das Blöken einer Ziege von einem Schiff auf dem Fluss und die heiseren Schreie der Möwen, die über den Docks kreisten. Köpfe drehten sich um, als die beiden Männer in ihren Zuckerkrusten hintereinander den Hügel hinauf und auf die Straße liefen. Schwarzmantel hatte einen Vorsprung von gut dreihundert Metern, und Sebastian konnte ihn nicht aufholen.

Noch im Laufen schnappte Schwarzmantel sich die Zügel seines Grauen und sprang in den Sattel. Das Pferd scheute heftig, als das Gewicht des Mannes plötzlich auf ihm landete, und der Kerl setzte auf beiden Flanken die Sporen ein.

»Hurensohn«, sagte Sebastian. Schweratmend beugte er sich vor, stützte die Hände auf seinen zuckrigen Knien ab und beobachtete, wie der Schweif des Grauen mit einem Wedeln die Straße hinauf verschwand.

Sebastian kämmte sich in seinem Ankleideraum gerade den Zucker aus den Haaren, als Calhoun hereinkam. »Euer Bad wird soeben vorbereitet, Mylord.« Er hielt ihm auf einem Silbertablett eine versiegelte Botschaft hin. »Dies ist während Eures Ausgangs angekommen. Es wurde von einem livrierten Lakaien abgegeben.«

Sebastian griff nach dem Brief und studierte die männliche Handschrift, in der die Adresse geschrieben war. Er drehte ihn um und runzelte beim vertrauten Anblick des Wappens die Stirn. Die Schrift mochte männlich wirken, aber ganz offenbar gehörte sie zu Miss Hero Jarvis. Er erbrach das Siegel und faltete das dicke weiße Papier auseinander.

Mylord,
zu Roses Identität verfüge ich über neue Informatio-
nen. Ich werde heute Nachmittag um zwei Uhr die
Orangerie in Kensington Gardens besuchen. Bitte seid
pünktlich.
Miss Jarvis

»Bitte seid pünktlich«, wiederholte Sebastian und ließ die Nachricht wieder auf das Silbertablett fallen. *Zur Hölle*, dachte er. *Dieser Apfel ist nicht weit vom Stamm gefallen.*

Calhoun ging durch den Raum, um die zuckerüberzogene Verkleidung des Viscounts aufzuheben. »Denkt Ihr, Euer Verfolger arbeitet für Ian Kane?«

»Das ist möglich. Kane hat mich ja erst auf die Spur von O'Brian gesetzt.« Sebastian blickte seinen Kammerdiener an. »Hinter Mister O'Brian steckt vielleicht mehr, als man auf den ersten Blick erkennt.«

»Möchtet Ihr, dass ich Nachforschungen über ihn anstelle, Mylord?«

»Das könnte sich als interessant erweisen.«

Calhoun verbeugte sich und wandte sich zur Tür.

»Ach, und Calhoun – sagen Sie Tom, er soll meinen Zweispänner vorbereiten. In etwa einer halben Stunde werde ich der Bow Street einen kleinen Besuch abstatten. Es ist Zeit.«

Kapitel 20

Wieder in seine eigenen, hervorragend geschnittenen Kleider – seinen dunkelblauen Herrenmantel und die wildledernen Hosen – gewandet, lenkte Sebastian seinen Zweispänner vor das *Brown Bear*, die alte Wirtschaft in der Bow Street. Im Grunde galt sie als eine Erweiterung der Polizeibehörde gleich nebenan.

»Führ sie herum«, trug er Tom auf und übergab dem Jungen die Zügel. »Wir fahren nach Kensington weiter, sobald ich hier fertig bin.«

Sebastian schritt zielstrebig durch den verrauchten Schankraum des Inns und traf Sir William Hadley in einer der Nischen im hinteren Bereich an. Vor ihm auf dem abgenutzten fleckigen Tisch standen ein Teller kalten Roastbeefs und ein Krug Ale. »Es könnte Sie vielleicht interessieren, dass ich die Identität einer der Frauen herausgefunden habe, die Montagnacht im Magdalenenhaus getötet wurden«, sagte Sebastian und glitt auf die Bank gegenüber dem Untersuchungsrichter.

Sir William hob den Krug an seine Lippen und nahm einen tiefen Zug. »Warum zur Hölle sollte mich das interessieren?«, sagte er und wischte sich mit dem Rücken seiner fleischigen Hand über den nassen Mund.

»Weil es jemand ist, den Sie kennen. Rose Fletcher aus der *Orchard Street Academy*.«

Eine plötzliche Starre überkam Sir William. »Warum zur Hölle denkt Ihr, dass ich sie kannte?«

Sebastian schenkte dem Mann ein träges, maliziöses Lächeln. »Ihre regelmäßigen Besuche in der Academy sind nicht gerade ein Geheimnis. Sie war eine Ihrer Lieblingshuren, oder nicht?«

Sir William beugte den Kopf über seinen Teller und schenkte seinem Fleisch seine ganze Aufmerksamkeit. Er schaufelte sich eine volle Gabel davon in den Mund.

»Es gibt Menschen«, sagte Sebastian, »die es für möglich halten, dass Rose Ihretwegen aus der Orchard Street weggelaufen ist. Sie haben den üblen Ruf, Frauen grob zu behandeln, Sir William.«

Der Magistrat hob den Kopf und schluckte betont sein Essen hinunter. Er zog die Augen bedrohlich zusammen und deutete mit einem dicken Finger auf Sebastian. »Ich sagte Euch, dass Ihr Euch hier heraushalten solltet, Devlin. Und das meinte ich auch so.«

»Es überrascht mich nicht, dass mein Interesse an der Sache Sie eine Spur – sagen wir nervös? – gemacht hat.« Sebastian lehnte sich mit dem Rücken an die Lehne und verschränkte die Arme vor der Brust. »Tatsächlich habe ich mich bei der Frage ertappt, wo Sie sich wohl Montagnacht aufgehalten haben.«

Das Messer des Untersuchungsrichters klapperte gegen den Rand seines weißen Blechtellers. »Nicht dass es Eure verdammte Angelegenheit wäre, aber ich war zufällig beim Premierminister. Wahrscheinlich werdet Ihr als nächstes Perceval selbst anklagen.«

Sebastian betrachtete das fleischige, rote Gesicht des Magistraten. »Da Sie die junge Dame ja offensichtlich kannten, können Sie mir vielleicht mehr über sie erzählen.«

Sir Williams Lippe kräuselte sich. »*Die junge Dame?*« er schob seinen Teller von sich und stand auf. »Sie war eine Hure, wie all die anderen, trotz ihrer Haltung und

Grazie. Denkt Ihr, ich habe nichts Besseres zu schaffen, als den Nachmittag damit zu vergeuden, über ein billiges Flittchen zu sprechen? Ich habe mich um Händler zu kümmern, die Gift und Galle spucken, weil jemand ein Lager hervorragender russischer Zobel ausgeraubt hat, außerdem um einen loyalen Offizier Seiner Majestät, der spurlos verschwunden zu sein scheint, und des Weiteren um ein Parlamentsmitglied, das bei hellem Tageslicht auf der *Strand* überfallen wurde. Glaubt mir, jeder einzelne dieser Fälle ist wichtiger als tausend tote Nutten.«

Sebastian erhob sich. »Für mich nicht.«

Sir William zog die Serviette, die er sich ins Hemd gestopft hatte, herunter und warf sie auf den Tisch neben sein halb gegessenes Essen. »Ich habe Euch gewarnt. Hört auf, Euch in die Angelegenheiten der Bow Street zu mischen. Das meine ich ernst. Ihr seid vielleicht dick mit Sir Henry Lovejoy befreundet, aber wir sind hier in der Bow Street, nicht bei der Behörde am Queen Square. Guten Tag, Mylord.«

Sebastian sah zu, wie der stämmige Magistrat sich den Weg zur Tür der Taverne bahnte. Die Glocke von St. Mary-le-Bow schlug ein Mal, dann noch ein Mal. Es war zwei Uhr.

Kensington Gardens lag westlich des Hyde Parks in einem so unbeliebten Stadtteil, dass sicherlich niemand von Bedeutung das Treffen zwischen Miss Jarvis und Viscount Devlin beobachten würde.

Sebastian ließ Tom zurück, damit dieser die Füchse die Straße hinauf und hinabführte. Er nickte dem Torwächter zu und ging zu Fuß weiter zur Orangerie, deren Wände aus Backstein und Glas sich am Ende einer von Eiben gesäumten Allee erhoben. Er entdeckte Miss Jarvis, elegant in ein marineblaues Ausgehkleid und den dazu passenden Hut mit gleich zwei Straußenfedern gekleidet. Sie stand da, als wäre sie in das Studium einer Lilienrabatte vertieft, doch sie konnte Sebastian nicht täuschen. Eine kleine, dünne Zofe mit unbehaglichem Gesichtsausdruck hielt sich in der Nähe auf.

»Ihr seid zu spät«, sagte Miss Jarvis, die ihren Sonnenschirm ungeduldig drehte, als er sich ihr näherte.

Sebastian riss in gespielter Bestürzung die Augen auf. »Tatsächlich?«

Zu seiner Überraschung zuckten ihre Lippen kurz in einem angedeuteten Lächeln. Sie wandte das Gesicht ab, um über eine offene Rasenfläche neben ihnen zu blicken, auf der ein paar schattenspendende Baumgruppen verteilt waren. »Ein Punkt für Euch«, sagte sie, wandte sich um und begann, die breite Allee entlang zu spazieren.

Sebastian ging neben ihr her, die streng blickende Zofe folgte ihnen in respektvollem Abstand. »Nun erzählt mir, Miss Jarvis, was habt Ihr herausgefunden, das von so großer Bedeutung ist, dass Ihr Euch dazu gezwungen saht, diese Verabredung zu arrangieren.«

Sie hielt den Kopf hoch und verzog keine Miene. »Dies ist keine Verabredung, Mylord. Dies ist ein Austausch von Informationen. Ich habe herausgefunden, dass die Frau, die sich im Magdalenenhaus als Rose Jones ausgab, früher als Rose Fletcher bekannt war. Sie ist aus einem Haus in der Orchard Street geflüchtet.«

»Aus der *Orchard Street Academy*«, sagte Sebastian.

Miss Jarvis wandte sich herum und sah ihn an. »Woher wusstet Ihr das?«

»Ich war dort.«

Sie drehte den Kopf und gab vor, eine Grüne Heidelibelle zu beobachten, die um einen Blauregen in der Nähe schwirrte, aber nicht schnell genug, um den Anflug von Verärgerung vor ihm zu verbergen, der über ihre Züge glitt. »Ach. Und habt Ihr noch etwas anderes von Bedeutung herausgefunden?«

Er hatte nicht die Absicht, sie mit den saftigen Einzelheiten seiner Begegnungen mit Ian Kane oder Luke O'Brian zu beschenken. »Eine oder zwei Befragungen wurden dadurch in Gang gesetzt, aber bisher gibt es noch keine nennenswerten Ergebnisse.« Er lenkte ihre Schritte nach Osten, wo in der Ferne der See Long Water blau schimmerte und in der Sonne glitzerte. »Wie genau habt Ihr von der *Orchard Street Academy* erfahren?«

»Ich sprach mit einer Frau namens Tasmin Poole.«

Sebastian blieb abrupt stehen. »Ihr habt *was*?« Er erinnerte sich an die hochgewachsene Jamaikanerin mit dem langen Hals, der er in dem kitschigen Salon der Academy begegnet war. »Bei allem, was heilig ist – *wie* seid Ihr dieser Frau begegnet?«

Miss Jarvis ging weiter. »Ich ließ die Nachricht verbreiten, dass ich bereit war, für Informationen zu zahlen, die mich zu der Frau führen würden, die ursprünglich gemeinsam mit Rose im Magdalenenhaus Zuflucht gesucht hat. Laut Tasmin Poole ist Rose mit einer Frau namens Hannah Green von der *Orchard Street Academy* geflüchtet. Leider weiß Tasmin nichts über den derzeitigen Aufenthalt der Frau.«

Sebastian blieb weiterhin stehen. »Wartet. Wie genau habt Ihr die Nachricht verbreiten lassen?«

Sie drehte sich um und sah ihn ungeduldig und mit undurchdringlichem Blick an. »Ich habe mit einigen Frauen in einem Unterkunftshaus in Covent Garden gesprochen. Ich bin ihnen schon früher im Laufe meiner Ermittlungen begegnet.«

Sebastian sah, wie der kalte Wind eine Strähne aus Miss Jarvis' streng frisiertem Haar löste und über ihre Wange wehte. Er sagte: »Euch ist gar nicht bewusst, was Ihr getan habt, oder?«

»Was ich getan habe? Ich habe die Identität der Frau herausgefunden, die ...«

»Ja. Aber um welchen Preis? Die Männer, die diese Frauen im Magdalenenhaus getötet haben, haben zwei Frauen weglaufen sehen. Sie haben eine in der Gasse erschossen, aber sie wussten, dass eine weitere entkommen war. Wenn sie Euer Treffen mit Tasmin Poole heute Morgen beobachtet haben, haben sie nun eine genaue Vorstellung, wer diese zweite Frau war. Aber nicht nur das. Sie wissen, dass Ihr Nachforschungen darüber anstellt, was geschehen ist. Sie werden denken, dass Rose Jones oder Rose Fletcher, oder wer sie nun auch war, Euch etwas anvertraut hat.«

Langsam stieg ihr die Röte in die Wangen, doch ansonsten wahrte sie ihre Haltung. »Ich werde gut beschützt.«

»Das hoffe ich. Denn die Art Leute, mit denen wir es hier zu tun haben, schätzt es nicht, wenn man sie zu genau unter die Lupe nimmt. Sie haben schon acht Frauen getötet und ein Haus niedergebrannt. Denkt Ihr, sie werden zögern, Euch zu töten?«

Er nahm den Weg zum Long Water wieder auf, und nach einem Augenblick ging sie neben ihm weiter. Sie sagte: »Hattet Ihr den Namen der Frau, die mit Rose weggelaufen ist, auch herausgefunden?«

»Nein«, gestand er ein und warf ihr einen Seitenblick zu. »Hat Tasmin Poole Euch gesagt, wovor die beiden Frauen aus der Orchard Street weggelaufen sind?«

»Sie sagte, sie wüsste es nicht. Aber sie hatte das hier …« Miss Jarvis griff in ihr Retikül und hielt eine kurze Silberkette hoch. »Sie sagte, Rose hätte es ihr als Bezahlung für etwas gegeben.«

Sebastian griff nach der Kette und hielt sie in seiner behandschuhten Handfläche. Es war ein kurzes, feingliedriges Armband mit einem einzigen runden Anhänger. Er erinnerte sich, dass seine Schwester Amanda als Kind ein ähnliches besessen hatte. »Es ist ein Kinderarmband«, sagte er und sah die Frau neben sich an. »Woher wisst Ihr, dass dies wirklich Rose Fletcher gehörte?«

»Ich habe das Wappen auf dem Anhänger erkannt.«

er drehte das kleine Medaillon und betrachtete das Steuerrad mit drei Adlerköpfen. »Die Fairchilds«, sagte er. Er sah auf und bemerkte, dass sie ihn beobachtete. »Euch ist bewusst, dass Tasmin Poole oder Rose Fletcher dieses Armband auf hundert verschiedenen Wegen erworben haben könnten?«

»Gewiss ist mir das bewusst«, sagte sie mit kaum verhohlener Missbilligung. »Aber die Koinzidenzen sind mehr als bemerkenswert.«

»Koinzidenzen?«

»Lord Fairchild hat eine Tochter namens Rachel, die erst letzte Saison debütierte. Im Mai wurde ihre

Verlobung bekanntgegeben, kurz bevor sie sich angeblich aus gesundheitlichen Gründen auf das Familienanwesen in Northamptonshire zurückzog. Doch es gibt Gerüchte, dass Miss Fairchild nicht in Northamptonshire weilt. Es gibt Gerüchte, sie sei weggelaufen.«

Sebastian rieb mit der Kuppe seines Daumens über die filigranen, silbernen Glieder des Armbands. Laut Luke O'Brian war Roses Familie aus Northamptonshire. Er sagte: »Warum sollte sie ausgerechnet dieses Armband mitnehmen? Es kann nicht viel wert sein.«

»Vielleicht hat jemand es ihr geschenkt, der sie liebte. Ich weiß es nicht. Aber Tasmin sagte mir noch etwas anderes Wichtiges. Sie sagte, Rose – oder Rachel oder wie auch immer ihr Name ist – hatte Angst davor, dass jemand sie finden könnte. Tasmin dachte, es könnte ihre Familie sein, aber sie war sich nicht sicher.«

Sebastian sagte: »Wenn Rose Rachel Fairchild war und letzte Saison debütiert hat, warum habt Ihr sie dann nicht erkannt, als Ihr ihr im Magdalenenhaus begegnet seid?«

Miss Jarvis zuckte mit den Schultern. »Vielleicht habe ich sie bei einem Ball gesehen, aber wenn ja, erinnere ich mich nicht daran. Sie war nicht die Art junge Frau, die man in einem Gedränge bemerken würde, und ich konsultiere den Adelsalmanach *Almack's Assemblies* dieser Tage nur selten.« Mit fünfundzwanzig Jahren war Miss Jarvis quasi eine alte Jungfrau.

Er hob das Armband hoch. »Habt Ihr das gekauft?«

»Ja. Mit dem Versprechen einer Belohnung von zwanzig Pfund, wenn Tasmin Poole den derzeitigen Aufenthalt von Hannah Green herausfinden sollte.« Als er darauf schwieg, sagte sie ungeduldig: »Zumindest haben wir eine neue Spur, die wir verfolgen können.«

Sebastian hob eine Braue. »Wir, Miss Jarvis?«

Sie starrte ihn an. »Richtig.«

»Was genau beabsichtigt Ihr zu tun? Zu *Almack's* gehen und jedem, der Hinweise auf den Aufenthalt von Miss Rachel Fairchild geben kann, zwanzig Pfund anbieten?«

Ihre Wangen waren erneut gerötet, aber dieses Mal hatte er den Verdacht, dass es sich um Zornesröte handelte. Miss Jarvis beherrschte ihre Emotionen noch nicht ganz so perfekt wie ihr Vater. »Nein«, sagte sie lapidar. »Aber ich kann Lady Sewell einen Besuch abstatten.«

»Wem?«

»Georgiana Lady Sewell. Vor ihrer Ehe war sie Miss Fairchild – Rachel Fairchilds ältere Schwester. Ich frage mich schon die ganze Zeit, warum Rachel, wenn sie aus dem Haus der Fairchilds in der Curzon Street weggelaufen ist, nicht Zuflucht bei ihrer Schwester gesucht hat?«

»Anstatt in einem Bordell? Das ist eine interessante Frage.«

Sebastian runzelte die Stirn, als er sich an das erinnerte, was ihm Luke O'Brian über »Roses« Familie erzählt hatte. *Ich glaube, sie hatte wohl zwei Schwestern, und einen Bruder bei der Army* ... Sebastian wusste, dass Lord Fairchild mindestens einen Sohn hatte, Cedric. Er hatte mit Sebastian auf der Halbinsel gedient. »Gibt es auch eine jüngere Schwester?«, fragte er laut.

»Das weiß ich nicht«, sagte Miss Jarvis und drehte ihren Schirm, um die schwache Sonne von ihrem Gesicht fernzuhalten.

Sebastian blickte über die funkelnde Oberfläche des Long Water hinweg zum Hyde Park. Ihm wurde bewusst, dass er jetzt jemanden benötigte, der mit sämtlichen Gerüchten und Skandalen der Fairchilds in den letzten fünfzig Jahren bestens vertraut war. Jemanden wie seine Tante ...

»Ich denke, die Informationen, die wir bekommen haben, sind jede kleine Gefahr wert, in die ich mich vielleicht begeben habe«, sagte Miss Jarvis und streckte die Hand aus, um das Armband zu nehmen.

Sebastian schloss die Faust um die Kette. »Dies könnte mir vielleicht von Nutzen sein«, sagte er. »Überlasst es mir.«

Er erwartete, dass sie Einwände erheben würde, doch das tat sie nicht. Als er in ihre offenen, intelligenten grauen Augen blickte, befiel ihn die beunruhigende Gewissheit, dass sie deshalb keine Einwände erhob, weil sie genau wusste, was er vorhatte. Sie wusste, dass er gleich nach einem Besuch bei seiner mitteilungsfreudigen Tante Henrietta Lord Fairchild selbst konfrontieren wollte.

Genau darauf setzte sie.

Kapitel 21

Sebastians Tante Henrietta, die Dowager Duchess of Claiborne, lebte in einem stattlichen Anwesen in der Park Street. Da sie Witwe war, gehörte das Haus eigentlich ihrem ältesten Sohn, dem jetzigen Duke of Claiborne. Allerdings konnte der jetzige Herzog – der Nachfolger seines Vaters – der vormaligen Lady Henrietta St. Cyr nicht das Wasser reichen. Er hatte sich schon vor Langem mit seiner Gattin und der wachsenden jungen Familie in ein kleineres Haus in der Half Moon Street zurückgezogen und es seiner Mutter überlassen, dem Haus vorzustehen, das sie erstmals als Braut betreten hatte, vor etwa fünfundfünfzig Jahren.

Aber die Dowager Duchess of Claiborne hielt sich nicht in ihrem Anwesen in der Park Street auf. Sebastian verfolgte die Spur seiner Tante durch Seidenhandlungen und Kurzwarenläden in der Pall Mall, bis er sie schließlich bei einer angesagten Hutmacherin in der Bond Street antraf.

Er spürte die Blicke, die ihm aus abschätzenden Augen folgten, als er sich durch Gruppen exquisit gekleideter Damen, die ihre Spiegelbilder betrachteten, und vorbei an Glastresen und Reihen von Mahagoni-Schubladen, die bis an die Decke reichten, seinen Weg zu ihr bahnte. »Gütiger Himmel. Devlin«, sagte sie und angelte nach dem Monokel, das sie an einem Band um den Hals trug. »Was tust du denn hier?«

»Ich suche dich.« Er betrachtete den braunroten Turban in ihren Händen, der mit Federn in Flamingorosa geschmückt war. »Dieses Ding willst du dir nicht wirklich zulegen, oder?«

Henrietta war nie eine großgewachsene Frau gewesen, sondern hatte die gleiche untersetzte Gestalt und den großen Kopf wie ihr Bruder, Hendon, außerdem die stechenden, blauen Augen, die Sebastian so auffälligerweise fehlten. Sie heftete ihren Blick aus diesen Augen jetzt auf ihn und setzte sich den Turban in ihrer Hand auf. »Doch, du unnatürliches Kind, genau das tue ich. Und jetzt sag mir, was du willst, und dann verschwinde.«

Er lachte leise. »Liebe Tante Henrietta. Ich möchte wissen, was du mir über Rachel Fairchild berichten kannst.«

Henrietta zog ihre rundlichen Wangen nach unten. »Lord Fairchilds mittlere Tochter? Welches Interesse hast du denn an ihr? Nichts gegen das Mädchen, hörst du, aber ich schätze den Stall nicht, aus dem sie kommt.«

Sebastian hob eine Augenbraue. »Erzähl mir etwas über den Stall.«

Henrietta betrachtete sich im Spiegel, und ihre Mundwinkel sanken herunter. Der Effekt des Flamingorosa war kein guter. »Basil Fairchild«, sagte sie mit deutlichem Missfallen.

»Ich kann mich nicht erinnern, irgendetwas Schlechtes über ihn gehört zu haben.«

»Wahrscheinlich nicht. Wenn ich mich recht entsinne, warst du in der fraglichen Zeit im Krieg, um dich umbringen zu lassen. Seine erste Frau starb vor sieben oder acht Jahren, und er heiratete nur zwei Jahre später ein junges Ding, das kaum die Schulbank verlassen hatte. Fairchild selbst war in den Vierzigern. Höchst unziemlich.«

»Ich habe Cedric Fairchild in der Armee kennengelernt. Gab es noch mehr Söhne?«

Henrietta setzte den unschmeichelhaften Turban ab und griff nach einem, der aus braunroter und marineblauer Seide gewickelt war. »Nein. Die neue Ehe ist kinderlos geblieben. Aber es gibt noch eine ältere Tochter, Georgiana. Sie hat Sir Anthony Sewell geheiratet ... Das war in dem Jahr, in dem Pitt starb, wenn ich mich recht entsinne. Soweit ich weiß, gibt es noch ein jüngeres Mädchen, aber sie drückt noch die Schulbank.«

Sebastian sah durch das Schaufenster einen rot-grünen Brauereikarren die Straße herauf rumpeln. Ein Bruder bei der Army, eine ältere und eine jüngere Schwester. Es passte nur zu gut. Er sagte: »Hatte Rachel letztes Jahr ihr Debüt?«

»Das ist richtig.« Henrietta setzte den Kopfputz in Rotbraun und Marine auf ihre stahlgrauen Locken. »Aber lass mich dir eines sagen, Sebastian, falls du eine *zärtliche Zuneigung* in diese Richtung gefasst haben solltest ...«

»Ich bin der jungen Frau nie begegnet.« Sebastian betrachtete diesen neuen Versuch seiner Tante. »Das Marineblau ist auf jeden Fall eine Steigerung«, sagte er und fügte dann hinzu: »Wie sieht sie aus? Rachel, meine ich.«

Henrietta betrachtete ihr Spiegelbild in dem runden Glas auf dem Tresen und senkte das Kinn Richtung Brust, wodurch ihre runden Wangen noch betont wurden. »Ihre Mutter war Lady Charlotte, eine der Töchter des Dukes of Herford. Rachel kommt nach ihr. Sie ist hübsch genug, denke ich. Ich persönlich hatte nie eine Schwäche für den nichtssagenden Ton ihres braunen Haars, aber sie hat gute Haut und gesunde Zähne, und ihre grünen Augen sind bezaubernd. Trotzdem war sie nie wirklich beeindruckend, wenn du weißt, was ich meine. Sie ist immer mit dem Hintergrund verschmolzen. Es wirkte, als würde sie die nötigen Schritte ihrer Einführung in die Gesellschaft nur durchlaufen, weil das so üblich ist, und nicht, weil sie es wirklich wollte.« Henrietta sah zu ihm herüber. »Wenn du dem Mädchen noch nie begegnet bist, warum interessiert es dich dann?«

»Du sagst, sie war nicht beeindruckend?«

»Nun, sie war nicht gerade ein Feger. Aber sie machte eine angemessene Partie. Tristan Ramsey, wenn ich mich recht entsinne. Ohne Titel, gewiss. Aber die Ramseys sind eine recht warmherzige Familie.«

»Sie vermählten sich?«, fragte Sebastian überrascht.

»Die Verlobung wurde verkündet. Dann wurde das Kind angeblich krank und zog sich aufs Land zurück.«

»Angeblich?«

»Das ist richtig. Gerüchteweise ist sie nicht dort.«

»Gab es noch andere Verehrer?«

Seine Tante dachte einen Augenblick nach, dann schüttelte sie den Kopf. »Nicht dass ich mich entsinne.«

»Was weißt du von Tristan Ramsey?«

Die Herzogin musterte Sebastian mit finsterem Blick. »Er ist ruhig und langweilig – und das in auffälligem Maße, wenn man bedenkt, dass er erst vier- oder fünfundzwanzig ist. Er hat eine jüngere Schwester – Elizabeth oder so ähnlich. Sie hat diese Saison ihr Debüt, und er ist der pflichtbewusste Sohn und Bruder, der seine Mutter und seine Schwester durch die ganze Stadt begleitet. Er hat seinen Vater bereits als Kind beerbt, weißt du. Manchmal hat so etwas fatale Auswirkungen auf den Charakter eines Mannes. Bei Ramsey jedoch nicht. Er hält seine Besitztümer zusammen, spielt nicht im Übermaß, und sollte er eine Geliebte haben, dann muss er sehr diskret vorgehen, denn mir ist nie etwas Derartiges zu Ohren gekommen. Er erinnert mich in vielerlei Hinsicht an Lord Fairchild.«

»Und doch hältst du trotz dieser vielen Tugenden von keinem von beiden sehr viel. Warum?«

»Hätte ich eine Vorliebe für ruhige, fähige, langweilige Männer, hätte ich doch vor Jahren bereits die Geduld mit dir verloren, oder nicht?« Sie nahm den rotbraun-marinefarbigen Seidenturban vom Kopf und nickte der beflissenen Verkäuferin zu, die in der Nähe vorbei ging. »Ich nehme diesen hier.« Zu Sebastian sagte Henrietta: »Und jetzt sage ich kein Wort mehr, bevor du mir dein Interesse an dem Kind erklärst.«

»Ich erkläre es dir später«, sagte Sebastian und beugte ich vor, um ihre Wange zu küssen. »Danke sehr, Tante.«

Henrietta griff nach seinem Arm. »Oh nein, das wirst du nicht. Du darfst meinen Einkauf für mich zur Kutsche tragen.«

Sebastian warf einen Blick auf den livrierten Lakaien der Herzogin, der still neben dem Eingang wartete, dann hob er ruhig ihre Einkäufe auf und folgte ihr aus dem Hutmachergeschäft hinaus in die unbeständige Maisonne. Als sie auf dem Gehweg waren, musterte sie ihn mit kritischem Blick, der ihm Unbehagen bereitete. »Ich habe in den letzten Monaten beunruhigende Berichte über deine Aktivitäten gehört, Sebastian. Sehr beunruhigende Berichte. Und soweit ich es sehen kann, sind sie alle wahr. Du siehst aus wie der Teufel höchstpersönlich.«

»Nun, danke für das Kompliment, Tante.«

»Versteh mich nicht falsch. Ich verstehe es, wenn du deine Sorgen in ein paar Flaschen Brandy und wilden Nächten in der Stadt ertränkst. Das Ganze war ein Schock, zweifellos. Ein Schock für uns alle. Aber acht Monate lang, Sebastian? Findest du nicht, dass das ein bisschen exzessiv ist?«

»Augenscheinlich nicht.«

Sie schnaubte. »Wie auch immer, darüber wollte ich auch nicht mit dir reden. Ich mache mir Sorgen um Hendon.«

»Tante ...«

»Nein. Hör mir zu. Ich sagte, dass ich den Schock verstehen kann. Von der Verbindung zwischen Hendon und Miss Boleyn zu hören ... Aber es ist mehr als nur unlogisch, wenn du zulässt, dass etwas, das vor mehr als zwanzig Jahren geschehen ist, und die Folgen, die es mit sich brachte, deine Beziehung zu Hendon vergiftet. Das zeugt von einer erbärmlichen Geisteshaltung. Und das ist etwas, das ich an dir nie kannte.«

»Du meinst, ich sollte die Entdeckung, dass mein Vater auch der Vater der Frau ist, die ich heiraten wollte, mit Gleichmut hinnehmen können?«

»Nicht mit Gleichmut. Mit Verständnis und Langmut.« Sie festigte den Griff um seinen Arm, ihre Finger gruben sich durch den feinen Stoff seines Mantels und des Hemds in sein Fleisch. »Er trauert wegen eurer Entfremdung, Sebastian. Mehr als du je wissen wirst. Nichts bedeutet ihm mehr als du.«

Sie hatten die Kutsche erreicht. Der Lakai klappte die Stufen heraus und wartete unbeweglich. Sebastian übergab ihm die Einkäufe und nahm dann die Hand seiner Tante, um ihr beim Einsteigen durch die enge Tür zu helfen. »Guten Tag, Tante«, sagte er im Zurücktreten.

Er schwang herum und hatte sich bereits zwei Schritte auf seine wartende Kutsche zubewegt, als ihre Stimme ihn aufhielt. »Übrigens, Sebastian«, rief sie ihm in maliziösem Ton durch das offene Kutschfenster zu, »mir ist zu Ohren gekommen, dass du Miss Jarvis gestern im Hyde Park ausgefahren hast.«

Er wirbelte herum. »Guter Gott. Wo hast du das gehört?«

Aber seine Tante lächelte nur und nickte ihrem Kutscher, loszufahren.

Kapitel 22

Lord Fairchilds Anwesen in der Curzon Street war beeindruckend groß und von der jungen neuen Hausherrin sehr modern eingerichtet worden, mit gestreiften Seidenvorhängen, üppigen Orient-Teppichen und von Ägypten inspirierten Kanapees. Als Sebastian dem feierlich dreinblickenden Butler durch eine glänzende Marmorhalle folgte, befiel ihn Missbehagen. Silber erstrahlte, das Holz der Balustrade und der Tische in der Halle glänzte vom Wachs.

Wie konnte die Enkelin eines Herzogs, die in einer solch vornehmen, außergewöhnlichen Atmosphäre zur Welt gekommen war, so tief fallen, dass sie den überladenen Salon eines Bordells wie der *Orchard Street Academy* mit ihrer Anwesenheit beehrte?

Basil Lord Fairchild, der trotz seiner über fünfzig Lebensjahre noch eine kräftige und aufrechte Körperhaltung hatte, glich mit seinem silbergesträhnten, dunklen Haar und der blassgelblichen Hautfarbe eher einem Spanier oder einem Franzosen von der Côte d'Azur. Er empfing den Viscount in einer Bibliothek mit roten Samtvorhängen, musterte Sebastian mit finsterem Blick und sagte: »Wenn Hendon Euch hergeschickt hat, um mit mir über diese verdammten *Orders in Council* zu sprechen, verschwendet Ihr Eure Zeit.«

Diese Erlasse, die *Orders in Council*, waren Teil des schwelenden Handelskriegs der Briten mit Napoleon. Doch eine nicht vorhergesehene, unangenehme Nebenerscheinung dieses Systems war eine anwachsende Spannung in den Beziehungen zu den Amerikanern.

Lord Fairchild war einer derjenigen, die das System der *Orders* außer Kraft setzen wollten. Sebastians Vater hingegen war ein großer Unterstützer der Entscheidung des Premierministers, der Kriegslust der Amerikaner die Stirn zu bieten. »Es ist nicht so, dass ich der Verteidigung Kanadas oder britischer Handelsinteressen gegenüber nachsichtig wäre«, fuhr Fairchild fort, »aber England muss sich weiter darauf konzentrieren, die Franzosen zu besiegen.«

»Ich bin nicht von meinem Vater geschickt worden«, sagte Sebastian und beließ es dabei.

Lord Fairchild wirkte einen Augenblick überrascht, dann stieß er ein verdrießliches Lachen aus. »Nun denn. Nehmt Platz, Lord Devlin. Mein Sohn Cedric hat mir viel über Eure Taten auf dem Kontinent berichtet. Wenn wir mehr Männer wie Euch hätten, wäre Bonaparte jetzt auf dem Weg zur Hölle und würde nicht mehr ganz Europa unterdrücken.«

Was Sebastian anging, so waren seine Aktivitäten in der Army etwas, wofür Buße getan werden musste und wofür es hoffentlich eines Tages Vergebung geben würde – nicht etwas, das einen Glorienschein erhalten sollte. Aber er neigte nur den Kopf und sagte: »Danke. Ich bleibe lieber stehen.«

»Aber einen Drink werdet Ihr nehmen«, sagte Fairchild mit einem Lächeln. Nichts in seinem Verhalten oder seiner Haltung wies auf einen trauernden Vater hin.

Sebastian sagte: »Ich fürchte, ich bringe traurige Nachrichten.«

»Nachrichten?« Lord Fairchilds Lächeln verschwand. »Welche Nachrichten?«

»Über Eure Tochter Rachel.«

Lord Fairchild goss mit kontrollierten, methodischen Bewegungen Brandy in zwei Gläser. Nach einem Augenblick sagte er: »Rachel? Traurige Nachrichten? Ich wüsste nicht, was Ihr meinen könnt. Meine Tochter weilt auf dem Land.« Er wandte sich um und hielt ihm einen Brandy hin. In diesem Augenblick wusste Sebastian zweifelsfrei, dass der Mann log.

Anstatt das Glas entgegenzunehmen, griff Sebastian in seine Tasche und zog das feine Silberarmband heraus. Mit einem leisen Klirren landete es auf der polierten Platte des Tischs zwischen ihnen. »Das glaube ich nicht.«

Lord Fairchild starrte das Armband an. Er stellte die beiden Brandys behutsam beiseite und streckte eine leicht zitternde Hand aus, um danach zu greifen. Er betrachtete das Wappen auf dem Anhänger, dann hob er den Blick zu Sebastians Antlitz. »Woher habt Ihr das?«

»Vor zwei Tagen wurde die junge Frau, der dieses Armband gehörte, umgebracht. Sie hatte braunes Haar und grüne Augen, und sie sagte, ihr Name wäre früher Rachel gewesen – obwohl sie sich in letzter Zeit ›Rose‹ nannte.«

»Ich sagte Euch doch«, sagte Lord Fairchild und legte das Armband wieder hin, »meine Tochter ist in Northamptonshire.«

»Wann habt Ihr sie zum letzten Mal gesehen?«

»Nun – an Ostern, denke ich.« Der Mann blickte Sebastian starr an, so als wolle er ihn dazu herausfordern, ihm zu widersprechen. »Ja, so war es. An Ostern.«

»Das glaube ich nicht«, sagte Sebastian. »Ich glaube, sie wird vermisst. Ich glaube, sie wird schon eine ganze

Weile vermisst. Nun ist sie tot, und in wenigen Stunden wird sie in einem Armenbegräbnis von der *Society of Friends* beigesetzt. Wollt Ihr das? Dass Eure Tochter in einem namenlosen Grab bestattet wird?«

Lord Fairchilds Wangen wurden dunkelrot vor Wut, seine Augen verengten sich zu schmalen Schlitzen. »Hinaus«, sagte er durch zusammengepresste, verzerrte Lippen. »Verschwindet aus meinem Haus.«

Lord Fairchild streckte die Hand aus und wollte wieder nach dem Armband greifen. Sebastian war schneller. Seine Faust schloss sich um das feine Silberkettchen und den Anhänger mit dem verräterischen Wappen. »Es gehört ja nicht Eurer Tochter, nicht wahr?«, sagte er.

Einen Augenblick lang prallten die Blicke der beiden Männer aufeinander. Lord Fairchilds Augen waren zorn- und angsterfüllt, die von Sebastian kündeten von unverbrüchlichen Absichten. Dann drehte Sebastian sich auf dem Absatz um und verließ das Haus.

Sebastian schickte Tom und den Zweispänner vor und ging zu Fuß über die Gehwege von Mayfair. In ihm wuchs eine tiefe Beunruhigung heran. *Warum?*, fragte er sich unentwegt. Warum sollte eine junge, vornehm erzogene Frau, die in dem Luxus und der Schönheit der Curzon Street aufgezogen worden war, dem Schutz ihrer Familie entfliehen, um in einem trostlosen Haus in der Gosse Zuflucht zu suchen? Was hatte sie gesehen, gehört, erfahren? Wovor hatte sie Angst?

Er lenkte seine Schritte Richtung St. James's, als eine Herrenkutsche um die Ecke bog und nah an den Bordstein heranfuhr. Der Kutscher ließ die Pferde in eine langsamere Gangart fallen. Sebastian sah auf das bekannte Wappen auf der Kutsche und verlangsamte seinen Schritt nicht.

Der Vetter des Königs, Charles Lord Jarvis, schob das Fenster auf Sebastians Seite herunter und sagte: »Begleitet mich ein Stück in meiner Kutsche, Devlin.«

Sebastian drehte das Gesicht zu ihm. »Wenn Ihr beabsichtigt, mich aus dem Weg zu räumen, weise ich darauf hin, dass recht viele Zeugen uns umgeben.«

Jarvis ließ die Kutschtür aufschwingen und sagte trocken: »Ihr solltet von allen am besten wissen, dass ich meine Drecksarbeit niemals selbst erledige.«

Sebastian lachte und sprang in die anhaltende Kutsche, ohne darauf zu warten, dass der Tritt heruntergeklappt wurde.

Jarvis gab dem Kutscher ein Zeichen, weiterzufahren. »Mir wurde zu Gehör gebracht, dass Ihr Fragen über den Brand von Montagnacht stellt.«

Es gab eine Pause. Als Sebastian keinen Versuch unternahm, die Stille zu durchbrechen, verlagerte Jarvis sein beträchtliches Gewicht und sagte: »Welches Interesse genau habt Ihr in dieser Angelegenheit?«

Sebastian musterte die ausdruckslosen Züge des Barons. »Ich schätze Mord nicht. Besonders nicht, wenn niemand eingestehen will, dass es sich genau darum handelt.«

Jarvis zog eine filigran gemusterte Schnupftabakdose aus seiner Jackentasche. »In London werden ständig Menschen ermordet.«

»So wurde mir gesagt.«

Jarvis ließ die Tabakdose aufschnappen und hob eine Prise an ein Nasenloch. Sie spielten ein Spiel, lieferten sich eine verbale Schlacht, in deren Verlauf Jarvis versuchte herauszufinden, ob sein Gegenüber wusste, dass seine Tochter zur fraglichen Zeit am Tatort gewesen war, ohne genau diese Tatsache preiszugeben. »Es gibt einen Grund, weshalb Ihr Euch für diese Morde interessiert«, sagte Jarvis. »Habt Ihr Kontakt zu einer Person, die dort war?«

»Ich kannte keines der Opfer«, sagte Sebastian, der seine Worte mit dem gleichen Bedacht wählte.

Jarvis schloss seine Tabakdose. »Vielleicht ein Zeuge oder eine Zeugin?«

»Sir William sagte, es gäbe keine Zeugen. Allerdings sagt Sir William auch, dass es kein Verbrechen gab.«

»Und habt Ihr irgendetwas von Interesse herausgefunden?«, fragte Jarvis und rieb seine Finger ab.

»Noch nicht.« Sebastian hielt inne, bevor er mit maliziösem Ausdruck fragte: »Und wo genau liegt Euer Interesse an dieser Angelegenheit, Mylord?«

Ein träges Lächeln breitete sich im Gesicht des dicken Mannes aus. »Ich interessiere mich für das Wohlergehen aller Untertanen des Königs.«

Die Blicke beider Männer prallten aufeinander, und die Atmosphäre änderte sich mit der Erinnerung an alles, was in der Vergangenheit zwischen ihnen vorgefallen war. »Gewiss«, sagte Sebastian und gab dem Kutscher das Zeichen anzuhalten.

Sebastian ging bereits davon, als Jarvis ihm hinterher rief: »Letzten Samstag habe ich Miss Boleyn im Covent Garden Theater gesehen. Sie ist genauso bezaubernd wie je. Aber sie ist ja gar nicht mehr Miss Boleyn, nicht wahr?«

Sebastian versteifte sich einen Augenblick, doch dann schritt er weiter voran.

Sebastian ging auf einen Sprung in Gentleman Jacksons Salon, sah sich um, blieb ein paar Minuten, um mit Bekannten zu plaudern, dann verließ er ihn wieder. Er suchte nach Tristan Ramsey, dem Mann, der Rachel Fairchild hätte heiraten sollen, bevor sie für immer in der zwielichtigen Welt auf den Straßen der Stadt verschwand. Sebastian bezweifelte nicht, dass Lord Fairchild das Verschwinden seiner Tochter bis ins Grab leugnen würde. Ihr Verlobter mochte entgegenkommender sein.

Tristan Ramsey erwies sich als schwer auffindbar. Aber im Blauen Zimmer des Cocoa-Tree-Klubs lief Sebastian Rachels Bruder über den Weg. Cedric Fairchild, ein sportlicher junger Geck in rehledernen Hosen und Stulpstiefeln, saß neben einem weiteren Mann in einen der Lehnstühle vor dem leeren Kamin gefläzt. Er ließ ein Bein unbekümmert über die Armlehne baumeln und hielt ein Glas Brandy in der rechten Hand. Den Mann neben ihm kannte Sebastian nicht, obgleich er die blaue Uniformjacke mit den gelben Schnurverschlüssen des zwanzigsten Husarenregiments trug.

Sebastians Bekanntschaft mit dem jungen Fairchild war nur lose. In Lissabon hatten sie kurz zusammen gedient. Aber Sebastian war seinerzeit Hauptmann gewesen, während Cedric als Kornett im Dienstrang vier oder fünf Jahre unter ihm stand. Sebastian hatte ihn als liebenswürdigen jungen Soldaten in Erinnerung, mit einem offenen Gesicht, arglos und leicht zum Lachen zu bringen.

»Devlin«, sagte der jüngere Mann und zog das Bein von der Armlehne herunter, als Sebastian zu ihm ging. »Guter Gott, ich habe Euch ewig nicht mehr gesehen.«

»Wann sind Sie ausgetreten?«, fragte Sebastian.

Cedric Fairchild hatte das fast schwarze Haar seines Vaters und die helle Haut und die grünen Augen seiner Schwester. »Kurz nach Albuera.« Er deutete auf den Husarenhauptmann neben sich. »Kennt Ihr schon Patrick Somerville?«

»Nein«, sagte Sebastian und schüttelte dem Mann die Hand. »Aber ich habe von Ihnen gehört. Sie sind General Somervilles Sohn, richtig?«

»Das ist richtig«, sagte der Captain. Er war groß und dünn mit langen blonden Koteletten und der glänzenden, blassen Hautfarbe, die sowohl auf Malaria als auch auf die zu häufige Anwendung von Chinin und Arsen hinwies. »Ihr kennt meinen Vater?«

»Als junger Leutnant habe ich unter ihm gedient.« Sebastian setzte sich auf einen der Stühle. »Wie ich hörte, ist er nicht mehr im Dienst.«

»Offiziell.« Ein Lächeln kräuselte die Haut neben den blassblauen Augen des Husaren. »Er verbringt seine Tage damit, sich auf eine mögliche Invasion der Franzosen vorzubereiten, indem er alle körperlich fähigen Dörfler von Northamptonshire mit Mistgabeln und Schaufeln auf- und abmarschieren lässt.«

»Nur die körperlich fähigen?«

Somerville lachte. »Nun, jedenfalls alle mit zwei Beinen.«

Cedric beugte sich vor. »Sagt mir, Devlin, habt ihr jemals mit Max Ludlow gedient?«

»Ich glaube nicht. Warum?«

»Somerville hier hat mir gerade erzählt, dass er vermisst wird.«

Sebastian wandte sich dem Captain zu. »Seit wann?«

»Seit Mittwochabend«, sagte Somerville und leerte sein Porter.

Mittwoch? Sebastians Interesse war geweckt. »Was genau meinen Sie damit, wenn Sie sagen, dass er vermisst wird?«

»Wir dachten zunächst, er müsste bei irgendeiner Hure sein. Aber sechs Tage und Nächte?« Somerville schüttelte den Kopf. »So viel Stehvermögen hat Ludlow nicht – oder so viel Interesse an der Sache, wenn wir schon dabei sind.«

Sebastian studierte das besorgte, schweißglänzende Gesicht des Husaren. »Kommt Ludlow auch aus Northamptonshire?«

»Ludlow? Nein, aus Devonshire. Wir haben eine Nachricht zum Landsitz seines Bruders geschickt, aber seine Familie hat ihn seit Monaten nicht mehr gesehen.« Somerville hob sein leeres Glas und erhob sich. »Ich muss mein Glas auffüllen lassen.« Er nickte Sebastian zu und sagte zu Cedric: »Lass es mich wissen, wenn du etwas hörst.«

Sebastian wartete, bis der sandblonde Captain außer Hörweite war und sagte dann unverblümt: »Ich hatte gerade eine Unterredung mit Ihrem Vater. Über Ihre Schwester Rachel.«

Cedric Fairchild versteifte sich, und sein freundliches Lächeln verschwand. »Was ist mit meiner Schwester?«

»Vor zwei Nächten wurde in Covent Garden eine Frau umgebracht, auf die die Beschreibung Ihrer Schwester zutrifft. Man sagte mir, dass dieses Armband ihr gehörte.« Sebastian zog das Silberarmband aus seiner Brusttasche und hielt es auf seiner Handfläche hin.

Cedric machte keine Regung, um es zu berühren. »Oh Gott«, flüsterte er, und seine Gesichtszüge wurden schlaff.

»Ihr Vater besteht darauf, dass sie in Northamptonshire weilt. Aber das stimmt nicht, oder doch?«

Sebastian erwartete, sein Gegenüber würde ihm widersprechen. Cedric saß einen Augenblick ganz still und betrachtete den Anhänger mit der Prägung. Dann bedeckte er das Gesicht mit seinen Händen und sog zitternd die Luft ein.

»Wann ist sie weggelaufen?«, fragte Sebastian.

Cedric nahm einen weiteren tiefen Atemzug. »Letztes Jahr im Sommer«, sagte er mit gedämpfter Stimme.

»Sie war gar nicht in Northamptonshire?«

»Nein – ich weiß es nicht. Sie war schon weg, als ich aus Spanien zurückkam.«

»Wissen Sie, warum sie weggegangen ist?«

Cedric schüttelte den Kopf, die Kuppen seiner gespreizten Finger gruben sich in seine Stirn. »Vater sagte, sie hätte Streit mit Ramsey gehabt.«

»Ihrem Verlobten?«

Cedric senkte die Hände langsam und faltete sie vor dem Mund. »Richtig.«

»Aber Sie glauben das nicht?«

»Ich weiß es nicht.« Er blickte auf, eine verzweifelte Hoffnung machte seine Züge weich. »Seid Ihr ganz sicher, dass diese tote Frau ... Ich meine, vielleicht ist sie nicht Rachel. Jemand könnte ihr Armband auch gestohlen haben, oder?«

»Die Frau wurde als jung und hübsch beschrieben, mit grünen Augen und braunem Haar. Großgewachsen. Schlank.«

Cedric verfiel erneut in Schweigen. Es wirkte, als zöge er sich langsam in sich selbst zurück in dem Versuch, das Unglaubliche zu fassen. Nach einem Augenblick sagte er: »Was ist geschehen?«

»Sie war im Magdalenenhaus, als es niederbrannte.«

»Rachel?« Er warf einen raschen Blick um sich und beugte sich näher, um seine Stimme zu senken. »Im Magdalenenhaus?« Wut flackerte auf, brüchig und zugleich polternd. »Was zum Teufel deutet Ihr da an? Dass meine Schwester eine … eine …«

»Ich sage, dass eine Frau, auf die die Beschreibung Ihrer Schwester passt, in diesem Brand gestorben ist.«

Zweifel und Entschlossenheit ließen Cedrics Züge hart werden. »Ich will ihren Leichnam sehen.«

»Sie werden sie nicht wiedererkennen können. Die meisten der Frauen sind zur Unkenntlichkeit verbrannt.«

»Das ist mir gleich. Ich will sie sehen.«

Sebastian zögerte. Aber nach vier Jahren im Krieg würde es wohl wenige Schrecken geben, die Cedric Fairchild noch nicht gesehen hatte. Er sagte: »Die *Society of Friends* will die Frauen heute Abend bestatten. Wenn wir uns sputen, können wir es rechtzeitig schaffen.«

Kapitel 23

Das Versammlungshaus der *Friends* in Pentonville stand an der Ecke Collier Street und Horseshoe Lane, wo die letzten Häuser des Dorfes Feldern mit grüner Gerste und kleinen Gärten wichen. Das strohgedeckte Gebäude war ein schlichter Bau aus Schichtmauerwerk. Dahinter erstreckte sich ein kleiner Friedhof. Sebastian hielt seinen Zweispänner im Schatten einer ausladenden Ulme an und wandte sich dem schweigenden Mann neben sich zu.

»Ich kann hier warten, wenn Ihnen das lieber ist.«

Ein kalter Wind fegte über sie hinweg und brachte den erdigen Geruch der umliegenden Felder und den Gesang eines Rotkehlchens aus der Ferne mit. Cedric Fairchild saß mit hängenden Schultern da. Seine Augen wurden schmal, als er die kleine Gruppe dunkel gekleideter Frauen und einfach gewandeter Männer in kragenlosen Mänteln und schwarzen Hüten mit großen Krempen sah, die sich auf dem Gehweg aus Steinplatten trafen, der zur einfachen Veranda des Versammlungshauses führte. »Nein. Bitte kommt mit mir.«

»Führ sie herum«, sagte Sebastian und reichte Tom die Zügel. Als er von der Kutsche sprang, löste sich einer der Männer aus der kleinen Gruppe vor dem Versammlungshaus und kam zu ihnen. Er war groß und hager.

»Sebastian St. Cyr«, sagte Joshua Walden, »es ist eine große Geste, dass Ihr kommt.« Der Quäker nickte Fairchild zu. »Und Ihr, Freund. Willkommen.«

»Dies ist Cedric Fairchild«, sagte Sebastian. »Eine der Frauen, die im Magdalenenhaus getötet wurden, ist möglicherweise seine Schwester. Er würde gern ihren Leichnam sehen.« Sebastian hielt inne, dann fuhr er fort: »Es geht um die Frau, die erschossen wurde.«

Cedric warf Sebastian einen überraschten Blick zu, während Joshua Waldens Lächeln verschwand. »Der Leichnam ist schlimm verbrannt. Sehr schlimm verbrannt.«

»Trotzdem würde ich sie gern sehen«, sagte Cedric mit angespanntem Kiefer.

Walden studierte die unbewegliche Miene des jungen Mannes, dann nickte er. »Nun gut. Kommt hier entlang.«

Er führte sie durch die einfache Tür des Versammlungshauses in einen großen, schlichten Raum mit Bänken, in den das weiche Abendlicht hereinfiel. Der Raum roch nach frisch gehobeltem Holz, darunter lag schwacher Verwesungsgeruch. Acht grobe Holzsärge standen in einer Reihe in der Mitte der Versammlungshalle. »Die Frau, die Ihr sucht, ist im zweiten von links«, sagte Walden und blieb respektvoll unmittelbar hinter der Tür stehen. »Die Deckel sind noch nicht zugenagelt.«

Cedric zögerte. Als er schließlich vortrat, tat er es mit der gemessenen Haltung eines Mannes, der das fürchtet, wozu er sich zwingt. An der Seite des Sargs zögerte er erneut, und Sebastian dachte einen Moment, der Mut hätte ihn verlassen. Dann griff er mit beiden Händen nach der Ecke des einfachen Holzdeckels und hob ihn hoch.

Von seinem Platz neben dem Quäker aus konnte Sebastian sehen, wie Cedrics Gesicht weiß wurde. Er sah, wie sich die Hände um die Ecke des Sargdeckels verkrampften, und er sah das angeekelte und erschrockene Schaudern, das über Cedrics Züge glitt. Dann ließ Fairchild den Sargdeckel an seinen Platz zurückfallen und hastete zur Tür.

Sebastian holte ihn unmittelbar hinter der Veranda ein. Er stand vornübergebeugt da, die Hände auf den Knien, und sein Körper wand sich in jedem weiteren trockenen Würgen. »Hier«, sagte Sebastian und hielt ihm sein Schnäuztuch hin.

Cedric richtete sich auf, seine Hand knetete das Taschentuch. Schweißperlen bildeten sich auf seiner Stirn und seiner Oberlippe, er tupfte sie ab. »Ihr hattet recht«, sagte er schwer atmend. »Sie war nicht mehr zu erkennen. Aber ich musste ...« Er brach ab.

»Ich verstehe das.« Sebastian beobachtete den wankenden Mann neben sich. »Sie wussten, dass Rachel in Covent Garden war, nicht?«

Flammende Röte überfloss Fairchilds blasses Gesicht. »Guter Gott, natürlich nicht. Wie könnt Ihr so etwas nur denken?«

Der Widerspruch klang nicht ehrlich, aber Sebastian beließ es dabei. Er sagte: »Erzählen Sie mir von Ihrer Schwester. Wie war sie?«

Cedric sah die Straße entlang. An ihrem Ende trieb ein Milchmädchen in weißer Schürze und breitkrempiger Haube eine Kuh nach Hause. Die Abendluft kräuselte Cedrics Haar, und seine Züge wurden weich in der Erinnerung. »Als Kind war sie die süßeste kleine Kreatur, die man sich nur vorstellen kann. Sie sprudelte immer über vor Lachen und Freude, und doch war sie so zart und liebevoll. Immer wenn etwas geschah – wenn Georgiana oder ich über etwas böse waren – kam

Rachel zu uns, umarmte uns und sang ein Lied für uns.« Ein tiefer Atemzug ließ seine Brust erbeben. »Sie hat früher immer gern gesungen. Sie sang für ihre Puppen, für Vaters Jagdhunde, für die Stallkatzen.«

Sebastian versuchte, die Vorstellung des lachenden, liebevollen Kindes in Cedrics Erinnerung mit der zynischen Dirne in Einklang zu bringen, die Hero Jarvis beschrieben hatte. Die beiden Bilder passten nicht zusammen. »Sie sagten, sie hat früher immer gern gesungen. Hat sich das geändert?«

Cedric nickte. »In der Zeit, als unsere Mutter starb. Es war, als ob … Ich weiß nicht. Als ob all die Freude aus ihr heraussickerte. Sie hörte auf zu singen, und dann …« Er unterbrach sich.

»Was dann?«, hakte Sebastian nach.

Cedric sah auf das Taschentuch, das er zerknüllt in seiner Hand hielt. »Ich habe sie eines Tages dabei erwischt, wie sie eine Reihe Gräber in einer Wiese im Park grub. Sie hatte von einem der Gärtner eine Schaufel ausgeliehen. Die Gräber waren für ihre Puppen. Sie sagte, sie wären alle tot, und beerdigte sie.«

»Wie alt war sie?«

»Zehn. Elf.«

Sebastians Mutter war in dem Sommer gestorben, in dem er elf war … vielmehr hatte man ihm erzählt, sie wäre gestorben. Er blickte über die Felder hinweg, die nun im goldenen Abendlicht dalagen. Der Wind brachte ihnen den Geruch nach heranreifendem Getreide und das Meckern eines Ziegenbocks von irgendwo außerhalb ihrer Sichtweite. »Hat sie Ihnen geschrieben, während Sie in der Armee waren?«

»Manchmal.«

»Hat sie von Tristan Ramsey geschrieben?«

»Sie hat mir von der Verlobung erzählt. Ich dachte wirklich, dass sie sich darüber freute. Sie hörte sich … glücklich an.«

»Hörte sie sich normalerweise nicht glücklich an?«

Cedrics Augen wurden schmal. Statt zu antworten sagte er: »Warum habt Ihr Euch in diese Sache eingemischt?«

Sebastian wählte seine Worte mit Bedacht. »Eine Frau hat den Überfall auf das Magdalenenhaus überlebt. Sie hat mich um Hilfe gebeten.«

Von irgendwoher am Ende der Straße erklang der liebliche Klang einer Kirchenglocke. Cedric hob die Hand, um seine Schläfen zu massieren. »Ich verstehe nicht. Was hat das mit dem Überfall zu bedeuten? Dass Rachel erschossen worden sein soll? Ich dachte, das Magdalenenhaus ist einfach heruntergebrannt?«

»Der Brand wurde gelegt, um den Mord an den Frauen zu verschleiern.«

Cedrics Hand fiel herunter. »Davon habe ich nichts gehört.«

»Das werden Sie auch nicht.«

Sebastian drehte sich um, als Joshua Walden hinter ihnen erschien, die Hände vor dem Körper gefaltet. Er räusperte sich. »Wir möchten beginnen. Ihr seid herzlich zur Teilnahme eingeladen.«

Cedric drückte das Taschentuch an seine Lippen. »Ich habe noch nie an einer Messe der Quäker teilgenommen.«

»Wir glauben, dass wahre Religion die persönliche Begegnung mit Gott ist und nicht von Ritualen und Zeremonien abhängt. Deshalb sind auch alle Aspekte des

Lebens Sakramente. Deshalb ist kein Tag oder Ort oder eine Beschäftigung spiritueller als jede andere. Doch in solchen Zeiten versammeln wir uns, um in der Stille ein tieferes Empfinden von Gottes Allgegenwart zu erfahren.«

Cedric blickte zu dem kleinen Friedhof, der sich von der Straße aus erstreckte, ein kleines, rasenbewachsenes Areal, das von Bäumen und Büschen gesäumt und von einer niedrigen vermörtelten Bruchsteinmauer begrenzt war. »Werdet ihr sie hier bestatten?«, sagte er heiser. »Trotz dessen, was sie war?«

»In jedem Menschen gibt es einen göttlichen Funken«, sagte Walden, der seinem Blick gefolgt war. »Und jeder Boden ist Gottes Boden.« Er streckte die Hand aus und berührte die Schulter des jüngeren Mannes. »Kommt. Eure Schwester hat ihren Frieden gefunden. Lasst uns Lebewohl sagen.«

Kapitel 24

An diesem Abend kleidete Sebastian sich in schwarze, samtene Kniehosen und schwarze, hohe Halbschuhe mit Silberschnalle, und machte sich auf den Weg zu *Almack's Assembly Rooms*.

Almack's, das als der Siebte Himmel der angesagten feinen Gesellschaft galt, war ein Privatklub, der in den zwölf Wochen der Londoner Saison seinen männlichen wie weiblichen Mitgliedern jeden Mittwochabend die Gelegenheit zu Tanz und Imbiss bot. Im Gegensatz zu den Herrenklubs von St. James's wurde *Almack's* allerdings von Frauen geleitet. Der bloße Besitz schnöden Wohlstands reichte nicht aus, damit man Eingang durch die sorgsam bewachten Portale erhielt. Die Leiterinnen des *Almack's* achteten sehr darauf, Neureiche, grobschlächtige Landeier und sogar adelige, vornehm erzogene Damen auszuschließen, deren Unbedachtheit im Feld der Tugend sie außerhalb der gesetzten Grenzen geführt hatte. Denn vor allem anderen diente *Almack's* als sicherer Hafen, in dem die heiratsfähigen jungen Frauen der gehobenen Gesellschaft den heiratsfähigen jungen Männern derselben vorgestellt werden konnten. Das war der Grund, weshalb Sebastian nicht daran zweifelte, dass Tristan Ramsey, dessen jüngere Schwester in dieser Saison ihr Debüt hatte, dort anwesend sein würde.

Sebastian kam lange vor elf Uhr abends – der Stunde, nach der niemand mehr hereingelassen wurde – an dem langgestreckten, klassizistischen Gebäude in der King Street an. Er blieb gleich im Ballsaal stehen. Der mit goldenen Säulen und Pilastern geschmückte Raum wurde durch unzählige Kerzen in mehrstufigen Lüstern erhellt, die unter der Decke hingen. Der Klub war gut besucht, denn die Saison war gerade auf ihrem Höhepunkt. Außerdem war das *Almack's* bei den Frauen alternder Parlamentarier und auserwählten ausländischen Ministern ebenso beliebt wie bei den jüngeren Mitgliedern des *Ton*, der feinen adligen Gesellschaft. Die Luft war schwer vom Duft der heißen Kerzen, französischen Parfüms und gutgekleideter, transpirierender Körper.

Er stand neben dem halbrunden Balkon für die Musiker und beobachtete gerade, wie Tristan Ramsey im *Country Dance* in der Reihe vorrückte, als er in seinem Rücken eine kalte Stimme hörte. »Was tust *du* denn hier?«

Sebastian drehte sich um und stand seiner Schwester Amanda gegenüber. Sie studierte ihn durch ihre zusammengekniffenen blauen Augen. Sie trug ein elegantes Kleid aus silbergrauem Satin, das nur durch Puffärmel aufgeputzt war, da sie erst weniger als achtzehn Monate verwitwet war.

»Hofftest du, dass die Aufseherin mich abweisen würde?«, sagte er.

Amanda stieß in einem missbilligenden Schnauben die Luft aus. »Mach dich nicht lächerlich. Du bist Erbe eines Grafentitels. Selbst wenn du ein halbes Dutzend Jungfrauen mitten auf der Bond Street ermorden würdest, ließen sie dich noch herein.«

Sebastian wandte seinen Blick erneut Tristan Ramsey zu. Er war ein kleiner, aber wohlgestalteter junger Mann von Mitte zwanzig mit lockigem, goldbraunem

Haar und angenehmen, gleichmäßigen Zügen. Doch er bewegte sich fahrig und ungeschickt, und sein Gesicht wirkte so ausgezehrt und blass wie das eines Mannes mit Wechselfieber … oder eines Mannes, der gerade erfahren hatte, dass die Frau, die er zu seiner Gattin hatte machen wollen, tot war. Seine Tanzpartnerin war ein anmutiges junges Ding mit Haar im exakt gleichen Goldbraun und ein paar Sommersprossen auf ihrer kleinen Stupsnase. Sie war offensichtlich die junge Miss Ramsey, die in die Gesellschaft eingeführt wurde.

»Unser Leben wäre um ein Beträchtliches angenehmer, wenn du immer noch auf dem Kontinent wärest«, sagte Amanda.

»Um die aufregende Möglichkeit, dort jederzeit den Tod zu finden, nicht erst zu erwähnen.« Sebastian ließ seine Blicke über die Tanzenden schweifen, bis er seine achtzehnjährige Nichte erspähte, Miss Stephanie Wilcox. Sie tanzte mit Lord Ivins, dem schnittigen jungen Erben eines Marquis, in der Reihe. »Würde es dich beruhigen, wenn ich schwöre, dass ich die Familie nicht in unwiderruflichen Verruf bringen werde, bevor meine Nichte unter der Haube ist?«

Er sah, wie Stephanie eine fließende Pirouette ausführte. Sie war zu einer entzückenden jungen Frau herangewachsen, mit einem goldenen Lockenkopf und den lebhaften blauen Augen der St. Cyrs. Neben der Hautfarbe ihrer Mutter hatte sie auch deren elegante Körpergröße und Schlankheit geerbt. Anders als Amanda, hatte sie jedoch die eher plumpen Gesichtszüge ihres Vaters, die Amanda von Hendon hatte, nicht abbekommen. Tatsächlich sah Stephanie auf irritierende Weise wie Sebastians eigene Mutter Sophia aus.

»Wie schlägt Stephanie sich eigentlich auf dem Heiratsmarkt?«, fragte er. »Gibt es schon Gebote?«

Amanda beobachtete ebenfalls ihre Tochter. »Sei nicht ordinär.«

»Ich würde mich an deiner Stelle nicht für Ivins entscheiden. Er spielt zu gern.«

»Wir setzen Hoffnungen auf Smallbone.«

»Hat er schon an eurer Türschwelle gekratzt?« Sebastian sah, wie seine Nichte ihrem Bewunderer Lord Ivins einen herausfordernden, lachenden Blick zuwarf. Stephanie sah nicht nur aus wie die vermisste Gräfin, sondern sie benahm sich auch so, wurde Sebastian klar.

»Noch nicht.«

»Du solltest hoffen, dass er das bald tut«, sagte Sebastian. »Es sieht so aus, als fände meine Nichte gefährliches Gefallen an Ivins.«

Der Tanz ging zu Ende. Sebastian sah, dass Tristan Ramsey seine strahlende Schwester zu einer matronenhaften Frau in Braunrot führte und dann zum Speisesaal verschwand. »Entschuldige mich«, sagte Sebastian und ließ Amanda zurück, die ihm einen eisigen Blick des Missfallens hinterherschickte.

Er traf Ramsey im Speisesaal an. Die Tische waren mit der üblichen Kost bedeckt, die es bei *Almack's* gab: einfach dünne Scheiben Brot und Butter, schlichte Kuchen, Limonade und Tee. Ramsey war am Tee vorbei zu der Limonade gegangen, aber das Brot und die Kuchen schienen ihn nicht anzusprechen. Er stand halb abgewandt da, das Glas mit Limonade in seiner Hand schien vergessen, und glitt mit den Fingern der anderen Hand an seiner Uhrkette auf und ab. Dabei blickte er ins Leere.

Sebastians Bekanntschaft mit ihm war oberflächlicher Natur. Sie mochten denselben Klubs angehören und manchmal zu denselben Gruppierungen und denselben Bällen gehen, aber der Altersunterschied von vier oder fünf Jahren und eine ganze Welt unterschiedlicher Interessen trennten sie. Doch als Sebastian den Speisesaal betrat, verließ Ramsey den Tisch und kam stracks auf ihn zu. »Die Frau, deren Leiche Ihr Cedric Fairchild gezeigt habt ...« Ramsey warf einen raschen Blick um sich und senkte die Stimme. »Seid Ihr ganz sicher, dass es sich um Rachel handelt?«

»Ziemlich sicher, ja.«

Ramsey schluckte hart, seine Miene verdüsterte sich. Er hatte gleichmäßige Züge und ein recht hübsches Gesicht, das durch sein fliehendes Kinn nur wenig verunziert war.

Sebastian sagte: »Wussten Sie, dass sie vermisst wurde?«

Ramsey nickte. Vom Ballsaal erklangen die ersten Takte eines schottischen Reels.

»Dann wissen Sie vermutlich auch, warum sie weggelaufen ist.«

»Nein.« Ramseys Blick war herumgeirrt, blieb nun jedoch wieder an Sebastians Antlitz haften. »Ich bin eines Tages zur Curzon Street gefahren mit der Absicht, Rachel zu einer Ausfahrt in den Park abzuholen, aber Lady Fairchild sagte mir, sie sei krank. Sie speisten mich danach weiter mit Geschichten ab. Dann hieß es, sie sei zur Rekonvaleszenz nach Northamptonshire gereist.«

»Und wie haben Sie herausgefunden, dass sie nicht dort war?«

»Sie hat mir nie geschrieben. Schließlich bin ich selbst nach Fairchild Hall gefahren.« Er presste die Lippen zu einem Strich zusammen. »Als die Dienstboten mir sagten, dass sie sie seit kurz nach Weihnachten nicht mehr gesehen hatten, fuhr ich schnurstracks zurück zur Curzon Street und forderte die Wahrheit ein.«

»Und?«

»Lord Fairchild gestand ein, dass sie weggelaufen war.«

»Hatten Sie Streit gehabt?«

Ramseys Augen weiteten sich, sein Kiefer sackte ablehnend herab. »Nein. Nie.«

»Wie erklären Sie sich dann ihr Verhalten?«

»Ich weiß es nicht. Ich habe überall nach ihr gesucht. Es war, als wäre sie einfach … verschwunden.«

Sebastian musterte das aschfahle Gesicht seines Gegenübers. Offensichtlich hatte er nicht daran gedacht, in den Gassen und Bordellen von Covent Garden zu suchen. Aber andererseits, wer hätte das?

Ramsey sprach noch leiser weiter. »Cedric sagt, Ihr forscht in dieser Sache nach, weil eine Frau, die den Brand überlebte, Euch darum gebeten hat.«

»Das ist richtig.«

»Eine der Huren?«

»Das würde ich nicht sagen.«

Aus irgendwelchen Gründen schien die Antwort Ramsey zu beunruhigen. Er stand mit der immer noch unberührten Limonade da, seine Finger spielten jetzt mit dem Goldmedaillon, das er am Ende seiner Uhrkette trug. Sebastian sagte: »Gewöhnlich laufen Menschen weg, wenn sie wütend sind, sich elend fühlen oder weil sie Angst haben. Hatte Rachel Angst vor der Hochzeit?«

Ein Hauch Röte färbte die blassen Wangen des Mannes. »Natürlich nicht. Sie konnte es gar nicht abwarten, zu heiraten.«

»Konnte sie es nicht mehr erwarten, von ihrer Stiefmutter wegzukommen? Der neuen Lady Fairchild?«

Ramsey stieß ein überraschtes Lachen aus. »Macht Euch nicht lächerlich. Die Frau ist nur eine Marionette, ein Schatten.«

»Was ist mit ihrem Vater? Wie ist Rachel mit ihm zurechtgekommen?«

»Lord Fairchild?« Ramsey zuckte die Achseln. »Ehrlich gesagt glaube ich nicht, dass sie ihn oft zu Gesicht bekommen hat. Soweit ich es verstehe, widmet er sich vor allem Staatsangelegenheiten. Zumindest seit dem Tod seiner ersten Frau.«

Sebastian musterte das bleiche, ausgezehrte Antlitz seines Gegenübers. »Es ist doch eigenartig, finden Sie nicht, dass eine Frau von vornehmer Herkunft von zu Hause weglaufen und Zuflucht in Covent Garden suchen soll, nur um ein knappes Jahr später aus Angst erneut wegzulaufen?«

»Warum glaubt Ihr, dass sie aus Angst weggelaufen ist?«

Die Frage erschien Sebastian eigenartig. »Können Sie sich noch einen anderen Grund zum zweimaligen Weglaufen vorstellen, außer Angst?«

»Ich sagte es doch schon. Ich weiß es nicht.« Sein Blick glitt zum Ballsaal. »Ihr müsst mich jetzt entschuldigen. Ich habe meiner Schwester diese Limonade versprochen«, sagte er und hastete an Sebastian vorbei in den Ballsaal, ohne noch einmal zurückzuschauen.

Kapitel 25

Als Sebastian *Almack's Assembly Rooms* verließ, stieß er auf eine kleine Personengruppe, zu der auch Premierminister Spencer Perceval gehörte. »Devlin«, sagte der Premierminister und entschuldigte sich von seinen Begleitern. »Geht ein Stück mit mir. Ich will schon seit Längerem mit Euch sprechen.«

Es war eine kalte, klare Nacht, und die Kirchenglocken verkündeten die Uhrzeit, als die beiden Männer ihre Schritte Richtung St. James's lenkten. Mit seinen fünfzig Jahren war der Premierminister ein kleiner und schlanker Mann mit einem schmalen, lächelnden Mund. Seine hellen Augen quollen etwas hervor, und sein Haaransatz war bereits weit zurückgewandert. »Ich mache mir Sorgen um Euren Vater«, sagte er. »Er sieht dieser Tage nicht gut aus.«

»Hendon isst, trinkt und raucht zu viel«, sagte Sebastian und wunderte sich darüber, wie oft er an ein- und demselben Tag die gleiche Unterhaltung führen musste.

Perceval lachte. »Tun wir das nicht alle?«

Sebastian blieb ruhig. Dabei war Spencer Perceval in Wirklichkeit ein ausgeglichener Familienmensch, der jede freie Minute, die die Staatsangelegenheiten ihm ließen, damit verbrachte, entweder mit seinen Kindern zu spielen oder die Bibel nach Prophezeiungen zu durchsuchen, die er dann abschrieb und in einer Serie religiöser Flugblätter veröffentlichte. »Wie geht es denn Lady Perceval und den Kindern?«, fragte Sebastian, um das Thema zu wechseln.

»Lady Perceval ist wohlauf, danke sehr. Und was die Kinder angeht … nun, sie werden zu schnell erwachsen«, sagte der Premierminister mit diesem besonderen Lächeln, das jedes Mal sein Antlitz erhellte, wenn er von seinen sechs Söhnen und sechs Töchtern sprach. »Im Herbst wird mein ältester Sohn ins Trinity College eintreten.«

Sebastian betrachtete eine schäbige Mietkutsche, die vor ihnen dicht an die Bordsteinkante fuhr. Ein Mann im Abendmantel stieg heraus, aber die Droschke fuhr nicht weiter, und der Mann blieb im Schatten stehen. »Ich erinnere mich noch daran, als Spence nach Harrow ging.«

Der Premierminister lächelte. »Daran merkt man, dass man älter wird, nicht wahr?« Das Lächeln verblasste, und sein kantiger Kiefer mahlte auf eine Weise, die Sebastian an Hendon erinnerte. »Meine Jane sagt immer, ich sei schlimmer als eine neugierige alte Frau, aber trotzdem … Ich weiß nicht, was zwischen Euch und Hendon vorgefallen ist, sehr wohl weiß ich aber, dass er trauert. Und zwar außerordentlich. So. Das ist alles, was ich zu der Sache sagen kann. Ich dachte nur, Ihr solltet es wissen. Bevor es zu spät ist.«

Sebastian schluckte seinen aufsteigenden Ärger und sagte lapidar: »Mir ist zu Ohren gekommen, dass Ihr am Montag mit Sir William Hadley diniert habt.«

»Das stimmt. Im *Long's*«, sagte der Premierminister mit plötzlicher Herzlichkeit, als wäre er dieses Mal dankbar für den Themenwechsel. »Das Essen war grauenhaft. Ich habe fest vor, nicht mehr dorthin zu gehen.«

»Wann war der Abend vorbei?«

»Nicht vor Mitternacht. Ihr wisst ja, wie das ist. Ein Raum voller Männer, ein stetiger Fluss Portwein und ein Dutzend unterschiedlicher Ansichten darüber, warum unser Land dem Verfall geweiht ist.«

»Ah. Ich dachte, ich hätte Sir William an dem Abend in Covent Garden gesehen, aber da muss ich mich wohl getäuscht haben.«

»Davon weiß ich nichts«, sagte Perceval. »Vielleicht habt Ihr das doch. Sir William kam zu spät – kurz vor neun Uhr, wenn ich mich recht entsinne. Er sagte etwas von ...« Er unterbrach sich, als plötzlich ein Mann aus dem Schatten der wartenden Droschke auf sie zu kam.

»Da seid Ihr ja!«, sagte der Gentleman und blieb mitten auf dem Gehweg stehen, die Hände an seinen Seiten zu Fäusten geballt. Das Licht der Straßenlampe ließ eine Hälfte seines Gesichts wie ein Gemälde aussehen. »Dachtet, Ihr könnt mir wieder entgehen, oder?«

Ein peinlich berührtes Zucken glitt über das Gesicht des Premierministers. Wie jeder guterzogene Engländer empfand Perceval öffentliche Szenen als eine Qual. »Mister Bellingham, ich bin nicht zu *Almack's Assembly* gegangen, um die Begegnung mit Euch zu vermeiden.«

Der Mann war klein und hatte dunkles Haar. Sein langes Gesicht wirkte vorzeitig gealtert. Er mochte fünfzig oder auch sechzig Jahre alt sein, doch die tiefe Schwärze seines Haares ließ auf ein Alter schließen, das näher zur Vierzig lag. »Alles, was ich fordere, ist das Geburtsrecht und das Privileg eines jeden Engländers«, sagte Bellingham und schob sein Gesicht näher zu Perceval. »Wie würden Eure Frau und Eure Familie sich fühlen, wenn Ihr auf Jahre von ihnen weggenommen würdet? Wenn man Euch all Eures Eigentums und von allem, was das Leben lebenswert macht, berauben würde?«

Perceval wich zurück, um wieder Abstand zwischen sich und den Mann zu bringen. »Sie haben noch Ihre Familie und Ihre Frau, Sir. Und das ist es, wodurch das Leben lebenswert wird.«

»Das könnt Ihr leicht sagen«, sagte Bellingham höhnisch und schwang herum, als Perceval sich an ihm vorbei schob. »Ihr seid nicht jahrelang Eurer Freiheit beraubt worden. Jahrelang!«

»Mein guter Mann.« Perceval drehte sich wieder um und sah ihn an. »Es tut mir leid um Ihre missliche Lage. Aber es ist nicht die Aufgabe der Regierung, Sie zu entschädigen. Zeigen Sie diesen Israeliten an, wenn Sie das wollen, aber Ihre Angelegenheiten mit mir sind erledigt.«

Perceval drehte sich auf dem Absatz um und ging weiter, Sebastian blieb an seiner Seite. Bellingham rief ihnen hinterher: »Ihr denkt, Ihr könnt Euch hinter der eingebildeten Sicherheit Eurer Stellung verstecken, aber das könnt Ihr nicht. Hört Ihr mich? Das könnt Ihr nicht!«

Perceval ging weiter, die Lippen ein schmaler Strich. Das Klappern ihrer Absätze auf den Bürgersteigplatten hallte unnatürlich laut in der plötzlichen Stille der Nacht.

Sebastian sagte: »Wer zum Teufel war das denn?«

»John Bellingham.« Perceval zog sein Schnäuztuch aus seiner Tasche und presste den säuberlich zusammengelegten Stoff mit einer nicht ganz ruhigen Hand an seine Oberlippe. »Der arme Mann war jahrelang

unter schlimmsten Bedingungen in Archangelsk eingesperrt. Er hatte einen Winkeladvokaten namens Solo-
mon Van Brieman des Versicherungsbetrugs im Zusammenhang mit einem gesunkenen Schiff angeklagt,
und Brieman rächte sich, indem er mit Intrigen die
Russen dazu brachte, ihn zu ruinieren. Dem armen
Mann wurde wirklich schlimmstes Unrecht zuteil,
aber er scheint anzunehmen, dass er ein Anrecht auf
eine Entschädigung der Regierung Seiner Majestät in
Höhe von hunderttausend Pfund hat. Und das hat er
nicht.«

»Er hört sich an, als wäre er verrückt.«

»Das könnte er sehr wohl sein. Ich fürchte, dass sein
Leid seinen Verstand in Mitleidenschaft gezogen hat.«

»Seid besser auf der Hut«, sagte Sebastian.

Perceval lachte verstimmt. »Vor Bellingham? Mit sei-
nesgleichen habe ich fast jeden Tag zu tun.«

Sebastian warf einen Blick über die Schulter. Bellingham stand noch immer mitten auf dem Bürgersteig.
Sein kleiner Körper war vor Wut und Frustration ange-
spannt, im sanften Licht der nächsten Öllampe hatte er
den dunklen Kopf in den Nacken gelegt. »Er könnte
versuchen, Euch etwas anzutun.«

»Was soll ich Eurer Meinung nach tun? Mich mit
Leibwächtern umgeben? Mich nie mehr in die Öffentlichkeit wagen oder unter Menschen mischen? Was für
eine Art Anführer wäre ich dann?«

»Ein Lebendiger?«, schlug Sebastian vor.

Doch Perceval lachte nur erneut und schüttelte den
Kopf.

Kapitel 26

Heros Absicht, Rachel Fairchilds älterer Schwester, Lady Sewell, einen Besuch abzustatten, wurde von Lady Jarvis durchkreuzt, die auf der Begleitung ihrer Tochter bei einer ausgedehnten Einkaufstour an diesem Nachmittag bestand. Da gleich im Anschluss die zeitige Abfahrt zu einer Dinnergesellschaft anstand, die diesen Abend im Landhaus einer Kindheitsfreundin von Lady Jarvis stattfinden sollte, verschob Hero den geplanten Besuch resigniert auf den nächsten Tag.

Das Anwesen von Lady Sally Duchess of Laleham lag am Rand von Richmond. Trotzdem bestand Lord Jarvis darauf, dass sowohl die Lakaien als auch der Kutscher sich bewaffneten, da man außerhalb von London unterwegs sein würde. Am Ende dieses Abends, als die Kutsche sich kurz nach Mitternacht auf die lange Rückfahrt zum Berkeley Square machte, musste Hero feststellen, dass sie für die Vorsichtsmaßnahmen ihres Vaters außerordentlich dankbar war.

»Es ist das Arsenpuder«, sagte Lady Jarvis. Mutter und Tochter saßen sich gegenüber und wurden von der Bewegung der Kutsche sanft hin und her gewiegt. »Zumindest habe ich das gehört. Es hat ihre Gesundheit vollends ruiniert. Das ist sehr bedauerlich, denn Sally war in ihrer Jugend einfach bezaubernd. Alles umsonst.«

»Dank dem allzu freizügigen Gebrauch von Arsenpulver«, sagte Hero.

»Ja.« Lady Jarvis machte es sich in den Sitzpolstern gemütlicher und seufzte. Im Gegensatz zu den

Proportionen ihrer Tochter, die denen einer altrömischen Göttin glichen, war Lady Jarvis eine kleine, zierlich gebaute Frau. Ihre üppigen goldblonden Locken färbten sich in ein apartes Grau. »Ja«, sagte sie erneut. »Aber es lässt sich nicht leugnen, dass es zu reiner, weißer Haut führt. Sally war in ihrer Jugend einfach bezaubernd.«

Diese Neigung, bestimmte Äußerungen im Laufe einer Unterhaltung zu wiederholen, gehörte zu den irritierenden Angewohnheiten von Lady Jarvis. Oder zumindest irritierte sie ihren Gatten Charles Lord Jarvis so sehr, dass er ihre Gesellschaft kaum ertragen konnte. Aber Hero erinnerte sich noch an eine Zeit, als ihre Mutter anders war. Damals war ihre Mutter auch schon nervös und emotional gewesen, aber nicht halbverrückt und kindisch.

Das Licht, das die Kutschenlampen verbreiteten, sprang und schaukelte mit den Bewegungen der Pferde und dem Auf- und Abrucken der gut gefederten Kutsche. Durch das Kutschenfenster erhaschte Hero einen Blick auf ein Birkenwäldchen. Weiße Stämme und eine Masse dunkler Blätter hoben sich für die Dauer eines Blitzes vor dem schwarzen Himmel ab. Die kalte Nachtluft war schwer vom Geruch nach gepflügten Feldern, feuchtem Gras und der üppigen Fruchtbarkeit des Landes. Normalerweise genoss Hero die Fahrt auf dieser Strecke. Doch diese Nacht ertappte sie sich dabei, dass sie mit ihren Blicken die Schatten absuchte und dem Trommeln der Pferdehufe auf der verlassenen Straße lauschte. Ein unerklärlicher Schauder kroch ihr Rückgrat hinauf.

»Ist dir kalt, Liebes?«, fragte Lady Jarvis und beugte sich besorgt vor. »Möchtest du die Decke?«

»Nein. Danke«, sagte Hero und ärgerte sich über sich selbst. Vielleicht war die Straße verlassen, aber sie neigte nicht gerade dazu, hinter jeder Mauer oder jeder Baumgruppe Wegelagerer zu vermuten. »Mir geht es gut.«

»Das Cremefarbene war eine gute Entscheidung«, sagte Lady Jarvis und ließ einen anerkennenden Blick über Heros Seidenrobe wandern. »Ich glaube, das ist besser als das Schneeweiße, das ich dir vorgeschlagen hatte.«

»Creme ist immer eine bessere Wahl als Weiß«, sagte Hero mit einem leisen Lachen und beobachtete weiter den Horizont. »In Weiß sehe ich aus wie eine Leiche.«

Ihre Mutter erschauderte. »Hero! Was du immer für Sachen sagst! Aber heute Abend siehst du wirklich bezaubernd aus. Du solltest dein Haar öfter zu Locken drehen.«

Hero drehte den Kopf und sah ihre Mutter mit einem Lächeln an. »Wenn du nur die geringsten mütterlichen Gefühle hättest, hättest du dafür gesorgt, dass deine Tochter all deine hübschen Locken geerbt hätte.«

Lady Jarvis wirkte einen Augenblick irritiert, dann glättete sich ihre Stirn. »Ach. Du neckst mich. Als hätte ich darauf Einfluss nehmen können!«

Hero spürte in ihrer Brust einen ziehenden Schmerz und drehte den Kopf zum Fenster, um wieder hinaus zu starren. Sie liebte ihre Mutter sehr, aber manchmal ließ der Unterschied zwischen der Lady Jarvis, an die Hero sich zurückerinnerte, und der jetzigen brennende Tränen in ihre Augen steigen.

Die Kutsche ruckelte schwankend einen langen Hügel hinunter. Von beiden Seiten schlossen Gruppen dunkler Bäume sie ein, unter denen Sträucher und Stechginster so dicht standen, dass Hero das Gefühl hatte, sie bräuchte nur den Arm auszustrecken, um sie berühren zu können. Sie bemerkte, dass die Kutsche sich verlangsamte, als die Pferde in Schritt verfielen. Dann blieb sie wankend stehen, als Kutscher John straff die Zügel anzog.

»Warum halten wir an?«, fragte Lady Jarvis und setzte sich aufrecht.

Hero blickte aus dem Fenster und sah ein Pferd und einen Gig, der schräg auf dem Weg stand. »Es scheint eine Kutsche im Weg zu stehen.« Ein Mann stand am Kopf des Pferdes. Seine Stimme klang leise, als er sanft wiederholte: »Ruhig, Mädchen, ruhig.«

»Was gibt es für ein Problem?«, rief Kutscher John.

»Ein Strang des Pferdegeschirrs ist gerissen«, sagte der Mann und kam zum Kutschbock. Im fahlen Licht der Kutschenlampen konnte Hero ihn deutlich erkennen. Er sah aus wie Mitte dreißig, grob gebaut und mit einer Haut, die so dunkel war, als hätte er Jahre in tropischer Sonne verbracht. Aber er sprach mit einem guten Akzent, und er trug einen runden Hut zu dem Reisecape eines Gentlemans, das um ein Paar edler, hoher Stiefel schwang.

Als er neben dem Wagen stehenblieb, hörte Hero das Geräusch von Hufgeklapper, das sich den Hügel hinter ihnen herab bewegte. Ein einzelnes Pferd, das schnell geritten wurde. Ihr Blick wanderte von dem Mann auf der Straße zu der doppelläufigen Kutschenpistole in ihrem Holster neben der Tür.

Der Gentleman im Mantel sagte: »Wenn einer Eurer Lakaien mir dabei helfen könnte, den Gig von der Straße zu ziehen, könnt Ihr weiterreisen.«

Hero streckte die Hand aus und zog die Kutschenpistole langsam aus dem Holster.

Lady Jarvis sagte: »Aber was tust du denn ...«

Hero streckte eine Hand aus, um sie zum Schweigen zu bringen.

Hero konnte den Mann, der hinter ihnen herangeritten war, nicht sehen, aber sie hörte sein heiseres Schnaufen. »Braucht jemand Hilfe?«, rief er.

»Ich denke, alles ist unter Kontrolle«, sagte der Mann auf der Straße. Er griff unter sein Cape, zog eine Pistole hervor und streckte den Arm so, dass die Mündung auf den Kutschbock zeigte. »Keine Bewegung.«

»Was zur Hölle?«, platzte der Kutscher heraus.

Der Mann auf der Straße sagte: »Du wirst feststellen, dass mein Freund hier ebenfalls eine Waffe hat. Werft eure Waffen herunter. Wir wissen, dass ihr welche bei euch habt.«

Lady Jarvis' Augen weiteten sich. »Ach du liebes bisschen«, sagte sie in panischem, atemlosem Flüstern. »*Wegelagerer.* Hero, steck das Ding weg. Wir müssen ihnen alles geben! Dem Himmel sei Dank, dass ich heute Abend nicht die Saphire angelegt habe. Aber deine Perlen ...«

Hero legte ihrer Mutter die Hand auf den Mund. »Sch, Mama.«

Sie hörte gedämpftes Plumpsen, als die beiden Lakaien ihre Waffen hinunterwarfen. Der Mann auf der Straße sagte: »Du auch, Kutscher.«

Die Kutsche bebte leicht, als der kräftige Kutscher das Gewicht verlagerte. Sein Schießeisen landete mit einem Plumps im grasbewachsenen Straßenrand. Hero griff die Pistole fester und zog langsam beide Hähne zurück.

»Hast mir gar nich' gesagt, dass wir die Kutsche von 'nem Lord anhalten wollten«, sagte der zweite Mann, der sein Pferd mit Schenkeldruck vorwärts ins Lampenlicht trieb. »Zwei Ladies in so 'ner Kutsche müssten 'n paar schöne Klunker bei sich ham.« Hero sah, wie er sich von seinem Pferd schwang. Er war jünger als der Mann im Cape und schlechter gekleidet. Sie stabilisierte die schwere Kutschenpistole mit beiden Händen und richtete den Lauf zur Tür.

»Deshalb sind wir nicht hier«, schnappte der Mann im Cape und änderte seine Position, sodass er sowohl die Lakaien als auch Kutscher John im Visier behalten konnte. »Mach schnell, bevor noch jemand kommt. Und stell sicher, dass du die richtige Frau erschießt.«

Der jüngere Mann lachte. »Ich kann 'ne Alte von 'ner Jungen unterscheiden«, sagte er und riss die Kutschentür auf.

Hero zog am ersten Hebel, und die Pistole entlud sich direkt in das Gesicht des Mannes.

Sein Antlitz löste sich in einem blutigen, roten Nebel aus Haut und Knochen auf. Der Schuss war ohrenbetäubend, und die Kutsche wurde von einem blauen Blitz, Rauch und dem beißenden Geruch nach verbranntem Schießpulver erfüllt. Lady Jarvis schrie und schrie, als der Stoß des Schusses den Mann aus der Kutsche katapultierte und ihn zurück in den Straßenschmutz fallen ließ.

»*Drummond!*« Der Gentleman im Cape schwang herum, sodass der Lauf seiner Waffe auf die Kutschentür gerichtet war. Hero fiel auf dem Kutschenboden auf die Knie, lehnte sich aus der Tür hinaus und zog am zweiten Hebel.

Sie schoss höher und weniger gezielt, als sie beabsichtigt hatte. Anstatt den Mann genau in der Brust zu treffen, traf ihre Kugel seine rechte Schulter, ließ ihn herumwirbeln und die Pistole aus seiner Hand fliegen.

»Schnell«, rief Hero den Dienern zu. »Schnappt euch seine Waffe.« Sie fuhr hoch, sackte dann jedoch leicht gegen die Seite der offenen Tür. Jetzt, da es vorbei war, zitterten ihre Knie so sehr, dass sie kaum stehen konnte. »Ist er tot?«

»Nö«, sagte Kutscher John und drehte den Gentleman im Cape herum. »Aber der blutet ganz schön, und er scheint in Ohnmacht gefallen zu sein.«

»Der hier ist erledigt«, sagte einer der Lakaien, Richard, der sich über den ersten Mann beugte, den sie erschossen hatte. »Boah, seht Euch das an. Der hat kein Gesicht mehr.«

»Zieht diesen Gig von der Straße, damit wir weiterfahren können«, sagte Hero und drehte sich weg, um sich um ihre hysterische Mutter zu kümmern. »Lady Jarvis hat einen fürchterlichen Schreck bekommen.«

»Es mag so scheinen«, sagte Paul Gibson und betrachtete das Schachbrett vor sich, »dass Sir William seine eigenen Gründe hat, Ermittlungen zum Magdalenenhaus zu verhindern.«
Sebastian und der Ire saßen neben dem leeren Kamin im Salon des Chirurgen, auf dem Tisch zwischen ihnen

standen neben dem Schachbrett eine Flasche guten französischen Brandys und zwei Gläser. Die Nachbarschaft war schon lange still geworden, und von der Straße draußen waren nur gelegentlich Schritte zu hören. Aus der Ferne erscholl der Ruf eines Nachtwächters auf seinem Rundgang. *Ein Uhr in einer schönen Nacht, alles ist ruhig.*«

Sebastian sagte: »Die Tatsache, dass er Rachel kannte, als sie sich als Rose ausgab und in Orchard Street Gentlemen erfreute, heißt noch nicht, dass er auch von ihrer Zuflucht im Magdalenenhaus wusste.« Er beobachtete, wie sein Freund den Turm zu Feld B3 bewegte.

»Schach«, sagte Gibson, setzte sich zurück und griff nach der Brandyflasche. »Aber es ist doch sehr naheliegend.«

Sebastian verschränkte die Arme vor der Brust und studierte das Spielbrett vor sich. »Wenn eine junge Frau in der Levante ihre Familie durch unmoralisches Verhalten entehrt, kann ihre Familie nur ihre eigene Ehre wiederherstellen, indem sie die junge Frau tötet. Manche Menschen glauben, das wäre ein muslimischer Brauch, aber das ist nicht der Fall. Alle Religionen in dieser Gegend tun es – Christen, Juden, Moslems, Drusen. Es ist keine Frage der Religion, sondern eine Stammesangelegenheit. Der Brauch geht auf vorbiblische Zeiten zurück, als die Juden lediglich ein semitischer Stamm waren, der durch die Wüsten der arabischen Halbinsel wanderte.«

Gibson füllte ihre Gläser wieder auf und stellte die Brandyflasche mit einem Knall zur Seite. »Wir sind hier nicht in der Levante.«

»Nein« sagte Sebastian und bewegte seine Königin zu E7. »Aber auch Engländer sind dafür bekannt, dass sie untreue Ehefrauen und abtrünnige Töchter getötet haben.«

Gibson blickte stirnrunzelnd auf das Schachbrett. »Glaubst du, dass Rachel deshalb aus der *Orchard Street* weggelaufen ist und im Magdalenenhaus Zuflucht gesucht hat? Weil ihr Vater herausgefunden hatte, wo sie war?«

»Ihr Vater oder ihr Bruder. Ich würde sagen, Cedric Fairchild wusste, dass seine Schwester in Covent Garden war.«

»Aber warum? Das ist es ja, was an der ganzen Sache keinerlei Sinn ergibt. Wie ist sie überhaupt dort gelandet? *Die Tochter eines Lords?*«

»Das habe ich noch nicht herausgefunden.«

Gibson beugte sich plötzlich vor und führte beide Hände zusammen. »Vielleicht hatte sie einen heimlichen Liebhaber. Jemanden, den ihr Vater für unpassend hielt. Anstatt Ramsey zu heiraten ist sie zu ihrem Liebhaber geflüchtet, der sie dann verstoßen und auf den Straßen zurückgelassen hat. Zu beschämt, nach Hause zurückzugehen, wurde sie in die Prostitution getrieben, um zu überleben.«

Sebastian setzte sich im Stuhl zurück und lachte. »Solltest du dich je dazu entschließen, die Medizin aufzugeben, könntest du ein Vermögen mit dem Schreiben von Schundromanen verdienen.«

»Aber das ist eine Möglichkeit«, beharrte Gibson.

»Ich nehme es an.« Sebastian beobachtete seinen Freund, der seine Königin auf D5 schob. »Dennoch bleibt als Fakt, dass alle drei Männer ein Motiv hatten, sie zu töten, unabhängig davon, wie sie in Covent Garden gelandet ist. Sowohl Lord Fairchild als auch Cedric Fairchild könnten ihren Tod gewünscht haben, weil sie den Familiennamen entehrt hatte. Und Tristan Ramsey wäre sicherlich nicht der erste Mann, der eine Frau tötet, weil sie ihn zurückgewiesen hat.«

Gibson griff nach seinem Brandyglas. »Was ist mit diesem anderen Mann, von dem du mir erzählt hast? Dieser Kaufmann.«

»Luke O'Brian? Sein Motiv ist mehr oder weniger das Gleiche wie das von Ramsey. Sein Wunsch, sie für sich zu haben, war stark genug, dass er versuchte, sie von der *Academy* freizukaufen. Laut Kane wies sie ihn zurück.«

»Also ist er in Wut entbrannt und drohte, sie zu ermorden? Das klingt logisch. Sie ist aus der Orchard Street weggelaufen, um vor ihm zu flüchten.«

»Es gibt nur ein kleines Detail, das zu keinem dieser Szenarien passt.«

Gibson runzelte die Stirn. »Welches?«

»Laut Joshua Walden und Tasmin Poole sind letzten Mittwochabend zwei Frauen aus der Orchard Street weggelaufen – Rachel und ein anderes Freudenmädchen namens Hannah Green.« Sebastian machte seinen letzten Zug und lächelte. »Matt.«

Gibson starrte das Spielbrett an. »Zur Hölle. Warum habe ich das nicht kommen sehen?«

Sebastian hob den Kopf, da seine Aufmerksamkeit vom Geräusch eines Gespanns geweckt wurde, das in schnellem Tempo die Straße heraufgetrieben wurde. Das Klirren von Pferdegeschirr und das Klappern von Rädern über unebenes Kopfsteinpflaster wurden hörbar, als die Kutsche vor der Praxis scharf abgebremst wurde. Einen Augenblick darauf schlug jemand hektisch gegen die Tür an der Straße.

»Was zum Teufel?« Gibson wuchtete sich ungeschickt hoch.

»Ich gehe«, sagte Sebastian und griff nach einem Kerzenleuchter, bevor er zum engen Flur eilte.

Das Pochen erklang erneut, begleitet von einer Männerstimme, die laut »Halloo« rief.

Sebastian zog den Riegel zurück und riss die Tür auf. Ein livrierter Lakai, dessen Dreispitz schief auf seinem gepuderten Haar saß, hatte eine Faust hochgehoben, um erneut anzuklopfen, und geriet aus dem Gleichgewicht, wodurch er beinahe in den Flur hinein fiel. Sebastian blickte an ihm vorbei auf das Gespann aus Füchsen, die nervös und mit zitternden, federgeschmückten Köpfen in der Straße tänzelten. Mit zusammengekniffenen Augen betrachtete Sebastian das Wappen, mit dem das Holz der Kutsche verziert war, da wurde die Tür aufgestoßen, und eine herrische weibliche Stimme sagte: »Steh nicht da herum. Hilf mir.«

Sebastian brauchte einen Augenblick, bis er begriff, dass sie nicht zu ihm sprach, sondern zu einem zweiten Lakaien, der sich sputete, den Tritt auszuklappen.

»George«, schnappte die Frauenstimme und rief damit den ersten Lakaien. »Komm und nimm die Schultern des Mannes, Richard nimmt die Füße. Vorsichtig. Er blutet furchtbar.«

»Blutet?« Gibson humpelte zu dem bewusstlosen Mann, den die beiden Lakaien durch die Kutschentür hoben. »Nein, legt ihn nicht in der Straße ab! Tragt ihn direkt in die Praxis. Hier entlang«, sagte Gibson und eilte ihnen voraus.

»Wer ist das?«, fragte Sebastian.

»Ein Beinahe-Mörder«, sagte Miss Hero Jarvis, die in der offenen Kutschentür erschien. Sie gab ein ungewöhnliches Bild ab: Gekleidet in ein sittsames cremefarbenes Seidenkleid mit hoher Taille, der Rock mit dunklem Blut befleckt, hielt sie ein mit Perlen besticktes Retikül in der einen Hand und in der anderen etwas, das wie eine Kutschenpistole aussah. »Wir haben einen Toten auf dem Weg von Richmond zurück nach London auf der Straße liegen lassen, aber dieser Mann lebt noch. Ich hoffe, er überlebt lang genug, um uns erzählen zu können, wer ihn angeheuert hat.«

Sebastian trat vor und bot ihr seine Hand an, um ihr herunterzuhelfen. »Wer hat auf ihn geschossen?«

Sie übergab ihm die Kutschenpistole und wirkte überrascht, dass sie sie noch immer in der Hand hielt. Es war eine zweiläufige französische Steinschlosspistole, und er sah, dass aus beiden Läufen gefeuert worden war.

»Ich.«

Kapitel 27

Bis zur Hüfte entkleidet lag der Mann mit aschfahlem Gesicht im flackernden Kerzenschein auf Paul Gibsons Tisch im vorderen Raum seiner Praxis. Es war still bis auf ein Tröpfeln, als Gibson einen Schwamm über einer Schüssel mit blutigem Wasser auswrang. Die Kupferschüssel klirrte, als er ihren Rand berührte.

»Wird er überleben?«, fragte Miss Jarvis von ihrem Platz im Türdurchgang.

»Ich weiß es nicht«, sagte Gibson, ohne aufzublicken. »Die Kugel ist durch das rechte Schulterblatt gedrungen und hat eine Hauptarterie gestreift. Er hat viel Blut verloren.«

»Ich habe versucht, die Wunde fest zuzudrücken.«

Gibson nickte. »Das ist wahrscheinlich der einzige Grund, weshalb er überhaupt noch lebt.«

Sebastian griff nach dem zerrissenen und blutigen Cape des Verletzten zwischen seinem hastig heruntergerissenen Hemd, der Weste und dem Mantel. »Außergewöhnlich edle Schneiderarbeit für einen Wegelagerer.«

»Er ist kein Wegelagerer«, sagte Miss Jarvis, die ihn beobachtete. »Er nannte den toten Mann, den wir liegenlassen haben, Drummond. Ich erinnere mich, dass ich diesen Namen in der Nacht gehört habe, in der das Magdalenenhaus überfallen wurde.«

Ohne Kommentar durchsuchte Sebastian die Taschen des Verletzten.

»Er hat eine Börse mit vierzig Guineen, aber nichts, um ihn zu identifizieren«, sagte Miss Jarvis. »Ich habe bereits nachgesehen.«

Sebastian sah zu ihr hinüber. »Habt Ihr den Mann, den Ihr auf der Straße zurückgelassen habt, untersucht?«

»Nein. Meine Mutter war hysterisch. Ich habe sie noch nach Hause gebracht, bevor ich hergekommen bin. Ich fürchte, ihre Nerven sind durch den Zwischenfall in Mitleidenschaft gezogen worden.«

Sebastian beendete seine Durchsuchung der Taschen. Sie hatte recht; es gab nichts, woran er erkennen konnte, wer der Mann war.

»Dieser«, sagte sie und nickte zu dem still daliegenden Mann auf dem Tisch, »war der Anführer. Er hat vornehm gesprochen, wie ein Gentleman.«

Gibson rollte aus mehreren Bandagen einen Packen, um sie auf der Brust des Mannes zu fixieren. »Er ist jedenfalls wie ein Gentleman herausgeputzt. Glattrasiert, sorgfältig frisiert, manikürte Fingernägel. Wobei ich nach dem äußeren Aussehen darauf schließen würde, dass er viel Zeit in der Sonne verbracht hat.«

Miss Jarvis sah interessiert dabei zu, wie der Chirurg seiner Arbeit nachging. »Der andere Mann war einfacher. Vielleicht war er ein Handlanger.«

»Mit dem Befehl, Euch zu töten?«

»Das ist richtig.« Als er nichts erwiderte, verdunkelte ein Hauch von Röte ihre Wangen. Sie sagte trocken: »Sie brauchen mir nicht zu sagen, das hätte ich mir eingebildet.«

Sebastian warf die Kleidung des Attentäters zur Seite und ging zu ihr. Hochgewachsen und elegant stand sie aufrecht da, trotz ihres blutgetränkten Kleides und der Tatsache, dass sie gerade zwei Mörder abgewehrt und einen Mann getötet hatte. Sie war eine unglaubliche Frau. Er sagte: »Die Männer, die am Montag das Magdalenenhaus überfallen haben, haben sieben unschuldige Frauen getötet, um eine zu erwischen, nur damit es keine Zeugen gibt. Jetzt wissen sie offensichtlich, wer Ihr seid.«

»Aber ich weiß nicht, wer sie sind«, sagte sie, und zum ersten Mal hörte er einen Abklatsch von Angst in ihrer Stimme.

»Wer sie auch immer sind«, sagte Gibson und wickelte weiter seine Bandagen, »sie sind entweder unglaublich couragiert oder unglaublich verrückt, hinter der Tochter von Lord Jarvis her zu sein.«

Sebastian schüttelte den Kopf. »Ich nehme an, dass sie an einem Punkt sind, an dem sie wissen, dass sie keine andere Wahl haben.«

Er sah, wie sie durch das dunkle Fenster blickte, dorthin, wo ihre Kutsche und die Lakaien warteten. Sie sagte: »Ich muss zurück zu meiner Mutter. Wenn er das Bewusstsein wiedererlangt ... wenn er irgendetwas sagt ...«

»Werden wir es Euch wissen lassen.«

Sie richtete den Blick zurück auf Sebastians Gesicht. »Habt Ihr schon irgendetwas herausgefunden?«

»Nur, dass Ihr recht hattet. Die Frau, die Ihr im Magdalenenhaus getroffen habt, war aller Wahrscheinlichkeit nach Rachel Fairchild.«

Sie nickte. Er bestätigte nur, was sie bereits vermutet hatte. Er bemerkte, wie die Erschöpfung ihre Züge schärfer erscheinen ließ. Ihre Augen sahen riesig aus in ihrem blassen Gesicht.

Er sagte: »Das wolltet Ihr doch wissen, nicht? Wer sie war. Jetzt wisst Ihr es. Ihr könnt wieder dazu übergehen, Petitionen ans Parlament zu schreiben, oder wie auch immer Ihr Eure Zeit verbringt. Überlasst es Eurem Vater, sich mit diesen Menschen abzugeben. Gott weiß, dass er dazu in der Lage ist.«

»Habt Ihr herausgefunden, wie es dazu kam, dass Rachel Fairchild in Covent Garden gelandet ist?«

»Nein.«

»Dann kann ich nicht aufhören.« Sie sah an ihm vorbei zu Gibson. »Schicken Sie die Rechnung für die Behandlung des Mannes an mich persönlich.«

»Wie Ihr wünscht«, sagte Gibson.

Sie nickte wieder, dann ging sie.

Gibson starrte ihr hinterher. Sie hörten das Klirren des Pferdegeschirrs und das Klappern der Hufe auf dem Pflaster, als die Kutsche anfuhr. »Jesus, Maria, Josef und alle Heiligen«, sagte er leise, dann ging er zurück an die Arbeit an dem übel zugerichteten Mann vor sich.

Donnerstag, 7. Mai 1812

Am nächsten Morgen versorgte Jules Calhoun Sebastian mit interessanten Informationen.

»Ich habe noch ein paar Dinge über Mister O'Brian erfahren«, sagte Calhoun, als er Sebastians Rasiermesser beiseite legte.

Sebastian knöpfte sein Hemd zu und blickte sich um. »Ach?«

»Nicht nur dass die Kaufleute der City ihn außerordentlich hoch schätzen, sondern auch seine Kunden vertrauen ihm blind«, sagte der Leibdiener und hielt ihm ein blitzsauberes Halstuch hin. »Seine Kommissionen sind reell, er verlangt nie Ausgleichszahlungen von Händlern, und er leistet regelmäßige Beiträge zum Waisenfonds.«

Sebastian wand das Halstuch sorgsam in säuberlichen Falten um seinen Hals. »Womit bezahlt er dann all die teuren Vergnügungen im Leben?«

»Tatsächlich ist es recht einfach. Er ist einer der größten Diebe auf der Themse.«

Sebastian sah zu ihm. »Das ist interessant.«

»Es ist ein sehr kluges Arrangement, wenn man darüber nachdenkt«, sagte sein Leibdiener. »Durch seine Tätigkeit als Disponent ist er ständig auf den Docks unterwegs, wickelt Warenlieferungen ab und geht in den Speicherhäusern ein und aus. Soweit ich es verstanden habe, ist er sehr akribisch – er plant seine Tätigkeiten bis ins kleinste Detail und führt sie dann fehlerlos aus. Er ist tatsächlich überaus brillant. Es heißt, er stünde in den letzten fünf Jahren hinter jedem größeren Geschäft auf der Themse. In seinem letzten Geschäft hat er ein gesamtes Speicherhaus voller russischer Zobel gleich hinterm Ratcliff Highway ausgeräumt.«

Sebastian, der sein Jackett angezogen hatte, zuckte mit den Schultern. »Russische Zobel? Sir William erwähnte russische Zobel. Wann war das?«

»Am Montagabend«, sagte Calhoun und hielt Sebastians Hut bereit. »Nur ein paar Stunden nach dem Überfall auf das Magdalenenhaus.«

Kapitel 28

Luke O'Brian unterhielt Räume in einem gepflegten Steinhaus in der Nähe vom St. Katherine's Hospital unterhalb des Towers. Er hatte einen Ausblick auf die alten, schiefergedeckten Dächer und die Schornsteine des Krankenhauses.

Ein paar einfache Befragungen in der Gegend führten Sebastian zu einem kleinen Gasthaus zwischen einem Schiffsausrüster und einer Süßbäckerei, denn in diesem Teil der Stadt verdienten die Menschen ihren Lebensunterhalt in den Docks und auf dem Fluss, der London mit der See und der weiten Welt verband. Das Lokal war einfach, bot aber alles. Der Geruch bratenden Schinkenspecks und frischen Brotes erfüllte die Luft, und an den Tischen wurden lautstarke Unterhaltungen geführt. Schiffsoffiziere, Zöllner und Angestellte drängten sich dort. Luke O'Brian saß allein an einem kleinen Tisch neben dem Fenster zur Front. Sebastian nickte einer Frau mittleren Alters mit rosigen Wangen und einer Schürze, die sie über ihrer ausladenden Körpermitte gebunden hatte, zu. Dann glitt er auf den Platz gegenüber dem Handelsmann.

»Wie ich hörte, darf man Ihnen gratulieren«, sagte Sebastian mit leiser Stimme. »Sie haben ein äußerst erfolgreiches Geschäft abgewickelt.«

O'Brian blickte von seinem Teller auf und runzelte die Stirn. »Kenne ich Sie?«

»Wir sind uns schon begegnet.«

O'Brian betrachtete Sebastian genau, dann schnaubte er. »Allerdings. Ihr seid in den letzten vierundzwanzig

Stunden zwanzig Jahre jünger und gut und gerne fünfundzwanzig Pfund leichter geworden. Eine beachtliche
Leistung.«

Sebastian lächelte. »Es hat sich herausgestellt, dass
wir beide nicht ganz dem entsprechen, als was wir uns
zuerst ausgegeben haben. Sie sind zum Beispiel nicht
einfach nur ein Kaufmann.«

O'Brian schnitt sorgfältig ein Stück Speck ab. »Und
Ihr seid kein Bow Street Runner, wie ich sehe.«

»Nein.« Sebastian hielt inne, während die apfelwan-
gige Frau am Tisch erschien, um seine Bestellung entgegenzunehmen. »Bitte nur Tee«, sagte er lächelnd zu
ihr. Nachdem sie gegangen war, richtete er seinen Blick
wieder auf den Kaufmann und sagte ruhig: »Und ich interessiere mich nicht dafür, was in einem bestimmten
Speicherhaus voller russischer Zobel geschehen ist.«

O'Brian kaute langsam, dann schluckte er. »Und wofür interessiert Ihr Euch?«

»Für den Tod einer jungen Frau.«

»Damit sind wir doch schon durch.«

»Sind wir das? Seitdem habe ich einiges erfahren.
Zum Beispiel: Wussten Sie, dass Rose in Wirklichkeit
Rachel Fairchild war, die Tochter von Basil Lord
Fairchild?«

Das Gesicht des Mannes verriet nichts. »Wer hat Euch
das gesagt?«

»Dies«, sagte Sebastian und legte das Silberarmband
auf den Tisch. »Haben Sie es schon einmal gesehen?«

O'Brians Gabel klapperte gegen seinen Teller. Er
starrte das Armband eine Weile an, dann hob er den
Blick zu Sebastians Gesicht. »Ihr wisst offenkundig,
dass es ihres ist. Woher habt Ihr das?«

»Von einer Hure aus der *Academy*. Hat es Rose gehört?«

»Ja.« O'Brian hob das Armband hoch und betrachtete das Medaillon mit dem geprägten Steuerrad und den drei Adlerköpfen. »Ihr sagt, sie war eine Fairchild?«

»Wussten Sie das nicht?«

»Nein.«

Wenn der Mann log, dann war er ein begnadeter Lügner. Andererseits – *natürlich* war er das. Sein Leben hing davon ab. Sebastian sagte: »Wie ich höre, sind russische Zobel sehr wertvoll.«

O'Brian lächelte gelassen. »So heißt es.«

»Ein Mann, der so viel zu verlieren hat, könnte gefährlich sein«, sagte Sebastian, »wenn jemand herausfände, was er geplant hat.« Er schwieg, während die Frau mit dem plumpen Gesicht seinen Tee auf dem Tisch vor ihm abstellte. Sebastian sagte nichts.

»Wenn so ein Mann erführe, dass eine bestimmte Frau weiß, womit er seinen Lebensunterhalt verdient, könnte er sie durchaus einschüchtern oder drangsalieren, um sie zum Schweigen zu bringen. Bloß kann ich mir vorstellen, dass eine Frau wie Rachel – oder Rose – dann panisch reagieren könnte. So panisch, dass sie wegliefe. In diesem Fall wäre sie dann eine Bedrohung. Eine Bedrohung, die man einfangen und zum Schweigen bringen müsste, bevor sie alles zerstört.«

O'Brian riss ein Stück Brot ab und tunkte damit Eigelb von seinem Teller auf. »Ein Mann kann in diesem Geschäft nicht lange bestehen, wenn er nicht gelernt hat, das Maul zu halten. Ich bin nicht so unvorsichtig.«

Er steckte sich das Brot in den Mund, kaute und schluckte es hinunter. »Wäre ich das, dann wäre ich längst in Botany Bay. Oder tot.«

»Versehen können einem Mann immer mal unterlaufen.«

»Nicht, wenn man auf der Hut ist. Ich bin sehr auf der Hut. Außerdem bin ich kein gewalttätiger Mann. Fragt auf den Docks herum; jeder wird Euch das bestätigen. Gewiss, ich habe Temperament. Schließlich war mein Vater Ire.« Er beugte sich vor. »Aber ein Kerl muss krank sein, all diese Frauen zu töten.«

»Oder sehr besorgt.«

O'Brian hielt Sebastians Blick stand. »Es gibt nichts, weswegen ich besorgt sein muss.«

Sebastian nahm einen Schluck Tee und ließ sich Zeit damit. »Kane sagte, Sie wollten Rose von dem Haus freikaufen, aber sie weigerte sich.«

»Das hat er gesagt?«

»Wollen Sie damit sagen, es stimmt nicht?«

»Beliebt Ihr zu scherzen? Natürlich wollte sie. Sie hat Kane gehasst, und dieses Haus auch.«

»Glauben Sie, dass sie deshalb weggelaufen ist? Wegen Kane?«

»Wo läge da der Sinn? Ich wollte sie doch dort herausholen.« O'Brian stützte die Ellbogen auf dem Tisch ab, seine verschränkten Hände berührten sein Kinn. »Das Einzige, was ich mir vorstellen kann, ist, dass etwas geschehen sein muss. Etwas, wovor sie Angst hatte. Sie ist geflohen.«

»Und warum ist sie dann nicht zu Ihnen geflohen?«

»Vielleicht vermutete sie, dass sie dann zu leicht zu finden wäre.« Ein schiefes Lächeln spannte die Haut neben seinen Augen. »Ihr habt schließlich nicht lange gebraucht, mich zu finden, oder?«

Sebastian betrachtete das dunkle, attraktive Gesicht des Kaufmanns. »Ian Kane sagte, ihr Verschwinden wäre ihm egal. Dass sie leicht zu ersetzen wäre.«

O'Brian stieß ein unfrohes Lachen aus. »Was denkt Ihr denn? Ich wollte ihm zweihundert Pfund für sie zahlen.« Er beugte sich vor, lächelte nun nicht mehr. »Es wäre ein schlechtes Beispiel für die anderen Mädchen, oder nicht? Sie einfach so dort herauszunehmen. Ich weiß nicht, was er Euch erzählt hat. Aber die Wahrheit ist, dass er vor Wut außer sich war, als er herausfand, dass sie weggelaufen war. Er sagte, wenn er sie je wieder in die Finger bekäme, würde er sie töten.«

Kapitel 29

Ian Kane saß zwischen zerfallenen Gräbern und überwucherten Grabsteinen auf dem Friedhof von Allhallows Barking auf einem Klappstuhl. In einer Hand hielt
er einen Pinsel, in der anderen eine flache Palette, die
mit Farben beschmiert war. Auf der Staffelei vor ihm
stand die Leinwand. Auf ihrer Oberfläche entstand gerade ein Gemälde von der Nordseite der Kirche, in einen Glorienschein aus sonnenüberfluteten Gold-, Blau-
und Rottönen getaucht. Sebastian blinzelte zu den flau-
schigen Wolken hinauf, die sich am Himmel türmten,
und sagte: »Sie verlieren das Sonnenlicht.«

»Wir sind in England«, sagte Kane, den Blick auf die
Kirche vor sich gerichtet. »Ich verliere immer das Sonnenlicht.«

Sebastian beobachtete, wie der Bordellbesitzer seinen
Pinsel in Gold tunkte. »Für Ihr Motiv hätte ich einen
trüberen Tag für angemessener gehalten.«

»Hättet ihr«, sagte Kane.

Sebastian stieß ein scharfes Lachen aus. Die Kirche
war ein eigentümlicher Mix aus Stilrichtungen und
Materialien. Die massiven Rundsäulen und gotischen
Bögen des westlichen Teils gingen ins dreizehnte Jahrhundert zurück, wogegen der östliche Teil mit einem
Backsteinturm, der erst vor hundertfünfzig Jahren hin-
zugefügt worden war, viel jünger war.

»Ich habe mit acht Jahren angefangen, unter Tage zu
arbeiten«, sagte Kane und blickte mit zusammengekniffenen Augen zu dem alten Treppenturm der Kirche, dessen Dach dringend eine Reparatur benötigte.

»Ich hatte Glück. Die meisten Buben gehen schon mit sechs unter die Erde, manche sogar mit vier. Ich war ein Pony-Junge. Wusstet Ihr, dass sie die armen Kreaturen unter der Erde halten, bis sie eingehen? Ihre Hufe werden grün. Es ist wider die Natur, Pferde sechshundert Meter unter der Erde in Ställen zu halten, sodass sie nie wieder die Sonne sehen.« Er fügte dem gemalten Treppenturm auf der Leinwand einen Lichtfleck hinzu. »Ich schätze die Sonne.«

Die Luft war vom leisen Gurren der Tauben erfüllt, die auf dem Kirchturm wohnten. Kane malte eine Weile, dann sagte er: »Weshalb schnüffelt Ihr erneut hinter mir her?«

Sebastian lehnte sich gegen die Kante eines flechtenbewachsenen Grabsteins. »Ich habe Luke O'Brian gefunden.«

»Das hat nicht lang gedauert. Hat er die Morde gestanden?«

»Nein. Aber er hat mich mit einigen interessanten Informationen versorgt. Er sagte, Rose Fletcher wäre mehr als glücklich gewesen, dass er sie von Ihrem Haus freikaufen wollte.«

Kane fügte einen Tupfer Blau zu einem der Kirchenfenster hinzu. »Ich kaufe und verkaufe keine Frauen. Bei Euch hört sich das an, als wäre ich ein verdammter Yankee.«

Sebastian verschränkte die Arme vor der Brust und lehnte sich zurück. »Richtig. Sie wollten O'Brian lediglich die Schulden der Frau ablösen lassen – mit einer schönen Kommission für Sie selbst natürlich.«

»Das ist die feine englische Art, nicht wahr – Kommissionen?«

»Er sagte auch, dass Sie keineswegs so gelassen auf ihren vorzeitigen Abgang reagiert haben. Er sagte, Sie wären wütend über ihren Weggang gewesen. Wütend genug, um mit Mord zu drohen, wenn Sie sie finden würden.«

Kane zuckte die Schultern. »So etwas ist schnell dahingesagt, oder? *Ich würde ihn am liebsten umbringen.* Oder: *Ich könnte sie umbringen.* Das sagen die Leute doch dauernd. Aber nicht viele setzen es in die Tat um.«

»Manche durchaus.«

»Ich hatte keinen Grund, sie zu töten. Rose war eine gute Einkunftsquelle, aber sie war nicht unersetzlich. Was hätte es mir gebracht, sie umzubringen?«

Sebastian sagte: »Sie stand kurz davor, an O'Brian verkauft – Entschuldigung, *abgelöst* – zu werden. Warum also sollte sie fliehen?«

»Sagt Ihr es mir.«

»Vielleicht hat sie etwas gesehen, das nicht für ihre Augen bestimmt war.«

Kane warf ihm einen Seitenblick zu. »Woran denkt ihr da? Mord? Verrat? Satanische Rituale?«

Sebastian erwiderte seinen Blick und hielt ihn fest. »An satanische Rituale dachte ich nicht.«

Kane wandte sich wieder seinem Gemälde zu. Nach einem Augenblick sagte er: »Vor einigen Wochen ist ein Gentleman in unser Haus gekommen. Er war recht überrascht, Rose in der Academy anzutreffen. Allerdings nannte er sie nicht Rose, sondern ›Rachel‹.«

»Ein Gentleman?«

»Ganz eindeutig ein Gentleman. Kein sich abstrampelnder Schullehrer oder Priester, sondern ein echter Edelmann.« Kane lächelte hinterhältig. »Wie Ihr selbst.

Nur kleiner und dünner. Rotbraunes Haar. Ziemlich gutaussehend, denke ich, allerdings hatte er ein fliehendes Kinn.«

Die Kirchenglocken begannen zu schlagen und erschreckten die Tauben auf dem Dach. Sie flogen auf, ihr leiser, sirrender Flügelschlag verlor sich rasch gegen das entfernte Klirren von Pferdegeschirr und das Rattern eisenbeschlagener Räder auf Kopfsteinpflaster. Die Rufe eines Kaminkehrerjungen erklangen: *»Schornsteine zu fegen, ich fege Ihre Schornsteine.«*

»Klingt das nach jemandem, den Ihr kennt?«, sagte Kane und zog ironisch eine Braue hoch. Er wartete einen Herzschlag, bevor er hinzufügte: »Mylord Devlin?«

Sebastian betrachtete die Wolken, die sich am Himmel auftürmten. »Sie haben mich beschatten lassen«, sagte er.

Kane blinzelte zum Himmel hinauf. »Da geht sie hin, die Sonne.«

»Wie geht es dem Arm Ihres Handlangers?« Sebastian drückte sich vom Grab ab, als Kane einen Kasten mit Lederbeschlägen öffnete, der zu seinen Füßen stand und voller Flaschen mit Farbklecksen und alter Lappen lag. »Eine solche Verletzung kann einen Mann für eine Weile außer Gefecht setzen.«

»Mir ist zu Ohren gekommen, dass Ihr in der Nähe der Docks gestern mit einem Schnorrer in einen Kampf verwickelt wurdet«, sagte Kane und stopfte seine Palette und seine Pinsel in die Kiste. »Ich weiß nicht, wer der Kerl war.« Er klappte den Deckel zu und ließ die Verschlüsse einschnappen, bevor er sich wieder aufrichtete. »Aber ich weiß eines: Er gehörte nicht zu meinen Jungs.«

»Und warum sollte ich Ihnen Glauben schenken?«, fragte Sebastian.

»Glaubt mir oder lasst es sein, wie Ihr wollt. Aber Eure Fragen beunruhigen offensichtlich jemanden.« Kane lächelte und streckte sich nach der Staffelei. Im fahlen Licht sah die blaue Narbe auf seiner Stirn, die von seiner frühen Zeit in den Kohleminen herrührte, sogar noch dunkler aus. »Und zwar genug, um Euch umbringen zu wollen.«

Paul Gibson hielt sich in seiner Praxis am Tower Hill auf. Er verlagerte sein Gewicht auf dem harten Holzsitz seines Stuhls und legte den Kopf schräg, während er auf den rasselnden Atem des Verletzten lauschte. Der Angreifer von Hero Jarvis hatte eine unruhige Nacht hinter sich, in der er immer wieder das Bewusstsein verloren hatte. Einmal war er aufgeschreckt, die Augen weit aufgerissen, die Lippen wie zum Schrei geöffnet. Gibson hatte sich vorgebeugt, um sanft nach seinem Namen zu fragen. Aber der Mann hatte nur die Augen geschlossen und den Kopf weggedreht.

Gibson rappelte sich auf die Füße, verließ die Bettstatt des Mannes und humpelte durch den Flur. Der Stummel seines linken Beins schmerzte schrecklich und verlieh ihm einen ungeschickten Gang. Er gab einer natürlichen Notdurft nach, dann spritzte er sich Wasser ins Gesicht und rieb es sich grob trocken. Er schenkte sich gerade ein Morgenbier ein, da meinte er, Schritte im Flur zu hören.

»Ist da jemand?«, rief er.

Die Stille der Praxis dehnte sich um ihn herum aus und ließ unerklärlicherweise plötzlich Gänsehaut auf seinen Armen entstehen.

»Wer ist da?«, rief er wieder und stellte das Bier beiseite.

Er schlich zum vorderen Raum, hin- und hergerissen zwischen dem Drang, Alarm zu schlagen und dem Gefühl, dass das verrückt wäre. Von der Straße draußen erklangen Hufgeklapper eines vorbeilaufenden Pferds und die Stimme eines Hausierers: »*Frische Kaninchen von der Stange. Wer kauft Kaninchen?*«

Im Durchgang zögerte Gibson. Der Verletzte schien friedlich zu schlafen, die Decke war bis zu seiner Brust hochgezogen. Erst als Gibson zu der Bettstatt hinüber humpelte, sah er, dass die blicklosen Augen des Mannes weit offenstanden. Gibson streckte die Hand aus, berührte den erschlafften Kiefer des Mannes und sah, wie sein Kopf hin und her rollte.

Jemand hatte ihm das Genick gebrochen.

Kapitel 30

Nachdem Sebastian den Kirchhof von Allhallows Barking verlassen hatte, machte er sich auf die Suche nach Rachel Fairchilds einstigem Verlobtem, Tristan Ramsey.

Er fand ihn in der *Thatched House Tavern* in St. James's, wo er mit Lord Alvin und Mister Peter Dimsey Blue Ruin trank. Sebastian trat hinter Ramseys Stuhl und legte ihm schwer die Hand auf die Schulter. »Wir haben etwas zu bereden«, sagte er und fixierte die beiden anderen Männer mit einem Blick, der sie unbehaglich auf ihren Sitzen herumrutschen ließ. »Würden die Gentlemen uns entschuldigen?«

Ramsey erstarrte. »Meine Freunde und ich nehmen gerade einen Drink«, sagte er mit einem nervösen Auflachen. »Das kann doch sicherlich warten?«

Sebastian ließ seine Hand auf Ramseys Schulter liegen. »Ich denke nicht.«

Ramseys Blick wanderte von Sebastian zu seinen Freunden. Sollte er auf Unterstützung vonseiten Alvins oder Dimseys hoffen, so schätzte er seine Freunde falsch ein. Beide Gentlemen schienen plötzlich ganz in die Kontemplation ihrer Getränke vertieft. »Vielleicht für einen Augenblick«, sagte er und schob seinen Stuhl zurück.

Sie drängelten sich durch die volle Taverne zu einem schmalen Durchgang, der sie zu einer Tür führte. Sie öffnete sich nach hinten auf eine Gasse aus Kopfsteinpflaster. Ramsey zog die Tür krachend hinter sich zu und sagte: »Seht mal, Devlin ...«

Sebastian schlug in einer langsamen, kalkulierten Bewegung mit der Rückseite seiner behandschuhten Hand in Ramseys Gesicht. Er war nicht in der Stimmung für Ramseys Lügen und Ausflüchte.

Ein Mann von einem anderen Schlag hätte Sebastian für eine solche Beleidigung vielleicht beschimpft. Nicht so Ramsey. »Zur Hölle!« Beide Hände schützend über seine Nase gelegt, beugte er sich vornüber, als hätte jemand ihn in den Magen geboxt. »Ihr habt mir die Nase gebrochen.«

Sebastian zog den Mann an den Jackenaufschlägen hoch und drückte ihn nach hinten gegen die Backsteinmauer. »Wir werden jetzt eine Unterredung führen. Allerdings werden Sie sehr genau darauf achten, mir keine Lügen aufzutischen.«

»Was? Was zur Hölle ist los mit Euch? Ich habe Euch nicht angelogen!«

»Das haben Sie wohl. Sie wussten, dass Rachel Fairchild in Covent Garden lebte. Und mehr als das: Sie wussten auch genau, in welchem Haus sie war.«

Ein dünner Blutfaden rann aus Ramseys linkem Nasenloch. »Was? Ich weiß nicht, wovon Ihr sprecht. Ich …«

»Sie sind dort gewesen.« Sebastian griff nach den Schultern des Mannes und stieß ihn erneut gegen die Wand. »Sie zahlen gern dafür, nicht wahr, Ramsey? Sie schätzen es, wenn Frauen genau das tun müssen, was Sie ihnen befehlen? Wenn sie aufs Stichwort stöhnen, egal ob Sie ihnen Lust bereiten oder nicht? Es muss ein enormer Schock gewesen sein, Ihre eigene Verlobte in der Reihe all der anderen Freudendamen gesehen zu haben. Wie sie ihre Reize für jeden Mann dargeboten hat, der das Geld hatte, sie zu bezahlen.«

»Wie könnt Ihr ...« Ramsey wehrte sich gegen Sebastians Griff, den Mund zornig verzogen.

»Was ich nicht begreife: Wie zur Hölle konnten Sie einfach wieder gehen und sie dort zurücklassen?«

»Ich versuchte, sie zu überzeugen, wegzugehen!«, sagte Ramsey. Beim Atmen blubberten blutige Blasen aus seinem Nasenloch. »Sie wollte nicht mitkommen. Ich musste dafür bezahlen, nur um mit ihr zu sprechen! Sie nahm mich mit hinauf in eines dieser grässlichen Zimmer.« Seine Oberlippe kräuselte sich bei der Erinnerung. »Das Bett stank nach altem Schweiß und Genitalien. *Sie* stank nach Genitalien – von anderen Männern. Ich habe sie angefleht, mit mir zu kommen. Aber sie stand nur mit verschränkten Armen und einem gelangweilten Blick im Gesicht da. Dann sagte sie, dass mir nur noch drei Minuten blieben und ich mich, wenn ich sie vögeln wolle, besser beeilen solle.«

Sebastian betrachtete das Kinn des Jüngeren, und in einer Woge aus Zorn und Ekel begriff er alles. »Und das haben Sie getan, richtig?« Sebastian ließ Ramsey los und trat einen Schritt zurück, bevor ihn der Drang, dem Bastard einen Schlag mitten ins Gesicht zu verpassen, überwältigen konnte. »Heilige Muttergottes, was für ein Mann sind Sie nur?«

Ramsey wischte sich mit dem Ärmel über die blutige Oberlippe. »Ihr versteht das nicht. Sie *verhöhnte* mich. Sie wollte es!«

»Lügen Sie sich das selbst vor? Also haben Sie ... was? Sie dort gevögelt? In dem Zimmer im oberen Stockwerk eines Bordells in Covent Garden? *Und dann haben Sie sie einfach verlassen?«*

»Was hätte ich sonst tun sollen?«

»Sie hätten ihrem Vater sagen können, wo sie war.«

»Lord Fairchild?« Ramsey sah entsetzt aus. »Denkt Ihr, ich wollte ihn umbringen? Der Mann hat ein schwaches Herz.«

Sebastian studierte Ramseys blutverschmierte Züge. »Haben Sie herausgefunden, wie Rachel in Covent Garden gelandet ist?«

»Nein.«

»Sie haben aber schon danach gefragt, oder?«

»Natürlich habe ich sie gefragt!«

»Und sie hat Ihnen nichts verraten? Gar nichts?«

»Sie sagte mir, ich solle weggehen und sie in Ruhe lassen.«

»Sind Sie danach wieder hingegangen?«

Ekel breitete sich im Gesicht des Mannes aus. »Guter Gott, wofür haltet Ihr mich?«

»Das wollen Sie nicht wissen.« Sebastian beugte sich vornüber, um Ramseys Hut vom Pflaster aufzuheben, wo er bei ihrer Rauferei gelandet war. »Hier«, sagte er und schlug ihn gegen die Brust des Mannes.

Ramseys Hände ruckten hoch und schlossen sich um die Hutkrempe. »Jeder an meiner Stelle hätte das Gleiche getan«, sagte er und presste den Hut gegen seine Brust.

Sebastian betrachtete die stärkere Gesichtsfärbung und seinen umherhuschenden, ruhelosen Blick. »Sie haben nicht versucht, sie zum Mitkommen zu überreden«, sagte Sebastian, und er wusste schlagartig, dass das die Wahrheit war. »Oh, ich habe keinen Zweifel, dass Sie ihr Vorwürfe gemacht haben. Sie wollten wissen, warum sie Sie verlassen hatte und wie sie Ihnen so etwas hatte antun können. Aber Sie haben nicht versucht, sie zum Mitkommen zu überreden. Na ja, was wenn sie *ja* gesagt hätte? Was hätten Sie dann mit ihr gemacht? Sie zur Frau genommen?«

Ramseys Kopf schnappte zurück. »Ihr sagt das, als hättet Ihr anders gehandelt. Welcher Mann hätte sie danach zurückgewollt? Sie war eine Hure!«

Er musste in Sebastians Blick etwas aufflackern gesehen haben, denn er trat hastig einen Schritt zurück. »Nun gut«, sagte Ramsey, der so schwer atmete, dass sein Brustkorb bebte. »Es ist wahr. Ich habe sie nicht angefleht, mit mir zu kommen. Aber sie hat mich auch keineswegs gefragt, ob ich sie von dort wegführen könnte.«

»Und das überrascht Sie?«

Ramsey rieb sich mit dem Handrücken über die Oberlippe. Das Bluten hörte endlich auf. »Ihr wisst nicht, wie sie mich behandelt hat. Wie sie dort stand und mich beschimpft hat, wie sie zu mir gesprochen hat, als wäre sie eine ...« Er unterbrach sich.

»Als wäre sie ...«, hakte Sebastian nach.

Ramsey zog die Nase hoch und schüttelte den Kopf.

»Wann war das?«, wollte Sebastian wissen.

»Vor zwei Wochen.« Ramsey zog wieder die Nase hoch. »So in etwa. Ich weiß es nicht mehr genau.«

»Vor zwei Wochen? Und Sie haben nichts unternommen?«

Ramsey setzte sich vorsichtig den Hut auf. Der obere Teil war beschädigt und verlieh ihm ein verwegenes Aussehen. »Ich sagte, ich habe es nicht Lord Fairchild verraten. Das heißt nicht, dass ich nichts unternommen habe.« Ramsey strich sein Revers glatt und richtete seine Manschetten. »Ich habe es ihrem Bruder erzählt.«

Kapitel 31

Sebastian saß eine ganze Weile auf der Terrasse der Gärten oberhalb der Whitehall Stairs an der Themse. Die paar Flecken blauen Himmels und der gelegentliche Sonnenschein dieses Morgens waren hinter dichter werdenden Türmen aus grauen Wolken verschwunden, deren Farbe in der Ferne in Schwarz überging. Das raue Wasser der Themse floss unter ihm dahin, der Wind peitschte es zu Wellen mit weißen Schaumkronen auf. Ein Ruderer in der Mitte des Flusses bewegte seine Riemen in einem starken und gleichmäßigen Rhythmus. Das Platschen, wenn seine Paddel ins Wasser tauchten, trug weit in der steifer werdenden Brise.

Sebastian rief sich immer wieder den Ausdruck in Cedric Fairchilds Gesicht in Erinnerung, als er zum ersten Mal vom Tod seiner Schwester in Covent Garden erfahren hatte. Das ablehnende Entsetzen war nur zu schnell erschienen – diese normale menschliche Tendenz, sich innerlich zurückzuziehen, wenn man mit dem Tod eines geliebten Menschen konfrontiert wurde, der mentale Aufschrei *Nein!*, den jeder kennt. Tatsächlich jedoch hatte Fairchild weder Unglaube noch Verwirrung erkennen lassen, als er vom Aufenthalt seiner Schwester in Covent Garden erfuhr. Die kurz aufflackernde Empörung bei der Erwähnung des Magdalenenhauses war reine Effekthascherei gewesen, denn Cedric Fairchild hatte nur zu gut gewusst, was aus seiner Schwester geworden war.

Tristan Ramsey hatte es ihm ja berichtet.

Sebastian glitt die niedrige Mauer hinab und hob den Blick zu den dunklen Gewitterwolken, die sich über ihm zusammenballten. Er verstand, warum Cedric versuchte, die Wahrheit über die lose Moral seiner Schwester für sich zu behalten, selbst nach ihrem Tode noch. Was er nicht verstehen konnte, war, dass Rachels Bruder, genau wie ihr Verlobter zuvor, einfach hatte weggehen und sie ihrem Schicksal überlassen können.

Im *Menton's* schoss Rachels Bruder mit seinem unbeweglich und zielgerichtet ausgestreckten rechten Arm auf Zielscheiben, als Sebastian sich ihm näherte. »Man möchte doch annehmen, dass Sie in Spanien alle Zielschießübungen hatten, die Sie brauchen«, sagte Sebastian, als Cedric Fairchild sich vom Schießstand abwandte.

»Es schadet nichts, dranzubleiben«, sagte Cedric. Er hatte sich zum Schießen bis auf sein Hemd und das Gilet ausgezogen. Jetzt übergab er die Pistole dem Angestellten und griff nach seinem dunkelblauen Jackett.

»Sie sind Rachels wegen aus der Armee ausgetreten und zurück nach London gekommen, nicht wahr?« Sebastian sah dem ehemaligen Leutnant dabei zu, wie er sein Jackett überzog. »Wer hat Ihnen gesagt, dass sie vermisst wurde? Ramsey?«

Cedric richtete seinen Kragen und verengte die Augen. »Tatsächlich war es unsere Schwester, Lady Sewell.« Er drehte den Kopf, als ein plötzliches Lachen von einer Gruppe Männer erklang, die den Raum betraten.

»Gehen Sie ein Stück mit mir«, sagte Sebastian.

Von einem kühlen Wind angetrieben, schlenderten sie die Mall hinauf Richtung Cockspur Street. Zu ihrer Rechten erstreckte sich hinter Carlton House und seinen Gärten die grüne Ebene des St. James's Park. »Früher gab es hier ein Lepra-Krankenhaus«, sagte Cedric und blickte über den Park zum Fluss. »Wusstet Ihr das? Damals war das hier eine ungesunde Gegend, nur Sumpf und Marschland. Es heißt, hier liegen immer noch viele der Leprakranken aus dem Hospital begraben. Die königlichen Gärtner graben immer mal wieder den Schädel oder den Oberschenkelknochen von so einem armen Teufel aus.«

Sebastian blickte auf die gepflegten Rasenflächen und getrimmten Hecken der Gärten und des Parks dahinter. Unter dem bewölkten Nachmittagshimmel hatte der Park eine kalte, düstere Atmosphäre angenommen.

»Sie waren Aussätzige«, sagte Cedric. »Sogar von ihren Familien ausgestoßen. Manche waren Kaufleute, Bauern, Arbeiter. Aber darunter gab es auch Adlige, Gelehrte … Künstler. Es war völlig egal. Was sie einst waren, wurde von dem abgelöst, wozu sie geworden waren. Zu etwas Krankem und Verrottendem, einer Gefahr für die Gesellschaft.«

Sebastian richtete seinen Blick auf den Mann neben sich. »Haben Sie so auch über Ihre Schwester gedacht?«

Cedric stieß mit einem schroffen, schneidenden Geräusch die Luft aus. »Nein. Sie selbst dachte so von sich.«

»Sie sind sie also besuchen gegangen, nachdem Tristan Ramsey Ihnen gesagt hatte, wo Sie sie finden konnten?«

Cedrics Antlitz war aschfahl. »Ich versuchte, sie zu überzeugen, mit mir zu kommen.« Seine Lippen verkniffen sich. »Sie weigerte sich.« Tristan Ramsey hatte mehr oder weniger das Gleiche gesagt. In Cedrics Fall neigte Sebastian allerdings dazu, es zu glauben. »Sie sagte, sie wäre genau da, wo sie hingehörte. Dieses Haus ...« Er unterbrach sich und schluckte. »Es war schrecklich, sie dort zu sehen.«

»Hat sie Ihnen gesagt, warum sie weggelaufen ist?«

Cedric schüttelte den Kopf. »Ich habe sie gefragt, doch sie weigerte sich, es mir zu sagen.«

Sie lenkten ihre Schritte Richtung Charing Cross und Northumberland House and Gardens. »Ich verstehe immer noch nicht, wie sie dort gelandet ist«, sagte Cedric. Er warf Sebastian einen Seitenblick zu, und plötzlich verdunkelten sich seine blassen Züge vor Wut. »Aber ich schwöre zu Gott, wenn Ihr auch nur ein Wort hiervon nach außen dringen lasst, bringe ich Euch um.«

Sebastian sagte: »Halten Sie es für möglich, dass sie in einen anderen Mann verliebt war? Ich meine, einen anderen als Ramsey. Jemanden, der sie von zu Hause weggelockt und dann im Stich gelassen hat?«

Cedric steckte die Hände in die Taschen seines Jacketts, seine Schultern sackten herab. »Ich gebe zu, ich habe es für möglich gehalten. Als ich sie bedrängte, mit mir zu kommen, warf sie nur den Kopf zurück und lachte. Sie sagte, sie würde diesen Kerl von Lincolnshire lieben, der das Haus besitzt.«

Sebastian warf Cedric einen scharfen Seitenblick zu. »Haben Sie ihr geglaubt?«

Er schüttelte den Kopf. »Sie sah nicht wie eine verliebte Frau aus. Wenn überhaupt, würde ich sagen, dass sie Angst hatte.«

»Vor Kane?«

»Ich glaube, sie hatte Angst, dass er sie umbringen würde, wenn sie versuchen sollte, wegzulaufen. Sie sagte, er hätte auch zuvor schon getötet – andere Frauen, die versucht hatten, von ihm loszukommen. Ich sagte ihr, dass sie unvernünftig handele. Dass wir sie vor solchen Typen wie diesem Covent Garden-Schurken schützen könnten.« Er hielt inne. »Sie sagte mir nur, ich solle gehen und nie wieder kommen.«

»Und das haben Sie getan?«

»Was hätte ich sonst tun können? Sei weigerte sich, noch mit mir zu sprechen. Als ich letzten Samstag wieder hinging, sagten sie mir, dass sie nicht mehr da wäre.« Er hob beide Hände und rieb sich damit über das Gesicht, seine Schultern sackten herunter. »Ich dachte, sie würden mich anlügen – dass sie mich nur nicht wiedersehen wollte. Doch ein Teil von mir befürchtete, dass ihr etwas geschehen war.«

»Weshalb glaubten Sie das?«

Cedric verschränkte die Finger, als wolle er beten. »Ich weiß es nicht. Es war so ein Gefühl.« Er zögerte. »Ich erinnere mich an jenen Tag in Spanien, vor der Ciudad Rodrigo. Ein Kerl namens Hobbs ging mit ein paar Leuten auf Patrouille. Es wurde spät, und sie waren immer noch nicht zurück. Es regnete fürchterlich, wie es manchmal auf der Halbinsel aus dem Nichts heraus eben goss. Alle waren davon überzeugt, dass die Männer den Sturm als Entschuldigung dafür genutzt hätten, den Nachmittag irgendwo in einer Bodega zu verbringen.«

»Sie dachten das aber nicht ...?«

»Nein.« Cedric starrte über die Gärten hinweg. »Sie waren überfallen worden. Wir fanden sie zwei Meilen vom Camp entfernt. Bauern hatten sie mit Mistgabeln und Sensen auseinandergenommen.« Sein Gesicht verzog sich bei der Erinnerung. »Sie waren wortwörtlich auseinandergerissen worden.«

Beide Männer schwiegen einen Augenblick, verloren in Visionen aus ihrer Vergangenheit, von blutigen Männerkörpern, die von Kanonenkugeln und Bajonetten, aber auch von Mistgabeln und Sensen zerfetzt worden waren. Sebastian sagte: »Hatten Sie Lord Fairchild gesagt, dass Sie Ihre Schwester gefunden hatten?«

Cedric stieß einen Laut aus, der wie Lachen klang, aber frei von jeglicher Freude. »Meinem Vater?« Er schüttelte den Kopf. »Meinem Vater geht es nicht gut. Es würde ihn umbringen, wenn er wüsste, was Rachel widerfahren ist.«

»Manchmal ist Nichtwissen schlimmer als Wissen.«

»Dieses Mal nicht.«

Kapitel 32

Hero schloss leise die Tür zur Kammer ihrer Mutter und verharrte einen Augenblick in der Halle, die Hand noch auf dem Knauf. Traurigkeit drückte sie wie ein schweres Gewicht nieder. Lady Jarvis hatte auf den nächtlichen Zwischenfall übel reagiert. Manchmal steigerte sie sich in einen solchen Zustand hinein, der dann wochenlang anhielt.

Sie ließ die Hand vom Knauf heruntergleiten und drehte sich gerade um, da kam ihr Vater zu ihr. »Wie geht es deiner Mutter?«, fragte er. In seiner Frage lagen weder Wärme noch Anteilnahme.

»Sie ruht sich aus. Dr. Ross hat ihr eine große Dosis Laudanum verabreicht. Sie dürfte den Rest des Tages schlafen.«

Lord Jarvis verzog die Lippen in jenem Ausdruck zu einem dünnen Strich, den er immer an den Tag legte, wenn es um seine Frau ging. »Das ist eine Erleichterung.« Er zog die Augen zusammen und betrachtete Heros Antlitz. »Bist du sicher, dass es dir gut geht?«

»Ja. Dank dir, denn du hast mich gelehrt, wie wichtig eine ruhige Hand an der Waffe ist.«

Vater und Tochter lächelten einander zu. Sein Lächeln erstarb rasch. »Ich habe die beiden Lakaien entlassen, die dich und deine Mutter letzte Nacht begleitet haben.«

»Es war nicht ihre Schuld.«

»Gewiss war es ihre Schuld«, sagte Lord Jarvis. »Ich habe euch nicht mit drei bewaffneten Männern in die

Nacht hinaus geschickt, damit du anschließend mit dem Blut eines Wegelagerers besudelt zurückkommst.«

Hero öffnete den Mund und schloss ihn wieder.

»Kutscher John sagte mir, dass du den verletzten Wegelagerer zu Paul Gibsons Praxis am Tower Hill hast bringen lassen. Warum?«

»Ich bezweifelte, dass die Ärzte der Harley Street es schätzen würden, wenn man ihnen um Mitternacht einen blutüberströmten Räuber vorbeibringen würde. Und wenn ich ihn einfach zur Bow Street hätte bringen lassen, wäre er gestorben.«

»Lebt der Mann noch?«

»Nach dem, was ich zuletzt gehört habe, ja.«

»Gut. Dann kann man ihn zum Reden bringen.«

Hero spürte, wie ein Schauder ihrem Rückgrat entlang hinunterlief. Sie hatte schlimme Gerüchte darüber gehört, wie die Handlanger von Lord Jarvis Menschen zum Reden brachten. »Papa ...«

Jarvis hob eine Hand, um sie zu bremsen. »Diese Männer haben etwas mit der Sache zu tun, die am Montag geschehen ist, oder nicht?«

»Es scheint so, ja.«

Er war so gut darin, seine Gedanken und Gefühle zu verbergen, dass selbst Hero oft Schwierigkeiten hatte, ihn zu durchschauen. Sie war gleichzeitig schockiert und berührt, als er plötzlich sagte: »Ich mache mir Sorgen um dich, Hero. Du bist alles, was mir geblieben ist.«

»Ich bin vorsichtig«, versprach sie. Sie reckte sich, streifte die Wange ihres Vaters mit einem Kuss und wandte sich der Treppe zu.

Aber ihr war bewusst, dass er noch immer in der Halle stand und ihr hinterher sah.

Jarvis hielt sich in der kleinen Kammer auf, in der er seinen Schnupftabak zu mischen pflegte, als sein Butler Colonel Epson-Smith in den Raum führte.

»Ihr wolltet mich sehen, Mylord?«, fragte der Colonel.

»Ich will, dass diese Unannehmlichkeit beendet wird. Und zwar rasch.« Jarvis gab eine Prise Macouba-Tabak in seinen Mörser und begann, ihn mit einem Stößel zu zermahlen. »Sie hatten zwei Tage Zeit. Was haben Sie herausgefunden?«

Epson-Smith stand breitbeinig inmitten der Kammer, die Hände hinter dem Rücken verschränkt. »Bisher deutet alles darauf hin, dass wir es mit einem einfachen Handelsstreit zu tun haben. Es ist noch nicht klar, wer genau darin verwickelt ist, aber wir arbeiten daran.«

Jarvis grunzte. »Arbeitet schneller.« Er griff nach einer kleinen Phiole und fügte drei Tropfen zu der Mischung im Mörser hinzu. »Haben Sie von dem Zwischenfall heute Nacht gehört?«

»Ja, Mylord. Ich bin allerdings davon überzeugt, dass er mit dem Zwischenfall von Montagnach...«

»Ja, dem ist so. Der Überlebende ist in einer Praxis am Tower Hill. Setzen Sie jede Methode ein, die notwendig ist, um ihn zum Reden zu bringen.«

»Ja, Mylord.«

Jarvis schüttete seine Mischung auf einen Bogen Pergament, den er auf dem Tisch bereitgelegt hatte, und sah auf. »Ich will auch, dass einer Ihrer Männer ab jetzt Miss Jarvis bewacht. Mit der gebotenen Diskretion natürlich.«

Im Antlitz des Colonels war keine Regung zu erkennen. Sollte er bereits von Heros Anwesenheit im

Magdalenenhaus am Abend des Überfalls gehört haben, so war er klug genug, dies nicht zu erwähnen. Er
verbeugte sich, sagte »Ja, Mylord« und zog sich zurück.

Kapitel 33

Als Sebastian an Paul Gibsons Praxis am Tower ankam, sah er Miss Jarvis' Stadtkutsche in der Straße davor stehen. Der Wind war kalt geworden, die beiden Schimmel bewegten sich unruhig in ihren Geschirren und wedelten mit ihren Schweifen, um einen nicht enden wollenden Schwarm Fliegen zu vertreiben.

Tom betrachtete die elegante Equipage mit zusammengekniffenen Augen. »Das is' se, oder? Die feine Lady, wo mich veräppelt hat, dass ich die Füchse hab' stehen lassen.«

Sebastian übergab ihm die Zügel. »Ich würde dir raten, dich davon freizumachen, Tom. Miss Jarvis ist wie ihr Vater: brillant und tödlich. Du willst dich mit ihr nicht anlegen.«

Aber Tom schob die Unterlippe vor wie ein störrisches Maultier und starrte stur geradeaus.

Sebastian sprang vom Zweispänner ab und war bereits in der Hälfte des Gartenpfads angelangt, als die Tür zur Praxis aufschwang. »Ach. Ihr seid es«, sagte Miss Jarvis und blieb auf der Türschwelle stehen, eine beeindruckende Erscheinung in einem burgunderroten Ausgehkleid und dem passenden Samthut.

Sebastian hielt mitten im Schritt inne. »Wen hattet Ihr erwartet?«

»Die Polizei.« Sie trat zurück, um ihn eintreten zu lassen. »Doktor Gibson hat kurz vor meiner Ankunft nach ihr schicken lassen.«

»Geht es ihm gut?«

»Nein. Er ist tot.«

Sebastian hatte das unangenehme Gefühl, sämtliches Blut flösse aus seinem Kopf nach unten. Nur das Erscheinen Gibsons selbst am Eingang seines vorderen Zimmers ließ das Blut wieder in Sebastians Wangen steigen, als er begriff, dass sie nicht von seinem Freund gesprochen hatte, sondern von ihrem Angreifer der vergangenen Nacht.

»Es tut mir leid«, sagte Gibson und trocknete seine Hände mit einem groben Tuch ab. »Ich war die ganze Nacht bei ihm. Ich bin nur in den Hinterraum gegangen, um mein Gesicht zu waschen und mir rasch etwas zu essen zu holen. Ich kann nicht einmal fünf Minuten weg gewesen sein.«

»Es ist nicht deine Schuld«, sagte Sebastian und blickte auf die stille, zugedeckte Gestalt auf dem Bett. »Er war schwer verletzt.«

»Das stimmt. Aber er ist nicht an seinen Wunden gestorben.« Gibson zog das Tuch zurück, das das Gesicht und die Schultern des toten Mannes bedeckte. »Jemand ist hier eingedrungen und hat ihm das Genick gebrochen.«

Sebastian starrte auf die blassen Züge des Toten hinunter. »Zur Hölle. Hat er zuvor etwas gesagt?«

»Nichts von Bedeutung. Er hat deliriert. Er verlor immer wieder das Bewusstsein. Ich konnte ihn nicht einmal dazu bringen, mir seinen Namen zu nennen.«

»Zur Hölle«, sagte Sebastian erneut, dieses Mal allerdings leise, da ihm Miss Jarvis' Anwesenheit wieder eingefallen war.

Sie sagte: »Es ist ein glücklicher Zufall, dass Ihr gerade hergekommen seid.«

Er drehte sich um und sah, dass sie noch immer im engen Flur stand. »Wie das, Miss Jarvis?«

Mit resoluten Bewegungen band sie die losen burgunderfarbenen Samtbänder ihres Huts unter dem Kinn. Diese Frau war ohne die geringste Koketterie oder Bereitschaft zu Neckereien geboren worden, dachte Sebastian. Sie besaß nur Intellekt und Pragmatismus. Sie sagte: »Ich habe ein Treffen mit der Dirne aus der *Orchard Street Academy*, Tasmin Poole, für diesen Morgen in Billingsgate arrangiert. Ich hoffe darauf, dass sie noch etwas Interessantes herausgefunden hat.«

»Billingsgate? Warum in Billingsgate?«

Sie zog eine Braue hoch – eine Bewegung, die Sebastian so stark an Lord Jarvis selbst erinnerte, dass es ihn kalt überlief. »Denkt Ihr, Berkeley Square wäre passender?«

Paul Gibson unterdrückte einen erstickten Ton in seiner Kehle und wandte sich ab.

Sie sah Sebastian unverwandt in die Augen und sagte: »Ich könnte mir denken, dass Ihr selbst ein paar Fragen an sie richten möchtet.«

Sebastian erwiderte Miss Jarvis' offenen Blick und erkannte darin eine Andeutung von Spott gemischt mit Missfallen. Sie wusste offenbar ganz genau, dass er ihr nicht all die saftigen Einzelheiten berichtete, die er über Rachel Fairchilds Leben in Erfahrung brachte, und so hatte sie entschieden, den Fragen, die er Tasmin Poole stellen würde, zuzuhören und daraus mehr zu erfahren.

Er lächelte. »Das möchte ich tatsächlich, Miss Jarvis.«

»Gut.« Sie drehte sich zur Tür um. »Wir nehmen Euren Zweispänner.« Zu ihrer Zofe sagte sie: »Jenna, du wartest in der Kutsche auf mich.«

Die Augen der Zofe weiteten sich, aber sie machte nur einen kleinen Knicks. »Ja, Miss.«

Gibson musste lachen, tat aber so, als wäre es ein Husten. Sebastian sagte leise zu seinem Freund: »Wenn ich verschwinden sollte, weißt du, wo du nach meiner Leiche suchen lassen musst«, dann folgte er Lord Jarvis' Tochter hinaus in den stürmischen Nachmittag.

»Es gibt einen Grund dafür, dass wir mit meinem Zweispänner fahren«, sagte Sebastian, als er Miss Jarvis auf den hohen Sitz seiner Kutsche half. »Verratet Ihr ihn mir?«

»Ihr bemerkt alles, nicht wahr?«, sagte sie und richtete ihre burgunderfarbenen Röcke um sich herum.

Sebastian scherte sich nicht um Toms finsteren Blick, setzte sich neben sie und griff nach den Zügeln. »Ich habe in der Tat gelegentliche Momente von erhellender Klarsicht.«

Um ihre Lippen spielte ein Lächeln. Sie öffnete ihren Sonnenschirm.

»Es scheint keine Sonne«, sagte er.

»Doch. Sie ist nur hinter den Wolken.«

Er zögerte einen Augenblick, betrachtete ihr Profil mit der Hakennase, dann trieb er seine Pferde an, loszulaufen. »Es ist wegen Eures Vaters, nicht?«, sagte er, als klar wurde, dass sie nicht beabsichtigte, seine Frage zu beantworten. »Jemand hat zwei Mal in der letzten Woche versucht, Euch umzubringen. Deshalb hat Lord

Jarvis einen seiner Männer angesetzt, Euch zu bewachen.«

Sie drehte den Kopf und sah ihn an. »Woher wisst Ihr das?«

»Ich kenne Lord Jarvis.« Sebastian lotste die Pferde entschieden von Billingsgate und dem Fluss weg. Über die Schulter sagte er zu Tom: »Folgt uns jemand?«

»Aye. Da is'n Kerl auf nem hübschen Braunen.«

»Könnt Ihr ihn abschütteln?«, fragte sie.

»Wahrscheinlich«, sagte Sebastian. »Wohin genau in Billingsgate müssen wir?«

»St. Magnus.«

Sebastian stieß ein scharfes Lachen aus. »Kein Wunder, dass Ihr meine Begleitung wünscht.« Die Kirche war an der Ecke des belebten Fischmarkts gelegen, auf dem es rau zuging und der Billingsgate berühmt gemacht hatte. Um diese Zeit würde es dort sicherlich nicht so hoch hergehen wie beispielsweise an einem Freitagmorgen um fünf Uhr, aber es war kaum der richtige Ort für eine Dame. Er sah auf ihren burgunderfarbenen Rock. »Für gewöhnlich tragen die Menschen ihre ältesten Kleider, wenn sie nach Billingsgate gehen.«

»Dann sind wir wohl beide zu gut gekleidet, nicht wahr?« Sie warf einen schnellen Blick über die Schulter. »Wie wolltet Ihr ihn abschütteln?«

Sebastian behielt seine Pferde im Auge. »Wart Ihr je in St. Olave's in der Seething Lane?«

»St. Olave's?«, wiederholte sie verständnislos.

»Die Frau von Samuel Pepys ist dort bestattet. Ich glaube«, sagte Sebastian und lenkte seine Pferde zwischen die mächtigen Speicherhäuser der East India

Company, »Euch ist soeben der überwältigende Wunsch überkommen, dorthin zu fahren.«

Die Kirche mit ihrem vernachlässigten Kirchhof lag im Schatten eines Speicherhauses der Ostindischen Kompanie und gegenüber von einem weiteren. Sebastian zog vor einem Eingang, der mit fünf Totenköpfen geschmückt war, die Zügel an.

»Bezaubernd«, sagte Miss Jarvis mit Blick auf den alten, moosbewachsenen Pfad.

»Bezaubernder als in der Zeit, in der Pepys diesen Ort beschrieben hat, als er überfüllt war mit den aufgetürmten Gräbern hunderter neuer Pestopfer.« Er übergab Tom die Zügel. »Es weht ein kalter Wind, also bewegst du sie besser. Aber geh nicht weit weg.«

»Aye, Meister.«

Sebastian half Miss Jarvis beim Absteigen und bemerkte wohlwollend, dass sie darauf achtete, den Blick nicht zu dem dunkelhaarigen Mann schweifen zu lassen, der am Ende der Straße die Zügel seines Braunen anzog.

»Und nun?«, fragte sie und betrat neben ihm den Kirchhof.

»Ich werde ausschweifend über die Fenster und Vorkragungen und den malerischen Wandelgang reden, die einst die südliche Seite der Kirche zierten, und Ihr werdet fasziniert aussehen.«

»Ich werde es versuchen.«

Sie gingen über den zugewucherten Friedhof mit den zerbrochenen, flechtenbewachsenen Grabsteinen und dem schiefen Eisenzaun, dann betraten sie durch eine quietschende Tür im Querschiff die Kirche. Miss Jarvis bewunderte die Orgelempore und das Grabmal eines unbekannten elisabethanischen Ritters namens John Radcliffe, der für alle Zeiten dort lag, seine pflichtbewusste Gattin neben ihm kniend.

»Ich frage mich, wo sie bestattet ist«, sagte Miss Jarvis und beäugte diese hingebungsvolle Ehefrau. »Anscheinend hat Sir John vergessen, für sie vorzusorgen.«

»Vielleicht hat sie auch einen galanten Höfling geheiratet, der nicht von ihr erwartete, dass sie den Rest der Ewigkeit auf Knien betete.«

Miss Jarvis heftete den Blick auf sein Gesicht. »Ich bin von Eurer Kenntnis der unbekannten Londoner Kirchen beeindruckt, muss allerdings eine gewisse Verwirrung eingestehen. Was genau haben wir damit erreicht, dass wir hierher gekommen sind?«

»Das hängt davon ab, wie dicht Euer Schatten an Euch dranbleiben sollte.«

Das Geräusch der sich öffnenden Kirchentür klang durch das Schiff. Ein Lufthauch zog herein und verwirbelte den Geruch nach altem Weihrauch, feuchtem Gestein und längst verstorbenen Rittern.

Miss Jarvis' Verfolger trat mit dem Hut in seinen Händen in die Kirche. Sein Kopf war abgewandt, da er vorgab, die Kirchenfenster mit ihren eigenartig flachen Oberkanten zu betrachten. Sebastian berührte Miss Jarvis' Ellenbogen, blickte zur Tür und flüsterte: »Rasch.«

Seite an Seite eilten sie durch das Portal und die alte, abgestoßene Steintreppe hinunter. Der Wachtposten hatte die Zügel seines Pferds lose um das Eisengeländer des Kirchhofs geschlungen. Sie gingen auf den Braunen zu, und Sebastian bückte sich, um das Messer aus der Scheide in seinem Stiefel zu ziehen.

»Gütiger Himmel«, sagte Miss Jarvis, die ihn beobachtete.

Sebastian schlug das Leder am Steigbügel zurück und schnitt seelenruhig den Sattelgurt des Braunen durch. Das Pferd schnaubte leise und drehte den Kopf, um an Miss Jarvis' Retikül zu schnuppern.

Vom Kirchenportal klang ein Schrei herüber. »Kruzifix! Was zum Teufel treibt Ihr da?«

»Ich schätze es nicht, verfolgt zu werden«, sagte Sebastian, da brachte Tom auch schon den Zweispänner neben ihnen zum Stehen.

»Kruzifix«, sagte der Wachtposten wieder. Er sprang von einem Fuß auf den anderen, und in seinem Gesicht mischten sich Wut und Sorge mit wachsendem Missbehagen.

Sebastian half Miss Jarvis auf den Zweispänner und kletterte hinter ihr hinauf. »Euer Vater wird davon Kenntnis erhalten«, warnte er sie und trieb seine Pferde an.

Die Füchse sprangen vorwärts. Miss Jarvis spannte ihren Sonnenschirm auf und hielt ihn hoch. »Ich regle das mit meinem Vater.«

Sebastian ließ seine Pferde in ein gleichmäßiges Tempo fallen. Er entwickelte nachgerade so etwas wie Mitleid mit dem mächtigen Vetter des Königs.

Kapitel 34

Sebastian konnte den Fischmarkt schon lange riechen, bevor er ihn sah. Als sie sich den Stufen näherten, erfüllte ein zunehmend beißender Geruch nach Tang die feuchte Luft. Möwenschreie vermischten sich mit heiseren Stimmen und den Rufen der Marktleute, die in ihren weißen Schürzen auf ihren Bänken standen und ihre Preise hinausbrüllten.

»Da ist sie«, sagte Miss Jarvis und nickte zu der Jamaikanerin mit dem Schwanenhals, die auf dem Gehweg stand. Mit den Fingern der einen Hand hielt die Dirne einen graubraunen Mantel zu, mit dem sie ihre Hurenaufmachung verstecken wollte. Nervös blickte sie sich um, die braunen Augen so weit geöffnet, dass man um ihre Iriden einen blauweißen Kranz erkennen konnte.

»Führ sie herum«, sagte Sebastian und übergab Tom die Zügel.

Der Laufbursche warf Miss Jarvis einen bösen Blick zu. »Aye, Meister.«

»War er wirklich ein Taschendieb?«, fragte Miss Jarvis und legte die Hand auf Sebastians Arm, den er ihr bot, um ihr über die von Unrat übersäte Thames Street zu helfen.

»Er musste es tun, wenn er nicht verhungern wollte«, sagte Sebastian.

Sie ließ seinen Arm in dem Augenblick los, in dem sie den Bürgersteig auf der anderen Seite erreichten. »Es ist ein eigenartiger Gedanke«, sagte sie, »einen Taschendieb als Laufburschen einzustellen.«

»Tom kann gut mit Pferden umgehen.« Der Junge hatte Sebastian außerdem einmal das Leben gerettet, aber er sah keinen Grund, das zu erwähnen.

»Ich hab nich' geglaubt, dass Se kommen täten«, sagte Tasmin Poole, als Hero zu ihr trat. Sebastian sah, dass jemand die Dirne offensichtlich seit ihrer letzten Begegnung mit den Fäusten bearbeitet und ihr eine blau unterlaufene Wange und einen Riss in der Lippe hinterlassen hatte. Sie warf einen Blick aus zusammengekniffenen Augen auf Sebastian. »Was macht der hier?«

»Er interessiert sich auch dafür, was mit Rose geschehen ist.«

Die Dirne schnaufte und streckte die offene Hand mit gekrümmten Fingern aus. »Ihr habt gesagt, dass Ihr mir fünf Pfund geben würdet, wenn ich hier aufkreuze.«

»Mit dem Versprechen, dass es noch mehr werden kann«, sagte Miss Jarvis und überreichte der Frau eine kleine Börse aus Stoff, »wenn Sie mir die Informationen liefern können, nach denen ich suche.«

Die Börse verschwand rasch zwischen den Kleidern der Frau. Die meisten Huren hatten nur einen geringen oder gar keinen Gewinn aus ihrer Arbeit mit den vielen Freiern, die sie Abend für Abend bedienten. Diese Einnahme hier würde die junge Frau nicht mit ihren Zuhältern teilen müssen. Ein wahrer Schatz.

Miss Jarvis sagte: »Haben Sie noch etwas über Hannah Green herausgefunden?«

»Die Leute gucken schon komisch zu uns rüber«, sagte Tasmin und drehte sich zu dem Fischmarkt um. »Wir müssen uns bewegen.«

Miss Jarvis folgte ihr und tauchte in eine übelriechende Menge von Männern in glänzenden

Cordjacken und speckigen Mützen ein. Eine Frau, von deren Schürze schlaffe Kabeljauschwänze baumelten, schritt mit einem missbilligenden Zischen vorbei und verschaffte sich mit ihren Ellbogen Durchgang. Ein Träger, der unter seinem triefenden Korb tief gebeugt ging, und dessen grober Mantel an Schultern und Rücken durchnässt war, bellte: »Vorwärts! Bewegt euch!«

Miss Jarvis raffte ihre Röcke aus dem Weg und ging weiter. »*Haben* Sie noch etwas über Hannah Green erfahren?«

Tasmin Poole sagte: »Ich hab' eine oder zwei Ideen, wo sie sein könnte. Aber ich hatte noch keine Zeit, hinzugehen.«

»Wohin?«, fragte Sebastian.

Die Frau sah zu ihm hinüber. »Wenn ich es Euch sage, und Ihr sie findet, dann gibt sie …«, Tasmin ruckte mit dem Kopf in Miss Jarvis' Richtung, »mir kein Geld nich'.«

Miss Jarvis sagte: »Sie werden für jedwede Information bezahlt werden, die uns hilft Hannah Green zu finden. Das habe ich Ihnen schon gesagt.«

Tasmin Poole starrte auf das Takelwerk der Austernboote, die entlang des Kais vertäut waren, jedes mit seinem eigenen schwarzen Schild, und auf eine wuselnde Menge von Männern und Frauen, die sich um einen Verkäufer mit weißer Schürze scharte. Sie biss sich auf die Lippe. Offensichtlich wog sie ab, was ihr mehr einbrachte – die vermisste Hannah Green selbst aufzuspüren, oder ihre Informationen jetzt gleich preiszugeben. Schließlich sagte sie: »Hannah hat am Haymarket gearbeitet, bevor sie zur *Academy* kam. Vielleicht ist sie dorthin zurück geflüchtet.«

Sebastian sagte: »Man hat mir erzählt, Rose wäre in Ian Kane verliebt gewesen. Stimmt das?«

Tasmin Pooles Lachen war wie ein melodischer, fröhlicher Glockenklang, der vor dem inneren Auge Palmen hervorrief, die sich sanft in einer milden tropischen Brise bewegten. »Das ist lustig, was?«

Miss Jarvis warf Sebastian einen raschen Blick zu. Er wusste, dass sie sich nur mit Mühe zurückhielt, ihn zu fragen, wer Ian Kane war.

Zu Tasmin sagte Sebastian: »Verstehe ich es richtig, dass Rose Mister Kane nicht sehr schätzte?«

»Sie hat ihn verachtet«, sagte Tasmin Poole. Sie hatte die Aufmerksamkeit eines Fischers in roter Mütze und gestreiftem Pullover erregt, der neben seinem Boot saß und eine Tonpfeife rauchte. Der Fischer lächelte, und Tasmin erwiderte sein Lächeln.

Sebastian sagte: »Hatte sie einen bestimmten Grund dazu?«

Tasmin wandte den Blick wieder Sebastians Antlitz zu. »Ihr meint, abgesehen von der Tatsache, dass Kane 'n gemeiner Hurensohn is'? Ja. Er is' brutal zu allen Mädels, aber am brutalsten war er zu Rose. Es war, als wie wenn er sie brechen wollt'. Hat er nich' geschafft.«

»Hatte sie Angst vor ihm?«, fragte Miss Jarvis.

Tasmin warf ihr einen zornigen Blick zu. »Wir ham alle Angst vor ihm. Aber Rose ...«, sie unterbrach sich.

»Ja?«, hakte Miss Jarvis nach.

»Rose hatte vor 'nem anderen Angst. Sie is' schon mit Angst zur *Academy* gekommen.«

»Haben Sie eine Vorstellung, vor wem sie Angst hatte?«, fragte Sebastian.

Die Jamaikanerin zog eine magere Schulter hoch. »Sie war nie so eine, wo mit uns andern gesprochen hätt'.«

Sie legte den Kopf schräg und ließ ihren nachdenklichen Blick zwischen Miss Jarvis und Sebastian hin und her wandern. »Ihr redet die ganze Zeit über Rose und Hannah, aber zu Hessy habt Ihr noch gar nichts nich' gefragt.«

Sebastian wich einem Fass aus, das hoch mit Austernsäcken beladen war. »Zu wem?«

»Hessy Abrahams. Sie war auch eins der Mädchen im Haus. Sie ist in derselben Nacht gegangen wie die zwei andern.«

»Warum haben Sie mir noch nicht von ihr erzählt?«, sagte Miss Jarvis leicht gekränkt.

Sie erntete ein erneutes leichtes Schulterzucken. »Hab' nich' gedacht, dass es Euch interessiert. Ihr habt nur nach Rose und Hannah gefragt.«

»Sind Sie sicher, dass diese andere Frau mit Rose und Hannah weggegangen ist?«, fragte Sebastian.

»Na, jedenfalls is' se seitdem nich' mehr gesehen worden.«

Alarmiert wechselten Sebastian und Miss Jarvis einen Blick. In der Luft schollen die Schreie der Fischverkäufer: »Schöner Dorsch! Noch lebendig! Lebender Dooorsch! Hmm!« und »Hier entlang zu feinstem Rochen!«

Tasmin Pooles Finger krochen nach oben und berührten ihre gerissene Lippe. Dann bemerkte sie anscheinend, was sie tat, denn sie ließ die Hand fallen und starrte ins Leere, hinweg über Haufen rotbrauner Garnelen und weißbäuchigen Steinbutts, der perlmuttern im dämmrigen Licht schimmerte.

»Sieht aus, als hätte Ihnen jemand eine ordentliche Tracht Prügel verpasst«, sagte Sebastian.

Die Dirne legte die Handfläche an ihre blau unterlaufene Wange und kräuselte die Lippen. »Der verfluchte Untersuchungsrichter.«

»Sir William?«, fragte Sebastian.

Sie sah ihn aus ihren braunen Augen an. »Richtig.« Sie spuckte die Worte voller Verachtung aus: »Er mag's hart. Manchmal lässt er sich mitreißen. Das hier is' noch gar nix. Ihr hättet seh'n müssen, was er Sarah angetan hat. Hat ihr zwei Rippen gebrochen. Sie konnte fast einen Monat lang nich' arbeiten.«

»War er letzte Woche im Haus?«, fragte Sebastian plötzlich.

»Kann sein. Weiß nich'«, sagte die Jamaikanerin wachsam.

»An welchem Abend?«

»Sag' ich doch, weiß nich'.« In plötzlicher Angst raffte sie die Falten ihres Mantels fester um sich zusammen. »Ich muss zurück.« Sie warf Miss Jarvis einen gierigen Blick zu. »Wenn Ihr Hannah Green in Haymarket finden tut, krieg' ich mein Geld.« Sie formulierte es nicht als Frage.

Miss Jarvis sagte: »Sagen Sie mir nur, wo und wann ich Sie treffen kann.«

»Ich melde mich bei Euch.«

»Sie wissen doch gar nicht, wer ich bin.«

Die Dirne lachte. »Ich weiß wohl, wer Ihr seid«, sagte sie und huschte durch eine Menschengruppe davon, die sich um ein holländisches Aalfängerboot aus Eichenplanken versammelte.

Sebastian starrte auf die löchrigen, sargförmigen Reusen hinunter, die am Heck des Aalboots dümpelten. Er hatte Aale noch nie gemocht, seit er als Junge einmal beobachtet hatte, wie ein Dutzend langer schwarzer Aale von der halbzerfressenen Leiche eines Fährmanns weg glitten, den man aus der Themse zog.

Miss Jarvis sagte: »Ihr habt von diesem Sir William schon gehört. Wer ist er?«

Sebastian wandte ihr das Gesicht zu. »Sir William Hadley.«

»*Von der Bow Street?*«

»Eben jener.«

Zu seiner Überraschung stieß sie ein kerniges Lachen aus. »Und mein Vater drängte ihn, nicht weiter zu dem Brand zu ermitteln. Das ist putzig.«

In der Ferne grollte Donner. Sebastian blinzelte zum Himmel hinauf. »Wir hätten Eure Kutsche herbringen sollen. Es wird regnen.«

Sie lenkten ihre Schritte zur Brücke zurück, und Miss Jarvis sagte: »Habe ich es richtig begriffen, dass Ian Kane der Mann ist, dem die *Orchard Street Academy* gehört?«

»Das stimmt.«

»Lord Devlin.« Sie wandte sich ihm zu, ohne sich von dem rotwangigen Fischverkäufer und seinen Rufen »Wer will Glattbutt kaufen? Glattbutt hier!« beirren zu lassen. »Was verheimlicht Ihr mir noch?«

Er erwiderte ihren indignierten Blick mit einem strahlenden Lächeln. »Miss Jarvis, ich bin kein Bow Street Runner, den Ihr angeheuert habt, damit er Euch täglich Bericht erstattet.«

Sie war drei, vier Zentimeter kleiner als er, und trotzdem gelang es ihr, ihn über ihre Hakennase von oben herab anzusehen. »Ich würde doch annehmen, die reine Höflichkeit gebietet ...«

»Höflichkeit?« Er zog sie aus dem Weg – gerade rechtzeitig, als der Fischverkäufer im nächsten Verkaufsstand einen Eimer Wasser über seine Marmorplatte kippte. »Glaubt mir, Miss Jarvis, es ist die reine Höflichkeit, die mich davon abhält, Euch mit den schmutzigen Einzelheiten dieses Mordes zu behelligen.«

»Wenn ich ein Mann wäre oder wenn ich Euch um Hilfe bei Ermittlungen im Falle eines sauberen Priestermordes gebeten hätte, würdet Ihr mir mehr verraten?«

»Wahrscheinlich«, sagte er langsam. Er war sich nicht sicher, worauf sie hinauswollte.

»Dann lasst mich Euch darauf hinweisen, dass in diesem Fall fehlendes Wissen kein Segen ist. Letzte Nacht haben zwei Männer versucht, mich umzubringen wegen Dingen, von denen ich nichts weiß.«

Sie hatten den Teil von Billingsgate erreicht, der im Volksmund wegen all der Austernboote, die in der Werft vor Anker lagen, Oyster Street genannt wurde. Sebastian betrachtete die rote Mütze auf dem Kopf eines Mannes in der Frachtluke des nächsten Bootes, die sich mit dem Kahn auf und ab bewegte. Er ließ seinen Spaten über die graue Masse aus Sand und Muschelschalen zu seinen Füßen rasseln. »Glaubt mir, Miss Jarvis, das möchtet Ihr lieber nicht hören.«

»Ganz im Gegenteil, Mylord Devlin. Das möchte ich.«
Er studierte ihre aufrechten Schultern und den geringschätzigen Zug um ihre Lippen. »Nun gut, Miss

Jarvis. Ich werde es Euch erzählen. Ian Kane ist ein ehemaliger Stollenflitzer aus Lancashire, der gern nackte Frauen und sonnenbeschienene Gebäude malt. Aller Wahrscheinlichkeit nach hat er auch seine erste Ehefrau umgebracht. Ob er Rachel Fairchild umgebracht hat, weiß ich nicht, aber sicherlich hat er den Wunsch ausgedrückt, es zu tun. Zumindest, wenn man bedenkt, dass er, als sie am vergangenen Mittwoch von der Academy weglief, kurz davor stand, sie für zweihundert Pfund an einen Kunden zu verkaufen.«

»Sie zu verkaufen?«

»Richtig. Wir stellen unsere Kinder und Frauen zwar nicht auf eine Verkaufsempore wie die Amerikaner es tun, aber wir verkaufen vierjährige Kinder an Kaminfeger und geschlechtsreife junge Frauen an jeden, der das nötige Kleingeld hat, sie zu kaufen.«

Er zögerte. Sie starrte ihn an, die Lippen zusammengekniffen, und sagte: »Fahrt fort.«

»Nun gut. Der Kunde, um den es geht – nennen wir ihn doch Luke, einverstanden? Es scheint, dass Luke ein Dieb ist. Ein sehr erfolgreicher Dieb, der zufällig für Montagabend ein sehr ehrgeiziges Projekt geplant hatte, nur wenige Stunden nach den Morden in Covent Garden. Ist das von Bedeutung? Ich weiß es nicht.«

Ihr Gesicht war überaus blass, aber sie sagte nur: »Was noch?«

»Nun, dann gibt es noch Rachels Verlobten, der unpassenderweise Tristan Ramsey heißt. Es scheint, dass Mister Ramsey sehr wohl wusste, dass seine zukünftige Braut nicht in Northamptonshire weilte, um sich auszukurieren. Tatsächlich wusste er, dass sie in der *Orchard Street Academy* war.«

»Woher wusste er das?«

»Er war als Kunde dort.« Dabei beließ er es. Hero Jarvis brachte vielleicht das Schlimmste in Sebastian zutage, aber er war doch nicht so geschmacklos, ihr zu erzählen, was Ramsey Rachel dort auf den fleckigen Laken des Bordells angetan hatte. Stattdessen sagte er: »Ramsey sagte Rachels Bruder Cedric Fairchild, wo sie war. Cedric Fairchild zufolge hat er sie vergangene Woche dort aufgesucht, aber sie weigerte sich, mit ihm wegzugehen. Beide Männer behaupten, nicht zu wissen, warum sie von zu Hause weggelaufen ist oder wie sie in Covent Garden landete.«

Miss Jarvis atmete so tief ein, dass die vorher adretten Bänder ihres Hutes, die jetzt feucht herabhingen, sich im Luftzug bewegten. Zwischen ihren Augenbrauen bildeten sich zwei feine Falten, als sie sein Gesicht musterte. Er fragte sich, was sie darin erkannte. »Aber Ihr wisst es, nicht wahr?«, sagte sie. »Oder Ihr habt dazu zumindest einen Gedanken.«

Er blickte über die Treppen von Billingsgate hinweg zum windgepeitschten, schmutzigbraunen Fluss. Er dachte an die Leprakolonie, die einst auf dem Marschland gestanden hatte, das jetzt St. James's Park war. Und er dachte an das, was Rachel über kranke und verrottende Aussätzige, die eine Gefahr für die Gesellschaft darstellten, zu ihrem Bruder gesagt hatte.

»Sagt es mir«, bat Miss Jarvis.

Er wandte sich ihr zu und sah sie an, musterte ihre im Wind fliegenden braunen Haarsträhnen und ihr burgunderfarbenes Ausgehgewand, das vom Schleim und Dreck des Fischmarktes jetzt ruiniert war. Sie war brillant und gebildet und wusste mehr über die harsche

Wirklichkeit der Welt als die meisten Frauen ihres Standes. Doch die Erklärung, die in seinem Kopf gerade Gestalt annahm, war zu rau, zu hässlich, um sie laut auszusprechen.

Er schüttelte den Kopf. »Ich weiß es ehrlich nicht.«

Sie glaubte ihm natürlich nicht. Sie blieb ungewöhnlich ruhig, die Lippen bildeten in ihrem Gesicht eine schmale Linie, und ihre Schultern waren steif, als er sie dorthin geleitete, wo Tom die Füchse die Straße auf und ab führte. Er half ihr auf den Zweispänner hinauf. Sie blieb verschlossen, in ihre eigenen Gedanken versunken, bis er die Pferde in den Verkehr lenkte und Richtung flussaufwärts trieb, weiter weg von Paul Gibsons Praxis, vor der sie ihre eigene Kutsche hatte stehen und warten lassen.

»Das ist nicht der Weg zum Tower«, sagte sie plötzlich und sah sich um.

Sebastian ließ seine Pferde in einem strammen Trab zur Upper Thames Street laufen. »Ich dachte, Ihr würdet es vielleicht zu schätzen wissen, mich auf einem Besuch bei Sir William zu begleiten.«

Sie warf ihm einen vernichtenden Seitenblick zu. »Das stimmt nicht. Ihr nehmt mich aus einem anderen Grund mit. Welchem?«

Er lächelte sie schief an. »Ihr habt vollkommen recht, Miss Jarvis. Mein Motiv ist vollends unehrenhaft. Ich freue mich einfach darauf, dabei zuzusehen, wie Sir William der Tochter von Lord Jarvis erklärt, was seine eigene Rolle bei den Morden war, die er auf Forderung von Lord Jarvis nicht weiter untersuchen soll.«

Kapitel 35

»Sorg dafür, dass sie warm bleiben«, sagte Sebastian, als er vor der Bow Street-Behörde anhielt, und übergab Tom die Zügel.

Tom ließ einen langen Atemzug durch die Lücke zwischen seinen Schneidezähnen entweichen und versuchte, nonchalant zu wirken. »Ich schätze, ich geh' mit ihnen 'ne Runde um den Block«, sagte er und warf einen unbehaglichen Blick auf den belebten Eingangsbereich der Behörde.

»Man könnte beinahe den Eindruck gewinnen, dass Euer Laufbursche die Aussicht, sich so nah an der Bow Street aufzuhalten, außerordentlich unangenehm empfindet«, äußerte Miss Jarvis ihre Beobachtung, als Sebastian sie in das von rauchiger, beißender Luft erfüllte und lärmende Public Office führte.

»Könnte man«, stimmte Sebastian zu. Im Public Office tummelte sich die übliche Mischung aus Bettlern und Taschendieben, Wachmännern und Juristen. Er schnappte sich einen gehetzten, verkniffenen Angestellten, der versuchte, an ihnen vorbeizueilen. »Miss Hero Jarvis und Lord Devlin für Sir William.«

Der Angestellte ließ seinen misstrauischen Blick über ihre schleimigen Kleider wandern und rümpfte seine lange Nase beim Geruch nach Austern, Seehecht und Heilbutt, der ihm entgegenwehte. »Ich fürchte, Sir William hat strikte Anweisungen gegeben, dass man ihn eine Stunde nach ...«

»Wenn Sie glauben«, sagte Sebastian mit der eisigen Haltung, die nur der Sohn und Erbe eines Earls an den

Tag legen konnte, »dass Sir William Ihnen dafür danken wird, die Tochter von Lord Jarvis in der Eingangshalle einer öffentlichen Behörde warten zu lassen, dann haben Sie die Angelegenheit augenscheinlich nicht durchdacht.«

Der Angestellte war ein hellhäutiger Mann mit hervorstehenden Augen und einer Oberlippe, die seine großen Schneidezähne nicht zu bedecken vermochte. Er schluckte angestrengt, wobei sich sein Adamsapfel oberhalb seines einfachen Halstuchs auf und ab bewegte. »Die Tochter von Lord Jarv...« Er unterbrach sich, und seine Augen quollen noch etwas weiter vor. »Bitte folgt mir«, sagte er und stolperte über seine eigenen Füße, als er sie hastig die Treppe zu den Privatwohnungen hinauf lotste.

Er führte sie zu einem kleinen Vorraum, dann blieb er stehen. »Wenn Ihr hier warten möchtet«, flüsterte er und streckte beide Hände in einer Geste vor, als wolle er eine Kirchengemeinde zur Ruhe bewegen. Der Mann hätte Geistlicher werden sollen, nicht Angestellter, dachte Sebastian. »Ich werde Sir William melden, dass Ihr hier seid.«

»Warum habe ich das Gefühl, dass Sir William die Gewohnheit hat, sich jeden Nachmittag auf ein Stündchen von seinen Pflichten zurückzuziehen, um ein Schläfchen zu halten?«, sagte Miss Jarvis, als sie dabei zusah, wie der Angestellte durch die Tür zu ihrer Linken schlich.

»Ich nehme an, Ihr ...« Er unterbrach sich, als von der anderen Seite der Tür ein gellender Schrei erklang. »Was zum Teufel?«

Miss Jarvis erreichte die Tür vor ihm und stieß sie ohne großes Federlesens auf. Die Kammer war klein, eine Mischung aus Büro und Lagerraum, in dem sich unsortierte Akten stapelten. Der Angestellte stand unmittelbar hinter der Tür, und er klappte tonlos den Mund mit den großen Schneidezähnen auf und zu.

Sir William lag in halb sitzender, unnatürlicher Position auf einem Polsterstuhl hinter einem abgenutzten Eichenschreibtisch. Seine Augen starrten blicklos ins Leere, seine Gesichtszüge waren erschlafft, und sein Kopf hing in einem unnatürlichen Winkel zur Seite.

Sebastian erwartete, dass Miss Jarvis schreien würde. Stattdessen sagte sie ruhig: »Gütiger Himmel, jemand hat ihm den Hals gebrochen.«

Jules Calhouns Nase kräuselte sich. »Was ist das für ein Geruch?«

»Fisch.« Sebastian warf sein Jackett zur Seite und riss sich das Gilet vom Leib. »Ich brauche ein Bad.«

»Unverzüglich, Mylord«, sagte der Leibdiener, hob das Jackett des Schreckens mit einem gekrümmten Finger hoch und ging zur Tür.

»Ach, und Calhoun?«

Der Leibdiener drehte sich um. »Mylord?«

»Irgendwo in der Stadt treiben sich zwei Huren herum, die ehemals die Halle der *Orchard Street Academy* mit ihrer Anwesenheit geziert haben. Die eine, Hessy Abrahams, ist seit Mittwochabend letzter Woche nicht mehr gesehen worden. Die andere, Hannah Green, ist mit Rose Fletcher im Magdalenenhaus angekommen, jedoch vor dem Brand wieder weggegangen. Sie könnte im Haymarket gelandet sein, oder auch nicht. Ich muss mit beiden Damen sprechen – falls sie noch leben.«

»Wenn sie noch leben, werde ich sie finden, Mylord«, sagte Calhoun und verließ nach einer Verbeugung den Raum.

Nachdem auch die letzten Spuren von Billingsgate abgeschrubbt waren, streifte Sebastian durch das West End, von den Klubs in St. James's zu den Freudenhäusern in Covent Garden. Er suchte nach Patrick Somerville, dem Malaria-geplagten Husarenhauptmann aus Northamptonshire und stieß schließlich im *Crown and Thorn* auf ihn, einer Kneipe in der Nähe von Whitehall, die sowohl bei Armeeangehörigen als auch bei jungen Sportlern vom Lande beliebt war.

»Hatten Sie schon Glück bei der Suche nach Ihrem vermissten Freund?«, fragte Sebastian und blieb neben Somervilles Tisch stehen, an dem dieser mit dem Kinn auf der Brust und vorgezogenen Schultern saß, als müsse er sich vor der Kälte schützen.

Somerville blickte hoch und schüttelte den Kopf. »Wir haben keine Spur von ihm.«

Sebastian zog einen Stuhl zurück und orderte bei einer vorbeieilenden Kellnerin zwei Pints. »Soweit ich es verstanden habe, haben Sie in Afrika gedient«, sagte er im Plauderton.

»Wansford.« Somerville griff in seine Tasche und ließ den Inhalt eines Päckchens aus Reispapier, ein weißes Pulver, auf seine Handfläche rieseln. Er leckte es ab und kippte es mit seinem Bier hinunter. »Chinin«, sagte er, als er bemerkte, dass Sebastian ihn beobachtete.

»Mit einer Spur Arsen als kleiner Kick.«

Der Mann grinste. »Eine gewinnbringende Kombination. Ohne sie hätten wir Afrika verloren.«

Sebastian fragte: »War Cedric Fairchild mit Ihnen in Afrika?«

»Cedric? Nein. Wir kannten uns schon, als wir laufen lernten. Das Land meines Vaters grenzt an Lord Fairchilds Ländereien.«

»Dann kennen Sie seine Schwester Rachel.« Sebastian beließ den Satz bewusst im Präsens.

Somerville nickte. »Sie kam oft rüber, um mit meinen Schwestern zu spielen, als sie noch klein war.«

Sebastian lächelte. »Wie viele Schwestern haben Sie?«

Somerville stöhnte scherzhaft. »Fünf. Mein Vater sagt immer, dass der Erwerb eines Paars Schecken nichts im Vergleich zu den Kosten einer Londoner Saison ist.«

»Wie viele sind noch unter die Haube zu bringen?«

»Vier. Glücklicherweise hat Mary, die Älteste, es geschafft, ganz gut für sich selbst zu sorgen. Sie hat Lord Berridge geheiratet, müsst Ihr wissen. Sie hat versprochen, ihre jüngeren Schwestern zu unterstützen, wenn die Zeit gekommen ist. Mein Vater ist beruhigt, das kann ich Euch sagen. Er hat immer gehofft, Cedric würde Gefallen an einer von ihnen finden, aber ich fürchte Cedric hat meine Schwestern immer so gesehen, als wären sie auch seine Schwestern.«

»Ich kann mir vorstellen, dass sie oft in Fairchild Hall waren?«

»Nun, nein«, sagte Somerville. Seine Augen glänzten fiebrig in einer tödlichen Kombination aus Krankheit und der Wirkung von Arsen. »Tatsächlich wollte mein Vater keine von ihnen nach Fairchild Hall lassen.« Der Hauptmann zögerte, bevor er sich vorbeugte und leise hinzufügte: »Er sagte immer, Lord Fairchild hätte kleine Mädchen ein bisschen zu lieb, wenn Ihr wisst, was ich meine?«

Sebastian ließ sich Zeit mit seinem nächsten Schluck Bier. *Hätte kleine Mädchen ein bisschen zu lieb.* Es war eine höfliche, euphemistische Umschreibung für etwas derart Hässliches und Unmenschliches, dass die meisten Engländer sich seine Existenz in der ach so sauberen und sorgfältig genormten feinen Gesellschaft schwerlich eingestehen konnten. Hätte Somerville nicht schon so viel Bier intus, hätte er es vermutlich nicht erwähnt, dachte Sebastian.

Hatte es in und um Wansford Gerüchte gegeben?, fragte Sebastian sich. Geschichten von verängstigten kleinen Mädchen? Dienstboten, die einen Blick auf etwas erhascht hatten, das verborgen bleiben sollte? Sebastian konnte nicht einmal genau sagen, wodurch der Verdacht in seinem Kopf als Erstes ausgelöst worden war. Es konnte nicht sehr viele Gründe geben, aus denen eine wohlerzogene junge Dame aus ihrem Zuhause flüchten würde, um ihr weiteres Leben auf den Straßen zuzubringen.

Aber Rachel Fairchild war zwei Mal weggelaufen. Einmal vom Stadthaus der Fairchilds in der Curzon Street und danach von der *Academy* in Covent Garden. Standen beide Fluchtversuche miteinander in Verbindung? Oder hatte die erste Flucht schlicht die Gefahr für Rachel mit sich gebracht, die sie dann zur zweiten Flucht verleitete – und am Ende in den Tod trieb?

Sebastian musterte den jungen Mann neben sich. »Erzählen Sie mir von der ersten Lady Fairchild.«

»Lady Fairchild?« Somerville sah überrascht aus. »Sie war Französin, wusstet Ihr das? Ein Flüchtling. Ich erinnere mich, dass sie immer ein rotes Samtband um den Hals trug. Zur Erinnerung an den einen oder anderen Verwandten, der auf der Guillotine sein Leben gelassen hatte.« Er hob eine Hand und legte sie an seinen Hals. »Das hat mich fasziniert, als ich ein Junge war. Aber ansonsten erinnere ich mich nicht an vieles, was sie betrifft. Als sie starb, war ich noch in Eton.«

»War sie lange krank?«

»Krank? Wohl kaum. Sie starb durch einen Gewehrschuss.«

»Einen Schuss?«

Somerville nickte. »Lord Fairchild hat sie selbst im Pavillon gefunden – Ihr wisst schon, er war so einem griechischen Tempel nachempfunden. Die Ermittlung brachte hervor, dass es der verirrte Schuss eines Wilderers war, aber nun«, Somerville zuckte mit den Schultern, »die Leute reden.«

»Dachten sie, es war Mord?«

»Mord? Ach nein.« Somerville leerte seinen Krug. »Sie dachten, es wäre Selbstmord. Aber was hätten sie dann gemacht? Ihre Ladyschaft mit einem Pflock im Herzen irgendwo am Straßenrand verscharrt? Es wurde ein Totenschein mit einem Unfall als Todesursache ausgestellt, und nun schläft Lady Fairchild friedlich in der Familiengruft.«

»Darf ich Ihnen noch ein Bier bestellen?«, bot Sebastian an.

Der Hauptmann sah seinen Krug an, als sei er darüber erschrocken, dass er bereits leer war. »Ich danke Euch, aber nein.« Er stellte den Krug zur Seite und erhob sich. »Ich habe meiner Schwester Mary versprochen, dass ich sie heute Nachmittag auf einen Ausflug in den Park mitnehme. Seit ich wieder nach London versetzt wurde, hat sie beschlossen, Nutzen aus mir zu ziehen. Sie hat mich zu allem verdonnert – von Lady Melbournes berühmtem Picknick diesen Samstag bis zu dem einen oder anderen großen Ball, ich weiß nicht mehr, wann. Es ist genug, um einen Mann mit Wehmut an Gewaltmärsche und monatelange Belagerungen zurückdenken zu lassen.« Mit einem angedeuteten Lächeln schlug Somerville die Hacken zusammen und drehte sich zur Tür.

Als Sebastian das *Crown and Thorn* verließ, wäre er beinahe in Lord Hendon hineingelaufen. Vater und Sohn machten einen erschrockenen, ungeschickten Schritt zurück, und für einen schmerzlichen Augenblick trafen sich ihre Blicke und blieben haften.

In den letzten acht Monaten waren die beiden sich ein Dutzend Mal oder öfter auf diese Weise über den Weg gelaufen. Und jedes Mal hatte Sebastian das gleiche erschütternde Aufwallen von Wut und dem Gefühl, verraten worden zu sein, verspürt. Jedes Mal wurde er auf die gleiche gewaltsame Art an das erinnert, was er vergessen wollte. Er dachte, dass er irgendwann fähig sein würde, Hendon seine Lügen zu vergeben, ihm die unglückselige Angelegenheit zu verzeihen. Sebastian wusste ja, dass Hendon das nicht beabsichtigt hatte, auch wenn alles nur eine Folge seines Handelns war. Aber Sebastian war sich keineswegs sicher, wie er Hendon jemals die triumphierende Freude vergeben sollte, die er in den Augen seines Vaters hatte aufleuchten sehen, als Sebastians Welt um ihn herum in Brüche ging.

Er nahm den Hoffnungsschimmer in den Augen seines Vaters wahr. Ebenso sah er, wie sich die Hoffnung in Schmerz wandelte. Mit schmerzlicher Höflichkeit führte Sebastian einen knappen Diener aus, sagte: »Guten Abend, Sir«, und ging weiter.

Kapitel 36

Nachdem sie gebadet und ihr ruiniertes burgunderrotes Reisegewand gegen ein weiches, beigefarbenes Alpakakleid getauscht hatte, machte sich Hero erneut auf den Weg, diesmal um Rachels Schwester Lady Sewell einen Besuch abzustatten.

Die ehemalige Georgina Fairchild hatte einen Baronet mittleren Alters namens Sir Anthony Sewell geheiratet. Sewell war eher in einem angenehmen als übermäßigen Maße wohlhabend, sein Haus am Hanover Square war gut ausgestattet, aber bescheiden. Die Heirat hatte viele überrascht, denn Georgina Fairchild war sowohl attraktiv als auch wohlhabend, und doch war sie diese unspektakuläre Verbindung schon nach Ablauf der Hälfte ihrer ersten Saison eingegangen. Hero Jarvis war nicht der Typ Frau, der sich für solchen Klatsch und solche Spekulationen interessierte. Dennoch ertappte sie sich dabei, dass sie über mögliche Erklärungen nachdachte, als sie Lady Sewells Butler die Treppe hinauf zum Salon der Sewells folgte.

Wie sie feststellen musste, hatte Lady Sewell bereits andere Besucherinnen empfangen. Eine von ihnen, eine flachsblonde, mollige junge Frau in rosa Musselin, erkannte Hero als Lady Jane Collins. Sie saß neben einer rüstigen älteren Frau auf einem roten Damastsofa. Die Dame wurde Hero als Miss More vorgestellt. Miss More war eine bekannte Autorin zahlreicher sehr gefragter Abhandlungen über christliche Frömmigkeit, und Hero begriff, dass Lady Sewell ebenfalls eine Art Evangelikale war.

»Wir haben gerade über dieses schreckliche neue Gedicht gesprochen, das die ganze Welt im Sturm erobert hat«, sagte Lady Jane, schüttelte den Kopf und schimpfte auf eine Art und Weise, die man von einer dreißig Jahre älteren Frau erwarten würde. »Schockierend. Wirklich schockierend.«

Hero betrachtete Lady Sewell. Sie war groß und schlank, trug ein hochgeschlossenes, karmesinrotes Kleid aus strukturiertem Musselin und saß in einem Stuhl, der mit dem gleichen rot-golden gestreiften Seidenstoff bezogen war, der auch als Vorhänge an den Fenstern hing. Der Raum war effekt- und geschmackvoll eingerichtet. Die Farbauswahl passte zu ihrer Besitzerin, denn sie hatte dunkles Haar und blasse Haut, besonders hohe Wangenknochen und riesige grüne Augen. Abgesehen von ihrem großen, schlanken Körperbau und den grünen Augen erinnerte nichts an dieser intensiven, in sich gekehrten Frau Hero an die verängstigte Dirne, die sie in Covent Garden kennengelernt hatte.

»Lady Jane bezieht sich natürlich auf *Childe Harolds Pilgerreise*«, sagte Lady Sewell. »Habt Ihr es gelesen, Miss Jarvis?«

Hero war zwischen ihrer natürlichen Neigung zu unverblümter Ehrlichkeit und der Notwendigkeit, Rachels Schwester nicht zu verärgern, hin- und hergerissen. Unabhängig davon, was sie von Lord Byrons eigensinnigem Auftreten hielt, fand Hero sein Gedicht sowohl lyrisch geschrieben als auch emotional außerordentlich berührend, und so sagte sie als Kompromiss einfach: »Ich habe es gelesen, ja.«

»Auch das Profane hat seinen Platz in Gottes Plan«, intonierte Miss More mit der moralischen Autorität einer Frau, die die letzten dreißig Jahre ihres Lebens damit verbracht hatte, religiöse Traktate zu verfassen. »Es bestätigt das Wahre, dem es doch entgegensteht.«

»Das Laster verstärkt die Tugend durch seine Gegensätzlichkeit?«, fragte Hero trocken.

Miss Mores verkniffene Lippen verzogen sich zu einem Lächeln. »Genau.«

Hero unterdrückte den Drang, unruhig auf ihrem gestreiften Seidenstuhl hin und her zu rutschen. Sie konnte Rachel vor den beiden anwesenden evangelikalen Damen kaum zur Sprache bringen. Doch der Anstand gebot, dass Heros Besuch zumindest fünfzehn Minuten andauerte. Sollten die beiden Damen sich nicht bald empfehlen ...

Wie aufs Stichwort erhoben sich Miss More und Lady Jane und verabschiedeten sich, nachdem sie sich von Lady Sewells Absicht überzeugt hatten, an der nächsten Sitzung der Londoner Gesellschaft zur Förderung des Christentums unter den Juden teilzunehmen. Hero wartete, bis sie ihre Schritte auf der Treppe nach unten hörte, und sagte dann: »Neulich habe ich Ihre Schwester Rachel getroffen.«

Lady Sewell saß unbeweglich da. »Meine Schwester?«

Hero fuhr fort: »Sie beide sind sehr ungleich, nicht wahr?«

Lady Sewell strich sich mit nicht ganz ruhiger Hand den Rock über dem Knie glatt. »Das stimmt. Rachel kommt ganz nach unserer Mutter.«

Hero studierte die gefassten Züge ihres Gegenübers. Entweder war Lady Sewell eine unglaublich kalte Frau, oder sie hatte keine Ahnung, worauf Hero hinauswollte. »Sie haben noch nichts erfahren, nicht wahr?«, sagte sie sanfter.

»Nichts erfahren? Was habe ich noch nicht erfahren?«

Wie sagte man einer Frau, dass ihre kleine Schwester ermordet worden war? Hero hatte derartige Pflichten noch nie sehr gut übernehmen können. So sagte sie geradeheraus: »Es tut mir leid. Rachel ist tot.«

Lady Sewells Mund klappte auf, dann schloss sie ihn wieder. Auf ihren angespannten Wangen zeichneten sich die Muskeln ab. »Das muss ein Irrtum sein.«

»Ich war bei ihr, als sie starb.« Hero beugte sich vor. »Wann haben Sie sie das letzte Mal gesehen?«

Lady Sewell erhob sich ganz langsam und durchmaß den Raum, um aus dem Fenster zu starren. Sie ballte die Hand um die gestreifte Seide des Vorhangs neben sich zu einer Faust. Statt zu antworten, sagte sie: »Ihr sagt, Ihr wart bei Rachel, als sie starb. Wann ist das geschehen?«

»Am Montag. Im Magdalenenhaus.«

Lady Sewell wirbelte zu ihr herum. »Im *was*?«

»Im Magdalenenhaus. Es war eine Zuflucht für Frauen, die ihr Leben auf der Straße hinter sich lassen wollten.«

»Ich weiß, was es war.« Hero beobachtete, wie Entsetzen und Unglauben in den schönen grünen Augen aufflackerten. »Das könnt Ihr nicht ernst meinen.«

»Wo, nahmen Sie an, hat sie sich die ganze Zeit aufgehalten?«, fragte Hero. »Sie wussten doch, dass sie nicht in Northamptonshire war.«

»Ich hatte gehofft ...« Lady Sewells Stimme stockte. Sie schluckte mühsam. »Ihr sagtet, Ihr wart bei Rachel. Was habt Ihr in diesem Haus gemacht?«

»Ich habe für einen Gesetzesentwurf Nachforschungen angestellt, der im Parlament eingebracht werden soll. Ich habe herausgefunden, dass Frauen aus zwei Gründen zu Prostituierten werden. Bei einigen von ihnen liegt die Sache ganz klar auf der Hand: Sie können auf andere Weise einfach nicht genug Geld für ihren Lebensunterhalt erwerben. Der zweite Grund ist komplizierter: Für manche Frauen wird das Leben auf der Straße zu einer Art niemals endender Buße. Es scheint, dass sie sich selbst als ruiniert betrachten und die Hoffnung darauf, jemals ein sittsames Leben führen zu können, aufgeben.«

Lady Sewell stand steif da. Ihr Brustkorb hob und senkte sich in ihrem krampfhaften Atmen.

Hero fuhr fort: »Wenn Rachel Geld oder eine Zuflucht brauchte, hätte sie sicherlich zu Ihnen kommen können, nicht wahr?« Als die Frau schwieg, fragte Hero nach: »Nicht wahr?«

Lady Sewell streckte eine Hand aus, um sich an der Lehne des nächststehenden Stuhls festzuhalten.

Hero hasste sich selbst für das, was sie tat, und fragte: »Warum hat Ihre Schwester ihr Zuhause verlassen?«

Lady Sewell schluckte wieder, dann schüttelte sie den Kopf und sagte heiser flüsternd: »Ich weiß es nicht. Sie war glücklich mit ihrer Verlobung. Zumindest dachte ich, sie wäre es.«

»Hatte sie vielleicht Streitigkeiten mit Ihrem Vater?«

Plötzliche Wut flammte in den Augen der anderen Frau auf und färbte ihre blassen Wangen rot. »Was meint Ihr damit?« Sie stieß sich vom Stuhl ab und sammelte sich kurz. »Wenn Ihr andeuten wollt ...« Sie brach ab.

Hero starrte ihr Gegenüber verwirrt an. »Was andeuten?« Lady

Sewell führte eine Hand an ihre Stirn und wandte sich halb ab. »Warum seid Ihr hier und stellt diese Fragen? Warum mischt Ihr Euch in die Angelegenheit ein?«

»Weil Ihre Schwester in meinen Armen gestorben ist. Sie wurde erschossen.«

Rachels Schwester drehte sich wieder um, jegliche Farbe wich aus ihrem Gesicht. »Aber das Magdalenenhaus ist doch abgebrannt.«

»Der Brand im Magdalenenhaus war kein Unfall. Die Frauen dort wurden ermordet. Allerdings scheint das niemanden zu scheren – nur weil sie Huren waren.«

Einen verräterischen Augenblick lang erwiderte Lady Sewell ihren Blick, bevor sie wegsah. »Ich ... ich möchte jetzt alleine sein.«

Hero erhob sich. Sie bemerkte, dass ihre Hände kribbelten, und umfasste fest die Bänder ihres Retiküls. »Falls es Sie interessiert: Rachel wurde von der *Society of Friends* neben ihrem Versammlungshaus in Pentonville bestattet.«

»Bitte – geht einfach.«

Hero senkte den Kopf und wandte sich zur Tür. Lady Sewell stand immer noch groß und steif neben den Fenstern.

Doch als Hero einen Blick zurück auf das maskenartige Antlitz der Frau warf, sah sie das Glitzern stiller Tränen.

Charles Lord Jarvis hielt sich im Hof von Carlton House auf und bereitete sich auf die Ankunft des Spanischen Ministers vor, als Colonel Bryce Epson-Smith zu ihm kam. Seine Stiefelabsätze erzeugten ein militärisch klingendes Stakkato, als er über die Platten ging.

»Es gibt neue Entwicklungen«, sagte Epson-Smith mit leiser Stimme.

Jarvis drehte den Kopf, um die glatten, sonnengebräunten Gesichtszüge des Colonels zu mustern. »Nicht hier.«

Sie entfernten sich von dem Betrieb im Empfangsbereich und gingen tiefer in den Portikus hinein. »Nun?«, schnappte Jarvis, als die kühler werdenden Schatten des herannahenden Abends sie umschlossen.

»Der Angreifer, der den Überfall letzte Nacht überlebt hat, ist tot.«

»Haben Sie noch irgendetwas von ihm erfahren?«

»Unglücklicherweise ist er verstorben, bevor wir ihn erreichen konnten.« Epson-Smith blickte über den Eingang zum Hof des Palasts ins Leere. »Es gibt noch etwas.«

»Was denn?«

»Heute Nachmittag ist einer unserer Männer, Farley, Miss Jarvis gefolgt. Sie hat sich mit Lord Devlin getroffen. Farley ... hat sie verloren.«

Jarvis schwieg so lange, dass auf der Wange des Colonels ein Muskel hervortrat. »Wo ist das geschehen?«

»In der Nähe des Towers. Miss Jarvis hat Devlin zunächst in der Praxis eines Iren getroffen, Paul Gibson. Von dort aus ist Farley ihnen bis zur Kirche von St. Olave in der Seething Lane gefolgt.«

»Was? Was zur Hölle haben sie denn dort gemacht?«

»Ich weiß es nicht, Sir. Aber ich glaube, das war nur ein Ablenkungsmanöver. Als Farley ihnen ins Innere der Kirche folgte, ging Devlin wieder hinaus und schnitt Farleys Sattelgurt durch. Unser Mann konnte erst viel später wieder zu ihnen aufschließen, und zwar in der Bow Street.«

»Bow Street?«

»Jawohl, Mylord. Sir William ist getötet worden. Ich fürchte, Miss Jarvis war zugegen, als der Leichnam entdeckt wurde.«

»Geht es ihr gut?«

»Miss Jarvis?« Die Frage schien den Colonel zu überraschen. »Aber gewiss, Mylord.«

Draußen in der Pall Mall waren die neuen Gaslampen entzündet worden. Ihr Lichtschein war im letzten Tageslicht nur ein schwaches Flackern. »Ihr Mann ist ein Trottel«, sagte Jarvis.

»Ja, Sir. Aber ich dachte, Ihr solltet wissen, dass Miss Jarvis' Absicht augenscheinlich darin besteht, sich Eurem Schutz zu entziehen.«

Jarvis zog seine Schnupftabakdose hervor und ließ sie mit einem gekonnten Fingerschnippen aufschnappen. Er blickte Epson-Smith nicht an, war sich seiner Anwesenheit jedoch durchaus bewusst. Epson-Smith war außerordentlich zielgerichtet und äußerst skrupellos. Gewöhnlich versagte er nicht. Jarvis hob eine Prise Tabak an die Nase, schnupfte und sagte: »Es ist mir egal, ob Sie ein ganzes Regiment einsetzen müssen, um Miss Jarvis durch die Straßen Londons zu verfolgen. So etwas wird nicht wieder vorkommen. Verstanden?«

Etwas flackerte in den Augen des Mannes auf und verschwand gleich wieder. »Ja, Sir. Und Lord Devlin?«

Jarvis ließ die Tabakdose zuschnappen und wandte sich dem Colonel wieder zu. »Ich sagte Ihnen doch, um Devlin kümmere ich mich.«

Kapitel 37

Sebastian überquerte soeben die Margaret Street, um zu einem Treffen mit Sir Henry am Queen Square zu gehen, als er eine durchdringende Stimme seinen Namen rufen hörte.

»Lord Devlin.«

Er drehte sich um.

Lord Fairchild eilte über den New Palace Yard auf ihn zu. Er war in einen Abendanzug gekleidet, und sein Cape mit Seidenfutter flog mit jedem seiner ärgerlichen Schritte auf. »Das muss aufhören«, empörte sich der Baron, als er Sebastian erreichte. »Hört Ihr mich, Sir? Das muss aufhören.«

»Wie meinen?«

Lord Fairchilds Antlitz verfärbte sich in einem Ton zwischen Magenta und Purpur. »Haltet mich nicht zum Narren.« Er spuckte die Wörter wie Patronenkugeln aus. »Ihr wisst sehr wohl, wovon ich spreche.«

»Wenn Ihr meine Untersuchungen zur Ermordung Eurer Toch...«

Lord Fairchild ließ ein Grummeln tief in seinem Hals erklingen. »Nicht hier, um Himmels willen«, schnappte er und zog Sebastian ein Stück über das Pflaster zur Seite. »Geht es Euch nur darum?« Er ging zu einem heiseren Flüstern über. »Wollt Ihr mich zerstören, indem Ihr den Ruf meiner Tochter attackiert?«

»Worum es mir geht«, sagte Sebastian und musterte die fleckigen, verzerrten Gesichtszüge seines Gegenübers, »ist Gerechtigkeit. Gerechtigkeit für eine ermordete Frau in einem Grab ohne Namen.«

Der Baron biss die Zähne so fest zusammen, dass sein Kiefer zitterte. »Meine Tochter ist in Northamptonshire. Hört Ihr mich? Northamptonshire. Wenn Ihr weiterhin etwas anderes verbreitet, dann – ich schwöre bei Gott – werde ich Euch zur Rechenschaft ziehen.«

Sebastian musterte den fleischigen, rotgesichtigen Lord vor sich. Er dachte an das kurze und tragische Leben der Rachel Fairchild und an Lord Fairchilds *Vorliebe* für kleine Mädchen und verspürte eine so plötzliche und tiefgehende Abwehr, dass es ihm den Magen umdrehte.

Einst hatte Sebastian die Bindung zwischen Vater und Kind für eines der engsten Bande der Natur gehalten, das lediglich der Bindung zwischen einer Mutter und ihren Kindern nachstand. Sebastians Beziehung zu seinem Vater war nie einfach gewesen, denn er hatte immer gewusst, dass er Hendon sowohl verwirrte als auch enttäuschte. Es hatte sogar eine Zeit gegeben – in den dunklen Tagen nach dem Tod von Sebastians zweitem Bruder – in der Sebastian gesagt hätte, Hendon hasste ihn dafür, dass er lebte, während seine anderen Söhne gestorben waren. Und doch hatte Hendons Wunsch fortbestanden, seinen letzten Sohn – und das Pfand, das er für die Zukunft bedeutete – zu beschützen. Sebastian hatte immer gedacht, alle Väter müssten so fühlen. Erst im letzten Jahr hatte er begriffen, wie fragil – und nebensächlich – väterliche Hingabe manchmal sein konnte.

Die Glocken von Westminster verkündeten die Uhrzeit. Ihr melodischer Klang setzte sich als Echo durch die ganze Stadt fort. »Soweit ich weiß, findet heute

Abend eine wichtige Debatte über *Orders in Council* statt«, sagte Sebastian gleichmütig. »Ihr versäumt sie.«

Lord Fairchild öffnete den Mund und schloss ihn wieder, drehte sich auf dem Absatz um und eilte davon, den Kopf vorgereckt wie ein Stier, den Kiefer verkrampft.

Sebastian wartete, bis der Baron mehrere Schritte gegangen war, dann rief er ihm hinterher: »Ich hörte, Ihr habt seinerzeit die Leiche Eurer Frau entdeckt. Wie überaus ... tragisch.«

Der Baron wirbelte herum, seine füllige Gestalt zitterte vor Zorn. »Wenn Ihr damit andeuten wollt ...«

»Ich deute nichts an«, sagte Sebastian und setzte seinen Weg zum Queen Square fort.

»Es ist eine rechte Neuerung«, sagte Sir Henry Lovejoy und nickte zu den Reihen flackernder Gaslampen, die das Innere von *McCleod's Coffee Shop* in einen goldenen Glanz tauchten. Gaslampen hatten entlang der Pall Mall und in den umliegenden Straßen die Öllampen bereits ersetzt, aber nur wenige Ladeninhaber waren so innovativ oder couragiert wie die Besitzer des *McCleod's*. Die spuckenden Gasströme, die gelegentlichen kleinen Explosionen und die Erstickungsgefahr beschränkten die Verwendung von Gas gewöhnlich auf den Außenbereich. »Ich habe gehört, eines Tages soll nicht nur jede Straße, sondern auch jedes Haus Londons mit Gas beleuchtet sein.«

Sebastian lehnte sich mit dem Rücken gegen die ungepolsterte Lehne der Bank. »Ich habe gehört, die Abwässer der Gaswerke töten die Fische in der Themse.«

Sir Henry wischte die Erwähnung der Verschmutzung ungeduldig mit einer Hand zur Seite. Neben dem Gesetz galt die einzige Leidenschaft des kleinen Untersuchungsrichters der Wissenschaft, und er duldete keinerlei Kritik an ihr. »Neinsager gibt es immer.«

Sebastian lächelte nur und hob den Kaffee an seine Lippen.

Sir Henry räusperte sich. »Wie ich hörte, hattet Ihr heute Nachmittag das Pech, den toten Sir William zu finden. Deshalb sucht Ihr mich auf, nicht wahr, und habt mir diesen Kaffee bestellt?«

Sebastian lachte. »Ich hätte Ihnen einen Brandy bestellt, aber ich weiß, dass Sie nicht trinken.«

Als strenggläubiger Mann hatte Sir Henry einen heimlichen Hang zur Kirche der Reformisten, doch behielt er seine Ansichten im Allgemeinen für sich. Einer anderen als der High-Church anzugehören war nicht gut für die Karriere. Er sagte: »Verstehe ich es richtig, dass Ihr der Meinung seid, dieser Tod stünde irgendwie im Zusammenhang mit dem, was am Montag mit dem Magdalenenhaus geschehen ist?« Nur die kleinste Andeutung eines Lächelns zeigte sich in den Mundwinkeln des Untersuchungsrichters der Queen Square-Behörde. »Ich weiß, dass Ihr Euch noch immer in die Ermittlungen einmischt.«

Sebastian nahm noch einen Schluck Kaffee. »Soweit ich es verstanden habe, finden keine Ermittlungen statt.«

»Offiziell nicht. Aber laut Sir Williams Angestelltem war Sir William von den Geschehnissen fasziniert.«

Sebastian war einen Augenblick überrascht, bis er begriff, dass es auf gewisse Weise Sinn ergab. Durch seine

Anweisung, jegliche Spekulationen über den Brand zu unterbinden hatte Lord Jarvis offensichtlich die Neugier des Magistraten geweckt.

»Offiziell«, sagte Lovejoy, »war der Brand nur ein Brand. Trotzdem hat Sir William einige diskrete Untersuchungen durchgeführt.«

»Anscheinend nicht diskret genug.«

»Ihr denkt, dass er deswegen ermordet wurde?«

»Ja.«

Sir Henry räusperte sich erneut. »Seht Ihr, das ist schon peinlich. Dass der Hauptuntersuchungsrichter der Bow Street in seiner eigenen Behörde ermordet wurde.«

»Wurde deshalb das Gerücht gestreut, Sir William sei einem Schlaganfall erlegen?«

»Gewiss wird es Gerüchte geben. Andererseits gäbe es die aber auch, wenn er tatsächlich einem Schlaganfall erlegen wäre.«

»Sehr richtig.«

Lovejoy musterte ihn mit unerbittlicher Miene. »Erzählt mir vom Brand im Magdalenenhaus.«

Sebastian gab dem Untersuchungsrichter eine sorgsam durchdachte Version dessen, was er bisher herausgefunden hatte. Er unterließ jegliche Erwähnung russischer Zobel und irischer Diebe, aber die Geschichte, die er zum Besten gab, war dennoch eine üble – und unvollendet. Am Ende nahm der Magistrat seine Brille ab und rieb sich die Nasenwurzel. »Das ist alles recht kompliziert. Es ist, als führe die Geschichte in sechs verschiedene Richtungen gleichzeitig.«

Sebastian sagte: »Ich übersehe offensichtlich etwas. Etwas Wichtiges.«

Sir Henry setzte seine Brille wieder auf und räusperte sich erneut. »Man hat mir den Posten eines Untersuchungsrichters der Bow Street angeboten.«

Sebastian zog eine Braue hoch. »Meinen Glückwunsch.«

»Gewiss ist es eine Ehre. Ich wäre nicht der Leitende Untersuchungsrichter – Sir James wird Sir William in diesem Amt beerben. Aber ... nun, um der Wahrheit die Ehre zu geben, habe ich den Verdacht, dass ich die Behörde am Queen Square durchaus vermissen könnte.«

»Also haben Sie sich noch nicht entschieden, ob Sie annehmen werden?«

»Nein. Prestige hat für mich keinerlei Bedeutung. Aber ...« Der Magistrat zögerte, und Sebastian wusste, dass er sich an gewisse Anlässe in der Vergangenheit zurückerinnerte, bei denen die Beamten der Bow Street sich auf willkürliche und geringschätzige Weise in Sir Henrys eigene Ermittlungen eingemischt hatten.

»Es ist verführerisch.«

»Ja.«

Die Tür des Kaffeehauses öffnete sich nach innen, und ein weiterer Kunde trat herein und brachte den Geruch nach bevorstehendem Regen und einen kräftigen Windstoß mit, der drei der Gaslampen an der nächsten Wand ausblies.

»Der Fehler liegt in der Konstruktion der Gasdüsen«, sagte Sir Henry, als der Inhaber eilte, um sie mit einer Wachskerze wieder anzuzünden. »Mit einer optimierten Form wäre das nicht geschehen.« Als Sebastian schwieg, fügte er hinzu: »Stellt Euch nur vor, um wie viel wir die Kriminalitätsrate in der Stadt reduzieren

werden, wenn jede Straße erst einmal mit Gaslicht beleuchtet wird.«

»Solange es nicht windig ist«, sagte Sebastian.

»Ich sage Euch ja, der Fehler liegt in der Konstruktion
der Gasdüsen«, insistierte Sir Henry.

Sebastian lachte nur.

Kapitel 38

Hero Jarvis arbeitete an diesem Abend kurz vor dem Abendmahl in der Bibliothek, als ihr Vater in den Raum kam. Lord Jarvis dinierte selten zu Hause. Sie blickte auf und hatte nur wenig Zweifel, weshalb er jetzt hier war.

Er starrte die Bücher an, die sie auf dem Tisch der Bibliothek verstreut hatte, und runzelte die Stirn. »Was ist das denn alles?«

Hero legte ihren Stift ab und setzte sich zurück. »Recherchen.«

Lord Jarvis schnaubte. »Warum kannst du nicht Blumen arrangieren und Stuhlhussen besticken, wie andere Frauen?«

»Weil ich deine Tochter bin«, sagte sie und legte die Bücher in einem ordentlichen Stapel aufeinander.

Er lächelte nicht einmal. Er stützte sich mit beiden Händen auf dem Tisch ab, beugte sich vor und sah ihr streng ins Gesicht. »Was genau interessiert Devlin an den Todesfällen im Magdalenenhaus?«

Hero sah ohne ein Zwinkern zu ihm auf. Mit seinem schlauen Kopf hatte er offenbar nicht lang gebraucht, die Verbindung zu Devlin herzustellen. »Das Gleiche wie mich – dass Gerechtigkeit getan wird.«

Er drückte sich vom Tisch ab und wischte mit seiner großen Hand durch die Luft wie jemand, der eine lästige Fliege abwehrt. »In dieser Welt gibt es keine Gerechtigkeit. Es gibt nur die Starken und die Schwachen. Diese Frauen sind schwach.«

»Deshalb ist es die Pflicht der Starken, für sie zu kämpfen.«

Lord Jarvis stieß in einem zornigen Schnauben den Atem aus. »Ich sagte dir, dass ich mich um die Verantwortlichen kümmern würde.«

Hero erhob sich. »Meinetwegen, nicht ihretwegen.«

»Wo liegt denn da der Unterschied?«

Es widerstrebte ihr überraschend stark, ihm zu erklären, welchen Effekt ihre Begegnung mit Rachel Fairchild auf sie gehabt hatte, oder aus welchem Schuldgefühl heraus sie in Erfahrung bringen musste, was im Leben der jungen Frau so verkehrt gelaufen war. Stattdessen sagte sie: »Hat dein Colonel Epson-Smith die Verantwortlichen gefunden?«

»Noch nicht. Aber das wird er.« Er drehte sich um und schenkte sich ein Glas Brandy ein. »Du hast unsere Abmachung gebrochen. Du warst in der Bow Street.«

»Allerdings in einem etwas anderen Anliegen. Du hast gehört, dass Sir William tot ist.«

»Ja.«

»Wusstest du, dass er mit einer der ermordeten Frauen zu tun hatte?«

Jarvis sah zur ihr herüber. »Wer hat dir das gesagt? Devlin?«

»Nein. Jemand anderes.«

Jarvis schnaubte. »Hast du Devlin in diese Geschichte hineingezogen?«

»Ja.«

»Wie viel weiß er?«, fragte er, die Karaffe in der Hand.

»Du meinst, dass ich im Magdalenenhaus war, als es überfallen wurde? Das weiß er.«

Lord Jarvis schenkte sich einen Guss Brandy ein, setzte den Stopfen wieder auf die Karaffe und stellte sie beiseite, ohne seine Tochter anzusehen. Sie wusste, dass er seine Worte sorgfältig wählte. »Devlin würde nicht zögern, dich zu verletzen, um mich zu treffen. Das weißt du, oder?«

Sie wählte ihre Worte mit der gleichen Sorgfalt. »Ich weiß, dass er dein Feind ist. Aber ich glaube nicht, dass er mich verletzen würde, um dich zu treffen. Er ist nicht ...«, sie wollte *wie du* sagen, dann änderte sie es um in »so.«

Sie erwartete, dass er sie wieder auslachen würde. Stattdessen sah er lediglich nachdenklich aus. Er nahm gemächlich einen Zug von seinem Drink, dann wandte er ihr den Blick zu und musterte ihr Antlitz in einer Weise, die sie sich unbehaglich fühlen ließ. Er sagte: »Warum Devlin?«

Weil er der einzige Mann in unserem Land ist, der keine Angst vor dir hat, dachte sie. Doch wieder sprach sie ihren Gedanken nicht aus. Sie sagte: »In vergleichbaren Angelegenheiten hat er in der Vergangenheit gute Ergebnisse erzielt.«

»Und hast du dich gefragt, warum er zugestimmt hat, zu helfen?«

»Ich weiß, warum er zugestimmt hat. Damit er dich treffen kann.«

»Und doch sagst du, er würde dich nicht verletzen.«
»Das ist richtig.«

Er ging zu einem der gepolsterten Stühle beim leeren Kamin und setzte sich, das Glas mit der gewölbten Hand umfassend. »Ich habe dir diesen Nachmittag Farley auf die Spur gesetzt, zu deinem Schutz. Du wusstest das. Trotzdem bist du vor ihm weggelaufen. Warum?«

»Ich weiß ein bisschen was über die Methoden deines Colonels. Das Letzte, was ich jemals wollen würde, wäre, ihm ungewollt noch ein paar unglückselige Opfer zu liefern.«

Lord Jarvis presste die Lippen zusammen. »Das ist nicht meine Intention.«

Sie sah ihn offen an. »Das ist ein Risiko, das ich nicht bereit bin einzugehen.«

Er erwiderte ihren Blick. »Und dass du dich der Gefahr aussetzt, ist ein Risiko, das *ich* nicht bereit bin einzugehen.«

»Papa.« Sie ging zu ihm, beugte sich über die Rückenlehne seines Stuhls und legte die Arme um ihn. »Ich war heute Nachmittag nie in Gefahr, und du weißt es.«

Er hob eine seiner großen Hände, um ihre damit zu bedecken. Bei jedem anderen hätte er mit Anmaßung und Drohungen reagiert, aber er hatte schon vor langer Zeit gelernt, dass das bei Hero nicht funktionierte. Sie war ihm zu ähnlich. Er sagte: »Wo warst du heute Nachmittag?«

»Ich habe eine Frau getroffen, von der ich mir erhoffte, dass sie mir helfen könnte, das Unglück im Magdalenenhaus zu begreifen.«

Er nahm einen tiefen Schluck seines Brandys. »Mit Devlin?«

»Ja.«

Er schüttelte den Kopf. »Das verstehe ich nicht.«

»Ich weiß.«

Er zögerte, und sie spürte erneut die Angst, er könne ihr verbieten, ihre Recherche fortzuführen. Aber er sagte nur: »Ich bitte dich, vorsichtig zu sein.«

»Das werde ich. Versprochen.«

Er nickte. »Für eine Frau bist du außergewöhnlich einsichtig ... so sehr deine politischen Vorstellungen auch daneben liegen.«

Sie wusste, dass er es gesagt hatte, um sie zu provozieren. Doch sie lächelte nur und ging nicht auf seinen Seitenhieb ein.

Später am Abend gingen Hero und ihre Mutter die Stufen ihres Hauses am Berkeley Square hinunter und wandten sich zur Kutsche, die dorthin bestellt worden war, um sie zu einer der angesagten Soireen zu bringen. Ein übelriechender kleiner Junge schoss über den Bürgersteig auf sie zu.

»Grundgütiger«, keuchte Lady Jarvis und zuckte zurück in eine Wolke aus blassblauem Satin, als der Junge geradewegs in Hero hinein rannte.

»Du da«, rief der Butler und hastete vorwärts, »pass auf, wo du langgehst.«

Doch der Junge war bereits mit fliegenden Füßen weitergerannt. Mit einer Hand hielt er seine Mütze fest und verschwand um die Ecke.

»Unverschämtes Pack«, murrte Grisham und starrte ihm hinterher. »Was wird nur aus der Welt? Ich hoffe, Ihr habt Euch nichts getan, Miss Jarvis?«

»Mir geht es gut«, sagte Hero und verstaute unbemerkt die gefaltete Nachricht, die der Junge ihr übergeben hatte.

Kapitel 39

Freitag, 08. Mai 1812

Am nächsten Tag kleidete Hero sich in ihr schlichtestes Reitgewand, zu dem ein außergewöhnlich hässlicher Hut mit einem dichten Schleier gehörte. Der Hut verleitete ihre Großmutter zu einem missfälligen Zungenschnalzen und der Prophezeiung, dass sie dazu verdammt wäre, als alte Jungfer zu enden.

»Das hoffe ich aufrichtig«, sagte Hero und verließ rasch den Raum, um der Gefahr zu entgehen, in ein nur zu vertrautes und leidenschaftlich geführtes Streitgespräch gezogen zu werden.

Dem Wachhund ihres Vaters schlug sie ein Schnippchen, indem sie in die Küche hinunterging, um mit der Haushälterin zu sprechen und dann dort hinaus das Haus verließ. Sie eilte mit energischen Schritten zur Ecke der Davies Street, winkte eine Mietdroschke heran und nannte dem Fahrer »Brook Street 41« als Zielort.

Es galt als äußerst unschicklich für eine junge Frau, das Haus eines unverheirateten Herrn zu besuchen – insbesondere ohne ihre Zofe. Hero hatte über die Sache lange nachgedacht, zuletzt aber entschieden, dass sie es nicht umgehen konnte. Sie hatte ihrem Vater versprochen, sich nicht in Gefahr zu bringen, und Hero Jarvis hielt ihre Versprechen. Ihre größte Sorge bestand darin, dass Lord Devlin sein Haus bereits verlassen haben könnte.

Sie bezahlte den Kutscher und läutete nachdrücklich an der Tür des Viscounts. Fast sofort öffnete ein militärisch wirkender Majordomus, der sie mit unverhohlenem Misstrauen beäugte.

»Bitte unterrichten Sie Lord Devlin, dass ich hier bin, ihn zu sehen«, sagte sie hochmütig.

»Und wen darf ich melden?«

»Guter Mann«, sagte Hero von oben herab, »wenn ich wollte, dass Sie meinen Namen kennen, hätte ich ihn genannt.«

Der Majordomus zögerte. In ihm kämpfte die Angst, eine Edeldame mit Schleier zu beleidigen gegen die Angst, eine keifende Harpyie zu seinem Dienstherrn vorzulassen. Die Angst, eine Frau zu beleidigen, gewann. Er dienerte und ließ sie ein. »Einen Augenblick bitte. Ich werde nachsehen, ob Seine Lordschaft jemanden empfangen kann.«

Es gab ihm eine kleine Genugtuung, sie in der Eingangshalle warten zu lassen, anstatt sie in einen der Empfangsräume zu führen. Er kam einen Augenblick darauf wieder zurück. Sein Antlitz verriet nichts, als er sie die Treppe hinauf zum Salon führte. »Der Tee wird in einem Augenblick kommen«, schnarrte der Majordomus und zog sich zurück.

Hero hob den Vorhang von ihrem Gesicht und wanderte durch das Zimmer. Sie betrachtete den eigenartigen, aufwendig bearbeiteten Messingteller an der einen Wand und den geschnitzten Holzkopf, der aussah, als stammte er aus Afrika, an einer weiteren. Ein Teetablett und ein Teller mit Brot und Butter wurden hereingetragen, doch sie ignorierte beides. Ihre Aufmerksamkeit wurde von einem Gemälde über der Kaminumrandung gefesselt. Es war von Gainsborough und zeigte eine lachende junge Frau mit ungepudertem, goldenem Haar und einem litzenbesetzten Reitkleid im Stil des letzten Jahrhunderts. Hero erkannte die Ähnlichkeit zum Viscount in der Wölbung der Wangenknochen der Frau und im Schwung ihrer Lippen. Dann war dies Devlins Mutter, dachte sie. Über die längst verstorbene Countess wurde hinter vorgehaltener Hand immer noch getratscht.

Sie war so in ihre Betrachtung des Gemäldes vertieft, dass sie nicht hörte, wie die Tür hinter ihr geöffnet wurde.

»Ich hatte schon vermutet, dass Ihr das seid«, sage eine amüsierte Stimme. »Nach der Beschreibung meines Majordomus. Ich kenne nicht sehr viele große, hochmütige Damen mit dem Auftreten eines türkischen Paschas.«

Sie drehte sich zu ihm um. »Ich kenne keine türkischen Paschas.«

»Was wahrscheinlich sehr zu begrüßen ist«, sagte er und ließ die Tür hinter sich offenstehen. »Sie schätzen an ihren Frauen Gehorsam und Unterwürfigkeit.«

»Wie die meisten Engländer.«

»Wie die meisten Männer«, stimmte er zu und ging weiter in den Raum.

Er trug rehlederne Hosen und ein gutgeschnittenes, dunkles Jackett, doch sein Haar kräuselte sich noch feucht um sein Antlitz. Sie sagte: »Ich habe Euch beim Bad gestört.«

»Tatsächlich habt Ihr mich sogar im Bett erwischt.« Er sah zu dem Tee, den sie noch nicht angerührt hatte. »Leistet Ihr mir Gesellschaft?«, fragte er und schenkte eine Tasse ein.

Sie nahm die Tasse entgegen. »Ihr habt nicht gefragt, warum ich hier bin.«

Er goss sich selbst eine Tasse ein und nahm eine Scheibe gebutterten Brots vom Teller. »Ich bezweifle nicht, dass es Eure Absicht ist, mich aufzuklären.«

Er besaß die fast grenzenlose Fähigkeit, sie zu befremden, und es half auch nicht, sich daran zu erinnern, dass er sie mit voller Absicht provozierte. Der innere Drang, die Teetasse einfach abzusetzen und den Raum zu verlassen, wurde von einer einfachen Schwierigkeit konterkariert: Ein Versprechen war ein Versprechen. Sie sagte: »Ich habe eine Nachricht von Tasmin Poole erhalten. Ein Junge hat sie mir gestern Abend überbracht, als ich gerade meine Kutsche besteigen wollte.«

Er nahm eine weitere Scheibe des gebutterten Brotes. »Hat sie die vermisste Hannah Green gefunden?«

»So scheint es. Die Frau hält sich in einem Cottage am Ende der Strand Lane versteckt, und sie ist bereit, mich dort zu sehen.«

Der Viscount schluckte den Bissen Brot und nahm einen Schluck Tee. »Ihr seid misstrauisch. Warum?«

»Ich soll am Mittag dorthin kommen und nur einen Diener zur Begleitung mitnehmen. Laut der Nachricht sind diese Vorkehrungen nötig, weil Hannah Green Angst hat. Ich glaube, dass die Nachricht echt ist, sehe aber auch die Möglichkeit, dass es sich um eine Falle handeln könnte.«

»In meinen Ohren hört es sich ganz sicher danach an.«

»Wenn es aber keine Falle ist und ich nicht hingehe, wird die Gelegenheit, Hannah Green zu treffen, verloren sein.«

Er nahm sich noch eine Scheibe Brot. »Seid Ihr sicher, Ihr wollt nichts?«, fragte er und hielt ihr den Teller hin. »Es ist wirklich sehr gut.«

»Vielen Dank, aber ich habe bereits vor Stunden gefrühstückt.«

»Ist das eine Kritik? Das frage ich mich.«

»Ja.«

Er lachte und aß die letzte Scheibe Brot auf. »Ich glaube, ich beginne zu verstehen. Wenn Ihr irgendjemand anderes wärt, würde ich vermuten, dass Ihr hergekommen seid, um meinen Rat zu suchen. Aufgrund Eures unbegleiteten Erscheinens jedoch vermute ich, Ihr habt Euch bereits entschlossen, hinzufahren und seid nur hergekommen, um mich zu fragen, ob ich Euch begleite ...« Sein Blick glitt über ihr Reitkleid. »Und ob ich mich als Euren Stallburschen ausgebe, nehme ich an?«

»Und um Euch zu bitten, mir ein Pferd zu leihen. Ich war gezwungen, das Haus durch den Hintereingang zu verlassen, um meinem Wachhund zu entwischen.«

»Wir könnten eine Mietdroschke nehmen.«

»Dann bräuchte ich eine Zofe, nicht einen Stallburschen«, erklärte sie.

»Richtig. Unglücklicherweise besitze ich keine Pferde für Damen.«

»Ich auch nicht.« Sie blickte auf die Standuhr auf dem Kaminsims. »Wenn Ihr mit Eurem Tee und Brot dann fertig wärt.«

»Es ist eine Falle, Ihr wisst das«, sagte er mit plötzlichem Ernst.

»Werdet Ihr es tun?«

»Trinkt Euren Tee«, forderte er sie auf. »In der Zwischenzeit werde ich mich in ein bescheideneres Gewand kleiden.«

Im Westen von St. Clements gelegen, erwies sich die Strand Lane als eine enge Gasse mit Kopfsteinpflaster, die auf einem gewundenen Weg zum Fluss hinunter führte.

Es war bewölkt und kalt, und der beißende Wind hätte eher einem März- als einem Maitag entsprochen. Sebastian hielt seinen Wallach am oberen Ende der Straße an und ließ den Blick zum Wachhaus und der Kirche von St. Mary's wandern, die nach dem Ausbau der Straße im Zentrum der *Strand* verblieben war. »Das scheint mir kein sehr wahrscheinlicher Ort für eine Prostituierte zu sein, um sich zu verstecken«, sagte er.

»Vielleicht ist sie hier aufgewachsen«, sagte Miss Jarvis und zügelte ihr Reittier neben ihm.

Er trieb sein Pferd mit den Knien zwischen alte Giebelhäuser aus Holz und weiß getünchtem Lehm, die sich über ihren Köpfen zueinander neigten und sich beinahe berührten. Die Gebäude waren zwar alt, aber gut in Schuss, das Kopfsteinpflaster und die Türschwellen sauber gekehrt. Ein kleines Mädchen lief an ihnen vorbei. Es jagte lachend durch Blumen, die aus den Blumenkästen vor den grün gestrichenen Fensterläden herunter rieselten, hinter einer Katze her. Sie passierten das *Cock and Magpie*, eine schäbige alte Kneipe, und einen Mietstall. Nach vielleicht hundert Metern öffnete sich zu ihrer Rechten die Straße unerwartet, und Sebastian blickte über eine halbverfallene Steinmauer auf einen Streifen offenes Land hinaus.

»Das ist ein eigenartiger Platz für ein Treffen«, sagte er und hielt an. Zwischen dem wuchernden Blauregen und Fliederbäumen sah er zerstreut stehende, zerbrochene und efeuüberwucherte Statuen und die rostigen Eisengatter eines verlassenen Gartens, der sich bis zu den Terrassen und der neoklassizistischen Seitenmauer von Somerset House in der Ferne erstreckte.

»Das sind die Überreste des Ostgartens vom ursprünglichen Somerset House«, sagte Miss Jarvis. »Als sie den alten Palast abrissen, sah der Bauplan vor, dem neuen Bauwerk einen Ostflügel hinzuzufügen, der sich fast bis zur Surrey Street erstrecken sollte. Aber der Regierung ging das Geld aus. Mein Vater ist darüber noch immer erzürnt. Er ist der Meinung, dass die Hauptstadt einer großen Nation beeindruckende Regierungsbauten braucht und dass London einen beklagenswerten Mangel an majestätischen oder monumentalen Bauten aufweist.«

Sebastian kniff zum Schutz vor dem auf der Themse reflektierenden Licht die Augen zusammen. Zu ihrer Linken war weiter unten, in der Nähe des Flussufers, ein Holzlager, dessen große Stapel mit trocknendem Holz zwischen einem halben und fast einem Meter hoch aufragten. Aber eine eigenartige Stille lag über dem Gebiet. »Das gefällt mir nicht«, sagte Sebastian. Er war dankbar für das Gewicht der kleinen Steinschlosspistole, die er in die Tasche seiner Stallburschenkluft geschoben hatte, bevor sie Brook Street verlassen hatten.

»Wenn es eine Falle wäre«, sagte sie, »wäre der Zeitpunkt für das Treffen sicherlich auf heute Abend gelegt worden. Was sollen sie schon tun? Mir und meinem

Diener im hellen Tageslicht eins über den Schädel ziehen? Es ist keine wirklich verrufene Gegend.«

»Wärt Ihr am Abend denn hergekommen?«

»Natürlich nicht.«

Sebastian betrachtete die ausgedehnten, überwucherten Kieselsteinpfade und die ungezähmten Sträucher. »Wo genau soll diese Hannah Green denn sein?«

»Dort.« Miss Jarvis nickte in Richtung eines Häuschens am Ende des Gartens in der Nähe des Flussufers, das nach einem Hausmeister-Cottage aussah.

Sebastian schwang sich aus dem Sattel. »Wartet hier«, sagte er zu ihr. »Euer Stallbursche wird anklopfen.«

Er erwartete, dass sie Einwände erheben würde. Doch sie nahm seine Zügel in ihre starken, behandschuhten Hände, und zwischen ihren Augen bildete sich eine nachdenkliche Falte, während sie das kleine Steinhaus betrachtete.

Das ursprüngliche Somerset House war in der Mitte des 16. Jahrhunderts vom Duke of Somerset erbaut worden, dem Onkel und Vormund des kindlichen Königs Edward VI. Der große Renaissancepalast war am Ende des vorigen Jahrhunderts niedergerissen und durch das jetzige Somerset House ersetzt worden, das nun von mehreren königlichen Vereinigungen und Regierungsstellen benutzt wurde. Nur dieser Teil der ursprünglichen Gärten hatte überlebt. Das Sandsteincottage in der Nähe des Flusses mochte früher sogar ein Teil des alten Tudor-Palasts gewesen sein. Vielleicht ein Remisenhaus oder ein Gartenhäuschen für die verwitweten Königinnen, die den alten Palast einst als ihr Wittum benutzten. Der ferne Widerhall des ehemaligen Ruhms des Hauses zu Renaissancezeiten lebte in den verfallenden Steinstufen oder in den unverwüstlichen Blüten der Damaszenerrose inmitten eines Dickichts aus Disteln noch immer fort.

Sebastian ging den vernachlässigten Pfad entlang. Unter seinen Füßen knirschte der Schotter, und seine Sinne waren für jegliche Bewegung, jegliches Geräusch empfänglich. Der Garten schien leer zu sein.

Sebastian betrachtete die Spinnweben in den fein geschnitzten Fensterrahmen und vor den bleiverglasten Scheiben, dann klopfte er an die verzogene alte Tür und hörte, wie das Geräusch sich ins Nichts fortsetzte und verklang. Er hob gerade die Faust, um erneut anzuklopfen, da hörte er leise Geräusche von der anderen Seite der dicken Holzbohlen. Vielleicht die Schritte eines Hausschuhs auf Steinplatten oder das Geräusch von Stoff, der an Stoff rieb.

Er wartete in dem Gefühl, beobachtet zu werden. Er legte den Kopf zurück, um die eingekerbte Dekoration an der Hausecke zu betrachten, dann hörte er das Geräusch eines Riegels, der zurückgeschoben wurde.

Die Tür öffnete sich quietschend um etwa dreißig Zentimeter nach innen. Er erhaschte einen Blick auf das blasse Gesicht einer jungen Frau, deren braune Augen sich angstvoll weiteten. Hinter ihr sah er einen leeren Flur mit Steinplatten und dicke gekalkte Wände.

»Miss Jarvis schickt mich, anzufragen«, begann er, doch die junge Frau stieß nur einen leisen, ängstlichen Ton aus. Ihre Hände glitten vom Türgriff herab, sie wirbelte herum, die Fäuste in ihre Röcke gekrallt. Ihr braunes Haar flog, als sie zurück durch den Flur lief.

Sebastian stieß die Tür mit einer ausgestreckten Hand auf und rannte ihr hinterher. Er tat zwei Schritte,

drei, dann spürte er einen blendenden Schmerz, der auf
seinen Hinterkopf hernieder donnerte und die samtig-
dichte Dunkelheit des Vergessens mit sich brachte.

Kapitel 40

Der Schmerz hielt an. Sebastian bemerkte, dass er auf einem harten und kalten Untergrund lag. Das verwirrte ihn. Einen Moment dachte er daran, die Augen zu öffnen, um nachzusehen, doch in diesem Augenblick schien es zu anstrengend zu sein, der Mühe nicht wert. Er lag still und versuchte, sich zu entsinnen, wo er war und was er hier tat. Er erinnerte sich, wie er Hero Jarvis die Zügel seines Pferdes gegeben hatte. Er erinnerte sich, wie er durch den vernachlässigten Garten gegangen war. Steinstufen. Eine verzogene Tür. Eine Frau mit braunen Augen, die weglief.

Er verlagerte das Gewicht und winselte, als ein heftiger Schmerz seitlich in seinen Kopf stach. In der Nähe hörte er Miss Jarvis' Stimme. Sie sagte: »Ihr hattet recht. Es war eine Falle.«

Er öffnete die Augen.

Er starrte auf ein Kreuzrippengewölbe hoch über sich. Die Steine waren alt, abgenutzt und fleckig von Feuchtigkeit. Überaus vorsichtig drehte er den Kopf und konnte eine Reihe dicker, grobgehauener Säulen sehen, die das Dach trugen. Dann sah er Miss Jarvis' Gesicht, das nicht zu Späßen aufgelegt war.

Er stöhnte wieder und schloss die Augen. »Wo zur Hölle sind wir?«

»Ich bin nicht vollends sicher, wozu dieser Ort ursprünglich gedient hat. Zunächst dachte ich, es könne die Krypta einer der Kirchen oder Kapellen sein, die Somerset hat abreißen lassen, um seinen Palast zu erbauen. Aber vermutlich ist es einfach ein Vorratsraum oder Keller von einem der mittelalterlichen Bischofspaläste, die er ebenfalls hat abreißen lassen.«

Sebastian hob eine Hand, um behutsam seinen Hinterkopf abzutasten. »Und weshalb genau sind wir
hier?«

»Man hat mir gesagt, das Gewölbe läuft voll, wenn die
Flut kommt.«

Er öffnete erneut die Augen und ließ die Hand fallen.
Er erkannte, dass er auf einem breiten Steinvorsprung
lag, der knapp einen halben Meter über dem Boden die
gesamte Wand der Krypta entlang verlief, soweit er sehen konnte. Sie hockte neben ihm auf dem Vorsprung,
vornübergebeugt, die Arme vor ihrer Mitte verschränkt. Ihre Hände umklammerten ihre Ellbogen. An
der Art, wie sie die Gesichtsmuskeln anspannte, vermutete er, dass es ihr unfassbar schwerfiel, sich unter Kontrolle zu behalten. Er bemerkte, dass ihr Hut mit dem
Schleier verschwunden und ein Ärmel eingerissen war.
Wie auch immer sie hier bei ihm gelandet war – offensichtlich hatte sie sich nicht kampflos ergeben.

»Was ist geschehen?«, fragte er.

Sie wiegte sich in einer so subtilen Bewegung vor und
zurück, dass er bezweifelte, ob sie überhaupt wusste,
dass sie es tat. »Ich habe etwa fünf Minuten auf Euch
gewartet, aber Ihr seid nicht zurückgekommen. Noch
während ich zu einem Entschluss zu kommen versuchte, was ich tun sollte, kam ein Gentleman aus dem
Cock and Magpie zu mir und fragte, ob ich Hilfe
bräuchte.«

»Ein Gentleman?«

»Zweifelsfrei ein Gentleman. Er war gut gekleidet und
hatte eine sehr gute Aussprache. Genau wie der

Gentleman mit dem Gig auf dem Weg von Richmond nach London.«

»Und dann?«, hakte er nach.

»Ich wendete mein Pferd, um zu fliehen. Aber er griff nach oben und fasste direkt am Mundstück nach den Zügeln. Und dann zog er eine Pistole und richtete sie auf mich.«

»In einer gediegenen Gegend am helllichten Tag.«

»So ist es«, sagte sie schlicht. »Ich gebe offen zu, jedweden Vorwurf verdient zu haben, den Ihr mir entgegenbringen wollt. Es war eine Falle.«

Vielleicht mochte er Hero Jarvis nicht besonders leiden, aber vieles an ihr, stellte er fest, musste er bewundern, wenn auch widerwillig. Und so überraschte er sich selbst mit seinen nächsten Worten: »Wir machen alle Fehler.«

Sie hob den Kopf, um ihn anzusehen. »Als sie mich hier herunter zerrten ...«

»Sie?«

»Ja. Im Garten kam noch ein Mann dazu. Sie hatten Euch einfach am Fuß der Stufen abgelegt. Ich dachte, Ihr wärt tot.«

»Welcher Stufen?«, sagte er und versuchte, sich aufzusetzen.

Sie wandte sich ihm zu, um zu helfen. »Denkt Ihr, das ist klug?«

»Um wie viel Uhr kommt die Flut? Habt Ihr irgendeine Vorstellung?«

»Ich glaube, die Ebbe war gegen halb sechs.«

»Und welche Uhrzeit haben wir jetzt?«

»Man kann die Glocken von St. Clements bis hierher hören. Sie haben gerade drei Uhr geschlagen.«

Sebastian hatte seinen Versuch, sich zu erheben, aufgegeben. Nachdem er zurückgefallen war, begnügte er sich damit, sitzen zu bleiben, bis er wieder zu Atem kam. Er sagte: »Wenn ich auf dem Boden lag – wie bin ich dann auf dem Vorsprung gelandet?«

»Ich habe sie gebeten, Euch hochzuheben und auf dem Vorsprung abzulegen. Sie machten sich über mich lustig, aber am Ende taten sie es.«

Er konnte sich vorstellen, wie sie den Räubern mit erhobenen Händen Befehle erteilt und die Männer lachend nachgegeben hatten. Sie sagte: »Sie haben auf meine Bitte auch die Laterne zurückgelassen. Ich sagte ihnen, dass ich Angst vor Ratten hätte.«

Sein Blick fiel auf die einfache Zinnlaterne mit Hornfenstern zu ihren Füßen. Das einzelne Talglicht darin verbreitete einen schwachen goldenen Lichtschein, der die äußersten Ecken des Raums im Dunkeln ließ. »Gibt es Ratten?«

»Ich habe keine gesehen.«

Das Schwindelgefühl begann nachzulassen. Er sagte: »Erzählt mir von den Stufen.«

»Sie sind dort, rechts. Unten sind sie mit einem Eisengitter versperrt, oben mit einer mächtigen Holztür.«

Jetzt erkannte er sie: abgetretene, schattige Stufen, die sich nach oben verloren. Er quälte sich auf die Füße und griff nach der Laterne. Sie kam ihm zuvor.

»Wenn Ihr darauf besteht, das Gatter zu untersuchen, werde ich die Laterne halten. Wenn Ihr sie fallen lasst, kann ich sie nicht wieder entzünden, und Ihr auch nicht.«

»Woher wisst Ihr, dass ich keine Zunderdose habe?«

»Ich habe Eure Taschen durchsucht.«

Er schlug mit der Hand gegen die große Tasche seines groben Mantels. Seine Pistole war verschwunden. Nur mit Mühe konnte er den Impuls unterdrücken, deftig und ausgiebig zu fluchen.

Das Gatter verschloss einen bogenförmigen Durchgang von einem guten Meter Breite. Es war aus Eisen gebaut und oben und unten mit dicken Querhölzern verstrebt, und es sah aus, als wäre es erst kürzlich angebracht worden. Es wies nicht die geringste Spur Rost auf. Eine dicke Kette war doppelt um die Balken gewickelt und mit einem schweren Schloss weit außerhalb von Sebastians Reichweite gesichert worden. Er griff mit beiden Händen um einen der Gitterstäbe und drückte. Es wirkte lächerlich angesichts der Stabilität des Gatters.

Sie sagte: »Ich habe es untersucht. Es ist sehr solide.«

Er überprüfte jeden Gitterstab und jedes Querstück nochmals selbst, um sicher zu sein, aber er vermutete, dass nicht einmal die Kraft von zehn Männern ausreichen würde, um sie zu bewegen. Schweratmend lehnte er sich gegen das Gitter und wandte den Blick auf die Treppe, die es beschützte. Er konnte von hier aus erkennen, dass die Stufen zu einer mächtigen Holztür führten, die oben in einen bogenförmigen Durchgang eingepasst war. Er sagte: »Im Haus war eine Frau, eine junge Frau. Habt Ihr sie gesehen?«

Miss Jarvis schüttelte den Kopf. »Sie haben mich nicht ins Haus gebracht. Diese Stufen führen von einem Alkoven in der Gartenmauer herunter, beim Fluss.«

Etwa zehn oder zwölf Stufen weiter oben konnte er eine Stelle erkennen, an der sich das Mauerwerk der Stufen veränderte. Es wurde dunkler und weniger abgenutzt, als ob es jüngeren Datums wäre. Er hatte Geschichten über den Bau des alten Somerset House durch Edward Seymour gehört, darüber, wie er sich Land angeeignet hatte, auf dem sich die Gasthäuser der Bischöfe von Chester und Lichfield, Coventry und Worcester befanden. Die alten Bischofspaläste waren abgerissen worden und die Baumaterialien entweder wiederverwendet oder aufgeschüttet, um das Land im Garten für eine Terrasse zu erhöhen.

»Lasst mich die Laterne sehen«, sagte er und streckte die Hand danach aus.

»Seid Ihr ganz sicher, dass Ihr ...«

»Mir geht es gut.« Er hielt die Laterne hoch und nahm die Krypta in Augenschein. Sie war aus behauenem Sandstein gebaut und maß vielleicht zwölf bis fünfzehn mal zwanzig Meter. Die Deckengewölbe wurden von Reihen gedrungener, schlichter Säulen getragen. Ein Ende war sauber mit einem dunkleren Sandstein abgemauert, der ihn an die oberen Stufen erinnerte. Am anderen Ende verschwanden die Ausläufer des Raums unter einer Kaskade von Trümmern.

Mit dem Laternenlicht beleuchtete er die Steinhaufen. Manche der Steine waren grob, andere in Form gehauen, aber zerbrochen. Hier und da erhaschte er Schnitzereien, Schnörkel und sorgfältig eingeritzte Muster.

»Dort ist der Fluss«, sagte sie, kam näher und blieb neben ihm stehen.

»Wie weit ist er weg?«

»Vielleicht drei bis dreieinhalb Meter, würde ich sagen.«

So viel zu irgendwelchen abenteuerlichen Gedanken, sich durch das Geröll in die Freiheit zu graben.

»Ich habe Stiche der Themse aus der Zeit gesehen, als sich die Bischofspaläste vom Fluss bis zur *Strand* erstreckten«, sagte sie. »Manche von ihnen waren auf Bögen gebaut, die sich zum Fluss öffneten. Frachtschiffe kamen den Fluss herauf und legten unter den Bögen an, um zu entladen. Vielleicht ist dieser Keller einer davon.«

»Dann wird er vielleicht nicht ganz überflutet«, sagte er und legte den Kopf in den Nacken, um die abgenutzten Steine der Deckengewölbe zu betrachten.

»Ich vermute, sie haben die Theorie überprüft, bevor sie uns hier unten zurückgelassen haben, um zu sterben«, sagte sie trocken.

Er sah zu ihr. Sie hatte mit ihm Schritt gehalten, als er die Krypta untersuchte. Ihre Hände umklammerten noch immer die Ellbogen dicht an ihrem Körper. Er sagte: »Warum haben sie uns hier unten zurückgelassen? Warum sollten sie uns nicht gleich umbringen?«

Sie hob die Schultern. »So wie ich es verstehe, haben sie die Absicht, unsere Leichen in den Fluss zu werfen und es so aussehen zu lassen, als hätten wir einen Unfall gehabt. Eine Autopsie würde lediglich erbringen, dass wir ertrunken sind, nicht wahr?«

»Was sollte es sie kümmern, ob es offensichtlich wäre, dass wir ermordet wurden?«

»Das entzieht sich meiner Kenntnis.«

Er erwiderte ihren Blick. Ihre Pupillen waren so groß, dass ihre Augen schwarz wirkten. »Ich habe nicht die Absicht zu ertrinken«, sagte er und wandte sich erneut den Stufen zu.

Sie folgte ihm – oder genauer gesagt dem Licht. »Nun, das ist beruhigend.«

Er lachte leise und setzte die Laterne mit zartem Klirren auf dem Steinboden ab. »Wir könnten etwas ausprobieren.«

»Das habe ich schon. Habt Ihr eine Vorstellung davon, wie viel Erde über unseren Köpfen ist?«

Er versuchte, nicht daran zu denken.

»Wohin geht Ihr?«, fragte sie, als er zurück zu den Trümmern stapfte.

Er wählte einen massiven Brocken aus, der aussah wie das Stück eines ionischen Säulenkapitells einer vor langer Zeit zerstörten Kirche. Er ging in die Knie und hob es stöhnend bis zu seiner Brust hoch, sein Kopf begann vor Schwindel zu schwimmen. Sie sah still zu, wie er zurück zum Gitter taumelte und den Brocken auf die Kette mit dem Schloss schmetterte. Der Stein prallte auf die Kette und fiel auf den Steinboden. Das verschlossene Gitter hielt stand.

Fluchend hieb er den Brocken wieder und wieder gegen das Gatter, bis er schwitzte und seine Hände von den gezackten Rändern des Steins bluteten. Nach dem vielleicht zehnten Versuch sagte sie ruhig: »Hört auf. Es hilft nicht, und Ihr verletzt Euch nur selbst.«

Er schwang zu ihr herum, um sie anzusehen. Seine Brust hob und senkte sich heftig beim Atmen. »Habt Ihr eine bessere Idee?«

»Wir könnten versuchen, die Tür in Brand zu setzen. Jemand könnte den Rauch bemerken und herkommen, um zu schauen, was los ist.«

Es war ein verrückter Gedanke, und doch nicht ganz sinnlos. Er maß den Abstand zur Tür oberhalb der

Treppe mit den Blicken. »Und wie sollen wir das machen? Was schlagt Ihr vor?«

»Ich weiß es nicht.«

Immer noch schweratmend ging er zurück, um einen faustgroßen Stein von dem Geröllhaufen zu nehmen. »Hier, haltet das«, sagte er und übergab ihr den Stein. Er zog seinen Mantel und die Weste aus, dann zog er sich das Hemd über den Kopf. Die kühle, feuchte Luft des unterirdischen Gewölbes schickte einen Schauder über seinen Rücken. Er hatte nicht daran gedacht, nachzusehen, ob sie sein Messer übersehen hatten. Das hatten sie tatsächlich.

»Habt Ihr das immer dabei?«, fragte sie, während sie ihn beobachtete, wie er das Messer aus seinem verborgenen Schaft zog.

»Immer.« Er warf ihr ein Lächeln zu. »Ich habe es sogar schon einmal auf Euren Vater geworfen.«

Mit Hilfe des Messers schnitt er sein Hemd in Streifen und begann, sie zu flechten. Sie begriff schnell und sagte: »Lasst mich helfen.«

Er wickelte das geflochtene Hemd wie einen langen Docht um den Steinbrocken, dann öffnete er den Hebel und das Horntürchen an der Lampe.

»Löscht das Licht nicht aus«, warnte sie ihn.

Grummelnd zündete er das Ende des zerrissenen Hemdes an und sah zu, wie es Feuer fing. Er schob die Arme zwischen den eisernen Gitterstäben hindurch und hielt das brennende, beschwerte Hemd so lange fest, wie er konnte. Dann warf er es mit Schwung zur Tür hoch.

Es flog durch die Luft, ein brennendes Katapult, das das schattige Treppenhaus beleuchtete und die wuchtige Tür mit einem dumpfen Knall traf. In einem Funkenregen fiel es auf die steinerne Schwelle und brannte für einen leuchtenden Augenblick hell auf, bevor es erlosch.

»Zur Hölle und zum Teufel noch mal«, flüsterte er und fügte hinzu: »ich bitte um Entschuldigung, Miss Jarvis.«

Sie stand neben ihm, ihre Hände umgriffen, wie seine, die Gitterstäbe. »Das ist völlig angebracht.«

Er wandte sich zu ihr um und betrachtete sie, prüfte den steifen Stoff ihres Reitgewands. Das würde nicht besser brennen als sein Mantel oder sein Gilet.

Sie sagte: »Warum schaut Ihr mich so an?«

»Euer Petticoat.«

»Mein ...« Sie unterbrach sich. Er dachte einen Augenblick, dass sie das ablehnen würde, aber sie sagte: »Dreht Euch um.«

Er ging nach hinten, um noch ein paar Steinbrocken vom Geröllhaufen auszusuchen. Sie sagte: »Ich bin fertig.«

Er warf zuerst seinen Mantel, dann seine Weste zu der Tür, ohne auch nur zu versuchen, sie vorher anzuzünden. »Warum tut Ihr das?«, fragte sie, als er damit begann, den ersten ihrer feinen Unterröcke zu zerreißen.

»Futter. Der Batist der Unterröcke wird schnell verbrennen, aber der Wollstoff wird glimmen.«

»Das hoffen wir.«

»Das hoffen wir«, stimmte er zu.

Den ersten Unterrock-umwickelten Stein warf er zu kurz, sodass er in einem leuchtenden, unnützen Haufen auf der zweiten Stufe verbrannte. Der zweite Versuch landete richtig.

»Gott sei Dank«, flüsterte sie und drückte sich gegen das Gatter, den Blick fest auf dem kleinen Feuer über ihnen.

Es brannte eine Weile – lang genug, um die Luft mit Rauch und dem beißenden Gestank schwelender Wolle zu erfüllen. Hustend sagte er: »Denkt Ihr, er könnte uns umbringen? Der Rauch, meine ich.«

»Wahrscheinlich nicht, wenn wir ans andere Ende des Raumes gehen, zum Geröllhaufen. Dort habe ich einen frischen Luftzug von draußen gespürt.«

Aber am Ende brauchten sie sich nicht zu entfernen. Das Feuer flammte noch einmal auf, dann erlosch es. Sie hatten noch ein Stück des Petticoats übrig.

»Es wird nicht funktionieren«, sagte er.

»Es muss funktionieren.« Sie drückte sich vom Gitter ab. »Reißt den letzten Unterrock auseinander«, sagte sie und begann, die Messingknöpfe ihres Reitkleids zu bearbeiten. »Euer Mantel war nass vom Stein, auf dem Ihr gelegen habt.«

»Ihr werdet frieren«, sagte er.

Mit ärgerlichen, zielstrebigen Bewegungen riss sie sich die Kleider vom Leib, und das weiße Fleisch ihrer Arme wurde von dem schwachen Licht der flackernden Lampe in Gold gebadet. »Trefft bloß die Tür.«

Beide Teile des Reitdresses landeten mit erfreulichem, gedämpftem *Wupp* auf seinem Mantel und der Weste. Er hätte seine Hosen hinterhergeworfen, aber sie waren aus Hirschleder und würden niemals brennen. Nur noch in ihr leichtes Korsett, eine dünne Chemise, Strümpfe und Stiefel gekleidet, beobachtete sie, wie er den letzten Unterrock anzündete. Er ließ die Flammen züngeln, bis er sich beinahe die Hand versengte, dann warf er das brennende Wurfgeschoss auf den Kleiderstapel.

Dieses Mal fing der Stoff Feuer und brannte heiß und schnell an. Die Luft füllte sich mit dem Knistern von Flammen und dem Geruch glimmenden Holzes. Sie standen da und beobachteten das Feuer. In der Ferne schlug die große Glocke von St. Clements viermal. Dann begann die kleinere Glocke ebenfalls zu schlagen, für diejenigen, die beim ersten Mal vielleicht falsch gezählt hatten. Als sie fertig war, zischte auch dieses Feuer noch einmal leise und erlosch.

Kapitel 41

»Es tut mir leid, dass ich Euch hier hereingezogen habe«, sagte sie.

Sie saßen Seite an Seite auf dem Vorsprung, der an der Wand des Steingewölbes entlang lief. Sie hatte die Knie zu ihrer Brust hochgezogen und die Arme um die Beine geschlungen, sodass sie sie nah heranziehen konnte. Er hatte die Lampe neben ihr auf den Vorsprung gestellt, doch die schwache Wärme, die von ihr ausging, lieferte bedauerlich wenig Schutz gegen die kalte Feuchtigkeit der unterirdischen Kammer.

Er wandte ihr das Gesicht zu. Sie hatte die meisten ihrer Haarnadeln verloren. Ihr Haar löste sich immer mehr und hing ihr in zerzausten Strähnen um das Antlitz. Dadurch sah sie ungewohnt nahbar aus. Er sagte: »Ich habe mich selbst hineingezogen.«

»Warum?« Die steile Falte erschien wieder zwischen ihren Augen, als sie sein Gesicht studierte. »Warum lasst Ihr Euch in Mordermittlungen verwickeln?«

Er legte den Kopf zurück und blickte auf das alte Gewölbe über ihnen. »Mir wurde gesagt, es sei eine Form der Arroganz, anzunehmen, dass ich ein Geheimnis lösen könnte, das andere überfordert.«

»Aber das ist nicht der Grund, aus dem Ihr es macht.«

Seine Lippen kräuselten sich in einem Lächeln. »Nein.«

»Es ist wegen der Opfer, nicht wahr? Ihr tut es wegen der Opfer. Für sie.«

Er sagte: »Das ist der Grund, aus dem *Ihr* Euch in diese Geschichte eingemischt habt, richtig? Für die Frau, die in Euren Armen gestorben ist?«

Sie schwieg eine Weile. Er hörte in der Ferne das Tröpfeln von Wasser und spürte das Gewicht von Tausend Tonnen Erde über ihnen. Sie sagte: »Das würde ich gerne glauben. Aber ich habe das dunkle Gefühl, dass ich es nur meinetwegen getan habe.«

»Euretwegen?«

Sie bewegte sich ruhelos hin und her und kam ihm ein winziges bisschen näher. Wäre sie irgendeine andere Frau, hätte er ihr die Wärme seines Körpers angeboten – zu ihrem Nutzen genauso wie zu seinem eigenen. Aber man bot der Tochter von Lord Jarvis nicht an, sie zu umarmen, selbst wenn sie fror und kurz vorm Tode stand. Sie sagte: »Mein Vater denkt, ich bringe mich in Reformen ein, weil ich mich auf rührselige Weise zu guten Werken hingezogen fühle.«

»Er kennt Euch nicht sehr gut, oder?«

Sie überraschte ihn mit einem leisen Lachen. »Was das betrifft, nein. Ich bin keine dieser Charity-Damen. Ich arbeite für die Reform aus einem Gefühl heraus, was richtig und was falsch ist. Aus einer Überzeugung, dass die Dinge anders sein sollten. Es ist viel eher intellektuell als emotional.«

»Ich glaube, Ihr seid zu streng mit Euch.«

»Nein. Ich kümmere mich um das Schicksal armer Frauen und Kinder in London mit der gleichen Sorge, mit der ich mich um das Wohlergehen von Zugpferden kümmern könnte. Ich empfinde mit ihnen als Mitlebewesen, aber sicherlich habe ich mir niemals ausgemalt, ich könnte mich je in einer vergleichbaren Lage befinden. Doch dann ...«

Sie unterbrach sich, schluckte und nahm einen neuen Anlauf. »Dann bin ich Rose – Rachel Fairchild begegnet. Und ich begriff ... sie war eine Frau wie ich. Eine in Wohlstand und Privilegien geborene Frau, die bei *Almack's* getanzt hat und mit ihrer Kutsche im Hyde Park ausgefahren ist. Und doch ist sie irgendwie dort gelandet, im Magdalenenhaus. Ich glaube, da habe ich zum ersten Mal wirklich verstanden, was ›*durch Gottes Gnade bin ich, was ich bin*‹ wirklich bedeutet.«

Er drehte den Kopf und sah sie an. Das Lampenlicht zeichnete einen weichen Glanz auf die stolzen Linien ihres Antlitzes und verlieh ihrem Haar einen feurigen Schimmer, den es im Tageslicht nicht hatte. Er sagte: »Also habt Ihr deshalb versucht, herauszufinden, wer sie war und warum sie getötet wurde? Aus einem Schuldgefühl heraus? Weil Euer Leben privilegiert und sicher blieb, während das ihre ... zugrunde ging?«

Ein zittriges Lächeln legte sich auf ihre Lippen. »Ich bin gerade nicht in Sicherheit, nicht wahr?« Sie erschauerte, und er streckte ungeschickt den Arm aus, um sie an seinen Körper zu ziehen. Er erwartete, dass sie sich sträubte, doch sie sagte nur: »Ich habe solche Angst.«

Er strich mit den Händen am kalten Fleisch ihrer Arme auf und ab, stütze sein Kinn auf ihren Kopf und hielt sie fest. »Ich auch.«

Irgendwann sagte sie: »Erzählt mir von Eurer Zeit in der Armee.«

Und so erzählte er ihr von den Orten, an denen er gewesen war, und vom Krieg. Er bemerkte, dass er ihr Sachen erzählte, die er niemals jemandem anvertraut hatte, nicht einmal Kat. Er sprach von den Dingen, die er gesehen hatte und von den Dingen, die er getan hatte, und warum er am Ende begriffen hatte, dass er alles hinter sich lassen musste, wenn er sich nicht in einer Welt verlieren wollte, in der alles, woran er glaubte, einer einzigen Schimäre geopfert werden konnte. Als er nach einiger Zeit schwieg, sagte sie: »Hört nicht auf. Bitte. Redet ... einfach weiter.«

Und das tat er.

Sie sagte zu ihm: »Wenn wir heute hier sterben. Werden Sie etwas bereuen, das Sie nie getan haben? Was ist es?« Er bemerkte, dass sie ihn siezte, und empfand es in ihrer Lage als angemessen.

Er zog sie fester in die Arme und hielt sie so, dass ihr Rücken an seiner nackten Brust ruhte. Wenn er sie so hielt, konnte er ihr Antlitz nicht sehen, und sie konnte ihn nicht sehen. Nachdem er einen Augenblick nachgedacht hatte, sagte er: »Ich vermute, ich bereue, dass ich meinen Vater enttäuscht habe. Was er von mir am dringendsten wollte, war, zu heiraten und einen Erben zu zeugen. Das habe ich nicht.« Er zögerte. »Warum? Was bereuen Sie?«

Sie legte den Kopf zurück an seine Schulter. »So viele Dinge. Ich wollte immer reisen. Den Nil hinauf segeln. Die afrikanischen Dschungel erforschen. Die Wüste Mesopotamiens zum Hindukusch durchqueren.«

Er bemerkte, dass er lächeln musste. »Ich sehe es vor meinen Augen. Was noch?«

Sie schwieg ebenfalls einen Augenblick. Er spürte, wie sich in einem tiefen Atemzug ihre Brust hob und wieder senkte. »Ich bedaure, dass ich nie erfahren habe, wie es ist, ein eigenes Kind zu haben. Was eine eigenartige Erkenntnis ist, da ich niemals vorhatte zu heiraten.«

»Tatsächlich nicht? Warum?«

»Eine Frau, die sich in England heutzutage verheiratet, versetzt sich selbst in einen legalen Status, der sich nur wenig von dem unterscheidet, den Sklaven in Amerika innehaben.«

»Ah. Sie sind eine Schülerin von Mary Wollstonecraft.«

Sie drehte sich um, um zu ihm aufzusehen. »Sie kennen ihre Arbeit?«

»Das überrascht Sie?«

»Ja.«

Er sagte: »Sie hat geheiratet.«

»Ich weiß. Ich konnte nie herausfinden, warum.«

Er lächelte in ihr Haar. »Nein, das konnten Sie nicht.«

Stille breitete sich aus, die mit gesagten und ungesagten Dingen angefüllt war. Und dann schlug die große Glocke von St. Clements die Stunde, gefolgt von ihrem Echo. Fünf Schläge.

»*Oh Gott.*« Sie drückte sich von ihm ab und erhob sich von dem Vorsprung, um durch die dunkle Kammer zu dem Geröllhaufen zu stapfen, der sie vom Fluss trennte. Sie stand mit dem Rücken zu ihm, hob ihre Hände, um die gelösten Haare aus ihrem Gesicht zu streichen und verschränkte die Finger hinter ihrem Nacken. Als die Glocken von St. Clements anfingen, »Lass o' Glowrie« zu spielen, bedeckte sie mit den Händen ihre Ohren, als wolle sie den Klang aussperren. »Ich will nicht sterben. Noch nicht. Nicht hier. Nicht so.«

Er ging zu ihr und zog sie wieder in seine tröstliche Umarmung. Sie drehte sich zu ihm und hob ihm ihr Antlitz entgegen. Ihr Kuss war der eines Mädchens, von Angst und Verzweiflung getrieben, nicht von Lust. Und er klammerte sich genauso fest an sie wie sie sich an ihn, weil er ihr Entsetzen kannte und teilte.

Er hörte, wie sie den Atem anhielt, fühlte, wie sich ihr Körper an seinem bog, als die Glocken von St. Clements verklangen. Ein eigenartiges Gefühl der Verwunderung überkam ihn, wie einen Mann, der aus einem tiefen, berauschten Schlaf erwachte. Und er dachte: *So fühlt sich das Leben an. So fühlt sich eine Frau an.* Weiche Haut, Herzschlag an Herzschlag und ihre Hand, die seine zu all den geheimen Stellen führte, an denen sie noch nie berührt worden war. Es gab keine gesellschaftlichen Vorschriften im Angesicht des nahenden Todes.

Er hob sie hoch und trug sie dorthin zurück, wo die Lampe einen Kreis goldener Wärme verströmte. Er spürte ihre beobachtenden Augen, als er sie halb unter sich hinlegte. Er sagte: »Sag mir, ob du das möchtest.«

Als Antwort schlang sie ihre Hände um seinen Nacken und ihre Beine um seine Mitte.

Sie hielt die Augen weit offen, als er in sie eindrang. Einmal schrie sie auf, ihr Atem ging hektisch. Er schmeckte die Tränen, die nass über ihre Wangen rannen. Er sagte: »Ich kann aufhören.«

Sie sagte: »Hör nicht auf«, dann schloss sie die Augen.

Sie hielt ihn so fest, als könnte sie in diesem letzten Akt des Aufbäumens und mit purer Willenskraft das

Leben festhalten. Er hatte sich selbst zwischendurch
für tot gehalten. Hatte sich manchmal den Tod gewünscht. Paradox, dass er gerade jetzt das Leben durch
sich pulsieren spürte, da er kurz davor stand, es zu verlieren.

»Halt mich«, flüsterte sie, ihr Atem war warm an seinem Ohr, ihre Finger gruben sich in seine Schultern.

Irgendwie hatte er gewusst, dass sie so schmecken
würde, dass sie sich so anfühlen würde. Als er über ihr
in der flackernden Dunkelheit aufragte, sagte sie: »Die
Franzosen sagen *la petite mort* dazu. Ich habe mich immer gefragt, warum.«

Und er sagte: »Was könnte intimer sein, als zusammen zu sterben?«

Danach strich er das feuchte Haar von ihrer Stirn zur
Seite. Seine Hand zitterte und sein Atem ging immer
noch schnell und heftig. Dann hielt er inne, seine Aufmerksamkeit war von einem entfernten Geräusch geweckt.

Sie schien seine Anspannung zu bemerken. »Was ist
los?«, fragte sie oder wollte sie fragen. Doch da war das
Geräusch bereits unverkennbar. Es klang nach erbar-
mungslos und schnell ansteigendem Wasser.

Kapitel 42

Hastig erhoben sie sich von dem Vorsprung, auf dem sie zusammen gelegen hatten, Sebastian sprang in seine Hosen und griff nach der Lampe. Das Licht war fast heruntergebrannt und flackerte nur noch schwach in der Pfanne, als er die Laterne hochhielt. Einen Augenblick wurde das Licht noch schwächer und erlosch beinahe ganz.

Das Wasser sickerte als schwarzer Bach durch das Geröll. Er griff nach Heros Hand und zog sie mit sich zu dem Eisengitter. Er konnte das Wasser bereits kalt an seinen Füßen spüren. »Klettere auf den Querbalken des Gitters«, rief er.

Sie klammerte sich an die Eisengitterstäbe, ihre Augen standen riesig in dem blassen Antlitz, ihr Haar hing gelöst herab. Sie sagte: »Wirf die Lampe.«

Sein Blick traf ihren.

»Wirf sie«, sagte sie. »Sie könnte die Kleider entzünden.«

Es war ein letzter, verrückter Versuch, sich zu retten. Er lockerte den oberen Teil aus zerbeultem Zinn und Hornglas hinter den Eisenstäben und hielt die Lampe am unteren Teil fest. Sie so zu werfen, war schwierig, denn das heiße Metall verbrannte seine Finger. Die Lampe flog die Treppe hoch, ihr Licht erhellte flackernd steinige Kanten und abgetretene Stufen. Dann prallte sie in zerspringendem Zinn und Horn gegen die Holztür, und Sebastian und Hero wurden in Dunkelheit getaucht.

Er stellte sich hinter sie, sein Körper berührte ihren. Das Wasser schwappte schon gegen ihre Fußknöchel. Er sagte: »Wenn das Wasser zu hoch wird, musst du dich auf meine Schultern stellen.«

Sie biss die Zähne im Kampf gegen die lähmende Kälte und Angst so fest zusammen, dass sie die Worte kaum hervorbrachte. »Um mir eine Minute zu erkaufen? Nein.«

Er legte die Wange gegen ihr Haar, sein Körper barg ihren, sein Griff an den Eisenstangen festigte sich, als er den Sog des Wassers um seine Beine spürte.

Sie sagte: »Ich mochte dich nie leiden. Was für eine Ironie, dass wir jetzt zusammen sterben sollen.« Und er lachte.

Das Wasser hatte bereits seine Hüften erreicht, als er das Geräusch eines Riegels hörte, der oben zurückgezogen wurde. Er versteifte sich, und Wut brandete durch ihn hindurch. »Anscheinend haben unsere Mörder die Tide falsch eingeschätzt«, sagte er leise an ihrem Ohr.

Sie hob den Kopf, ihr Körper zuckte, als plötzlich Sonnenlicht von oben hereinflutete und die überrascht klingende Stimme eines Mannes zu ihnen herunter hallte. »Was zur Hölle? Da liegt 'n Haufen Klamotten rum! Da muss das Feuer angefangen haben. Aber was zur Hölle ...«

»Hilfe!«, schrie sie. »Helfen Sie uns, schnell!«

Sebastian fiel mit ein. »Wir sind hier hinter einem Gitter gefangen, und die Flut kommt. Holen Sie eine Brechstange, um das Schloss an der Kette aufzubrechen. *Rasch.*«

Auf der Treppe erschollen immer mehr raue Stimmen und das Dröhnen schwerer Stiefel, die die Stufen herunter stapften und dann ins Wasser platschten, das immer höher stieg. Ein Riese von Mann mit rotem Haar und einem blonden Vollbart schob das Ende einer Brechstange in die Glieder der verschlossenen Kette, und sein Gesicht wurde rot vor Anstrengung, als er sie sprengte.

»Was zur Hölle macht ihr hier unten?«, fragte er, als Hero Jarvis, deren Chemise an ihrer Haut klebte, gegen ihn fiel.

Helfende Hände streckten sich ihnen entgegen und zogen sie ins Licht und die frische Luft und die gesegnete, unerwartete Wärme der spätnachmittäglichen Sonne. Irgendwoher erschien eine Decke, die von Hand zu Hand weitergereicht wurde. Miss Jarvis legte sie wie einen Umhang um sich. Ihr Antlitz war durch die Kälte so verzerrt, dass ihre Lippen blau waren.

Sebastian nahm einen tiefen Schluck aus einem Fläschchen mit Brandy, das ihm von jemandem in die Hand gedrückt wurde, und sagte: »Woher habt ihr es erfahren?«

Einer ihrer Retter – der rothaarige Riese mit dem buschigen Bart – sagte: »Wir haben Rauch gerochen. Nichts fürchtet ein Holzarbeiter mehr als Feuer. Also sind wir gekommen, um nachzuschau'n.«

Sebastians Blick fiel auf die verkohlten Pflanzen zu seinen Füßen. Und er begriff, dass etwas von den Kleidungsstücken, die sie auf die oberste Stufe der Treppe geworfen hatten, in den Spalt zwischen der alten Holztür und der abgetretenen Schwelle gerutscht sein musste. Das Feuer war auf der Treppe zwar erloschen, aber hinter der Tür musste es lange genug gebrannt haben, um das lange, dürre Gras des verlassenen und zugewucherten Gartens des Duke of Somerset in Brand zu setzen.

Die Menschenmenge um sie herum wuchs. Handwerker in Arbeitskitteln von der Holzwerft und Stallknechte des Mietstalls drängelten sich mit Bardamen des *Crow and Magpie* um die besten Plätze. Sebastian bemerkte, wie Miss Jarvis die Masse neugieriger Gesichter nach ihren Mördern absuchte.

»Sind sie darunter?«, flüsterte er und beugte sich dicht zu ihr. Doch sie erschauderte nur und schüttelte den Kopf.

In dem Haufen verkohlter Kleidungsstücke fand Sebastian seine Börse, die in der Tasche seines Mantels gesteckt hatte, und er lud alle zu einer Runde im *Crow and Magpie* ein. Fröhlichkeit breitete sich aus, als die Gruppe sich zum Gasthaus in Bewegung setzte. Eine dralle Bardame beäugte die Münzen in Sebastians Hand und bot an, »der Lady« ihr bestes Ersatzkleid zu verkaufen.

»Und ’nen guten, robusten Mantel hab’ ich auch noch«, sagte die Bardame, »den wo Se kaufen können.«

»Helfen Sie der Lady mit dem Kleid aus«, sagte Sebastian und drückte ihr eine weitere Münze in die Hand. »Und sehen Sie zu, dass sie ein bisschen warmes Wasser zum Waschen bekommt.«

Die Augen der Bardame weiteten sich. »Wir ha’m oben ’n richtig schönes Zimmer, wo sie sich waschen kann«, sagte die Bardame und führte Miss Jarvis zur Treppe. Einen Augenblick drehte Miss Jarvis sich um und blickte ihm über die laute Masse hinweg in die Augen. Dann ging sie.

Eine halbe Stunde später half er ihr in eine Mietdroschke und nannte dem Kutscher eine Adresse in der Nähe ihrer Wohnung. Es war der erste private Augenblick, den Sebastian mit ihr hatte, und bevor er die Tür zuschlug, gelang es ihm, das Wort an sie zu richten. »Ich bin bereit, ehrenwert zu handeln ...«

Sie schnappte: »Macht Euch nicht lächerlich«, dann bat sie den Kutscher, loszufahren.

Hero stieg von der Kutsche, die eine Ecke entfernt von Berkeley Square angehalten hatte, zog die Kapuze des groben Mantels der Bardame über den Kopf und vors Gesicht, dann eilte sie mit festen Schritten zu ihrem Haus.

Sie erwartete, angeglotzt zu werden. Stattdessen beachtete niemand sie. Sie war nur eine weitere billig gekleidete Frau in einem Strom von Hausmädchen und Milchmädchen, Verkäuferinnen und Kaufmannsfrauen. Und ihr wurde bewusst, dass sie gerade eine Ahnung von der Anonymität erlebte, die Viscount Devlin manchmal so effektiv im Verlauf seiner Ermittlungen einsetzte. Sie hatte vorher nie verstanden, was für ein berauschendes Freiheitsgefühl dies mit sich brachte.

Grisham, der Butler, öffnete auf ihr Klopfen. Seine herablassenden Versuche, sie zum Dienstboteneingang zu schicken, hörten sofort auf, als sie die Kapuze zurückschob und sich an ihm vorbeidrängte. »Miss Jarvis«, keuchte er, »Ich bitte vielmals um Ent...«

»Schon gut«, sagte Hero und eilte zur Treppe.

Unglücklicherweise traf sie auf dem ersten Treppenabsatz auf ihre Mutter. Aber Lady Jarvis lächelte nur vage und sagte: »An diesen Mantel kann ich mich gar nicht erinnern, Hero.« Das Lächeln erlosch, und ihre Brauen zogen sich zusammen. »Wir müssen wirklich eine andere Schneiderin für dich in Betracht ziehen.«

Hero stieß ein alarmiertes Lachen aus. »Ich probiere das nur für einen Kostümball an. Ich dachte daran, als gewöhnliche Bardame zu gehen.«

Lady Jarvis sackte die Kinnlade herunter. »Ich denke, das kannst du, wenn du es denn möchtest. Aber meinst du nicht, es ist … nun, gewöhnlich?«

»Vielleicht hast du recht«, sagte Hero und tat, als wäre es ihr gerade erst aufgefallen. »Vielleicht gehe ich als Jane Seymour, die dritte Gattin Heinrichs VIII.«

Sie war bereits die halbe Treppe zum zweiten Stockwerk hinaufgegangen, als Lady Jarvis sagte: »Gibt es bald einen Maskenball? Ich erinnere mich gar nicht, etwas davon gehört zu haben. Meine Güte, ich habe mir selbst noch gar keine Gedanken über ein Kostüm gemacht.«

»Vielleicht habe ich auch nur gehört, wie jemand über die Möglichkeit nachdachte, einen zu geben«, sagte Hero, die von der Vorstellung besorgt war, dass Lady Jarvis die Frage des nicht existierenden Maskenballs auf einer ihrer nächsten Soireen zur Sprache bringen könnte.

»Ach«, sagte Lady Jarvis und setzte ihren Weg die Treppe hinunter fort.

Endlich in ihrem Zufluchtsort, ihrem Schlafzimmer angekommen, riss sich Hero ihre zerfetzten Kleider vom Leib, klingelte nach ihrer Zofe und wies ein heißes Bad an. Sie bemerkte, dass sie wieder zitterte. In einen Morgenrock gekleidet, setzte sie sich ans Fenster, das über den Platz hinausblickte.

Das ersterbende Tageslicht tauchte die Platanen und Eibenhecken des Gartens in einen glänzenden Goldton, den sie normalerweise nicht hatten. Davon abgesehen war der Anblick jedoch der Gleiche wie an jedem vorherigen Abend ihres Lebens hier in London. Sie sah Milchmädchen, die nach Hause eilten und deren leere Milchkübel an ihren Schulterjochs baumelten. Eine Damenkutsche rollte die Straße hinauf Richtung Osten, das Hufgeklapper ihrer Pferde warf zwischen den hohen Häusern ein Echo. Alles war genauso wie vorher.

Nur Hero war eine Andere.

Kapitel 43

»Ein Glück, dass Ihr Euren Besuch der Strand Lane in der Kluft eines Stallburschen unternommen habt«, sagte Calhoun und hob mit spitzen Fingern einen durchweichten Stiefel auf. »Wie es aussieht, taugt dies nur noch für den Müllmann.« Seine Nase kräuselte sich. »Auch vom Gestank her. Bilde ich es mir nur ein, oder breitet sich im Ankleideraum Fischgeruch aus?«

Sebastian lehnte sich in seinem Badezuber zurück und schloss die Augen. »Ich habe bemerkt, dass ich bei den Stallkatzen sehr beliebt bin.«

»Tom sagte mir, dass die Pferde noch immer verschwunden sind.«

»Ich habe die Wachtmeister gebeten, in jedem Mietstall der Umgebung nachzusehen. Sie könnten noch auftauchen. Was hatten Eure Angreifer vor, was denkt Ihr?«

Sebastian legte den Kopf nach vorne, damit er die zarte Stelle unterhalb seiner Schädelbasis vorsichtig mit den Fingern abtasten konnte. »Wahrscheinlich hätten sie bis Anbruch der Dunkelheit gewartet, um unsere Leichen herauszuziehen und irgendwo in den Fluss zu werfen. Damit es so ausgesehen hätte, als wären wir beim Kentern eines Fährbootes oder etwas Ähnlichem ertrunken.«

Calhoun packte die ruinierten Stiefel und die Hosen in ein Bündel, dann zögerte er. »Und seid Ihr noch immer am Aufenthalt von Hessy Abrahams aus der *Orchard Street Academy* interessiert?«

Sebastian sah ihn an. »Haben Sie sie gefunden?«

Der Leibdiener sah außergewöhnlich ernst aus. »Nicht direkt. Aber ich hätte eine Person, mit der Ihr sicherlich reden möchtet.«

»Ach?«

»Eine Frau namens Maggie McQueen. Bis vorletzte Nacht war sie Putzfrau in der *Academy*. Sie ging, nachdem sie das Gefühl hatte, dass die Atmosphäre dort zu ungesund wurde.«

»Ungesund?«

»Tödlich.«

»Weiß sie, was mit Hessy Abrahams geschehen ist?«

»Laut Maggie McQueen ist Hessy tot.«

Sebastian beschloss, seine Stadtkutsche zu nehmen. Sein Kopf tat weh, und trotz des heißen Bads überlief ihn ein gelegentliches Frösteln.

»Ohne Euch zu nahe treten zu wollen, Mylord, aber Ihr seht aus wie der Teufel«, kommentierte Calhoun, als er sich auf dem vorderen Sitz niederließ.

Sebastian nieste. »Ich fühle mich auch wie der Teufel.«

Die Dunkelheit war hereingebrochen und hatte die Stadt in eine sternenlose schwarze Decke gehüllt. Sie fuhren durch Straßen, die nur durch das flackernde Licht der Kutschlampen und der Fackeln vorbeilaufender Fackeljungen beleuchtet wurden. Ein leichter Regen hatte eingesetzt und überzog die Pflastersteine mit einem rutschig-feuchten Film. Er trieb die Menschentrauben, die sich gewöhnlich um die Schnapsschenken drängten, nach drinnen.

Ihr Ziel erwies sich als hässliches, protziges Haus in einer Hintergasse in Stepney namens *Blue Anchor*, das

Calhouns berüchtigter Mutter gehörte. Das Gebälk des vorspringenden Obergeschosses war grau vom Alter. Vorbeifahrende Lastkarren hatten Ziegel von den Ecken des Erdgeschosses abgeschlagen, so dass das Gebäude das Aussehen eines alten Mannes hatte, dem die Hälfte seiner Zähne fehlte. Aber drinnen war der *Blaue Anker* warm und gemütlich. Die uralte Bar, die Nischen und die Vertäfelung mochten schwarz vom Alter sein, aber der Schankraum roch angenehm nach Bienenwachs, gemischt mit Ale und Gin.

Sebastian nieste erneut. »Das ist also das berüchtigte *Blue Anchor*?«

»Ist es anders, als Ihr erwartet habt, Mylord?«, sagte Calhoun. Er führte ihn zu einer Kammer hinter den Treppen. »Einen Augenblick.«

Sebastian ließ sich auf einen der bequemen, abgewetzten Stühle neben dem Kamin fallen, schloss die Augen und hörte dem Pochen in seinem Kopf zu. Calhoun war nur allzu bald wieder zurück, in der Hand ein Glas heißen Rum für Sebastian, und in seiner Gesellschaft eine schrumpelige kleine Frau mit dünnem, grauem Haar, einer breiten Nase und überraschend blitzenden, schwarzen Augen.

»Eure Lordschaft, das ist Maggie McQueen«, sagte Calhoun und lotste sie zu dem Stuhl gegenüber von Sebastians. »Maggie, ich will, dass du Seiner Lordschaft jetzt alles erzählst, was du mir erzählt hast.«

Maggie ließ ihren gewitzten Blick über Sebastian wandern und fand offenbar, dass er mitgenommen aussah. »Was zur Hölle is' mit Eusch passiert?«, fragte sie in breitem Geordie-Akzent.

»Ich denke, man könnte sagen, dass ich in den Fluss gefallen bin.« Gewiss war das nicht ganz richtig, da der Fluss zu ihm gekommen war. Aber er war nicht dazu aufgelegt, es zu erklären.

Maggie grunzte. »Wie närrisch, sowas zu tun. Seid Ihr von wem reingelegt wor'n?«

»Ich fürchte, diese Entschuldigung habe ich nicht.«

Sie grunzte wieder. »Der Bub hier, der hat uns erzählt, Ihr interessiert eusch für das, wo vor 'ner Woch mittwochabends in der *Academy* passiert is'.«

Sebastian brauchte einen Augenblick, um zu verstehen, dass sie mit »der Bub« Jules Calhoun meinte. »Ich interessiere mich brennend dafür«, sagte Sebastian und nahm einen Schluck heißen Rum. Eine wohlige Wärme breitete sich in seinem Körper aus.

»Tja, isch kunnt' mir das net zusammenreime«, sagte Maggie, zog aus irgendeiner versteckten Tasche eine Lehmpfeife hervor und begann, sie mit Tabak zu stopfen. »Aaber isch dacht', das kann eh käner, außer vllaisch die zwei Nutten, wo jetzt lang tood sin', was?«

Solange er sich daran erinnerte, dass »isch« »ich« heißen sollte, und dass Geordies gern möglichst viele Vokale in ein Wort packten, dachte Sebastian, dass er dem Gespräch würde folgen können. Er sagte: »Sie meinen Rose Fletcher und Hannah Green?«

»Rischtisch. Erst wie wir die Laischen gefunden ha'm, ha'm wir gerafft, dass die überhaupt ab und durch die Mitt' war'n.«

»Leichen?«, sagte Sebastian.

Maggie zündete einen Span an und hielt das glimmende Ende an ihre Pfeife. Ihre Wangen wirkten eingesunken, als sie daran zog. Sebastian wartete mit wachsender Ungeduld, bis der Tabak endlich glühte, sie mehrmals an der Pfeife sog und einen Strom duftenden Rauchs auspustete. »Leichen«, bestätigte sie. Bei ihr hörte es sich allerdings an wie »Laischen.«

»Männer oder Frauen?«

»Ään Mann, ään Frau.«

Sebastian lehnte sich vor, den Becher in beiden Händen haltend. Er atmete die wohlriechenden Düfte nach Gewürzen, Zimt und heißem Rum ein, und endlich ließ das Pochen in seinem Kopf nach. »Wissen Sie, wer sie waren?«

»Von dem Tooden hab' isch nix net gewusst, außer dass er 'n Freier war. Aber das toode Mädschen, das war Hessy Abrahams.«

»Wurden sie zusammen gefunden?«

»Pff, nää. Der Mann war im Chinesenzimmer, unser Hessy war im Peep-Zimmer bei den hinnern Treppen.«

»Im Peep-Zimmer?«

»Für die Männer wo gern zuschau'n«, sagte Maggie ohne die Spur von Unbehagen oder Koketterie.

Sebastian wechselte einen Blick mit Calhoun. Sie hatten ihre Ermittlungen mit dem Tod einer jungen Frau begonnen, die in einer Gasse erschossen worden war. Doch die Zahl der Toten schien sich zu multiplizieren. Er sagte: »Der tote Mann im Chinesenzimmer ... wessen Kunde war er?«

»Na, der vom Rose.«

Sebastian nahm nachdenklich einen Schluck von seinem Rum. »Können Sie mir sagen, wie er aussah?«

Maggie zog an ihrer Pfeife, die Augen beim Nachdenken halb geschlossen. »Der war jung.« Sie unterzog Sebastian einem prüfenden Blick. »Vllaisch Euer Alder, würd isch sagen. Vllaisch 'n Jota älter, vllaisch 'n Jota jünger. Aber hübsch, wie do der Bub.« Sie blickte Calhoun an. »Kann misch an nix Auffälliges an ihm erinnern, außer dass er ne Naabe hatte, quer über'n Bauch. So.« Sie zog eine diagonale Linie über ihren Bauch.

»War er nackt?«

Maggie nickte. »Mansche Männer lassen nur die Hoosn runter und machen's ihr schnell, aber der hier, der hatt' für ne gaanz Stund bezahlt.«

»Wie ist er gestorben? Wissen Sie das?«

Maggie zuckte die Achseln. »Abgestoch, glaab isch. Weehnschtens hat er alles vollgebluut'. Mir ham eewisch gebraucht, für alles wieder sauber zu krieng.« Sie zögerte. »Hab aber kään Kneipsche gesehn.«

»Ein was?«

»Ein Messer«, soufflierte Calhoun.

»Ah.« Sebastian stärkte sich mit mehr Rum. »Und der Mann, der bei Hannah Green war?«, fragte er. »Haben Sie den gesehen?«

»Nää. Aber gehöört hab' isch 'n. Hat der vllaisch 'nen Aufstand gemacht, weil sie verschwunn is und ihn so zurückgelass hat. Miss Lil musst' ihm sain Geld zurückgebm.«

»War Ian Kane nicht anwesend?«

»Da nisch, nää. Miss Lil hat nach ihm geschickt, nachdem sie die Laischen gefunden hatt'.«

»Was hat Kane mit ihnen gemacht?«, fragte Sebastian interessiert. »Mit den Leichen, meine ich.«

Maggie McQueen kniff im Rauch ihrer Pfeife die Augen zusammen. »Sie fragen aber 'n Haufen Fragen für 'n Lord.« Sie warf einen Seitenblick auf Calhoun. »Biste sischer, dass der 'n Lord is?«

»Die bona fide Klausel«, sagte Calhoun feierlich.

»Die Leichen«, drängte Sebastian. »Was hat Kane mit ihnen gemacht?«

Sie zuckte die Achseln. »Irgendwo versenkt. Isch wääß net, wo. Was hätt'er sonsch mit dene machen sollen? Die Waachtmeister rufen?« Sie stieß ein leises, derbes Glucksen aus.

Sebastian blickte seinen Leibdiener an. »Isch wääß net wo?«

Calhoun beugte sich vor und flüsterte: »Ich weiß nicht, wo.«

»Oh«, sagte Sebastian. Er legte den Kopf zurück und leerte sein Glas. Die Bewegung verursachte ihm leichten Schwindel, sodass er einen Augenblick brauchte, bevor er weiter sprechen konnte. »Der Mann, der bei Hessy Abrahams war, ihr Kunde – haben Sie ihn gesehen?«

»Nää-ä. Isch denk, der is lebend aus dem Haaus gang. Isch hab' nur den Toode gesehn, wail isch geholf hab, ihn in eine Plaane zu wickeln, damit Thackery ihn aus'm Haus schaffen kunnt«, fügte sie erklärend hinzu.

»Thackery?«

»Der war früher so'n Gentleman vom Rummel.«

»Ah, ja«, sagte Sebastian, der sich an den Boxer mit der gebrochenen Nase und dem Blumenkohlohr erinnerte. »Ich glaube, ich bin Mister Thackery schon begegnet.«

Maggie McQueen blinzelte ihn durch eine Wolke Tabakrauch an. »Ihr seht net so guud aus. Kommt vom Rumgeistern zu spät in der Naacht.«

»In der Tat«, stimmte Sebastian ihr zu. »Wie gut kannten Sie Rose Fletcher?«

»Kenne?« Maggie stieß ein grunzendes Lachen aus, das in einem Husten endete. »Bin doch nur Butzfraau. Denkt Ihr, die Huuren wollten mit unsereins zu duun ham?«

»Aber Sie wussten, wer sie war.«

Maggie zog an ihrer Pfeife. »Aye. Das war die, wo die gaanz Zait gepienst hat. Wenn sie meinte, käner däd's siehn 'ndüürlich. Aber die alde Maggie sieht mehr als wie die maischdn annern.«

»Warum heulte sie Ihrer Meinung nach?«

»Was glaabt'n Ihr, weshalb?«, sagte Maggie zornig. »Warum piensen Fraaun?«

Sebastian betrachtete Maggie McQueens strahlende, dunkle Augen, ihr altersgezeichnetes Antlitz und ihre abgearbeiteten Hände. »Weinen sie oft?«, fragte er ruhig. »Die Frauen der *Orchard Street Academy*?«

Maggie schüttelte den Kopf. »Die maischdn net. Die maischdn ham mehr als se sisch je erträumt ham – haufenweise Essen, n Dach über'm Kopf, scheene Kleider.«

»Aber Rose?«

»Die ...« Maggie zögerte, während der Rauch von ihrer Pfeife nach oben um ihren Kopf herum zog. »Die is mit ganz annern Träumen aufgewachs.«

Und doch ist sie geblieben, dachte Sebastian, *in einem selbstentfachten Fegefeuer gefangen, von Selbsthass und fehlgeleiteten Schuldgefühlen für die Fehler anderer getrieben.* Laut sagte er: »Warum haben Sie die *Academy* verlassen?«

Maggie schlug am Kamin die Asche aus ihrer Pfeife und schickte sich an, aufzustehen. »Ihr kommt vorbai und fragt Fragen, und dann werden die nervöös.«

»Die?«

Sie zuckte die Schultern. »Mister Kane. Miss Lil. Thackery. Hab doch gesehn, wie die uns angestaarrt ham. Ham sich doch gefraagt, ob isch singen würd. En aald Fraau wie mich? Wenn die irschendwann verschwinndt? Bin isch lieber selbschd verschwunn. Bevor die misch verschwinne lasse.« Sie zog einen Mundvoll Schleim nach oben und spuckte ihn zielsicher in einen in der Nähe stehenden Spucknapf.

»Haben Sie Hessy Abrahams Leichnam gesehen?«, fragte Sebastian.

»'ndüürlich. Hab isch aauch in eine Plaane gewickelt.«

»War sie auch erstochen worden?«

Maggie drückte sich auf ihre Füße hoch. »Nää! Waar kään Bluud auf ihr. Es hat ihr ääner den Haals umgedreeht. Wie so' nem Suppenhinkel.«

Kapitel 44

Samstag, 9. Mai 1912

Das _Black Dragon_ lag finster und still im kalten Licht der frühen Morgendämmerung, ein düsterer Unterschlupf für den schattenhaften Herrscher eines Königreichs der Sünde und Verzweiflung im Untergrund. Ian Kane hatte vielleicht nicht alle Antworten auf die Frage, was an jenem schicksalhaften Mittwochabend in der _Orchard Street Academy_ geschehen war, aber Sebastian bezweifelte nicht, dass der Mann aus Lancashire mehr über die Geschehnisse wusste als seine Putzfrau. Die Schwierigkeit jedoch lag darin, dicht genug an ihn heranzukommen, um ihn zu befragen.

Sebastian beobachtete die Taverne eine Weile von der anderen Straßenseite aus, wo verstreute Asche und ein schwarzverkohlter Kreis auf den zerbrochenen Pflastersteinen die Stelle markierten, an der zuvor der Verkaufsstand für heiße Kartoffeln gestanden hatte. Ein paar Männer drehten sich zu Sebastian um und starrten ihn an. Sie waren unrasiert, ihre Augen lagen tief in den Höhlen. Aber die Straßen waren fast leer. Dieser Stadtteil erwachte erst am Nachmittag und Abend zum Leben.

Eine Gasse voller Unrat führte die Südseite der Schänke entlang. Sebastian überquerte die Straße, holte tief Luft und duckte sich unter dem Durchgang hindurch. Die Absätze seiner Stiefel knirschten im Abfall aus zerbrochenen Flaschen, Austernschalen und regennassen Theaterankündigungen, die sich träge vom Wind treiben ließen. Wie die meisten Gassen

Londons, diente auch diese als Frischluft-Nachttopf. Es roch anders als der Fischgestank, jedoch bezweifelte Sebastian, dass Calhoun diesen Umstand als Verbesserung betrachten würde.

Nach seinem vorherigen Besuch im *Black Dragon* hatte Sebastian den Verdacht, dass seine Aussichten, unbehelligt durch den Vordereingang zu schlendern, begrenzt waren. Er brauchte einen verborgeneren Eingang.

Er fand die Tür, die von der Kneipenküche auf die Gasse hinausging, und gleich dahinter eine klapprige Holztreppe, die zum ersten Stock hoch führte. Dahinter endete die Gasse abrupt in einer hohen Backsteinmauer. Sebastian stand noch am Fuß der Treppe und dachte über seine Möglichkeiten nach, als sich die Küchentür hinter ihm öffnete.

Er drehte sich um und sah einen bulligen Mann in einem braunen Kordmantel in der Gasse. Er mühte sich mit einem überquellenden Mülleimer ab. Ihm folgte ein zweiter Mann mit einer gebrochenen Nase und einem Blumenkohlohr. Er lud einen Armvoll zerlegter Kisten neben der Tür ab, dann richtete er sich auf. Sebastian erkannte Thackery, den ehemaligen Preisboxer der *Orchard Street Academy*.

»Ach ...«, sagte Thackery, dessen kleine schwarze Augen bei Sebastians Anblick aufleuchteten. »Sie mal an, was haben wir denn da.« Sein Lächeln wurde breiter und entblößte seine abgebrochenen, braunen Zähne. »Wie ich seh', habt Ihr Euern verfluchten Spazierstock vergessen.«

Mit einer Backsteinmauer im Rücken und zwei Ganoven vor sich waren Sebastians Möglichkeiten plötzlich sehr eingeschränkt. Er machte einen Schritt nach vorn und rammte dem Boxer seinen linken Absatz ins rechte Knie. »Das ist doch das, welches ich zuvor getroffen habe, nicht?«, sagte er, als der Ex-Boxer mit einem Heulen in die Knie ging.

»Was zur Hölle?« Der bullige Mann im braunen Kordmantel setzte den Mülleimer mit einem Knall ab, griff hinein und zog eine zerbrochene Flasche heraus. »Kennst du den Kerl, Thackery?« Er trat in die Mitte des Wegs und ging leicht in die Knie, wie ein Straßenkämpfer, die zerbrochene Flasche hielt er wie ein Messer in der Hand. »Scheint, Ihr seid in die falsche Gasse eingebogen«, sagte er zu Sebastian.

Eine Hand um sein Knie geschlungen, kam Thackery schwankend zum Stehen und lehnte sich an die rußbefleckte Wand hinter ihm. Sein Atem ging schnell und schwer. Sebastian trat erneut und zielte dieses Mal gegen den Mülleimer. Er kippte um, eine Kaskade aus zerbrochenem Glas und Tierknochen stürzte heraus und riss den anderen Mann von den Füßen, sodass er in einer Kloake aus stinkendem Abfall landete. Sebastian sprang über den ausgebreiteten Müll und konnte zwei Schritte in Richtung des Ausgangs der Gasse machen, bevor Thackery sich von der Hauswand abstieß.

Groß und zornig wie er war, erwischte der Mann Sebastian und stieß ihn quer über die Gasse gegen die andere Mauer. Der Aufprall presste Sebastian die Luft aus der Lunge. Im Augenwinkel nahm er dunkel wahr, dass Licht aus der Tür oberhalb der Treppe fiel, als diese geöffnet wurde. Dann hob Thackery Sebastian am Kragen hoch und drückte ihn gegen die Backsteine.

Sebastian verschränkte beide Hände, formte mit den Armen eine Pyramide und riss sie hoch, um den Griff des Boxers von seiner Jacke zu lösen. Das klappte nicht. Verblüfft schlug er mit beiden Fäusten ins Gesicht des Mannes. Thackery grunzte, blieb jedoch unerbittlich stehen.

Beide Hände verschränkt, riss Sebastian seine Fäuste zur Seite und ließ sie gegen Thackerys Kopf donnern. Der zuckte noch immer nicht.

»Das reicht«, sagte Ian Kane von der Treppe herab. »Lass ihn los.«

Thackery zögerte.

»Du hast mich gehört. Lass ihn los.«

Schweratmend und mit rotem Gesicht trat Thackery einen Schritt zurück und ließ Sebastian an der Wand entlang nach unten rutschen.

Sebastian strich die Aufschläge seines Jacketts glatt und richtete die Falten seines Halstuchs.

»Da Ihr nun schon mal da seid, könnt Ihr auch heraufkommen«, sagte Ian Kane, prächtig in hirschlederne Hosen und einen seidenen Morgenrock mit Paisleymuster in glänzendem Rot und Blau gekleidet.

»Danke sehr«, sagte Sebastian. Er war sich des zornigen Blicks von Thackery bewusst, der ihm folgte, als er seinen Hut aufhob und die Stufen hinaufstieg.

»Etwas Bier?«, fragte Kane und ging ihm voraus in eine gemütliche alte Stube mit glänzender Holzvertäfelung und einem kunstvoll gearbeiteten steinernen Kamin.

»Bitte«, sagte Sebastian mit Blick auf die steinernen Statuen, die die Kaminumrandung trugen. »Ein bezauberndes Stück.«

»Ja, nicht wahr?«

Sebastian betrachtete die Schäden an seinem Hut. »Ich habe einige neue Geschichten über die *Academy* gehört.«

»Ihr wisst doch, was man sagt«, meinte Kane, der zwei Gläser Bier einschenkte. »Man darf nicht alles glauben, was so erzählt wird.«

»Keine Einwände«, stimmte Sebastian zu. »So habe ich beispielsweise gehört, dass nur zwei Frauen in Ihrem Haus als vermisst galten – Rose Fletcher und Hannah Green. Nun habe ich doch herausgefunden, dass es noch eine dritte gibt. Hessy Abrahams.«

Kanes Kopf ruckte nur eine Spur zu schnell nach oben. Ansonsten ließ er sich nichts anmerken. Er hielt Sebastian eines der Biergläser hin. »Wie es scheint, wisst Ihr mehr über mein Etablissement als ich selbst.«

»Ist das so?«, sagte Sebastian und nahm das Bier entgegen. »Wie ich hörte, ist Hessy Abrahams nicht davongelaufen, sondern sie wurde ermordet.«

Kane hob sein eigenes Glas an die Lippen. »Ihr müsst mit einem meiner Konkurrenten gesprochen haben. Sie verbreiten gern garstige Gerüchte über mich.«

»Tatsächlich habe ich mit Maggie McQueen gesprochen.«

»Ach, die liebe Maggie. Ich fragte mich bereits, wohin sie verschwunden ist.«

Sebastian hielt sein Bier fest, ohne es zu kosten. »Am Mittwoch letzter Woche hat sich in Ihrem Haus etwas Ungewöhnliches zugetragen, Kane. Was?«

Kane zuckte mit den Schultern. »Ich war nicht da.«

»Vielleicht. Aber in keinem Ihrer Häuser geschieht etwas, ohne dass Sie davon wissen.«

In den Augen seines Gegenübers blitzte es. »Wie ich hörte, ist dieser Untersuchungsrichter der Bow Street – Sir William – in seinem eigenen Büro an einem Schlaganfall gestorben.«

»Nun, man darf nicht alles glauben, was man hört.«

Kane stieß ein bellendes Lachen aus und ließ sich auf einem gepolsterten Stuhl neben dem Kamin nieder. »Fein. Ihr schätzt Geschichten, Lord Devlin? Ich werde Euch eine erzählen. Es waren einmal drei Gentlemen, die in der Stadt unterwegs waren. Wie die meisten jungen Männer juckte es ihnen in den Hosen. Wie das Unglück es so wollte, entschieden sie sich, dieses Jucken in der *Orchard Street Academy* zu lindern. Sie wählten drei Dirnen aus und verschwanden mit ihnen die Treppe hinauf. Ich fürchte, ab da wird die Geschichte sehr düster. Das Nächste, was wir erfahren, ist, dass einer der Gentlemen Staub aufwirbelt, weil sein Paradiesvögelchen ausgeflogen ist – wie es scheint, jedoch ohne die Dienste geleistet zu haben, für die die Lady bereits mit einer beträchtlichen Summe bedacht worden war. Die wertvollsten Waren meiner Etablissements kosten einen hohen Preis, das versteht Ihr sicherlich.«

»Und die Dame seiner Wahl war?«

»Hannah Green. Miss Lil suchte noch nach der lieben Hannah, da entdeckte sie Hessy.«

»Mit gebrochenem Genick.«

»Ihr habt die Geschichte schon gehört.«

»Nicht die ganze«, sagte Sebastian. »Und der Gentleman, der Hessy ausgewählt hatte?«

»War verschwunden.«

»Wie Hannah Green«, sagte Sebastian.

»Richtig.«

»Was ist mit Rose Fletcher?«

»Rose war ebenfalls einfach verschwunden.«

»Und hatte einen toten Kunden in ihrem Bett zurückgelassen?«

»Unglücklicherweise, ja.« Kane legte sich in seinem Sessel zurück. »Ich bin mir sicher, Ihr versteht meine Haltung. Leichen sind nicht gut fürs Geschäft. Sie lenken alle Arten unerwünschter Aufmerksamkeit vonseiten der Polizei auf uns und verschrecken die Kundschaft.«

»Also habt ihr – was getan? Die Leichen im Fluss versenkt? Sie in Bethnal Green verbrannt?«

Kane lächelte leicht. »Etwas in der Art.«

»Das ist eine interessante Geschichte. Es gibt daran nur einen Haken.«

»Und der wäre?«

»Sie ergibt keinerlei Sinn.«

Kane legte sich in gespielter Überraschung die gespreizten Hände vor die Brust. »Geschichten müssen Sinn ergeben?« Seine Hände fielen herab. »Ich will offen sein, Mylord. Ich weiß nicht, was in jener Nacht geschehen ist. Ich weiß nur, dass die *Academy* weg vom Fenster ist, wenn ein paar solcher Nächte folgen sollten.«

»Haben Sie einen der drei Männer davor schon einmal gesehen?«

Kanes Mund verzog sich zu einem kleinen Lächeln. »Mylord, Ihr vergesst, dass ich nicht zugegen war.«

»Der Tote dann. Den haben Sie gesehen. Haben Sie ihn wiedererkannt?«

»Glaubt mir, Mylord, ich habe nicht die geringste Vorstellung, wer er war.«

»Ihnen glauben, Mister Kane? Weshalb sollte ich Ihnen glauben?«

Ian Kane lächelte nun nicht mehr. »Ich hätte Euch von Thackery und Johnson einfach in der Gosse umbringen lassen können.«

Sebastian stellte sein unberührtes Bier beiseite. Hätte der Straßenkampf nicht so unangenehm nahe beim *Black Dragon* stattgefunden, so dachte Sebastian, dann hätte der Bordellbesitzer sich kaum berufen gefühlt, einzugreifen. Wie der Mann gesagt hatte, waren Tote nicht gut fürs Geschäft. »Das war keine Frage der Menschenfreundlichkeit. Das war nur eine Frage von ... geografischen Gegebenheiten.«

Kane blieb stehen, wo er war und legte den Kopf in den Nacken, als er Sebastian beobachtete, der zur Tür ging. »Dann empfehle ich Euch, dass Ihr künftig Eure Ziele weise wählt.«

Kapitel 45

Sebastian saß auf der Brandruine einer eingestürzten Mauer und atmete den durchdringenden Gestank von Asche und feuchtem, verbranntem Holz ein. Nachdem er das *Black Dragon* in St. Giles verlassen hatte, war er zu den Überresten des Magdalenenhauses gekommen. Ein Glasergeselle, der sich auf der Straße näherte, warf ihm einen scharfen Blick zu und ging weiter. Sebastian starrte wie blind über das Durcheinander der verkohlten Reste und fragte sich, wieso er es nicht früher erkannt hatte.

Was für Männer mussten es sein, die sieben unbekannte Frauen umbringen würden, nur um eine Bestimmte zu erwischen? Die Antwort war nur zu offenkundig: *Männer, die das Töten gewöhnt waren.* Und niemand war mehr an das Töten gewöhnt als Soldaten.

Er dachte an das Mädchen des Käseladens zurück, Pippa. Sie hatte ihm am ersten Tag bereits einen Hinweis gegeben, als sie ihm sagte, dass der Gentleman, den sie beim Ausspionieren des Magdalenenhauses gesehen hatte, sie an einen alten reichen Pinkel erinnerte. Die reichen Pinkel, die sie meinte, konnte man immer an der sonnengebräunten Haut erkennen, so wie man auch Armeeangehörige erkennen konnte, die Jahre unter der gleißenden Sonne Indiens, des Sudans, Ägyptens oder der westindischen Inseln verbracht hatten.

Das Geräusch von Stiefelleder, das über umgestürztes Gebälk streifte, ließ Sebastian den Kopf drehen. »Was tut Ihr hier?«, fragte Cedric Fairchild, der sich einen Weg zu ihm suchte.

»Ich versuche, in alledem einen Sinn zu erkennen.« Er betrachtete das eingefallene Gesicht des Jüngeren. »Was führt Sie hierher?«

»Ich weiß es nicht.« Cedric hatte die Hände tief in seine Manteltaschen geschoben und die Schultern gegen die feuchte Luft hochgezogen. Er starrte über die zerstörten Hauswände und das Durcheinander verbrannter Überreste hinweg. »Ich kann nicht glauben, dass sie hier gestorben ist. Ich denke die ganze Zeit darüber nach, was geschehen wäre, wenn ich es geschafft hätte, dass sie von dort weg...«

»Nicht«, sagte Sebastian. »Es ist nicht Ihre Schuld.«

Cedric drehte den Kopf und sah ihn an. »Doch.« Er nahm einen Atemzug, der anscheinend seine ganze Gestalt erbeben ließ. »Ich habe mit Georgina gesprochen – Lady Sewell, meiner Schwester. Sie hatte von Rachels Tod gehört und hat mich besucht. Sie hat mir etwas erzählt, das ich noch nicht wusste. Es scheint, dass Rachel im Sommer – bevor ich nach Hause kam – durchaus einen Streit mit Ramsey hatte. Also hatte mein Vater vielleicht recht, und sie ist *deshalb* weggelaufen.«

Sebastians Brauen zogen sich zusammen. »Hätte Lord Fairchild sie dazu gezwungen, Ramsey zu heiraten, wenn sie ihre Meinung geändert hätte?«

»Ich weiß es nicht. Ich habe nie darüber nachgedacht. Ich denke schon. Wisst Ihr, er ist sehr pedantisch, wenn es um Schicklichkeit geht. Wenn sie ihr Verlöbnis gebrochen hätte, hätte das sicherlich einen Skandal nach sich gezogen.«

Sebastian sah, wie Pippa in der Käsehandlung auf der anderen Straßenseite auf die Türschwelle trat und mit gerunzelter Stirn die Augen zusammenzog, um ihn und Fairchild deutlicher zu sehen.

Cedric sagte: »Ich verstehe nicht, warum Ihr in der Vergangenheit herumstochert und diese Fragen über Rachel stellt. Über meine Familie. Was hat das alles mit dem hier zu tun?« Er wedelte mit dem Arm in einem weiten Bogen über die eingestürzten, schwarzen Balken und den zerstörten Kamin einer ehemaligen Feuerstelle.

»Ich bin nicht sicher, ob es etwas damit zu tun hat«, gab Sebastian zu.

Cedrics Arm fiel an seiner Seite herunter. »Meinem Vater geht es nicht gut, müsst Ihr wissen. Die Neuigkeiten über Rachel haben ihn schwer getroffen.«

»Haben Sie ihm gesagt, dass es stimmt?«

»Meine Schwester sagte es ihm.«

»Und er hat es geglaubt? Hat er akzeptiert, dass sie tot ist?«

Cedrics Blick glitt weg. »Ich weiß es nicht. Er sagte Nein. Ich meine, man kann es schwer glauben, nicht? Ihr Körper war so stark verbrannt ... Aber er – er ist nicht er selbst. Ich mache mir Sorgen um ihn.«

Sebastian spürte, wie sein Mund sich zu seinem schiefen Lächeln kräuselte. »Sie möchten, dass ich aufhöre, Fragen über Rachel zu stellen. Wollen Sie das sagen?«

»Sie ist tot! Tot und beerdigt. Zu wissen, was ihr widerfahren ist, wird sie nicht zurückbringen. Aber es könnte unseren Vater leicht umbringen.« Cedric deutete mit einem Kopfrucken auf das ausgebrannte Haus. »Ihr wollt herausfinden, was mit den Frauen in diesem Haus geschehen ist, gut. Aber haltet meine Familie heraus!«

In der plötzlichen Stille, die auf seinen Ausbruch folgte, konnte Sebastian das Rasseln eines Rollladens hören, der hochgeschoben wurde. Er blickte auf seine zusammengelegten Hände, dann auf in das schmallippige Gesicht seines Gegenübers. Cedric Fairchild mochte im Krieg gewesen sein, aber plötzlich sah er sehr, sehr jung aus. Sebastian sagte: »Der vermisste Mann ... Max Ludlow. Kannten Sie ihn gut?«

Cedric runzelte die Stirn, als überrasche ihn der Themenwechsel. »Ich habe ihn einige Male getroffen. Aber ich kenne ihn nicht gut, nein. Ich habe nie mit ihm gedient.«

»War er bei den Husaren?«

»Bis er austrat, ja.«

»Wurde er je verletzt?«

»In Argentinien, glaube ich.« Cedric kniff die Augen zusammen. »Warum?«

Sebastian dachte en einen toten Mann in einem Bordellzimmer, über dessen Rumpf quer eine Narbe verlief, die wie ein Säbelhieb aussah. Aber er sagte nur: »Ich wollte es nur wissen.« Er blickte über die Straße zum Käseladen.

Pippa war verschwunden.

»Das ergibt kein’ Sinn«, sagte Tom von seinem Platz hinten auf Sebastians Zweispänner. »Es is’ fast drei. Wie kann diese Lady Melbourne jetze ein Frühstückspicknick machen?«

Sebastian bog in präzisem Bogen um eine Ecke. Sie fuhren auf ihrem Weg nach Kew, wo Lady Melbourne ihr sehnlich erwartetes Frühstück abhielt, durch Putney. »Frühstücke sind wie Morgenbesuche, und das bedeutet, sie finden am Nachmittag statt. Wenn man für gewöhnlich nicht vor Mittag aufsteht, verschiebt sich alles ein bisschen.«

»Ihr spekuliert drauf, dass dieser Mister Ramsey da is'?«

»Er hat eine Schwester, die dieses Jahr debütiert und die er begleitet. Lady Melbournes Frühstückspicknick ist eines der wichtigsten Ereignisse der Saison. Er wird da sein.«

Sie kamen in Kew an. In der von Wildblumen übersäten, hügeligen Landschaft waren in der Nähe der Pagode überall Tische verteilt. Auf den Tischtüchern aus Leinen glänzten Silber und Kristall um die Wette. »Boah«, sagte Tom und fiel beinahe von seinem Bock, als er sich verrenkte, um besser sehen zu können. »Wie ham die das alles hierhin geschafft?«

»Die Dienstboden haben die Tische und die Gedecke mit Wagen hergebracht und alles aufgebaut, bevor die Gäste Ihrer Ladyschaft angekommen sind.«

Der Laufbursche richtete einen nachdenklichen Blick in die Wolken über ihnen. »Und wenn's regnet?«

»Bei Lady Melbournes Picknick?« Sebastian überreichte ihm die Zügel und sprang hinunter. »Das würde es nicht wagen.«

Während Sebastian sich einen Weg durch livrierte Dienstboten und Damen mit Sonnenschirmen bahnte, war er sich der Anwesenheit seiner Schwester Amanda bewusst, die ihn von ihrem Platz in der Nähe der alles überragenden Pagode mit ihrem drachengeschmückten Dach aus beobachtete. Er mied die Begegnung mit ihr, geriet dafür jedoch in die Fänge des Premierministers Spencer Perceval.

»Es überrascht mich, Euch hier zu sehen, Devlin«, sagte Percival zur Begrüßung. »Dies ist gewöhnlich nicht die Art von Zerstreuung, die ihr schätzt, nicht wahr?«

»Noch die Eure, hätte ich angenommen.«

Der Premierminister hob mit einer schiefen Grimasse sein Weinglas. »Ich habe sechs Töchter. Also fürchte ich, dass ich noch viele Jahre mit Fliegen und Ameisen um mein Essen werde kämpfen müssen. Was reizt das schöne Geschlecht nur so am Essen im Freien?«

Sebastian nickte zu einer Stelle, an der die Tochter des Premierministers – eine Erscheinung in weißem Musselin und einem Strohhütchen – stand und mit einer Freundin lachte. »Es bringt ihre schönste Seite zur Geltung, meint Ihr nicht?«

»Das ist wohl so«, stimmte Perceval zu. Er nahm einen weiteren Schluck Wein und sagte mit gespielter Nonchalance: »Euer Vater sagte, Ihr interessiert Euch nicht für Politik.«

»Nein.«

Der Premierminister wirkte verlegen. »Wir könnten einen Mann wie Euch im House of Commons brauchen.«

Sebastian verbarg ein Lächeln. »Das bezweifle ich.«

»In der Angelegenheit der Erlasse gehen die Wogen hoch, müsst Ihr wissen. Diese verfluchten Amerikaner. Sie liebäugeln schon seit dreißig Jahren damit, Kanada zu annektieren. Es gibt Berichte, denen zufolge sie eine Invasion planen und die *Orders in Council* zur Legitimation nutzen wollen.«

»Ihr erwartet also eine Revolte im House of Commons?«

»Für die Montagabendsitzung steht eine formelle Befragung auf der Tagesordnung. Aber nicht nur im House of Commons. Im House of Lords geht es ebenfalls hoch her. Fairchild ist der Rädelsführer. Er sagt, wir sollten die Erlasse abschaffen, um die Amerikaner zu besänftigen.«

»Es besteht kein Zweifel, dass der Zeitpunkt für einen weiteren Krieg ungünstig wäre«, sagte Sebastian. »Napoleon hält uns bereits genug auf Trab.«

»Daher auch die Kriegsbereitschaft der Amerikaner. Reiner Opportunismus.«

»Sie lernen hinzu, nicht wahr?« Sebastian ließ den Blick über die offene Landschaft schweifen. Zunächst entdeckte er Tristan Ramseys jüngere Schwester, dann die Witwe Ramsey. Tristan Ramsey eilte gerade einen Pfad hinab, der von Rhododendron und Lilien gesäumt war. »Entschuldigt mich, Sir«, sagte Sebastian, bevor der Premierminister die Gelegenheit hatte, eine leidenschaftliche Verteidigung seines heißgeliebten Rechts auf *Orders in Council* zu beginnen.

Sebastian schlug sich diagonal durch die Büsche und gelangte just in dem Augenblick auf den Pfad, der zu einem entfernten Teich führte, als Ramsey einen besorgten Blick über seine Schulter warf.

»Wenn ich es nicht besser wüsste, Ramsey, würde ich vermuten, dass Sie mir aus dem Weg gehen wollen«, sagte Sebastian und trat hinter einem üppig blühenden Blauregen hervor.

Ramseys Kopf ruckte zurück, sein fliehendes Kinn sackte herunter. »Natürlich versuche ich, Euch aus dem Weg zu gehen. Als ich Euch zum letzten Mal begegnete, habt Ihr mir beinahe die Nase gebrochen. Jeder

vernünftige Mensch würde versuchen, Euch aus dem
Weg zu gehen.«

Sebastian lächelte. »Wenn Ihr nicht riskieren wolltet,
dass Euer Zinken erneut verbogen wird, hättet Ihr die
Damen nicht verlassen sollen.«

Ramsey blickte hektisch um sich, und sein Mund
klappte tonlos auf und zu, als er gewahr wurde, dass die
Büsche sie beide vor den Blicken der anderen verbar-
gen.

Sebastian verschränkte die Arme vor der Brust und
sagte: »Erzählen Sie von dem Streit, den Sie im Sommer
mit Rachel Fairchild hatten.«

»Streit? Wir hatten keinen …«

»Sie hatten sehr wohl, Ramsey. Erzählen Sie. Worum
ging es dabei?«

Die Schultern des Mannes sackten herab, die Luft ent-
wich seiner Brust in einem langen, stockenden Ausat-
men. »Jemand hat ihr Dinge über mich erzählt. Ich
weiß nicht, wer. Sie hat es mir nicht verraten.«

»Welche … Dinge?«

Ramsey zog ein mürrisches Gesicht. »Ein Mann hat
Gelüste.«

»Sie hat herausgefunden, dass Sie eine Geliebte hatten.«

»Eine Geliebte? Nein.« Der Gedanke schien ihn zu erbosen. »Nichts von dieser Art. Nur ab und zu … Ihr wisst
doch, wie das ist. Ich kann mir gar nicht vorstellen, was
sie erwartet hat. Sie war immer so nervös. Nie durfte
ich mehr tun, als ihre Hand zu küssen, sogar nach unserer Verlobung. Was hätte ich denn tun sollen? Ein
Mann braucht Erleichterung.«

»Hat ihr jemand erzählt, dass Sie die Dienste von Prostituierten in Anspruch nahmen?«

Selbstgerechte Entrüstung glomm in Ramseys Augen auf. »Sie ist mir gefolgt. Könnt Ihr Euch eine solche Ungeheuerlichkeit vorstellen? Sie ist mir gefolgt und hat gesehen, wie ich irgendeine Bordsteinschwalbe am Haymarket aufgabelte.«

»Hat sie Sie damit konfrontiert?«

»Gott sei Dank nicht dort auf der Straße. Aber am nächsten Tag, als ich sie zu einer Ausfahrt abholte. Sie sagte die haarsträubendsten Dinge. Dass sie gedacht hätte, ich wäre anders als die anderen Männer.« Er stieß ein abgehacktes Lachen aus. »Als wäre ich ein Mönch oder so etwas.«

Sebastian ließ den Blick über einen von Baumhasel und Amerikanischen Amberbäumen bestandenen Hügel wandern und versuchte mühsam, sich zu beherrschen.

»Ich war ganz schön entrüstet, das kann ich Euch sagen.« Ramseys Brust hob sich in der Erinnerung an seine Kränkung. »Ich sagte ihr, dass alle Männer Gelüste haben, und dass ich sie zwar in der Zeit unserer Verlobung in Ruhe ließe, dass ich nach der Hochzeit aber etwas anderes erwartete.«

Sebastian dachte darüber nach, wie eine junge Frau wie Rachel Fairchild, die bereits durch die jahrelange ungewollte Aufmerksamkeit ihres Vaters traumatisiert war, auf eine solche Ansprache reagiert haben musste. »Und dann ist sie davongelaufen«, sagte er leise.

Ramsey biss sich auf die Lippe und nickte. »Ich bin am nächsten Tag wieder hingegangen, weil ich mit ihr sprechen wollte – um vielleicht einige der Dinge, die ich gesagt hatte, abzuschwächen. Aber sie war weg.«

»Als Sie sie später, in der Orchard Street, wiedergesehen haben – hat sie Ihnen da erzählt, wie sie dort gelandet ist?«

Ramsey schluckte, dass sein Adamsapfel auf und ab hüpfte. »Sie sagte, dass sie einer alten Frau begegnet war, die freundlich zu ihr war. Jedenfalls hatte sie das zuerst geglaubt. Stellte sich heraus, dass sie eine Kupplerin war.«

Es war eine nur zu bekannte Geschichte. Junge Frauen mit einem schweren Schicksal oder solche, die frisch vom Land gekommen waren, freundeten sich mit hilfsbereiten alten Frauen an, deren Geschäft es war, die Bordelle und die Zuhälter der Stadt mit Frischfleisch zu versorgen. Sebastian sagte: »Aber sie hatte Familie und Freunde. Sie hätte doch entkommen können.«

Ramsey schniefte. »Ich habe sie gefragt, warum sie nicht wegginge.«

»Und?«

»Sie sagte etwas ganz Eigenartiges. Sie sagte, sie hätte die letzten zehn Jahre damit verbracht, sich dagegen zu wehren und jetzt begriffen, dass das alles nutzlos gewesen sei. Ich verstand es nicht. Es ergab keinen Sinn. Aber als ich sie danach fragte, was sie meinte ... das war der Augenblick, in dem sie mir sagte, ich hätte nur noch drei Minuten.«

Blinde Wut durchfloss Sebastians Körper, und er fühlte, wie seine Hände sich zu Fäusten ballten.

Tristan Ramseys Augen weiteten sich, er machte einen großen Schritt zurück und streckte die Arme vor

sich, als wolle er einen bösen Geist abwehren. »Ich habe
Euch alles gesagt. Ihr habt keinen Grund, mich wieder
zu schlagen!«

Nicht die Angst in Ramseys Augen bremste Sebastian.
Was ihn zurückhielt, war die Süße dieser anbranden-
den Wut, es war die Leichtigkeit, mit der der alte, vertraute Blutrausch des Kriegsfelds wiederkehren und einen Mann betören konnte. Er hatte gesehen, wohin die
verführerische Macht der Gewalt einen Mann führen
konnte.

Er nahm einen tiefen Atemzug, dann noch einen und
zwang sich, seine Fäuste zu öffnen und wegzugehen.

Hero schützte nicht vorhandene Kopfschmerzen vor,
um sich bei ihrer Mutter von Lady Melbournes Picknick zu entschuldigen. Sie machte es sich in ihrem Zimmer mit einem Buch in dem Sessel beim Fenster gemütlich und verbrachte so den Nachmittag.

Die Ironie, die darin lag, dass Hero Jarvis, die über-
zeugte Jungfrau, in einem Augenblick der Angst und
der Schwäche den Verlockungen des Fleisches erlegen
war, entging ihr nicht. Sie sagte sich immer wieder,
dass sie mit der Zeit aus dem Strudel aus Scham und
Fassungslosigkeit, in dem sie hin- und hergeworfen
wurde, herausgelangen würde. Entschlossen schob sie
jeglichen Gedanken an das Geschehene aus ihrem Kopf
und hob ihr Buch vielleicht zum zehnten Male hoch, als
ihr Butler Grisham erschien und an der Tür kratzte. »Es
ist eine Person für Euch da, Miss.«

Hero drehte den Kopf. »Eine *Person*?«

»Jawohl, Miss. Ich hoffe, ich habe keinen Fehler gemacht, als ich sie hereinbat, aber ich weiß, dass Eure –

ähm – Aktivitäten Euch gelegentlich in Kontakt mit einer bestimmten Art Frauen bringen, die Ihr andernfalls niemals ...«

Hero unterbracht ihn. »Wo ist sie?«

»Ich ließ sie in der Eingangshalle, mit einem Burschen, sie im Auge zu behalten.«

»Im Auge zu behalten? Was denken Sie denn, was sie tun will? Mit dem Silber verschwinden?«

»Der Gedanke kam mir.«

Hero schloss ihr Buch und eilte hinunter.

James, der Kammerdiener, stand mit vor der Brust verschränkten Armen am Fuß der Treppe, den Rücken gegen die getäfelte Wand gelehnt, und ließ die Frau mit dem kastanienfarbenen Haar keinen Moment aus den Augen. Sie saß auf der Kante eines der Queen-Anne-Stühle, die in der Halle in einer Reihe aufgestellt waren. Sie trug ein mit Flitter besetztes rosafarbenes Kleid, das im Stil *à la Polonaise* gestreift war. Ihr auffallend tiefes Dekolleté war mit burgunderfarbenen Bändern geschmückt. Ein kecker Hut mit drei burgunderroten Federn vervollständigte das atemberaubende Ensemble. Sie mochte einst eine flotte Erscheinung gewesen sein. Doch die Federn hingen müde herunter, die Schultern der Dirne hingen ebenfalls, und eine Hand hatte sie zum Mund gehoben, weil sie nervös an ihrem Daumennagel knabberte. Hero hatte sie noch nie gesehen.

»Ich hörte, Sie wollen mich sehen?«, sagte Hero.

Die Frau sprang mit weit aufgerissenen Augen auf. Jetzt, aus größerer Nähe, konnte Hero erkennen, dass die Dirne unter all den Federn und dem Rouge nur ein Mädchen war. Sechzehn vielleicht, höchstens siebzehn Jahre alt. Sie war so klein, dass sie kaum an Heros

Schulter reichte. Sie zitterte sichtlich, hob jedoch das Kinn an, entschlossen, ihre Furcht mit eiserner Stirn zu verleugnen. »Seid Ihr Miss Jarvis?«

»Das ist richtig«, sagte Hero.

Das Mädchen warf dem Lakaien einen zornigen Blick zu. »Ich bin nich' hier, um Euer verfluchtes Silber zu klaun.«

»Und weshalb genau sind Sie hier, Miss …?«

»Ich bin Hannah«, sagte die junge Frau. »Hannah Green.«

Kapitel 46

»Tatsächlich?«, sagte Hero und zog eine Braue hoch. Sie hatte sich bereits gefragt, wie lange es dauern würde, bevor ganze Horden aufgedonnerter Hannahs an ihrer Tür aufkreuzen würden.

Die junge Frau runzelte verwirrt die Stirn. »Aye«, sagte sie langsam.

Hero verschränkte die Arme. »Beweisen sie es mir.«

Das Kinn des Mädchens klappte herunter. »Was? Ihr glaubt mir nich'? Ihr könnt jeden fragen. Sie sagen's Euch.«

»Jeden, wie zum Beispiel ...?«

Die junge Frau legte die Hand an ihre Stirn. »Ach, ach, ach«, jammerte sie. »Was zum Geier soll ich jetze machen?«

»Sie könnten dahin zurückgehen, woher Sie gekommen sind«, schlug Hero vor, zwischen Verärgerung und Belustigung hin und her gerissen.

»Was? Und mir die Gurgel umdreh'n lassen, wie die arme Tasmin?«

Belustigung und Verärgerung verschwanden schlagartig, und darauf folgte ein kalter Schauder. »Kommen Sie mit.« Hero nahm das Mädchen beim Arm, zog es in das Morgenzimmer und schloss die Tür vor dem interessierten Lakaien.

»Wo genau waren Sie?«, wollte Hero wissen.

Der Blick des Mädchens glitt zur Seite und dann herum, erfasste den Raum mit den gelben Seidenvorhängen und den mit Damast gepolsterten Stühlen, den goldgerahmten Gemälden und großen Spiegeln.

»Boah«, hauchte sie. »Sowas hab ich ja noch nie geseh'n. Dagegen sieht der Salon in der *Academy* ja direkt schäbisch aus, wirklich.«

Hero gönnte sich einen Gedanken an die Vorstellung, wie ihre Großmutter reagieren würde, wenn man ihr erzählte, dass ihr Morgenzimmer den Vergleich gegenüber einem Bordell gewinnen würde. »Nachdem Sie die *Academy* verlassen haben«, sagte Hero, die noch immer nicht überzeugt war, dass dieses einfältige Ding Hannah Green war, »was haben Sie da gemacht?«

Hannah schlenderte durch den Raum. Hero ließ ihre Hände nicht aus den Augen. Hannah sagte: »Rose schleppte mich zu diesem verfluchten Magdalenenhaus. Sie sagte, dort wär'n wir sicher, und dort würd' uns keiner suchen.« Hannah presste bei der Erinnerung die Lippen zusammen. »Um sechs Uhr morgens!«

Hero begann zu verstehen. »Ihr musstet um sechs Uhr morgens aufstehen?«

»Nicht nur aufstehn. Aufstehn und *beten*! Eine ganze verfluchte Stunde lang!«

»Jeden Tag?«, fragte Hero.

»Aye! Beim ersten Mal dachte ich noch, das wär nur'n fieser Trick, aber als sie es am nächsten Tag wieder so gemacht ham, wusste ich, das mussten wir jetzt immer machen.«

»Was haben Sie dann getan?«

»Ich bin gegangen. Ich hatte Angst, die wollten mich aufhalten. Aber ehrlich gesagt glaub' ich, die Quäker waren froh, mich von hinten zu sehen.«

»Hatten Sie keine Angst zu gehen?«

»Nä. Ich mein', ich hatte Angst, wie wir von der *Academy* weggelaufen sind, aber nach ein paar Tagen dachte ich, dass Rose zu viel Geschiss um alles gemacht hat.« Sie dachte noch einmal darüber nach. »Na, um das meiste jedenfalls.«

»Sie sind sicherlich nicht zur *Academy* zurückgegangen?«, fragte Hero verblüfft.

Das Mädchen sah sie an, als hätte Hero den Verstand verloren. »Denkt Ihr, ich bin blöd? Nein. Hab' mir am Haymarket ein Zimmer gesucht.« Sie hielt inne. »Wie ich gehört hab', was letzten Montag im Magdalenenhaus passiert is, hab' ich wieder Angst gekriegt. Ich wollte mich nich' sehen lassen, aber na ja, man muss halt was essen.«

Hero betrachtete das lebhafte Gesicht des Mädchens. Wenn das wirklich Hannah Green war, war das Mädchen der lebende Beweis, dass Gott für die Minderbemittelten sorgte. »Erzählen Sie mir von Tasmin«, sagte Hero.

Die junge Frau schniefte. »Ich war auf dem Strich zwischen Norris Street und The George, da hat sie mich gefunden. Sie sagte, dass so ne feine Pute zehn Pfund zahlen wollte, um mit mir zu reden, aber dass wir noch mehr 'rausschlagen könnten, wenn wir schlau sind.«

Tatsächlich hatte Hero jedem, der den Kontakt zu Hannah Green herstellen konnte, zwanzig Pfund angeboten. Aber Tasmin Poole war offenbar nicht gerade aufrichtig zu ihrer ehemaligen Arbeitskollegin gewesen. »Fahren Sie fort.«

Der Blick des Mädchens huschte zur Seite. »Tasmin wollte Euch schreiben – sie war clever, wisst Ihr. Die konnte lesen und schreiben, sowas haste noch nich' gesehn. Sie kam in mein Zimmer rauf, um die Nachricht zu schreiben, und ich bin uns Brötchen mit Würstchen holen. Wie ich zurückgekommen bin, hab' ich den Kerl gesehen, wo in die Unterkunft gegangen ist.«

»Ein Mann?«, sagte Hero. »Was für ein Mann?«

»Was meint Ihr wohl, was für'n Mann?«, sagte Hannah zornig. »Wisst Ihr gar nix? Derselbe Mann, wo Hessy gekillt hat.«

Lady Jarvis' nörgelnde Stimme erklang verärgert irgendwo von oben. Hero sah Hannahs Hut mit den burgunderfarbenen Federn, das großzügige Dekolleté und die ganze Pracht aus Flitter und rosa-weißen Polonaise-Streifen an und sagte: »Warten Sie hier.«

Als sie die Tür öffnete, fand sie James, der geduldig in der Halle stand. »Passen Sie auf sie auf«, sagte Hero und eilte die Treppe hinauf, um ihr Retikül, ihren Hut, Handschuhe und Schirm zu holen, ohne die sich keine angesehene Londoner Dame außerhalb ihres Hauses blicken ließ – egal wie schändlich die Erledigung auch war, die sie zu tun hatte.

Hannah Green saß in der Mietdroschke vor Paul Gibsons Praxis und machte sich steif, sie war dickköpfig wie ein Maultier. »Ich geh da nich' rein«, sagte sie mit der vollen Abscheu einer Prostituierten gegenüber Ärzten. »Ich brauch' kein' Doktor.«

Nur mit Mühe konnte Hero dem Drang widerstehen, sie zu schütteln. »Deshalb sind wir nicht hier. Sie müssen an einen sicheren Ort, an dem Sie eine Weile bleiben können. Und ich kenne keinen anderen.« Nicht dass Paul Gibsons Praxis wirklich sicher war. Hero dachte an das Schicksal ihres verwundeten Angreifers, den sie hierher gebracht hatte. Aber diese Information behielt sie für sich.

Hannah Green warf ihr einen zweifelnden Blick zu. »Keine medizinische Untersuchung?«

»Keine Untersuchung«, versprach Hero.

Das Mädchen war bereit, auszusteigen. Hero bezahlte den Fahrer und musste das Mädchen dann praktisch über die Straße zerren.

»Guter Gott«, sagte Paul Gibson, und seine Augen wurden groß, als er auf Heros Klopfen die Tür öffnete.

»Doktor Gibson, darf ich Sie mit Hannah Green bekanntmachen. Glaube ich zumindest«, fügte sie hinzu, als Hannah den Wundarzt ansah und Gibson unverwandt in ehrfürchtiger Stille den Hut mit den burgunderfarbenen Federn und das aufgerüschte rosa-weiß gestreifte Kleid betrachtete. »Es tut mir leid, aber ich wusste nicht, wohin ich sie sonst hätte bringen können«, sagte Hero. Sie legte dem Mädchen die Hand in den Rücken und gab ihm einen Schubs, der es über die Schwelle in den Flur beförderte.

Kapitel 47

Als Sebastian wieder in seinem Haus in der Brook Street ankam, fand er eine Nachricht von Paul Gibson vor. Der Ire hatte kryptisch geschrieben:

Ich habe einen interessanten Gast, von dem ich sicher bin, dass du ihn sehen willst. Komm her. Rasch.

Das Wort »rasch« war drei Mal dick unterstrichen.

»Warum die Geheimnistuerei?«, fragte Sebastian, als Gibson ihm die Tür öffnete.

»Ich hatte Sorge, meine Nachricht könnte in die falschen Hände fallen«, sagte Gibson, drehte sich um und ging Sebastian im Flur voraus.

»Wer ist denn nun dein Gast?«

»Eigentlich sind es sogar zwei.«

Sebastian blieb auf der Schwelle zu Gibsons Salon stehen. Miss Jarvis stand neben dem leeren Kamin und betrachtete den Schweinefötus in dem Glas auf der Umrandung. Sie stand halb abgewandt mit geradem und unbeugsamem Rücken da, so wie er sie kannte. Das braune Haar hatte sie wieder so sauber wie eine Schullehrerin nach hinten gesteckt, und ihre Stirn kräuselte sich leicht, als sie mit offenkundiger Faszination den Knubbel rosaroten Fleischs im Glas betrachtete. Sie sah aus wie immer, und er fragte sich, warum er davon überrascht war. Als hätte diese kurze, verzweifelte Vereinigung im Dunkeln sie verändert und zu ... was genau gemacht? Einer weichen und aufgeschlossenen Person? *Hero Jarvis?* Was für eine absurde Vorstellung.

Dann drehte sie sich herum, und es befriedigte ihn kurz zu sehen, wie ihre Lippen sich in einem scharfen Atemzug öffneten. Und er wusste, dass auch sie sich just in diesem Augenblick an das Gefühl von Haut an Haut und den Geschmack von Salz auf einer forschenden Zunge erinnerte. Dann erklang eine Frauenstimme. »Zur Hölle. Jetze soll ich das alles nochma' sagen?«

Als er sich umwandte, hatte er eine Vision von rosaweißen Streifen und Flitter, die ihn blinzeln ließ.

Er sah, wie die Lippen von Miss Jarvis sich zu jenem maliziösen Lächeln verzogen, das dem ihres Vaters so sehr ähnelte. Sie sagte: »Lord Devlin, darf ich Euch Hannah Green vorstellen?«

Sebastian betrachtete die Stupsnase und die Sommersprossen des Mädchens. Was er auch erwartet hatte – sicherlich war es nicht dieser Ausbund an Respektlosigkeit, der vor ihm stand. »Seid Ihr sicher, dass sie wirklich Hannah Green ist?«

»Veräppelt Ihr mich jetze?«, sagte das Mädchen. »Ich wär' ja schön blöd, mich für mich auszugeben, wenn ich nich' ich wär'. Ich will grad gar nich' ich sein.«

»Laut unserer Hannah hier ist Tasmin Poole tot«, sagte Miss Jarvis zur Erklärung. »Jemand hat ihr vor zwei Tagen den Hals umgedreht.«

»Das war derselbe Kerl«, sagte Hannah. »Der wo in der Academy war und Hessy auch schon fertig gemacht hat.«

Sebastian ging, sich einen Brandy einzuschenken. »Wissen Sie, wer der Kerl ist?«, fragte er und griff nach Gibsons Karaffe.

»Nich’ genau.« Sie warf einen fragenden Blick auf Miss Jarvis.

»Erzählen Sie Lord Devlin, was Sie mir sagten. Über die drei Männer, die Sie letzte Woche außerhalb der *Academy* gebucht haben.«

Sebastian sah auf. »Wann war das?«

»Am Dienstag«, sagte Hannah. »Die hatten ’ne Feier, wisst Ihr. Es war der Geburtstag von einem der Kerle, und sie haben Hessy, Rose und mich für die ganze Nacht gebucht.«

»Fahren Sie fort«, sagte Sebastian und schenkte Brandy in ein Glas. Wortlos bot er auch Miss Jarvis und Gibson welchen an, aber nur Gibson nahm einen.

»Sowas ham wir schon früher gemacht. Ich mein’, nich’ für diese drei«, fügte Hannah hastig hinzu und behielt den Brandy fest im Auge. »Sondern für andere Kerle.« Ihr Gesicht leuchtete vor keckem Mutwillen. »Es kann manchmal ein bisschen hässlich werden, wenn Ihr wisst, was ich meine. Aber es ist viel weniger Arbeit, als die ganze Nacht in der *Academy* die Treppen rauf und runter zu latschen.«

Sebastian blickte zu Miss Jarvis mit ihrem zum strengen Knoten einer Jungfer aufgesteckten Haar und ihrem kerzengeraden Rücken. Ob sie eine Ahnung von dem wilden dionysischen Tun hatte, das Hannah Greens Worte heraufbeschworen? Von den Dingen, die drei junge Männer von den willigen Frauen verlangen konnten, die sie für die Nacht gekauft hatten? Und dann wurde ihm bewusst, dass sie in diesem Augenblick wahrscheinlich eine genauere Vorstellung davon hatte als noch vor vierundzwanzig Stunden.

»Welche Sorte Männer waren es?«, fragte er.

»Herren«, sagte Hannah Green, als wäre damit alles gesagt.

»Alt? Jung? Dick? Dünn?«

»Ziemlich alt«, sagte sie. Sebastian stellte sich beleibte Männer mit ergrauenden Häuptern und Hängebäuchen vor, da hängte sie an: »Ungefähr Euer Alter.«

»Ich bin neunundzwanzig.« Er blickte zu Miss Jarvis und sah, wie sie die Hand hob, um ein Lächeln zu verbergen. Er sagte: »Haben sie euch in ein Haus gebracht oder in Zimmer zum Mieten?«

»Zimmer. Die war'n eigentlich ganz nett.« Sie ließ einen geringschätzigen Blick durch Gibsons schlichten Salon wandern. »Ham mehr dahergemacht als wie das hier.«

»Wo waren diese Zimmer?«

Hannah runzelte nachdenklich die Stirn. »Ich weiß nich' genau. Wir sind in' ner Kutsche hingefahr'n.«

»In einer Herrenkutsche?«

»Nein. Einer Droschke.« Dann runzelte sie erneut die Stirn und fügte hinzu: »Glaub' ich.«

Sebastian stieß langsam den Atem aus. »Erinnern Sie sich überhaupt noch an etwas von jener Nacht?«

Sie grinste. »Nich' viel. Ich war dermaßen breit, echt.«

»Aber Sie sagten, Sie haben einen von ihnen später wieder gesehen?«

»Alle drei. Kommen gleich am nächsten Abend wieder zur *Academy*. Haben wieder nach Rose, Hessy und mir gefragt. Nur dass sie uns diesmal nich' für woanders gebucht haben. Nur für 'ne Stunde.«

»Und was geschah dann?«

Hannahs Blick kehrte zu Sebastians Brandy zurück. Sie leckte sich die Lippen. »Kann ich auch einen?«

»Wenn Sie sich an alles erinnert haben. Ich brauche Sie mit klarem Kopf. Erzählen sie mir, was am Mittwochabend geschehen ist. Genau.«

»Genau?« Sie verzog vor Anstrengung, sich an alles zu erinnern, das Gesicht. »Na ja ... Ich zog grad mein Kleid aus, da ist Rose gekommen und hat an die Tür geklopft. Sagte, sie müsste mit mir reden. Also bin ich raus in den Flur, um ihr zu sagen, sie soll sich zum Teufel scheren. Da packt sie mich am Arm und sagt, die drei Herren wär'n wiedergekommen, um uns zu killen. Ich dachte erst, die verarscht mich, aber dann zieht die mich den Flur lang und zeigt mir die arme Hessy, wo mit aufgeriss'nen Augen und einem komisch verrenkten Hals so da liegt. Und dann sagt die auch noch, dass sie den Mister fertig gemacht hat, mit dem Messer. Den, der wo für sie bezahlt hat. Ich sag' Euch, wir hatten so Schiss. Rose gibt Tasmin Poole also ihr Armband, damit die Thackery ablenkt, dann schleichen wir uns die Treppe hinten runter und hauen ab.«

Sebastian betrachtete das lebhafte Gesicht das Mädchens – unsicher, wie viel er von diesem wilden Märchen glauben sollte, wenn überhaupt. »Der Mann, den Sie in Ihre Unterkunft am Haymarket haben gehen sehen – in der Nacht, bevor Tasmin Poole ermordet wurde – war das der Mann, mit dem Sie Mittwochnacht zusammen waren?«

Hannah schüttelte mit großen Augen den Kopf. »Der war mit Hessy zusammen.«

»Wie sah er aus?«

»Ich sagte doch, das war ein Gentleman! Kann ich jetzt endlich was zu trinken haben?«

Sebastian schenkte einen Brandy ein und hielt ihn ihr hin. »Dunkles Haar oder helles?«

Sie nahm den Brandy in beide Hände und kippte ihn. »Dunkel. Glaub' ich jedenfalls. Schön dunkel.«

Paul Gibson gab einen erstickten Laut von sich, während Sebastian fragte: »Groß oder klein?«

Hannas Augen verengten sich. »Nichts davon.«

»Sie erinnern sich an gar nichts mehr, was ihn angeht, oder?«

»'türlich! Ich sach nur, der hat ganz normal ausgesehn. Ich würd' den Kerl sofort erkennen, wenn ich ihn wiedersehen tät. Hab ihn ja auch wiedererkannt, als ich ihn am Haymarket gesehn hab, oder?«

»Was ist mit dem Gentleman, mit dem Sie Mittwochnacht zusammen waren. Wie hat er ausgesehen?«

»Der genauso. Einfach ein ganz normaler Gentleman.« Sie verzog einen Mundwinkel, während sie nachdachte. »Wobei ich glaub, der war nich' so dunkel. Das war der mit dem Geburtstag.«

Sebastian beugte sich vor, um ihr Glas wieder aufzufüllen. »Erinnern Sie sich an irgendeinen Namen?«

»Ich kümmer mich nich' um Namen. Nach meiner Erfahrung denken sich die meisten Männer die Namen eh aus, die sie mir nennen.«

»Aber in der Nacht der Geburtstagsfeier haben sich die Männer doch sicherlich gegenseitig beim Namen genannt?«

Sie runzelte die Stirn. »Vielleicht. Ich weiß nich'. Wie gesagt, ich kümmer mich nich' um Namen.«

»Hieß einer von ihnen Max?«

Sie kaute an einem Fingernagel herum. »Könnt' sein. Ich kann's aber nich' sicher sagen.«

Er spürte Miss Jarvis' Blick. Er wusste, sie würde gleich platzen, weil sie fragen wollte: *Und wer ist Max?*

»Haben Sie irgendeine Vorstellung«, sagte Sebastian zu Hannah Green, »weshalb diese Männer zur *Academy* zurückkamen, um Sie umzubringen?«

Hannah leerte ihren zweiten Brandy in einem Zug. »Rose sagte, das wär', weil sie wusste, dass die geplant hätten, einen zu killen.«

Sebastian bemerkte Paul Gibsons gefesselten Gesichtsausdruck und dass Miss Jarvis sich auf ihrem Platz vorbeugte. Dies war offenbar ein Teil ihrer Geschichte, die Hannah Green noch nicht erzählt hatte. Sebastian sagte: »Sie wusste davon, Sie aber nicht? Warum?«

Hannah stieß ein klingendes Lachen aus. »Ach kommt schon. Ich sprech' doch kein Französisch.«

Sebastians Blick traf den von Miss Jarvis. »Sie haben Französisch gesprochen?«

»Untereinander, ja«, sagte Hannah. »Am Anfang. Bis der andere Kerl kam.«

Sebastian runzelte die Stirn. »Der andere Kerl? Waren es vier Männer?«

»Nein. Nur die drei. Der mit dem Geburtstag kam nur später.«

»Hat Rose Ihnen genau gesagt, wessen Ermordung sie planten?«

»Klar. Hat mir aber nix gesagt. Irgendeiner mit dem Namen Parzival oder was in der Art.«

Miss Jarvis' Augen wurden groß. »Spencer Perceval?«

Hannah wandte den Kopf, sah Lord Jarvis' Tochter an und sagte: »Wer is'n das?«

Kapitel 48

Miss Jarvis erhob sich von ihrem Stuhl. »Kann ich Euch kurz sprechen, Lord Devlin?«

»Gewiss, Miss Jarvis«, sagte er und folgte ihr durch den Flur zu Gibsons Speisezimmer.

Sie stolzierte zur anderen Seite des Tisches, bevor sie sich in seine Richtung wandte. »Ihr wisst etwas, das Ihr mir noch nicht gesagt habt. Was?«

»Glaubt mir, Miss Jarvis, das ist das erste Mal, dass ich etwas von einem Zusammenhang zum Premierminister gehört habe – falls es tatsächlich einen gibt.«

»Also, wer ist Max?«

»Max Ludlow. Er ist ein Hauptmann der Husaren. Vielmehr, war. Er wird seit Mittwoch vermisst. Bis vor kurzem dachte ich, es wäre ein interessanter Zufall, dass er in derselben Nacht verschwand, in der Rachel Fairchild aus der Orchard Street geflüchtet ist. Andererseits könnte er wohl der Mann sein, den sie getötet hat.«

Miss Jarvis hob eine Hand an die Stirn. »Mein Gott. Was ist das hier? Ein Komplott der Franzosen, um den Premierminister zu ermorden?«

»Hanna Green sagte, die drei Männer, die sie buchten, waren Herren. Sie sagte nichts davon, dass sie Franzosen waren.«

Die meisten Angehörigen ihrer Schicht konnten sich leicht auf Französisch unterhalten, auch nach zwanzig Kriegsjahren. Aber als Tochter einer französischen Emigrantin spräche Rachel die Sprache fließend. »Und wir wissen letztendlich nicht, ob sie über Spencer

Perceval redeten. Perceval kann sowohl ein Vorname als auch ein Familienname sein.«

»Warum sind sie dann zurückgekommen, um diese Frauen zu töten? Und warum versuchen sie, uns zu töten?«

»Das entzieht sich meiner Kenntnis, Miss Jarvis.« Er musterte ihr Antlitz und bemerkte die subtilen Anzeichen von Anspannung und die Mühe, mit der sie sich hielt. Er sagte: »Miss Jarvis, es gibt Dinge, über die wir miteinander sprechen müssen.«

»Ich sehe keine Notwendigkeit, über irgendetwas zu sprechen«, sagte sie und griff nach der Stuhllehne vor sich. »Was zwischen uns geschehen ist, war eine bizarre Verirrung, geboren aus einem unglücklichen Zusammenspiel der Umstände, und wird am besten wieder vergessen.«

Nur Hero Jarvis, so dachte er bei sich, würde den Verlust ihrer Jungfräulichkeit als bizarre Verirrung bezeichnen. Er sagte: »Nichtsdestoweniger ist es meine Ehrenpflicht, Euch meine Hand zu reichen, um ...«

»Danke, Mylord, aber das wird nicht nötig sein.« Ihre Wangen röteten sich in einer Regung, die er zunächst für Verlegenheit hielt, dann aber als Zorn erkannte. »Ich habe nicht die Absicht, aus einem Augenblick der Schwäche ein ganzes Leben des Bedauerns erwachsen zu lassen.«

Sebastian vermochte sich nichts Erschreckenderes auszumalen, als sich in einer unseligen Ehe mit der Tochter von Lord Jarvis wiederzufinden. Doch der Ehrenkodex, dem er folgte, war in solchen Dingen strikt. Er sagte: »Wären wir dort verstorben, wie erwartet, dann wäre es unnötig. Da wir jedoch nicht verstorben sind, ist es nun ...«

»Lord Devlin, ich habe Euch früher schon gesagt, dass ich nicht die Absicht habe, jemals zu heiraten. Was gestern geschehen ist, hat nichts daran geändert.«

Sie starrte ihn mit ihren offenen, eine Spur geringschätzigen grauen Augen an, und er fand es völlig unmöglich, in dieser eiskalten, beherrschten Dame die verängstigte und sehr lebendige Frau wiederzufinden, die er vor weniger als vierundzwanzig Stunden in seinen Armen gehalten hatte. Er sagte: »Möglicherweise ist es nicht ohne Folgen geblieben.«

Ihr Kopf ruckte hoch. »Es gibt keinen Grund, dass irgendjemand jemals davon erfährt. Meine Identität ist unseren Rettern nicht enthüllt worden. Ich habe es geschafft, nach Hause zurückzukehren, ohne unnötige Aufmerksamkeit zu erregen. Und ich vertraue darauf, dass ich mich auf Eure Ehre als Gentleman vollends verlassen kann und Ihr niemals jemandem davon erzählt.«

»Das meinte ich nicht.«

Ihre Augen weiteten sich auf eine Weise, die ihm verriet, dass ihr dieser Aspekt ihres gestrigen Intermezzos noch gar nicht in den Sinn gekommen war. Sie sagte: »So pervers könnte das Schicksal niemals sein.«

»Nichtsdestrotz – werdet Ihr es mir sagen?«

Sie eilte an ihm vorbei zur Tür. Er streckte die Hand aus und griff sie am Arm, zog sie zu sich herum. »Miss Jarvis, ich muss darauf bestehen.«

Zorn und Hohn glommen in ihren Augen auf. Sie blickte auf seine Hand an ihrem Arm hinunter. Er ließ sie los.

Sie sagte: »Ich habe nicht den Wunsch, über diese Angelegenheit nochmals zu sprechen. Ich verlasse mich darauf, dass Ihr als Edelmann diesen Wunsch respektiert.« Sie wandte sich erneut zur Tür um.

»Dennoch werdet Ihr es mir sagen. Wenn es Folgen gibt.«

Sie zögerte nur den kürzesten Augenblick, ging jedoch weiter.

Sobald sie wieder alle in Gibsons Salon versammelt waren, sagte Miss Jarvis mit schneidender Stimme: »In Anbetracht des Schicksals meines verwundeten Angreifers denke ich nicht, dass Hannah hier bleiben sollte.«

»Was is'n mit ihm passiert?«, sagte Hannah, die durch nichts zurückzuhalten war.

»Jemand hat ihm das Genick gebrochen.«

Hannas Hand fuhr hoch und legte sich sanft an ihren Hals. Einen Augenblick lang schien ihre Lebhaftigkeit aus ihr zu weichen und ließ sie blass und ängstlich zurück.

Sebastian sagte: »Ich kann Jules Calhoun bitten, sie zu seiner Mutter zu bringen. Calhoun ist mein Leibdiener«, erklärte er, als Miss Jarvis ihm einen fragenden Blick zuwarf.

»Ihr würdet sie zur *Mutter* Eures Leibdieners schicken?«, sagte Miss Jarvis, während Hannah Green zu jammern begann.

»Ich geh zu keiner Mutter, von keinem«, sagte Hannah. »Die gibt mir das Gefühl, ich wär' ne verdammte Kakerlake oder sowas. Das wär' ja noch schlimmer als wie bei den Quäkern.«

»Lassen Sie sich lieber den Hals umdrehen?«, sagte Sebastian.

Hannah klappte den Mund auf und wieder zu.

»Davon abgesehen«, sagte Sebastian, »glaube ich, dass Grace Calhoun Sie überraschen wird.«

Dieses Mal klappte Hannah der Mund auf und blieb es. »*Grace Calhoun?* Die Ma von Eurem Leibdiener is' Grace Calhoun?«

»Sie kennen sie?«

»Ach, kommt schon. Jeder kennt Grace Calhoun.«

»Wer ist Grace Calhoun?«, flüsterte Miss Jarvis Paul Gibson zu.

»Ihr möchtet sie nicht kennen«, sagte Paul Gibson.

Paul Gibson, der sich großzügig bereiterklärte, Hannah zur Brook Street zu begleiten, ging nach draußen, um eine Mietdroschke zu rufen.

»Ach«, sagte Hannah Green und warf einen langen, sehnsüchtigen Blick auf den Zweispänner und das Paar Füchse, die mit Tom auf der anderen Straßenseite warteten. »Ich hab' so gehofft, ich könnte mal in Eurem Zweispänner fahren. Ich bin noch nie in einer Kutsche wie der da gefahren.«

Während Miss Jarvis ihr Lachen wie einen Husten klingen ließ, sagte Sebastian zu seinem Freund: »Sag Calhoun, dass ich gleich nachkomme. Und lass sie nicht aus den Augen, bis du sie ihm übergibst.«

»Ich hau schon nich' ab«, sagte Hannah aus dem Innern der Droschke, beide Hände wieder um ihren Hals gelegt.

»Wenn Sie leben wollen nicht, nein«, sagte Sebastian und trat zurück. Gibson kletterte hinter ihr in die

Droschke, und los ging die Fahrt. »Und ich muss sagen, dass Ihr mich überrascht, Miss Jarvis«, fügte er hinzu und drehte sich zu ihr. »Über die Begeisterung derjenigen zu lachen, die weniger vom Glück begünstigt sind als wir.«

»Ich habe nicht über Hannah gelacht«, sagte Miss Jarvis und öffnete ihren Schirm zum Schutz vor der Mittagssonne. »Ich fürchte, die Vorstellung von Euch, wie Ihr diese Erscheinung in rosa-weißen Streifen und burgunderroten Federn durch die Straßen Londons kutschiert, hat mich überwältigt. Das ist der Grund, weshalb Ihr sie mit Gibson vorgeschickt habt, nicht wahr?«

»Ich habe sie mit Gibson geschickt, weil ich die Absicht habe, Spencer Perceval aufzusuchen und ihn vor einem möglichen Mordkomplott gegen ihn zu warnen. Sobald ich Euch nach Hause gebracht habe.«

Ihr Lächeln erlosch. »Vielen Dank, aber ich bin mit einer Droschke hergekommen, und ich habe vor, mit einer Droschke zurückzufahren.«

»Ich bin nicht sicher, dass das eine kluge Entscheidung wäre.«

»Seid Ihr um meine Sicherheit besorgt oder um meinen Ruf?«

»Beides. Ihr habt nicht einmal Eure Zofe bei Euch.«

Miss Jarvis blickte über ihre hakenförmige Nase zu ihm herab. »Was meinen Ruf betrifft, so bezweifle ich ernstlich, dass er verbessert würde, wenn ich in Eurem Zweispänner durch die Straßen der Stadt führe ...«

»Aber das habt Ihr schon einmal getan.«

»Während, was meine Sicherheit betrifft ...« Sie nickte die Straße hinunter zu einem Mann in einem braunen Mantel, der dort herumlungerte und schnell wegsah, als ihr Blick sich auf ihn richtete. »Ich habe den Wachhund meines Vaters zu meinem Schutz.«

Sebastian betrachtete die sanfte Wölbung ihrer Wange und die stolze Haltung ihres Kopfes. »Nichtsdestoweniger, gebt auf Euch acht.«

Die Hand um ihren Schirmgriff wurde fester. »Lord Devlin. Es besteht keine Notwendigkeit, dass Ihr Euch um meine Sicherheit sorgt. Ich habe mich immer für eine außerordentlich praktische und fähige Person gehalten.«

»Ihr wart noch niemals in Mord verwickelt.«

»Und doch habe ich in der vergangenen Woche drei Angriffe auf mein Leben unbeschadet überstanden.«

»Ich weiß«, sagte er, »und das beunruhigt mich.«

Kapitel 49

Sebastian traf Spencer Perceval vor der Admiralität an, von der aus er rasch Richtung Whitehall ging. »Lord Devlin«, sagte der Premierminister, als er Sebastian sah, »habt Ihr Eure Entscheidung gegen eine Position im House of Commons überdacht?«

»Ich fürchte, nein«, sagte Sebastian mit einem Blick auf das Grüppchen Angestellter, die dem Premierminister die Stufen herunter folgten. »Geht ein Stück mit mir. Wir haben etwas zu besprechen.«

Percevals Lächeln erlosch. »Wenn es um diese Geschichte mit dem armen, unglücklichen Bellingham geht ...«

»Bellingham?« Mit einiger Schwierigkeit rief Sebastian die Erinnerung an jenen halbverrückten Kaufmann wieder wach, der Perceval auf dem Fußweg vor *Almack's* belästigt hatte. »Nein. Aber es gibt da etwas, wovon ich denke, Ihr solltet es wissen.« Die beiden Männer lenkten ihre Schritte zur Parade. »Am Montag hat jemand das Magdalenenhaus der *Friends* überfallen und alle Frauen getötet, die dort waren.«

Perceval nickte. »Ich hörte, dass Ihr Euch in die Untersuchungen der Morde eingemischt habt.«

Sebastian betrachtete das aufgeschlossene, sympathische Gesicht des Premierministers. »Wo habt Ihr das gehört?«

»Von Eurem Vater.«

»Meinem Vater? Was weiß er darüber?«

»Er sorgt sich durchaus um Euer Wohlergehen, müsst Ihr wissen. Eure Verbindungen zu solchen Angelegenheiten besorgen ihn.«

»Weil er meine Mitwirkung bei Mordermittlungen als unter meinem Stand betrachtet?«

»Weil er sich um Eure Sicherheit sorgt.«

Sebastian starrte auf die Kompanie Infanteristen, die vor ihnen exerzierten, die Rücken gerade, die Füße im Gleichmarsch hebend und senkend. »Ich habe sechs Jahre in der Army verbracht. In dieser Zeit hatte er keine Angst um meine Sicherheit.«

»Außer jede Minute an jedem einzelnen Tag.«

Sebastian blickte zu dem Mann an seiner Seite. »Es tut mir leid, wenn meine Einbindung in diese Dinge Hendon Unbehagen bereitet. Aber das ist etwas, das ich tun *muss.*«

»Weil Ihr es genießt?«

»Genießen? Ich nehme an, ich genieße tatsächlich die mentale Herausforderung, ein Puzzle zu lösen«, gestand er ein, als er darüber nachdachte. »Aber der Strudel an Gefühlen, die bei einem gewaltsamen Tod unvermeidbar aufwallen? Der Hass und die Missgunst, die Trauer und Verzweiflung? Niemand könnte das genießen.«

Percevals Augen zogen sich in einem Stirnrunzeln zusammen. »Seid Ihr sicher, dass die Frauen im Magdalenenhaus umgebracht wurden?«

»Ja. Aber ich fürchte, es steckt noch viel mehr dahinter. Die Beweislage legt den Schluss nahe, dass diese Morde im Zusammenhang mit einem Mordkomplott gegen Euch stehen könnten.«

»Gegen mich?«

»Letzte Woche haben ein paar Gentlemen drei junge Prostituierte angeheuert, um sich des Nachts mit ihnen zu vergnügen. Im Lauf des abendlichen Gelages waren die Männer so unvorsichtig, ihre Pläne auf Französisch zu besprechen. Ich nehme an, sie hielten es für unwahrscheinlich, dass eine der Frauen ihrer Unterhaltung folgen könnte. Doch eine von ihnen verstand sie.«

Perceval stieß ein bellendes Lachen aus. »Was deutet Ihr da an? Dass Napoleon mich tot sehen will? Was sollte er dadurch gewinnen? Wenn die Whigs an die Macht kommen sollten, würden sie vielleicht versuchen, diesen Krieg zu beenden. Aber die Whigs werden nicht an die Macht kommen. Nicht solange Prinny Regent ist.«

»Ich behaupte nicht, dass ich die zugrundeliegende Motivation verstünde. Aber zwei der drei in dieser Nacht engagierten Frauen sind tot, außerdem eine unschöne Zahl von Menschen, die seitdem Kontakt mit ihnen hatten. Die einzige Frau, die überlebt hat, sagte, dass die Männer belauscht worden wären, als sie darüber sprachen, jemanden namens Perceval zu ermorden. Vielleicht irre ich mich auch. Sie könnten auch die Ermordung von jemand ganz anderem planen. Aber die Gründlichkeit, mit der sie jeden zum Schweigen bringen, der von ihrem Plan weiß, legt nahe, dass es einen ernsteren Hintergrund gibt.«

Perceval schwieg einen Augenblick. Sein Blick folgte, wie der von Sebastian, der Truppe, die sich nun nach rechts umwandte. »Ein Mann in meiner Position schafft sich Feinde«, sagte er schließlich. »Das ist unvermeidlich. Ihr habt diesen armen Kerl Bellingham ja gesehen.«

»Bellingham ist im Vergleich zu diesen Männern eine lästige Stechmücke. Sie sind skrupellos und gewalttätig.«

Perceval rieb sich mit der Hand über den unteren Teil seines Gesichts. »Wenn sie diese acht Frauen getötet haben ...«

»Und das war erst der Anfang.«

Der Premierminister drehte sich zu ihm um. »Was soll ich Eurer Ansicht nach tun? Soll ich mich voller Angst in Downing Street vergraben? Ich kann das nicht machen und dabei dieses Land sinnvoll lenken.«

Sebastian spürte, wie ihm der kalte Wind ins Gesicht blies, der den Geruch nach Staub und nassem Gras mit sich brachte. »Ich weiß nicht, was ich Euch rate. Nur soviel: Seid Euch bewusst, dass jemand Euren Tod will, und trefft jede mögliche Vorkehrung.«

Die Glocken der Abtei begannen, die Stunde zu schlagen. »Ich muss gehen«, sagte Perceval und wandte sich Carlton House zu. »Ich werde um halb beim Prinzregenten erwartet.« Er griff kurz nach Sebastians Schulter und ließ sie wieder los. »Danke für die Warnung.«

Sebastian blieb einen Augenblick stehen und beobachtete, wie der kleine, mittelalte Mann davon eilte. Dann drehte er sich zu seinem eigenen wartenden Zweispänner um. Als er Whitehall überquerte, wurde ihm bewusst, dass er in der letzten Stunde im Grunde zu drei sehr unterschiedlichen Menschen das Gleiche gesagt hatte – Hannah Green, Miss Jarvis und Spencer Perceval. Er hatte das beunruhigende Gefühl, dass für sie alle die Zeit ablief.

»Ich kann sie zu meiner Mum bringen, keine Sorge«, sagte Calhoun, als Sebastian für eine kurze Besprechung mit seinem Leibdiener zur Brook Street zurückkehrte.

»In den *Blue Anchor*?«

Calhoun schüttelte den Kopf. »Grace ist dieser Tage die meiste Zeit im *Red Lion*.«

»Guter Gott«, sagte Sebastian. Wenn überhaupt, hatte das *Red Lion* einen noch schlimmeren Ruf als das *Blue Anchor*, aber er sah keine andere Möglichkeit. »Ich lasse die öffentliche Kutsche für euch kommen.«

Hannah Green hielt vor Freude zitternd den Atem an, als sie sah, wie die Kutsche vor der Tür anhielt. »Boah«, flüsterte sie. »Das ist wie im Märchen, echt.«

»So gut wie eine Fahrt im Zweispänner?«, fragte Sebastian und half ihr den Tritt hinauf.

»Besser!«

Er warf Jules Calhoun einen Blick zu. »Denken Sie, Ihre Mutter kommt mit ihr zurecht?«

Der Leibdiener lachte und sprang hinter ihr auf. »Meine Mutter? Meint Ihr das ernst?«

»Kommt Ihr nicht mit?«, sagte Hannah.

Sebastian schüttelte den Kopf und trat einen Schritt zurück. Ihm war klar geworden, dass es Zeit war, der *Orchard Street Acadamy* noch einen Besuch abzustatten.

Kapitel 50

Sebastian ließ Tom mit dem Zweispänner am Portman Square warten und ging die Orchard Street entlang, wobei er an seiner Seite das Gewicht einer doppelläufigen Pistole spürte. Es war noch früh, der Gehweg noch voller Menschen, die ihre letzten Einkäufe erledigten. Als er sich dem ehemals herrschaftlichen alten Haus näherte, zog er den Hut tiefer in die Stirn und schlug den Kragen seines Reisemantels hoch.

Wenn es jemanden gab, der die Männer, die Rose, Hessy und Hannah letzten Dienstag außer Haus gebucht hatten, identifizieren konnte, dann war es die Vorsteherin der *Orchard Street Academy*, Miss Lil. Um zu ihr zu gelangen, musste er die Schwierigkeit überwinden, an dem Schläger mit der gebrochenen Nase vorbeizukommen, der den Eingang zum Bordell bewachte.

Gegen die hereinbrechende Dämmerung war die Öllampe über dem Eingang bereits angezündet worden. Die Flamme flackerte in der Abendbrise und warf Muster aus Licht und Schatten auf die Steinfassade. Sebastian stieg die hellbraunen Stufen hinauf, die Hand an der Steinschlosspistole in seiner Tasche, bereit, sich den Weg nach drinnen zu erschummeln oder zu erkämpfen. Doch auf der obersten Stufe zögerte er. Die Tür war nicht verschlossen und stand einen Spaltbreit offen.

Er schloss die Hand fester um den Pistolengriff und zog die Waffe aus der Tasche. All seine Sinne vibrierten vor Wachsamkeit. Er spannte den ersten Hahn der Pistole und drückte die Tür mit der Schulter weiter auf.

Der vertraute Geruch von frisch vergossenem Blut traf ihn als erstes; er überlagerte die Gerüche nach Kerzenwachs, Schimmelpilzen und Dekadenz. Die Halle sah noch so aus, wie er sie in Erinnerung hatte. Der einst prachtvolle Teppich und der aufwendige Stuck wurden von bronzenen Wandleuchten mit gesprenkelten Spiegeln erhellt. Das gedämpfte goldene Licht enthüllte ihm den Türsteher, Thackery, der als zusammengesunkener Haufen gleich neben dem Eingang halb saß, halb lag.

Sebastian trat vorsichtig in die Halle ein und stieß den Mann mit der Stiefelspitze an. Der Schläger fiel in einer langsamen Drehung zur Seite. Seine Augen waren geschlossen, seine runden Wangen so weich und gerötet wie die eines schlafenden Säuglings. Mit der Pistole im Anschlag bückte Sebastian sich nach unten, um am noch warmen Hals des Mannes nach dessen Puls zu suchen. Dann fiel sein Blick auf den dunklen Blutfleck, der unter dem Saum seines Mantels zu sehen war. Sebastian schlug den braunen Kord zurück und betrachtete die glatt aufgeschnittene Weste. Es war die Art von Schnitt, die ein tief gestoßener und gut geführter Dolch hinterließ.

Er richtete sich wieder auf und war sich der unnatürlichen Ruhe des Hauses um ihn herum bewusst. Er warf einen raschen Blick in die kleine Kammer zu seiner Rechten, fand sie jedoch zum Glück leer vor. Er bewegte sich vorwärts, das Herz schlug hart in seiner Brust. Wie viele Frauen würden in einem Haus wie diesem wohl arbeiten?, fragte er sich. *Zwei Dutzend? Mehr? Dazu ihre Freier ...*

Am schweren Samtvorhang des Bogens blieb er stehen, der glatte Pistolengriff in seiner Hand schlüpfrig von seinem Schweiß. Zu seinen Füßen lag ein untersetzter Mann von vielleicht fünfzig Jahren mit schweren Wangen und ergrauendem, dunklem Haar. Wie es aussah, war er ein Kunde, zur falschen Zeit am falschen Ort. Er lag auf dem Rücken, die Arme ausgebreitet wie das Opfer einer Kreuzigung.

Sebastian ging mit vorsichtigen Bewegungen an ihm vorbei in den Salon mit den verblassten, smaragdfarbenen Vorhängen und der kitschigen Pracht blind werdender Spiegel, die groß genug waren, um in einem früheren, weniger dekadenten Leben die Hallen von Versailles geschmückt zu haben. Das Licht der Kerzenleuchter auf der Kaminumrandung aus abgestoßenem Marmor flackerte warm und golden auf und zeigte ihm zwei weitere tote Frauen.

Die Dirne, die neben dem Kanapee lag, kannte er nicht. Er drehte sie um und blickte in weitgeöffnete, leere blaue Augen. Ihr Haar hatte die Farbe von Weizen und glänzte seidig, ihre Zähne waren so klein und weiß wie die eines Kindes. Blut sickerte aus dem Winkel ihres geöffneten Mundes auf den Teppich hinunter, wo es sich in einer Pfütze in der Form einer missgestalteten schwarzen Rose sammelte. Hinter ihr, am Fuß der Treppe, fand er Miss Lil.

Sebastian ging neben der Vorsteherin der *Academy* in die Knie. Sie lag zusammengekrümmt auf der Seite, die Hände nach vorne gestreckt, als ob sie ihren Angreifer abzuwehren versucht hätte. Er berührte ihre Wange und sah, wie ihr Kopf in einem unnatürlichen Winkel auf ihre Schulter fiel. Er brauchte Paul Gibson nicht, um ihre Todesursache zu diagnostizieren.

Vier Tote. Sebastian setzte sich auf seine Fersen und richtete den Blick nach oben zum ersten Stockwerk. Sicherlich hatte eine von ihnen in Angst und Schrecken geschrien, bevor sie gestorben waren. Hatte niemand von oben sie gehört? Oder waren die Bewohner dieses Hauses so an Schreie und Rufe gewöhnt, dass niemand darauf geachtet hatte?

Er erhob sich und wollte gerade die Treppe hinaufgehen, als ihm ein weiterer Geruch auffiel, der noch in der Luft hing und sich mit dem Gestank nach Blut und Verfall mischte. Der heiße, stechende Geruch einer eilig gelöschten Kerze.

Sein Blick wanderte zu dem Alkoven mit Spitzenvorhang rechts vom Kamin. Als er letztes Mal hier gewesen war, war der Alkoven von einer Kerze angestrahlt worden, die ihm die geisterhafte Silhouette einer Frau mit einer Harfe gezeigt hatte. Jetzt war alles dunkel und still.

Er durchquerte den Raum mit schnellen Schritten und zog den Spitzenvorhang zurück. Der Alkoven roch nach heißem Wachs, einem verkokelten Kerzendocht und nackter Angst. Die Harfe stand verlassen in der Mitte des Alkovens, der niedrige Stuhl daneben war umgekippt. Direkt hinter dem Vorhang drückte eine große Frau mit eingefallenem Gesicht sich an die Wand, die Hände neben sich ausgestreckt, als könne sie durch pure Willenskraft in der Täfelung verschwinden.

»Ich werde Ihnen nichts tun«, sagte er sanft. »Sie sind in Sicherheit.«

Die dürre Brust der Frau bebte in ihrem stoßartigen Atem. »Gott sei mir gnädig«, flüsterte sie mit brechender Stimme. »Sie sind tot, nicht? Alle tot.«

Sebastian musterte ihr bleiches Gesicht, die geraden braunen Brauen und die sich scharf unter dem Fleisch ihrer Wangen und ihrer Stirn abzeichnenden Knochen. Sie sah aus wie Ende zwanzig oder Anfang dreißig. Sie sprach feines Englisch, und ihr Kleid war hochgeschlossen und schlicht. Und nach dem milchigen Schleier zu urteilen, der ihre Augen beschattete, war sie blind.

Er sagte: »Wie lange ist es her, dass das passiert ist?«

»Eine Minute. Vielleicht zwei. Nicht lang.«

Sebastian blickte zu der Treppe hoch. Er war die ganze Orchard Street entlang gegangen, die *Academy* die ganze Zeit in Sichtweite. Wenn jemand das Gebäude eine oder zwei Minuten vor seiner Ankunft verlassen hätte, hätte er ihn gesehen. Er spürte, wie sein Körper sich anspannte. »Wohin sind sie gegangen? Die Männer, die das getan haben, meine ich. Nach oben?«

Als er die Frage stellte, hörte er jedoch einen leisen Plumps von oben, gefolgt vom hellen Lachen einer Frau und dem tieferen Klang einer männlichen Stimme.

»Nein«, sagte die Harfenistin, die noch immer den Rücken fest gegen die Wand drückte. »Den Flur entlang zum hinteren Teil des Hauses.«

Er blickte zu dem im Dunkeln liegenden Flur, der hinter der Treppe weiterging. »Was ist dort?«

»Die Küche«, sagte sie. Ihr Kopf hob sich plötzlich und drehte sich, als ein durchdringenderer Rauchgeruch die Spuren der Kerzen überlagerte. »Riecht Ihr das?«

Er roch es. Er konnte es auch hören: das Prasseln von Flammen, das Zischen alten Gebälks, das Feuer fing und aufflammte. »Zur Hölle«, fluchte er und griff sie am Handgelenk. »Die haben Feuer gelegt. *Kommen Sie.*« Er zog sie aus dem Alkoven und brüllte laut: »Feuer! Alle nach draußen! *Feuer!*«

»Nein«, sagte sie und riss sich aus seinem Griff los, um zurück hinter den Vorhang zu hasten. »Meine Harfe.«

»Zur Hölle«, sagte er erneut, als sie unter dem Gewicht des Instruments strauchelte. »Ich bringe die verfluchte Harfe mit.« Er konnte bereits den schwachen roten Schimmer vom hinteren Teil des Hauses sehen und die Schreie der Frauen, die aufgeregten Rufe der Männer und das Trommeln laufender Füße auf den Treppenstufen hören. »Gehen Sie nur hinaus!«

Sie weigerte sich, ohne ihn zu gehen – oder genauer gesagt, ohne ihre Harfe. »Seid vorsichtig«, ermahnte sie ihn, als er unter seiner Last wankte. Kreischende, halbnackte Frauen und Männer mit bloßer, rosafarbener Haut, die im Lampenlicht glänzte, liefen in ihrer Eile, zur Tür zu kommen, an ihnen vorbei. Ein mittelalter Mann mit einer haarigen, eingesunkenen weißen Brust und schlaffem Penis blökte die ganze Zeit: »Sag ich doch, sag ich doch, sag ich doch.«

In der Straße draußen hallte das Bimmeln der Feuerglocke wider. Schon formierte sich am Fuß der Fronttreppe eine Menschenmenge. Irgendwoher erschienen Eimer, die von Hand zu Hand gereicht wurden. Sebastian, der leise unter seiner Last fluchte, bahnte sich und der Frau einen Weg durch den rufenden Pulk und schlug den Weg zum Portman Square ein. »Ich verstehe nur eine Sache nicht, Miss …«

»Driscoll«, sagte sie und geisterte schützend um ihre Harfe herum, da sich der Strom der Männer, Frauen und Kinder, die zum Brand eilten, verstärkte. »Mary Driscoll.«

»Miss Driscoll.«

Der Korpus der Harfe grub sich unangenehm in seinen Rücken ein. »Warum haben diese Männer Sie nicht getötet?«

»Sie wussten nicht, dass ich da war. Ich habe meine Kerze ausgepustet und mit Spielen aufgehört, sobald ich sie mit Thackery in der Halle sprechen hörte.«

»Wissen Sie, wer sie waren?«

»Nein. Aber ich habe ihre Stimmen wiedererkannt. Sie waren auch in der Nacht, in der Hessy Abrahams gestorben ist, im Haus.«

Sebastian betrachtete ihre mageren, angespannten Züge. »Sie haben ihre Stimmen wiedererkannt? Wie oft haben Sie sie denn gehört?«

»Nur das eine Mal.« Sie musste den Zweifel in seiner Stimme gehört haben, denn ein unerwartetes Lächeln kräuselte ihre Lippen. »Wenn man blind ist, lernt man, sehr genau hinzuhören.«

Er konnte bereits seinen Zweispänner sehen. Tom stand bei den Köpfen der Füchse und versuchte sie zu beruhigen, denn sie tänzelten nervös, hatten die Mähnen aufgestellt und weiteten die Nüstern beim Geruch des Feuers. Sebastian sagte: »Erzählen Sie mir von den Männern. Wie viele waren es?«

»Nur zwei«, sagte sie. »Der eine war älter, in den Dreißigern, würde ich sagen. Er war der Kopf. Der jüngere Mann gehorchte und tat, was er ihm sagte, ohne Fragen zu stellen oder zu diskutieren.«

Wie ein guter Soldat, dachte Sebastian. Laut sagte er: »Welchen Akzent sprachen sie?«

Sie schüttelte den Kopf. »Ich konnte nicht viel erkennen, nur dass sie Gentlemen waren.«

Er streckte die Hand aus und hielt sie an, da sie weiter gehen wollte. »Wir sind bei meiner Kutsche.«

»Meister«, sagte Tom, dem der Mund offenstand. »Das Ding da kriegt Ihr nie in die Kutsche.«

»Doch, das werde ich«, sagte Sebastian und setzte die Harfe vorübergehend auf den Pflastersteinen neben der Kutsche ab. »Miss Driscoll hier wird sie auf dem Schoß halten.« Er bot ihr die Hand, um ihr hinaufzuhelfen, und sie nahm sie ohne Zögern.

Da die *Academy* in Flammen stand, hatte sie vermutlich keinen anderen Platz, zu dem sie gehen konnte, nahm er an. Aber als er zusah, wie sie sich auf dem hohen Sitz der Kutsche niederließ, kam ihm noch ein anderer Gedanke. Er fragte: »Wissen Sie, wer ich bin?«

Wieder diese Andeutung eines Lächelns. »Gewiss weiß ich das. Ihr seid Viscount Devlin. Ihr wart letzten Dienstag im Haus. Ihr habt Wein mit Miss Lil, Tasmin, Becky und Sarah getrunken. Dann haben Eure Fragen Miss Lil beunruhigt, und sie bat Euch zu gehen.«

»Ich habe meinen Namen nicht genannt.«

»Nein. Aber ich hörte Miss Lil und Mister Kane später über Euch reden. Menschen sind in dieser Hinsicht wirklich seltsam. Wenn man nicht sehen kann, benehmen sie sich oft, als könne man auch nicht hören. Oder vielleicht nehmen sie einfach an, ich bin dumm.«

Sie war alles andere als dumm. Unter leisem Stöhnen reichte er ihr die schwere Harfe hinauf. »Das erklärt aber noch nicht, wieso Sie willens sind, mit mir zu kommen.«

Sie drückte die Harfe an sich. »Diese Männer haben nach Miss Lil gesucht. Als sie sie getötet hatten, sind sie verschwunden.« Er sah, wie sich ihre zarte Kehle bewegte, als sie schluckte. »Ich will nicht, dass sie als nächstes mich suchen.«

Sebastian sah zu ihrem kleinen, blassen Antlitz auf. Jetzt, da sie in seinem Zweispänner saß, wusste er nicht, was er mit ihr tun sollte. Aus der Ferne erklang ein Ruf, gefolgt von einem Geräusch, das nach einem kollektiven Seufzen klang, als die Wände der *Academy* einstürzten und in einem Flammeninferno Funken hoch hinauf in den Nachthimmel fliegen ließen.

»Meister?«, sagte Tom.

Sebastian sprang auf die Kutsche und nahm die Zügel. »Geh von ihren Köpfen zurück«, sagte er und wendete die Füchse zum Covent Garden Theater.

Kapitel 51

Kat Boleyn war vielleicht die meistgefeierte junge Schauspielerin auf Londons Bühnen, aber ihre beengte Garderobe bot nicht genug Raum für sie selbst in ihrem Kostüm der Beatrice, einen großen Herrn in einem Reisemantel mit breitem Cape und eine blinde Frau, die eine Harfe umklammerte.

Sie sah in Mary Driscolls blasses, hageres Antlitz und sagte zu Sebastian: »Kann ich dich kurz draußen sprechen?«

Sie drängten in einen schlecht beleuchteten Korridor, der stark nach Theaterschminke, Orangenschalen und Staub roch. Kat flüsterte: »Sebastian, was tust du denn jetzt mit ihr?«

»Ich hoffe darauf, dass sie die Männer identifizieren kann, die heute Abend in die *Academy* eingedrungen sind.«

»Sie ist blind.«

»Ja, aber sie hat ihre Stimmen gehört. Sie kann sie wiedererkennen, wenn sie sie abermals hört.«

Kat sah ihn an. Er wusste, was sie dachte: dass niemand außer ihm Miss Driscolls Fähigkeit, Stimmen zu identifizieren, anerkennen würde. Doch sie sagte lediglich: »Und danach? Was willst du dann mit ihr machen?«

»Mach dir keine Sorgen. Ich werde dich nicht für immer mit ihr belasten.«

»Darum sorge ich mich nicht.«

»Es tut mir leid, aber ich kannte keinen anderen Platz, zu dem ich sie bringen konnte, an dem sie sicher ist.« Er konnte eine Frau wie Mary Driscoll unmöglich ins *Red Lion* bringen.

»Sebastian, wirklich, das ist in Ordnung.« Sie streckte die Hand aus, um seinen Arm zu berühren. Eine schlichte Geste, und doch schickte sie eine Welle verbotener Sehnsucht durch seinen Körper. Es war ein Fehler gewesen, hierher zu kommen, wurde ihm klar. Es war ein Fehler, zuzulassen, dass er so nahe bei ihr stand und die vertrauten Düfte einer verdorbenen Vergangenheit einatmete.

Sie ließ die Hand fallen und trat einen Schritt zurück. »Wie ich hörte, hat jemand versucht, dich zu töten. Zwei Mal.«

»Wo hast du das gehört?«

Sie schlug die Arme in Höhe ihres Magens um ihr Kostüm, als fröre sie, obgleich es im Theater nicht kalt war. Anstelle einer Antwort sagte sie: »Du wirst achtgeben. Nicht nur auf diesen Mörder, sondern auch auf Jarvis.«

»Ich weiß mit Jarvis umzugehen.«

»Niemand weiß mit Jarvis umzugehen.«

Zu seiner Überraschung musste Sebastian lächeln. »Seine Tochter schon.«

Als Sebastian das Theater wenige Minuten darauf verließ, traf er seinen Laufburschen Tom an, der an den Köpfen der Füchse wartete. Die Nacht war klar und kalt hereingebrochen. Der leichte Wind, der wehte, trug den Klang von Musik und Gelächter und die Stimmen von Männern, die laut einen Toast aussprachen, heran. Sebastian sagte: »Bring sie heim, Tom. Ich brauche dich heute nicht mehr.«

Der Laufbursche blickte zur Tür des Varietés in der Nähe, dann wieder in Sebastians Gesicht. »Ich kann hierbleiben.«

Sebastians Blick hob sich wie der von Tom zur Eingangstür des Varietés. Es war zu hell, zu laut, zu voll prallen Lebens. Sebastian hatte die Absicht, sich an einem dunklen und ernsten Ort zu betrinken. Er gab dem Laufburschen einen Klaps auf die Schulter und wandte sich ab. »Geh einfach nach Hause, Tom. Jetzt.«

Kapitel 52

Sonntag, 10. Mai 1812

»Mylord? *Mylord.*« Sebastian öffnete ein Auge und versuchte, sich auf das glatte, ernsthafte Gesicht seines Leibdieners zu konzentrieren, gab es dann jedoch mit einem Grunzen wieder auf. »Es ist mir egal, ob die ganze Londoner City brennt. Gehen Sie einfach weg.«

»Bitte«, sagte Calhoun und schob Sebastian etwas in die Hand, das sich wie ein warmer Becher anfühlte. »Trinkt dies.«

»Was zur Hölle ist das?«

»Eine Tinktur aus Mariendistel.«

Sebastian öffnete das zweite Auge, doch das klappte nicht besser als mit dem ersten. »Was zur Hölle tun Sie hier? Gehen Sie weg.«

»Es ist ein Billett von Mister Gibson angekommen.«

»Und weiter?« Sebastian öffnete dieses Mal beide Augen und biss die Zähne zusammen, als sich der Raum unangenehm um ihn zu drehen begann.

»Anscheinend haben die Behörden die Leiche eines Armee-Gentlemans namens Max Ludlow gefunden. Doktor Gibson wird heute Morgen die Autopsie vornehmen, und er dachte, Ihr seid vielleicht daran interessiert.«

Sebastian setzte sich so schnell auf, dass die heiße Flüssigkeit in dem vergessenen Becher überschwappte und ihm die Hand verbrannte. »Zur Hölle nochmal.«

»Trinkt es, Mylord«, sagte Calhoun und drehte sich zum Ankleidezimmer um. »Nichts hilft besser gegen einen teuflischen Brummschädel als Mariendistel.«

Das Gebräu half ein bisschen, aber nicht genug, um Sebastian mehr als einen Blick auf das Frühstück werfen zu lassen, das ihn im Morgenzimmer erwartete, bevor er sich abwandte und nach seiner Stadtkutsche verlangte. Der Tag war kühl, aber klar und viel zu hell heraufgezogen. Er verkroch sich in eine Ecke seiner Kutsche und schloss die Augen. Gibsons Autopsien waren nie ein Vergnügen, aber Sebastian wollte sich nicht einmal vorstellen, in welchem Zustand Max Ludlows Leichnam nach zehn Tagen sein mochte.

»Er ist in der Kammer im hinteren Gebäude«, sagte Gibsons Haushälterin, als sie Sebastian die Tür öffnete. Die kleine, dralle Frau mit eisengrauem Haar und einem offenen, roten Gesicht blickte ihn mit unverstellter Missbilligung finster an. »Ich soll Euch zu ihm bringen. Nicht dass ich weiter als bis zur Mitte des Gartens gehe, das sag ich Euch. Es ist unnatürlich, was er dort treibt.«

Sebastian folgte Mrs. Federicos breitem Rücken nach hinten durch den alten, engen Flur und die Küche in den ungepflegten Garten, der zu dem kleinen Steinbau führte, in dem Gibson sowohl seine angeordneten Obduktionen als auch seine illegalen Sektionen durchführte. Wie angekündigt, drehte sich Misses Federico kurzerhand um, als sie die Mitte des Gartens erreicht hatten. »Viscount oder nicht, ich geh' nich' weiter«, sagte sie und eilte zurück zu ihrer Küche.

Sebastian musste den Drang unterdrücken, ihr zu folgen. Er konnte Max Ludlow bereits riechen.

»Da bist du ja«, sagte Gibson, der, die blutigen Hände hoch haltend, in der offenen Tür des Baus erschien. »Ich dachte, das könnte dich interessieren.«

Sebastian versuchte, durch den Mund zu atmen. »Wo haben sie ihn gefunden?«

»In Bethnal Green. In eine Plane gewickelt und in einem Graben am Jews Walk versenkt.«

»Ich schätze, das ist besser als in der Themse«, sagte Sebastian. Er hatte Leichen gesehen, die nach einer Woche aus dem Fluss gezogen worden waren. Kein Anblick, den er gerne wieder erleben wollte.

»Im Graben war Wasser.«

»Guter Gott«, sagte Sebastian. Er hätte mehr von Calhouns Mariendistel trinken sollen.

Gibson bückte sich und ging zurück in das klamme Innere des Gebäudes. Nach kurzem Zögern folgte Sebastian ihm.

Nackt und halb ausgeweidet, sah die Leiche auf der Steinplatte wie etwas aus Sebastians schlimmsten Albträumen aus. Ein Blick auf das aufgeblähte, wachsartige Fleisch und die Insektenpopulation darin war genug. Sebastian blickte zur Decke. »Sind sie sicher, dass es sich um Max Ludlow handelt?«, fragte Sebastian, als er sich dazu in der Lage fühlte.

»Jemand vom Regiment hat ihn identifiziert. An einem anderen Tag wäre es wahrscheinlich nicht möglich gewesen. Manche Körperteile sind quasi bis auf die Knochen abgetragen, aber dank der Position, in der er lag, ist das Gesicht tatsächlich ganz gut erhalten.«

Sebastian hielt sein Schnäuztuch an die Nase und widerstand dem Impuls, noch einmal hinzusehen. »Hast du eine Vorstellung, wie er gestorben ist?«

»Die habe ich tatsächlich.« Gibson drehte sich um und griff nach einer flachen Zinnschale. »Das hier habe ich in seinem Herzen gefunden.«

Sebastian blickte auf ein blutiges paar eigenartiger, zerbrochener Klingen ohne Griff und von ungewöhnlicher Form. »Was ist das?«

»Das ist eine zerbrochene Nähschere«, sagte Gibson und stellte die Schale wieder zur Seite, damit er eine bogenförmige, nach oben stoßende Bewegung nachahmen konnte. »Derjenige, der ihn getötet hat, muss ihn mit der Schere erstochen haben. Sie muss zerbrochen sein, als sie eine Rippe traf.«

»Also ist er von einer Frau getötet worden«, sagte Sebastian.

»Nicht notwendigerweise, aber höchstwahrscheinlich. Hat Hannah Green je erwähnt, wie Rachel Fairchild den Mann in ihrem Zimmer getötet hat?«

Sebastian schüttelte den Kopf. »Vielleicht wusste sie das nicht.« Er ging zur Tür hinaus, um gleich dahinter im Garten besser atmen zu können. Es half nicht.

Gibson wischte seine Hände mit einem fleckigen Tuch ab und kam mit ihm nach draußen. »Ich habe von dem Brand in der *Academy* gehört. Das macht vier weitere Tote.« Er hob eine gespreizte Hand und rieb sich die Schläfen. »Ich dachte eigentlich, dass ich mit dem Austreten aus der Army Metzeleien von diesem Ausmaß hinter mir lassen würde.«

Sebastian ruckte mit dem Kopf zu dem dunklen, übelriechenden Raum hinter ihnen. »Der Leichnam auf deinem Tisch war früher Husarenhauptmann, denk dran.«

Gibsons Hand fiel herunter, seine Augen weiteten sich. »Was sagst du da? Dass du denkst, diese Mörder sind Angehörige der *Army*?«

»Das lehrt uns der Krieg doch, oder nicht? Nicht nur das Töten, sondern das Töten in großem Ausmaß.«

»Es ist ein Unterschied, ob man feindliche Soldaten auf dem Schlachtfeld tötet oder unbewaffnete britische Frauen in einem Londoner Slum abschlachtet.«

»Du meinst, weil das eine behördlich angeordnet ist und das andere nicht?«

»Nun ... ja.«

In dem Schweigen, das darauf folgte, klang das endlose Brummen der Fliegen gleichermaßen unnormal laut und unangenehm vertraut. Es war der Klang des Todes. Sebastian sagte: »Manche Männer lernen, das Töten zu schätzen. Oder sie lernen zumindest, sich nicht davon berühren zu lassen. Und das kann genauso gefährlich sein.«

Gibson blinzelte mit grimmigem Gesicht zu den Wolken, die sich am Horizont zusammenzuballen begannen. Sebastian wusste, woran er sich erinnerte – Bilder, die sie beide bis in ihre Träume verfolgten. Die portugiesischen Bauern, die auf ihren Feldern mit ihren Hunden und Maultieren erschossen worden waren. Die spanischen Familien, die lebendig in ihren Bauernhäusern verbrannt waren. Gibson sagte: »Aber dass britische Soldaten – Offiziere – britische Frauen umbringen sollten ...« Er schüttelte den Kopf. »Ich weiß, wir sollten da keinen Unterschied machen, aber die meisten Menschen tun es doch.«

»Dieser Unterschied wird gemacht, weil die meisten Menschen dazu neigen, jemanden, der eine andere Sprache spricht oder eine dunklere Hautfarbe hat, als irgendwie weniger menschlich zu betrachten. Aber viele Menschen betrachten Prostituierte ebenfalls als weniger menschlich. Ihr Leben wird als weniger wertvoll gesehen. Als entbehrlich. Ohne das Handeln von Miss Jarvis wären die acht Frauen, die im Magdalenenhaus gestorben sind, schon vergessen.«

»Aber warum sollten Husarenoffiziere den Premierminister umbringen wollen?«

»Das weiß ich nicht«, gab Sebastian zu.

Gibson deutete mit dem Kopf zu dem düsteren Raum hinter ihnen. »Wenn es stimmt ... Wenn Max Ludlow einer der drei Männer ist, von denen Hannah Green uns berichtet hat, wer waren dann die anderen zwei?«

»Zum jetzigen Zeitpunkt würde ich mein Geld darauf setzen, dass Patrick Somerville dazugehört.«

»Der Husarenhauptmann aus Northamptonshire? Meinst du, Hannah könnte ihn identifizieren?«

»Vielleicht kann sie sich nicht an Namen erinnern, aber Frauen, die ihren Beruf haben, lernen, sich Gesichter einzuprägen.«

»Aber das wird dennoch nicht genug sein, richtig?«, sagte Gibson. »Selbst wenn Somerville in der Nacht, in der Rachel Fairchild und Hannah Green geflüchtet sind, in der *Academy* war, gibt es noch nichts, was eine Verbindung zu den Morden im Magdalenenhaus offenlegt. Oder zu dem Überfall von letzter Nacht.«

»Nein. Aber Miss Driscoll könnte da hilfreich sein.«

Gibson sah verwirrt aus. »Miss Driscoll. Wer ist das denn?«

»Die blinde Harfenistin der *Academy*.«

Gibsons Stirnrunzeln vertiefte sich noch. »Wenn sie blind ist, wie kann sie ihn dann identifizieren?«

Sebastian dachte über eine Erklärung nach, gab es dann jedoch auf. »Schon gut. Leih mir bitte Papier und Stift, ja?«

Kapitel 53

Der schwierige Teil, wurde Sebastian klar, wäre zu bewerkstelligen, dass Miss Driscoll unbemerkt Patrick Somerville sprechen hören konnte. Es wäre viel einfacher, Patrick Somerville zuerst zu Hannah Green zu führen, entschied er also, um zu sehen, ob sie ihn wiedererkannte.

Sebastian verließ Gibsons Praxis und wies seinen Kutscher an, von Tower Hill zur West Street zu fahren, wo Grace Calhouns Taverne *Red Lion* lag. Nur wenige Häuser von Saffron Hill entfernt, auf der Nordseite eines der letzten unbebauten Stücke des Fleet Ditch gelegen, war das *Red Lion* als Treffpunkt für Diebe und die am tiefsten gesunkenen Mitglieder der liebesdienenden Schwesternschaft bekannt.

Er fand Grace im hinteren Salon der Kneipe, wo sie Zinnkrüge reinigte. Sie war eine große Frau, sogar größer als ihr Sohn und genauso schlank. Ihr Antlitz war scharf geschnitten, mit markanten Zügen, die das voranschreitende Alter eher akzentuiert als verwischt hatte. Bei Sebastians Anblick schob sie die Krüge einem alten, knorrigen Mann mit grauem Backenbart und einem Holzbein hin und kam hinter dem Tresen hervor.

Sie hatte strahlende, intelligente, braune Augen und trug das Haar in der Farbe von Gewitterwolken sauber unter einer Haube aus feiner Spitze zurückgesteckt. In ihrer Jugend musste sie atemberaubend gewesen sein. Sie war noch immer attraktiv – und sehr scharfsinnig.

»Ihr seid also der feine Lord, von dem mein Jules mir erzählt hat«, sagte sie und musterte Sebastian von oben bis unten, ohne zu lächeln. »Es war nie mein Ziel, den Jungen als *Gentleman's Gentleman* zu sehen, wisst Ihr. Ich habe den alten Narr von einem Kammerdiener angeheuert, damit er ihm beibringt, wie man als Gentleman spricht und sich kleidet. Nicht, damit er ihm beibringt, wie man ein guter Gentlemans's Gentleman ist.«

»Er ist ein sehr guter Leibdiener.«

»Das hatte ich aber nie für ihn im Sinn.« Sie wischte die Hände an ihrer Schürze ab. »Ich vermute, Ihr seid hier, um das junge Flittchen zu sehen, das Jules in meine Obhut gegeben hat.«

»Ich hoffe, Miss Green hat Ihnen keine Schwierigkeiten bereitet.«

Grace Calhoun schnaubte geringschätzig. »Die ... Sie ist ein gesprächiges kleines Ding, das kann ich Euch sagen. Das ist von Vorteil, denn sie hat nicht mal den Verstand, den der liebe Gott einem Zaunpfahl mitgibt.« Sie warf ihm einen weiteren abschätzenden Blick zu, dann wandte sie sich wieder ihren Krügen zu. »Sie war im Hof, als ich sie zuletzt gesehen habe.«

Er traf Hannah Green in einer Ecke des kopfsteingepflasterten Hofs an, wo sie neben den baufälligen Ställen im Schneidersitz auf dem Boden saß. In den Armen hielt sie drei lebhafte, wuselnde Kätzchen mit schwarz-weißem Fell. »Schaut Euch die an, Lord Devlin«, sagte sie fröhlich, als sie ihn erblickte. »Sind das nicht die süßesten Dinger, die Ihr je gesehen habt? Ich wollte immer schon ein Kätzchen.«

Sie trug noch immer das gerüschte rosa-weiß-gestreifte Kleid, aber ohne Rouge und ohne die burgunderfarbenen Federn sah sie sogar noch jünger als vorher aus, nicht älter als fünfzehn oder allerhöchstens sechzehn Jahre. Sebastian sah ihr dabei zu, wie sie ein abenteuerlustiges Kätzchen von ihrem Kopf pflückte, und ihm kam der Gedanke, dass er begonnen hatte, unselbständige weibliche Wesen zu sammeln. Er hatte keine Vorstellung, was er mit ihnen anfangen sollte.

»Wenn du dich von den Kätzchen losreißen könntest«, sagte er, »dachte ich, dass du vielleicht noch eine Kutschfahrt machen möchtest.«

Hannah rappelte sich auf die Beine und sah hierhin und dorthin. »Ehrlich? Ooh. Lasst mich rasch meine Haube holen.«

Sebastian rettete die umherkullernden Kätzchen und hatte kaum Zeit, sie zu der Mutterkatze zu setzen, die sich in der Nähe auf einem faulenden Heuhaufen sonnte, da war Hannah schon wieder zurück. Sie trug wieder den heruntergekommenen Federhut auf ihrem kastanienbraunen Haar, und an ihrem Arm baumelte ihr Retikül an fadenscheinigen Bändern.

»Wohin fahren wir?«, fragte sie und ließ sich vertrauensvoll von Sebastian in die Kutsche helfen.

Er schwang sich hinauf und nahm den vorderen Sitz. »Du sagtest, dass du den Mann erkannt hast, der in deine Wohnung am Haymarket gekommen ist und Tasmin Poole stranguliert hat. Dass er einer der Männer war, die euch letzte Woche aus der *Academy* angeheuert haben?«

»J-ja«, sagte sie, unsicher, wohin seine Fragen führen sollten. »Er war der mit den schmalen Lippen, der uns in der *Academy* ausgesucht hat.«

»Schmale Lippen?«, fragte Sebastian abwesend.

»Ja. Ihr wisst schon, der hatte so einen Mund, als würde er dauernd die Lippen zusammenkneifen.« Sie hob beide Hände und presste die Daumen fest gegen die Zeigefinger, um den Mund des Mörders nachzuahmen, wie er vermutete. »Als hätte er Angst, ein Käfer könnte ihm reinkrabbeln, wenn er nicht aufpasst oder so.«

Das war mehr, als sie beim letzten Mal gesagt hatte. »Und der Mann, der Rose Fletcher am nächsten Abend tötete, als die Männer wiederkamen – war er bei dem schmallippigen Gentleman, als der euch mit der Droschke abholte?«

Sie nickte. Sie hatte aufgehört, den Mund des Mörders nachzuahmen und stattdessen begonnen, auf einem Fingernagel herum zu kauen, den Blick auf die belebten Straßen und die Schaufenster gerichtet, die an der Kutsche vorbeizogen.

»Ich bin an dem dritten Gentleman interessiert«, sagte Sebastian.

Sie überdehnte den Hals, um einen Drehorgelspieler mit einem Affen zu betrachten, der an einer Straßenecke stand. »Ihr meint den Kerl mit dem Geburtstag?«

»Richtig. Der Mann, der sich für dich entschieden hat, als sie am nächsten Abend wieder zur *Academy* kamen. Würdest du ihn wiedererkennen, wenn du ihn siehst?«

Hannah drehte den Kopf, um ihn anzublicken, ihre Augen standen riesig in ihrem ungewöhnlich feierlichen Gesicht. »Ich will ihn nicht wiedersehen. Ich will keinen von denen wiedersehen.«

»Aber du würdest ihn wiedererkennen.«

»Ja«, sagte Hannah am Fingernagel in ihrem Mund vorbei.

»Da fahren wir jetzt hin. Wir schauen, ob wir ihn finden.«

Sie lachte erschrocken auf. »Ach kommt schon! Ich hab’ gehört, in London gibt’s ’ne Million Leute oder sogar mehr. Wie wollt Ihr denn einen Kerl in ’ner Million finden?«

»In der Cockspur Street gibt es ein Kaffeehaus mit dem Namen *Scarlet Man*. Die meisten Soldaten der Stadt – egal, ob sie aktiv Dienst tun oder nur zum halben Sold – gehen Sonntagnachmittags irgendwann dorthin.«

»Woher wisst Ihr, dass das Soldaten waren?«

Er fixierte sie unverwandt. »Du wusstest, dass sie zum Militär gehörten?« Das hatte sie nicht erwähnt.

Sie zog eine Schulter hoch. »Ja.«

»Was weißt du noch, was du mir nicht erzählt hast?«

Es klang schärfer, als er beabsichtigt hatte. Ihr Augen verengten sich. »Dachte nich’, dass es wichtig ist.«

Die Pferde verlangsamten. Sie ließ den Blick zu der verglasten Front des Cafés wandern, das in der Nähe von Charing Cross stand. »Ihr denkt also, der Kerl mit dem Geburtstag ist jetzt da drin?«

Der Kutscher steuerte die Kutsche dicht an den gegenüberliegenden Bordstein. »Wenn nicht, so wird er doch irgendwann aufkreuzen. Kannst du die Tür des Kaffeehauses von deinem Platz aus gut sehen?«

Sie verlagerte leicht das Gewicht, und ihre Unterlippe schob sich ein bisschen vor, als wolle sie schmollen. »Aye.«

Sebastian unterdrückte ein Lächeln und zog eine Nachricht aus seiner Tasche, die er vorbereitet hatte. Er gab sie einem der Lakaien. »Find einen Gassenjungen und gib ihm ein paar Schilling, damit er das zu Captain Patrick Somerville im *Scarlet Man* bringt.«

»Das ist ganz schön schlau«, sagte Hannah und beobachtete den Lakaien, der sich mit der Nachricht abwandte. »Was steht drin?«

»Nur, dass der Captain bei seinem Regiment gebraucht wird.«

Ihr Brauen zogen sich zusammen, als sie angestrengt nachdachte. »Ihr meint, dieser Somerville ist der Kerl mit dem Geburtstag?«

»Klingt der Name vertraut?«

Hannah zuckte die Schultern. »Ich achte nich' auf Namen nicht.« Ihr Stirnrunzeln vertiefte sich, als sie sah, wie der Lakai einem halbwüchsigen Buben winkte. »Was, wenn dieser Somerville nich' da is'?«

»Dann warten wir.«

Die Unterlippe kam wieder zum Einsatz. »Wir hätten die Kätzchen mitnehmen sollen.«

Aber schlussendlich brauchten sie nicht zu warten. Nur einen Augenblick später erschien ein großer, schlanker Gentleman in der goldbesetzten, dunkelblauen Jacke der Husaren in der Tür des Kaffeehauses, wandte sich um und eilte forsch Richtung Whitehall.

»*Das isser*«, sagte Hannah und ließ sich zurück in die Schatten des Kutschinneren sinken. »Das is' der Kerl mit dem Geburtstag.«

»Bist du sicher?«

»'türlich bin ich sicher. Ich sagte doch, ich achte nich' auf Namen nich'. Aber ich vergess' nie 'n Gesicht.«

Sebastian betrachtete sie nachdenklich. Sie hatte, auch wenn alles dagegen sprach, doch mehr Verstand als ein Zaunpfahl. Er sagte: »Sie wissen nicht zufällig, wie Rose Fletcher in jener Nacht den Mann in ihrem Zimmer getötet hat, oder?«

»Sie hat ihn erstochen«, flüsterte Hannah und beugte sich vor, als könne jemand sie belauschen. »Hat ihn mit 'ner Nähschere erstochen. Zumind'st hat sie das gesagt.« Sie setzte sich wieder zurück, die Aufregung in ihrem Gesicht legte sich wieder, als sie sich einem angenehmeren Thema zuwandte. »Glaubt Ihr, Misses Calhoun wird mich eins von den Kätzchen behalten lassen?«

Kapitel 54

Ein zarter Nieselriegen fiel an diesem Abend und überzog das Straßenpflaster und die Bürgersteige von Mayfair mit einem nassen Glanz, der die Lichter der im Wind flackernden Straßenlaternen und der in Bewegung befindlichen Kutschenlampen reflektierte. Sebastian war auf dem Weg zu dem Ball, den Lady Burnham in ihrem Haus in der Park Lane gab. Er war in Kniehosen und eine weiße Weste gekleidet. Dazu trug er Schnallenschuhe und einen Zweispitz, den er unter den Arm geklemmt hatte, statt ihn auf den Kopf zu setzen.

Der Regen hatte die Menschenmenge, die auf dem Gehweg stand, um zu gaffen, ausgedünnt, aber trotzdem brauchte Sebastians Kutsche eine unangemessen lange Zeit, sich nach vorne zu arbeiten, denn zum Ball waren etwa fünfhundert Gäste geladen. Er bezweifelte nicht, dass Patrick Somervilles gut verheiratete Schwester, Lady Berridge, anwesend sein würde, ihren widerstrebenden Bruder im Schlepptau.

Als er den Ballsaal betrat, sah er als Erstes seine Tante Henrietta. Sie keuchte sogleich und angelte nach ihrem Monokel, das sie immer an einer Kette um den Hals trug, auch wenn sie sich in mauvefarbener Seide und Spitze und mit einem hohen Turban herausgeputzt hatte. »Gütiger Himmel. Devlin, was tust du denn hier? Zuerst lässt du dich bei *Almack's* und Lady Melbournes Frühstückspicknick sehen, jetzt auf Lady Burnhams Ball?« Sie nahm einen tiefen Atemzug, der ihren massiven Busen anschwellen ließ, und zog lächelnd die

Mundwinkel hoch. »Nun sag nicht, du hast dir endlich in den Kopf gesetzt, dir eine Gattin zu suchen?«

»Nein«, sagte er schlicht und suchte mit den Blicken den vollen Ballsaal hinter ihr ab. Tatsächlich suchte er nach einem Mörder, aber das würde er seiner Tante nicht verraten. Er kniff die Augen etwas zusammen, als er Patrick Somerville erblickte, der in der Nähe der Terrassentüren auf der hinteren Seite des Hauses stand und sich mit einer jungen, hellhaarigen Matrone unterhielt. »Wenn ich meine Meinung ändern sollte, dann wirst du die Erste sein, die es erfährt, glaube mir, Tante.«

Er entschuldigte sich und drängte sich durch die lachende und plaudernde Gesellschaft. Wie das Unglück es wollte, hatte er jedoch erst die Hälfte des Saals durchmessen, als er auf Miss Jarvis traf.

»Gütiger Himmel«, sagte sie in einem Ton, der ganz dem seiner Tante entsprach, nur dass Miss Jarvis nicht lächelte. »Was tut Ihr denn hier?«

»Ich habe eine Einladung erhalten.«

»Ja, aber Ihr nehmt doch nie an solchen Veranstaltungen teil.« Sie trug ein smaragdgrünes Seidenkleid, das ihr überraschend gut stand, und hatte ihr Haar gelockt, sodass es ihr eckiges Antlitz weich zeichnete. Doch nichts an ihrem Ausdruck war weich. Sie blickte finster. »Ihr haltet nach jemandem Ausschau, nicht wahr? Nach wem?«

Er wandte den Terrassentüren entschlossen den Rücken zu. »Vielleicht habe ich es mir plötzlich in den Kopf gesetzt, etwas Tanz zu genießen.«

»Unsinn.« Sie warf einen schnellen Blick um sich. »Hier können wir nicht reden. Begleitet mich zum Erfrischungsraum.«

Er war zu sehr Gentleman, um es ihr zu verweigern, wie sie sehr wohl wusste. Er lieh ihr seinen Arm und führte sie durch die Menge zu einem Raum, der eingerichtet worden war, um Erfrischungen anzubieten. Sebastian hoffte, dass die Kammer voll wäre, doch sie war fast leer.

»Ich möchte, dass Ihr mir erzählt, was letzte Nacht in der Orchard Street geschehen ist«, sagte sie und nahm ein Glas Limonade entgegen. »Ihr wisst es doch, nicht wahr?«

Natürlich, sie hatte heute Morgen in den Zeitungen darüber gelesen. Er nahm einen Teller und betrachtete die delikaten Häppchen, die ihre Gastgeberin anbot, um ihren Gästen bis zum Abendessen etwas zu bieten. »Ich glaube, die Vorsteherin war das Ziel«, sagte er so ruhig, als würden sie über das Orchester oder die silbernen Banner sprechen, die den Ballsaal schmückten. »Möchtet Ihr Garnelen oder Krabben?«

»Garnelen bitte.« Er erwartete nicht, dass Miss Jarvis wusste, was eine Vorsteherin war. Allerdings vergaß er dabei die Recherchen, die sie überhaupt erst in dieses mörderische Wirrwarr verwickelt hatten. Sie sagte: »Wurde sie ermordet?«

»Ja.« Er suchte drei dicke Garnelen aus und legte dann eine Scheibe Schinken und etwas Melone dazu. »Und außerdem ein paar andere.«

»Weil die Männer dachten, Miss Lil könne sie identifizieren? Ist das der Grund? Wenn sie das konnte, ist es ein Wunder, dass die Kerle sie so lange am Leben ließen.«

»Ich vermute, dass Miss Lil ihre Namen nicht kannte. Sie wurde erst zu einer Bedrohung, als wir damit begannen, den Kreis um die Männer enger zu ziehen.« Er ließ den Blick über den Tisch wandern. »Möchtet Ihr ein Eis?«

»Nein, danke sehr.« Sie nahm den Teller, den er für sie hergerichtet hatte. »Denkt Ihr, dass sie sich wieder an Hannah Greens Fersen heften werden?«

»Das würden sie, wenn sie wüssten, wo sie sie finden. Glücklicherweise wissen sie es nicht.«

Sie widmete sich mit erfrischendem Appetit den Häppchen. »Wie geht es ihr eigentlich?«

»Hannah? Als ich sie das letzte Mal sah, war sie entzückt über einen Wurf schwarz-weißer Kätzchen der Stallkatze.«

Miss Jarvis sah halb irritiert, halb lachend auf, als wäre sie unsicher, ob sie ihm glauben solle oder nicht. »Kätzchen?«

»Kätzchen.« Er betrachtete ihre klaren, grauen Augen und die feine Wölbung ihrer Wange. Er dachte daran, ihr von der Harfenistin und von Patrick Somerville zu erzählen, dann änderte er seine Meinung. Je weniger er sie in all das hineinzog, desto besser.

Sie sagte: »Was wird aus ihr, wenn das hier vorbei ist?«

»Aus Hannah?« Er schüttelte den Kopf. »Ich bin nicht sicher. In vielerlei Hinsicht ist sie noch ein Kind.«

»Aber nicht in jeder Hinsicht.« Er wusste, dass sie ihre Worte schon in dem Augenblick bedauerte, in dem sie sie äußerte. Für einen eingefrorenen Augenblick verschränkten sich ihre Blicke. Sie stellte den Teller zur Seite. »Vielen Dank für die Erfrischungen« sagte sie, drehte sich auf dem Absatz um und ließ ihn stehen. Er blickte ihr nach.

Als Sebastian zurück in den Ballsaal kam, war Patrick Somerville verschwunden. Sebastian durchwanderte den Wintergarten und die Kammern, die für Kartenspiel vorbereitet waren, bevor er schließlich hinaus auf die Terrasse trat, wo er den Husarenhauptmann an die Steinbalustrade gelehnt und einen Stumpen rauchend fand.

»Schlechte Angewohnheit, die ich aus Amerika mitgebracht habe«, sagte Somerville und blies eine Wolke blauen Rauchs aus. »Meine Schwester Mary sagt mir unentwegt, das wird mein Tod sein, aber ich sage ihr, dass die Malaria mich lange vorher umbringt.«

Sebastian stellte sich neben ihn und blickte über den von Nässe glänzenden Garten. Der Regen hatte aufgehört, aber die Luft war noch immer kühl und feucht und roch stark nach nasser Erde und nassen Steinen. »Wie ich hörte, wurde die Leiche Ihres Freundes gefunden.«

Somerville zog an seinem Stumpen und kniff die Augen zusammen. »Ja, armer alter Teufel.«

»Soweit ich weiß, hatte er eine abgebrochene Nähschere im Herzen stecken.«

Der Husar wandte den Kopf herum, um Sebastian direkt anzusehen. »Wo habt Ihr das gehört?«

»Von dem Chirurgen, der die Obduktion durchgeführt hat.« Sebastian blickte weiterhin auf den Garten hinaus. »Ein Mann, der letzte Woche in der *Orchard*

Street Academy umgebracht wurde, starb an einem Stoß mit einer Nähschere.«

Somerville zog an seinem Stumpen und schwieg.

Sebastian sagte: »Wie viele Leichen sind im letzten Jahr in London aufgetaucht, die mit einer abgebrochenen Nähschere in ihren Herzen gestorben sind? Was denken Sie?«

Der Hauptmann warf den Rest seines Stumpens in den nassen Garten unter ihnen, wölbte die Lippen und ließ einen langen Strom duftenden Rauchs entweichen. »Ihr wisst, dass ich auch dort war, nicht?«

»Ja.«

Somerville legte seine Hände flach auf die nasse Balustrade und blickte mit gebeugtem Rücken über den schattigen Garten. »Ich begreife immer noch nicht, was in jener Nacht geschehen ist. Zuerst verschwand das Mädchen, bei dem ich war. Und als ich dann nach Ludlow suchte, hieß es, er wäre schon gegangen.«

»Und Sie haben das geglaubt?«

»Warum sollte ich nicht? Wir wollten uns später in einer Taverne in der Nähe von Soho treffen. Ich bin also dorthin gegangen, in der Erwartung, dass er auf mich wartete. Aber er ist nicht gekommen. Zuerst dachte ich, er hätte einfach seine Meinung geändert und wäre nach Hause gegangen. Erst am nächsten Tag, als er immer noch verschwunden war, begriff ich, dass etwas schiefgelaufen war. Ich dachte, Straßenräuber hätten ihn überfallen oder so etwas. Ich hätte nie gedacht, dass er die *Academy* gar nicht verlassen hatte.«

»Wer war in jener Nacht noch dabei?«

»Niemand.« Er drückte sich von der Mauer ab. »Was geht das Euch überhaupt an?«

Aus dem Ballsaal hinter ihnen erklang der wiegende Refrain eines englischen Landtanzes. Sebastian sagte: »Ich tue damit jemandem aus meiner Bekanntschaft einen Gefallen.« Er studierte das blasse Gesicht des Mannes, das trotz der Kühle des Regens schweißnass war. »Ach, ich wollte noch fragen: Wann ist Ihr Geburtstag?«

»Mein Geburtstag?« Somerville lachte unsicher. »Warum fragt Ihr?«

»Er war letzte Woche, nicht wahr?«

Die angespannten Kiefermuskeln des Mannes zeichneten sich ab, während er über seine Antwort nachdachte. »Ja«, sagte er langsam, als er die Zwecklosigkeit, es zu leugnen, erkannte. »Warum?«

»Herzlichen Glückwunsch«, sagte Sebastian und ging hinaus in die Nacht.

»Unglücklicherweise habt Ihr keinen echten Beweis«, sagte Sir Henry Lovejoy. Sie saßen im schlichten Salon von Untersuchungsrichter Lovejoys Haus am Russell Square neben dem kalten Kamin. Ein Feuer hätte geholfen, die Kühle der feuchten Nacht draußen zu halten, doch Lovejoy erlaubte außer in der Küche kein Feuer mehr, wenn der erste April vorbei war. Sebastian wusste, dass dies für Lovejoy weniger eine Frage von Geiz als von Charakterstärke war.

Sebastian schenkte sich noch eine Tasse Tee ein und sagte: »Hannah Green hat Patrick Somerville identifiziert.«

»Als Freier. Es gibt kein Gesetz, das es verbietet, eine Frau für eine kurze körperliche Annehmlichkeit zu bezahlen, wie unmoralisch es auch sein mag. Sie hat nicht gesehen, dass er jemanden getötet hat. Und selbst wenn

es so wäre, was wäre das Wort einer Bordsteinschwalbe gegen das eines Husarenhauptmanns, der in
der Verteidigung seines Vaterlandes verwundet
wurde?«

»Er wurde nicht verwundet. Er hat Malaria.«

»Ich glaube, ich wäre lieber verwundet.«

»Offen gesagt, ich auch.« Sebastian nahm einen
Schluck Tee und wünschte, er wäre etwas stärker. »Wir
haben noch die Harfenistin. Sie hat die Männer gehört,
die gestern Abend in die *Academy* eingedrungen sind.
Wenn Somerville einer von ihnen war – und das
nehme ich stark an –, würde sie seine Stimme wiedererkennen. Wenn wir für eine Situation sorgen können,
in der sie ihn hören kann ...«

»Kein Gericht würde einen Husarenhauptmann aufgrund einer Zeugenaussage verurteilen, die von einer
blinden Frau gemacht wurde, welche in einem Bordell
Harfe gespielt hat.«

Sebastian spürte Frustration aufsteigen. Lovejoy
hatte natürlich recht. Aber es musste einen Weg geben
... »Das Mädchen, das im Käseladen gegenüber vom
Magdalenenhaus arbeitete, könnte ihn wiedererkennen. Kurz vor dem Brand hat sie mehrere Gentlemen in
der Straße herumlungern sehen.«

»Hat sie sie auch in das Haus hineingehen sehen?«
»Nein.«

Lovejoy streckte seine kurzen Beine aus und legte die
Füße übereinander. »Es ist einfach alles zu verworren
und durcheinander. Nicht einmal ich verstehe es ganz.«

Sebastian beugte sich vor und stützte die Ellbogen auf
die Knie. »Am Dienstag vergangener Woche haben
zwei Männer – Max Ludlow und ein anderer

Gentleman, dessen Identität ich noch herausfinden muss – Rose Fletcher, Hannah Green und Hessy Abrahams von der *Academy* aushäusig als Geburtstagsüberraschung für ihren Freund angeheuert, nämlich Captain Patrick Somerville. Die Frauen wurden in einer Mietdroschke zu Räumlichkeiten irgendwohin gebracht, wo Somerville später zu ihnen stieß. Es muss für ihn ausgesprochen peinlich gewesen sein, als er herausfand, dass eine der Frauen, die seine Freunde für die Nacht angeheuert hatten, Rachel Fairchild war, die Schwester seines Kindheitsfreundes.«

Lovejoy räusperte sich unbehaglich. »Ausgesprochen peinlich, nehme ich an.«

»So peinlich, dass keiner von ihnen sich etwas anmerken ließ, nehme ich an. Aber Somerville muss am nächsten Tag etwas zu seinen Freunden gesagt haben. Und als herauskam, dass Rachels Mutter Französin war – und dass Rachel selbst Französisch sprach – wurde ihnen bewusst, dass sie etwas Vertrauliches verraten hatten. Rachel hatte eine gefährliche Unterhaltung mit angehört und verstanden, die die Männer auf Französisch geführt hatten, weil sie davon ausgingen, dass keine der Frauen sie verstünde.«

»Also kamen sie am nächsten Abend zur *Academy* zurück in der Absicht, die Frauen zu töten? Bevor diese jemandem verraten konnten, was sie angehört hatten?«

»Ja. Nur, dass natürlich alles schiefging. Der geheimnisvolle Dritte führte seinen Mord rasch aus, indem er Hessy Abrahams das Genick brach. Aber Rachel Fairchild schaffte es, Max Ludlow mit ihrer Nähschere zu erstechen und Hannah Green zu warnen. Ich weiß, dass die drei Männer sich später in einer Taverne treffen wollten. Als Ludlow nicht aufkreuzte, konnten die anderen nicht wissen, was falsch gelaufen war. Es muss sie mehrere Tage gekostet haben, das herauszufinden und die Spuren der beiden überlebenden Frauen bis zum Magdalenenhaus zu verfolgen.«

»Zu dem Zeitpunkt war Hannah Green bereits weggelaufen.« Lovejoy blickte nachdenklich in den kalten, geschwärzten Innenraum des Kamins. »Diese Männer haben eine außergewöhnlich große Zahl Menschen getötet, nur um eine einzige Frau zum Schweigen zu bringen.«

»Sie sind Soldaten und darauf geübt, zu töten. Und sie sind auf einer Mission.«

»Den Premierminister zu ermorden?« Lovejoy rührte mit verkniffenem und besorgtem Ausdruck in seinem Tee. »Habt Ihr Perceval von Eurer Theorie erzählt?«

»Dass jemand ein Attentat auf ihn plant? Ja.«

»Und?«

Sebastian lächelte. »Er hat mir nicht mehr geglaubt als Sie.«

Lovejoy legte seinen Löffel mit einem leisen Klappern zur Seite. »Es scheint nur so absurd. Kein britischer Premierminister ist je ermordet worden. Und dann noch von drei Offizieren Seiner Majestät? Welches mögliche Motiv könnten sie für eine solche Tat haben?«

Sebastian schüttelte den Kopf. »Ich weiß es nicht. Was können Sie mir über den Mann sagen, der heute Morgen aufgefunden wurde? Max Ludlow.«

»Nichts Negatives. Er gilt als Paradebeispiel eines Offiziers – loyal, kühn und effizient.«

»Welches Regiment?«

»Zwanzigstes Husaren.«

Dasselbe wie Somerville, dachte Sebastian. Laut sagte er: »Wo hat er gedient?«

»Italien, Jamaika, Ägypten, Sudan – so ziemlich überall. Sogar bei der Schlacht um Kapstadt gegen die Niederlande hatte er seine Hände im Spiel.«

»Wurde er anschließend nach Argentinien geschickt?«

»Das ist richtig.«

Sebastian starrte auf die Teeblätter am Boden seiner Tasse. Es war fast fünf Jahre her, dass die Briten in den katastrophalen Invasionen am Rio de la Plata versucht hatten, Spaniens prosperierende südafrikanische Kolonie zu erobern. Die Unternehmung war schlecht geplant und unterbesetzt gewesen. Tausende britische, schottische und irische Männer hatten ihre Knochen im Rio de la Plata gelassen, und viele der Überlebenden waren zerstört und verbittert nach Hause zurückgekehrt.

»Ihr habt keine Idee, wer dieser dritte Mann ist?«, sagte Lovejoy.

Sebastian stellte seine leere Tasse zur Seite und erhob sich. »Nein. Wenn ich herausfinden könnte, wer Ludlows und Somervilles Verbündete sind – mit wem sie früher gedient haben – könnte das aufschlussreich sein.«

Lovejoy nickte. »Ich setze einen meiner Wachtmeister darauf an, das herauszufinden.«

»Sie wollen ...« Sebastian unterbrache sich, als das Verständnis in ihm dämmerte. »Dann haben Sie es getan, oder? Sie haben entschieden, den Posten in der Bow Street anzunehmen.«

Sir Henry gestattete sich ein kleines, stolzes Lächeln. »Natürlich ist es bis morgen früh noch nicht offiziell. Aber ja.«

»Meinen Glückwunsch.«

Sir Henrys Lächeln wurde breiter, dann erlosch es langsam.

Kapitel 55

Montag, 11. Mai 1812

Hero schlief in dieser Nacht schlecht. Lange, nachdem alles um sie herum im Haus zur Ruhe gekommen und die letzten Kutschen in den Straßen unten vorbeigerattert waren, lag sie wach und starrte die Satinfalten in den Vorhängen an ihrem Bett an.

Sie hatte ursprünglich geglaubt, dass sie, wenn sie nur herausfand, wer die Frauen im Magdalenenhaus getötet hatte und warum, verstehen würde, wie Rachel Fairchild dort hatte landen können – wie die Enkelin eines Herzogs je so tief hatte sinken können, dass sie das bittere Leben auf den Straßen zu ihrem machte. Ein oder zweimal hatte Hero den kleinlichen Verdacht gehabt, Devlin wüsste mehr, als er zugab. Aber sie verstand nicht ansatzweise, weshalb er sich weigern sollte, ihr diese Dinge zu erzählen. Hero war dem Rätsel um Rachels Leben kein bisschen nähergekommen als vor einer Woche. Sie verspürte ein wachsendes Gefühl der Frustration und der Angst, sie könne es niemals erfahren und niemals verstehen.

Lange bevor der Morgen heraufdämmerte, hörte sie, wie der Regen wieder einsetzte und gegen die Fensterscheiben prasselte. Sie dachte an Rachel Fairchild in ihrem kalten, einsamen Grab unter dem trommelnden Regen, und obgleich sie wusste, dass es absurd war, beunruhigte der Regen sie. Als sie endlich doch noch in den Schlaf hinüberglitt, hatte sich in ihr vage und unvollständig die Vorstellung gebildet, dass sie am nächsten Tag den Friedhof der *Friends* besuchen wollte.

Sie wachte am frühen Morgen auf, kaum erfrischt. Der Regen hatte irgendwann nach der Morgendämmerung aufgehört, doch die schweren Wolken hingen noch immer tief. Mit Flieder und Lilien aus dem Blumenladen an der Ecke beladen machte Hero sich kurz nach dem Frühstück in ihrer eigenen Kutsche auf den Weg. Ihr Mädchen begleitete sie. Sie wusste, dass der Diener ihres Vaters sie diskret beschattete, aber heute gab es keinen Grund, sich seinem wachsamen Auge zu entziehen.

Er folgte ihr Richtung Norden, durch die Oxford Road nach Paddington und zu dem kleinen Dorf Pantonville, das dahinter lag. Sie fand das Versammlungshaus und den Friedhof der *Friends* ohne Schwierigkeiten, denn sie hatte sich bei Joshua Walden nach dem Weg erkundigt. Sie ließ die Kutsche unter der bogenförmigen Krone einer alten Ulme stehen, die an der Seite der Straße wuchs, und betrat den Friedhof durch ein Törchen in einer niedrigen Schichtsteinmauer.

Die Gräber der acht Frauen waren leicht zu finden: eine traurige Reihe frisch aufgeworfener Erde neben der westlichen Mauer am anderen Ende des Friedhofs. Die dunkelbraunen, länglichen Hügel hoben sich scharf vom Grün des nassen Grases ab. Als Hero den Hügel hinunter ging, kniff sie die Augen beim Anblick einer großen Frau zusammen, die mit gesenktem Kopf und hängenden Schultern neben den Gräbern stand. Sie war in schwarze Seide gekleidet, und ihre Hand umklammerte die Bänder eines großen Reise-Retiküls. Bei den Geräuschen, die Heros Schritte auf dem durchweichten Gras verursachten, drehte die Frau sich um, und das von Trauer getrübte Antlitz von Rachels Schwester Lady Sewell wurde sichtbar.

»Ihr seid es«, sagte sie in einem atemlosen Flüstern und hob eine Hand, um ihre zitternden Lippen zu bedecken.

Hero stockte. »Es tut mir leid. Ich wusste nicht, dass Ihr hier seid.« Sie machte eine vage Bewegung mit den Blumen, die sie gebracht hatte. »Ich lasse die nur da und gehe wieder.«

Lady Sewell nickte in Richtung der Reihe der namenlosen Gräber. »Ich weiß nicht einmal, welches dieser Gräber ihres ist. Wisst Ihr es?«

Hero schüttelte den Kopf. »Nein. Es tut mir leid.«

Lady Sewells Atem ging in einen Schluchzer über. »Sie hat mir nie erzählt, was er ihr antat. Ihr glaubt mir, nicht wahr?«

»Ja, gewiss«, sagte Hero, obgleich sie nicht die geringste Vorstellung hatte, wovon ihr Gegenüber sprach.

»All diese Jahre, und sie sagte nie ein einziges Wort. Aber ich hätte es wissen müssen, nicht wahr?«

»Hättet Ihr?«

Lady Sewell spannte ihren Kiefer fest an, damit er nicht mehr zitterte. »Mein Vater und ich hatten ein Abkommen getroffen. Ich würde Schweigen über den Schuss wahren, im Gegenzug würde er mich Sewell heiraten lassen.« Ihre Lippe kräuselte sich. »Ich hätte wissen müssen, dass ich ihm nicht vertrauen konnte.«

»Der Schuss?«, fragte Hero.

Auf Lady Sewells Wange trat ein Muskel hervor. »Er hat sie umgebracht, wisst Ihr? Meine Mutter. Es war ein Unfall. Er versuchte, ihr die Waffe wegzunehmen, und es löste sich ein Schuss. Aber dennoch hat er sie umgebracht.«

Hero erinnerte sich an das, was Devlin ihr über den Tod von Rachels Mutter berichtet hatte. »Ihr meint, im Pavillon?«

Rachels Schwester nickte. »Mama fand heraus, was er mir antat. Sie wusste, dass er den Nachmittag am See verbrachte und an einer Rede arbeitete, die er halten sollte. Sie ging hinunter in der Absicht, ihn zu töten. Ich lief ihr hinterher und bettelte, sie solle es nicht tun. Sie sagte mir nur, ich solle nach Hause gehen.«

Hero studierte das fleckige, tränenüberströmte Gesicht der Frau vor sich. »Eure Mutter wollte Euren Vater erschießen? Aber ... warum?«

Lady Sewell lachte leise, zornig. »Ihr versteht es noch immer nicht, oder? Ihr habt keine Vorstellung, wie das ist. Nachts im Bett zu liegen, voller Angst. Nach dem Knarren der Treppenstufen zu lauschen. Der Magen dreht sich einem um aus Angst, seine Schritte im Flur zu hören. Zu wissen, was kommt. Die Schmerzen, die ...« Ihre Lippe verzog sich. »Die Scham.«

Sicher meinte sie doch nicht ... In Hero kämpfte das Begreifen gegen Unglauben und Unwissenheit an. *Taten Väter ihren eigenen Töchtern so etwas an?*

Die Lippen der Anderen verzogen sich zu einem schiefen Lächeln, und Hero begriff, dass etwas von ihrem Entsetzen und Unglaube sich auf ihrem Antlitz abgezeichnet haben musste. »Seht Ihr«, sagte Rachels Schwester. »Ihr glaubt es nicht. Nachdem er Mama getötet hatte, sagte ich ihm, dass ich allen erzählen würde, was er nachts mit mir machte – was er seit Jahren mit mir machte. Er lachte mich nur aus. Er sagte, niemand würde mir glauben. Alle würden denken, ich hätte mir das nur ausgedacht.«

Hero zog die Schultern vor, als ein feuchter Wind, der über die umliegenden Felder strich, sie traf. Es war nicht kalt, dennoch fröstelte sie.

»Also haben wir einen Handel geschlossen, er und ich. Er hat mir versprochen, dass er, wenn ich wegginge, nicht damit anfangen würde, Rachel das anzutun, was er mir all die Jahre angetan hatte. Aber wenn ich jetzt zurückblicke, wird mir klar ...« Sie atmete zitternd ein. »Er hatte schon damit angefangen, es mit ihr auch zu tun. Deshalb hat sie aufgehört zu singen. Deshalb hat sie ihre Puppen begraben. Ich dachte, es wäre wegen Mama, aber das war es nicht. Es war seinetwegen.«

Hero starrte die große, elegante Frau an, sah ihr ins Gesicht und wusste nicht, was sie sagen sollte.

Lady Sewell drehte sich um und blickte über die umliegenden Felder. »Ich erinnere mich an einen Morgen kurz, nachdem Rachels Verlobung mit Ramsey verkündet worden war. Ich traf sie im Garten an, und sie sang. Ich dachte, sie wäre glücklich, weil sie verliebt war. Jetzt wird mir klar, dass sie glücklich war, weil sie endlich von *ihm* wegging.«

Heros Stimme war nur ein gebrochenes, raues Krächzen. »Als sie weglief – wohin dachtet Ihr, dass sie gegangen wäre?«

»Ich dachte, sie wäre zu Ramsey gegangen. Heimlich, um von Vater wegzukommen. Bloß ...« Sie unterbrach sich, schluckte und begann von vorne. »Ich verstehe es nicht. Warum ist sie nicht zu mir gekommen? Warum hat sie mir nicht erzählt, was er ihr antat?«

»Vielleicht dachte sie, Ihr würdet ihr nicht glauben«, sagte Hero leise.

Lady Sewell stieß ein so eigenartiges Lachen aus, dass sich die Härchen in Heros Nacken sträubten. »Ich bin hingefahren, um ihn umzubringen, wisst Ihr. Heute Morgen.«

Hero schüttelte den Kopf in Unverständnis. »Um wen umzubringen?«

»Vater. Ich hätte es damals tun sollen, vor all den Jahren.« Lady Sewell öffnete ihr Retikül aus festem Gobelinstoff und zog eine schwere Kutschenpistole heraus. Hero trat einen Schritt zurück und warf einen Blick zur Straße, wo der Wachhund ihres Vaters entspannt herumstand.

»Ich habe die Waffe genau in sein Gesicht gehalten. Aber dann dachte ich, wenn ich ihn erschieße, werden sie mich hängen. Und was wird dann aus Alice?«

»Alice?«

»Meine kleine Schwester. Er schwört, er hat sie nie angerührt. Aber ich glaube ihm nicht. Dieses Mal nicht.«

Hero spürte einen kühlen Windhauch, der ihre Wange liebkoste. Sie atmete die vertrauten Gerüche langen, nassen Grases und feuchter Erde ein und fühlte sich so grundlegend verändert durch das, was sie gerade hörte, dass sie sich fragte, ob sie sich davon jemals wieder erholen würde. In den letzten beiden Wochen war sie mit Gewalttätigkeit schockierenden Ausmaßes in Berührung gekommen. Sie hatte getötet und wäre um ein Haar selbst getötet worden. Und dann hatte es noch diesen anderen Zwischenfall gegeben – denjenigen, den sie sich so zu vergessen bemühte. Doch dies hier … dies war auf eine Weise noch schlimmer. Sie hatte über Gewalt und Tod Bescheid gewusst, und annäherungsweise auch über das, was zwischen Mann und Frau geschah. Doch über … das … hatte sie nichts gewusst. Wie konnte ein Mann so verdorben sein, dass er seinem eigenen Kind etwas Derartiges antat? Wie sollte irgendein Kind jemals verarbeiten, wenn es so betrogen wurde?

»Also haben wir erneut einen Handel abgeschlossen«, sagte Lady Sewell. »Vater und ich. Ich lasse ihn am Leben, und er wird Alice zu mir schicken. Sie wird bei mir leben.« Sie stieß erneut eines dieser wilden Lachen aus. »Er macht sich Sorgen, dass die Menschen das eigenartig finden könnten. Könnt Ihr Euch das vorstellen?« Das Lachen erstarb plötzlich, ihr Ausdruck blieb verkniffen. »Ich wünschte, ich hätte ihn umbringen können«, flüsterte sie.

»Nein«, sagte Hero und nahm die Waffe aus Lady Sewells Hand. Sie erwartete, dass die Frau sich wehren würde, doch das tat sie nicht. »Nein. Eure kleine Schwester braucht Euren Trost und Eure Unterstützung, und er ist es nicht wert, für ihn erhängt zu werden.«

»Aber wenn ich ihn früher getötet hätte, wäre Rachel noch am Leben.«

Hero starrte auf die Reihe namenloser Gräber. »Gebt Euch nicht die Schuld. Das könnt Ihr nicht sicher wissen.«

»Ihr wisst, dass es stimmt«, sagte Rachels Schwester.

Heros Faust schloss sich fester um die Waffe in ihrer Hand. »Ihr dürft Euch nicht die Schuld geben«, sagte sie erneut, obgleich sie wusste, dass sie nichts sagen

konnte und niemand etwas tun konnte, um die nieder-
drückende Last der Schuld von den Schultern dieser
Frau zu nehmen.

Mehrere Stunden später stolperte ein Junge, der mit
seinem Hund in Bethnal Green Nachlaufen spielte,
über die verfallenden Überreste einer weiteren Leiche.
»Ist es eine Frau?«, fragte Sir Henry Lovejoy, der sein
Schnäuztuch an die Nase hielt und in den von Unkraut
überwucherten Graben blickte.
»Sieht so aus, Sir«, sagte einer der Wachtmeister, der
knöcheltief im Brackwasser stand, den Hut zum Schutz
vor dem Nieselregen tief in die Stirn gezogen. »Was sollen wir mit ihr machen?«
»Bringt den Leichnam in die Praxis von Paul Gibson
beim Tower Hill«, sagte Lovejoy, dessen Augen von dem
Gestank zu tränen begannen. »Und du ...« Er gab dem
Jungen, der sich noch in der Nähe mit seinem Hund
herumdrückte, ein Zeichen. »Ich habe eine Krone für
dich, wenn du diese Nachricht zur Bond Street bringst.«

Kapitel 56

Als Sebastian am Tower Hill ankam, trank Paul Gibson in seiner Küche gerade einen Krug Ale aus. Der Chirurg hatte sich bis auf Hosen und Hemd ausgezogen und die Ärmel hochgekrempelt, und Sebastian konnte den Gestank verrottenden Fleisches, der dem Arzt anhaftete, quer durch den Raum wahrnehmen.

»Ist es Hessy Abrahams?«, fragte Sebastian.

»Kann sein«, sagte Gibson und wischte sich mit dem Handrücken über den Mund. »Sie hat das richtige Alter. Aber sie ist nicht mehr identifizierbar, fürchte ich.«

Sebastian spürte einen Anflug von Enttäuschung. »Wie ist sie gestorben?«

»Ihr Genick ist gebrochen. Aber die Art, wie es gebrochen wurde, ist interessant. Komm mit, ich zeige es dir.«

Sebastian unterdrückte ein Schnauben und folgte dem Iren zum anderen Ende des Gartens, durch eine dichte Wolke summender Fliegen in einen Raum hinein, in dem der Geruch des Todes so dick waberte, dass ihm die Tränen in die Augen stiegen. »Guter Gott«, sagte Sebastian und hielt sich sein Schnäuztuch an die Nase. »Wie hältst du das aus?«

»Man gewöhnt sich daran«, sagte Gibson und band sich eine fleckige Schürze um.

Nach fast zwei Wochen war die Leiche von Hessy Abrahams – falls sie es wirklich war – in einem fortgeschrittenen Zustand der Verwesung, das Fleisch aufgedunsen, eitrig und von einer grässlichen Farbe. Sebastian musste all seine Konzentration aufbringen, um das wenige, das er von Madame LeClercs delikat zubereitetem Mittagsmahl gegessen hatte, bei sich zu behalten.

»Weißt du, was geschieht, wenn jemand an einem Genickbruch stirbt?«, fragte Gibson und nahm ein Skalpell zur Hand, das wie eine Zange geformt war.

»Nicht genau, nein.«

Gibson stand am Hals des Leichnams und zog etwas von dem verwesenden Fleisch zurück, um die Knochen darunter freizulegen. »Die obersten sieben Knochen der Wirbelsäule bilden den Hals. Im Grunde sind sie Teil des Rückgrats, aber sie sind außerdem dazu da, das Rückenmark zu beschützen, das hier durch verläuft.« Er unterbrach sich und zeigte darauf. »Man kann sich den Hals brechen und trotzdem noch leben, solange das Rückenmark nicht verletzt wird. Wenn man sich den unteren Teil des Halses bricht und das Rückenmark dabei verletzt wird, verliert man die Bewegungsfähigkeit der Beine und vielleicht der Arme, je nachdem, welcher Wirbel gebrochen ist.«

Sebastian nickte. Er hatte im Krieg bei vielen Männern mit erlebt, wie sie zum Krüppel wurden.

»Aber wenn der Hals an dieser Stelle gebrochen wird«, sagte Gibson und deutete auf die ersten paar Wirbel, »und das Rückenmark wird dabei verletzt, dann erstickt die Person quasi. Sie kann dann nicht mehr atmen.«

Sebastian warf einen langen Blick darauf, dann sah er weg. »Wie lang dauert das?«

»Etwa zwei bis vier Minuten.«

»Ist das bei dieser Frau passiert?«

»Nein. Weißt du, man kann auch auf andere Weise an einem Genickbruch sterben. Wenn der Hals so scharf umgedreht wird, dass das Rückenmark halb durchtrennt wird, sind das Herz und der Blutkreislauf betroffen.«

»Und man stirbt?«

»Fast sofort. Manchmal sieht man das, wenn eine Hinrichtung durch den Strang gut verläuft. Natürlich verlaufen sie meistens nicht gut.«

Sebastian zwang sich, noch einmal auf die ausgetrocknete Gestalt auf Gibsons Obduktionstisch zu schauen. »Wie wurde ihr Genick gebrochen?«

»Das Rückenmark wurde durchtrennt. Bei dem Mann, den ich behandelte, nachdem er Miss Jarvis auf der Rückfahrt von Richmond angehalten hatte, war der Hals auf die gleiche Weise durchtrennt. An dem Tag habe ich dem keine große Bedeutung beigemessen, aber nach dem, was ich hier gesehen habe, begann ich nachzudenken. Also habe ich mit dem Chirurgen im St. Thomas Krankenhaus gesprochen, der die Obduktion von Sir William Hadley durchgeführt hat. Er wurde auch so umgebracht. Und die Dirne, die am Haymarket gefunden wurde, Tasmin Poole, ebenfalls.«

Sebastian hob den Blick zum Antlitz seines Freundes. »Das ist wichtig. Warum?«

»Es ist nicht leicht zu bewerkstelligen, jemandem so den Hals umzudrehen. Man braucht Übung.«

»Wir haben doch schon vermutet, dass diese Männer vom Militär stammen.«

»Ja. Aber zu lernen, wie man lautlos durch das schnelle Umdrehen des Halses tötet, ist nicht gerade Teil der üblichen Offiziersausbildung. Der Punkt ist«, sagte Gibson und legte seine Instrumente beiseite, »ich habe auch vorher schon gesehen, dass Genicke auf diese Art gebrochen wurden. In den letzten drei oder vier Jahren hatten wir wahrscheinlich zwölf oder mehr Fälle davon.«

Sebastian studierte das ernste, besorgte Gesicht seines Freundes und verstand kein Wort. »Und?«

»Diese Todesfälle untersucht niemand«, sagte Gibson. »Manche sind einfache Menschen – Regierungsangestellte, französische Emigranten. Aber manche sind bekannter. Erinnerst du dich noch, wie im Herbst Sir Humphrey Carmichael und Lord Stanton tot aufgefunden wurden? Ihr Genick war gebrochen. Genau wie hier.«

Das Begreifen dessen, was Gibson gerade sagte, durchfloss Sebastian wie ein fremdes, betäubendes Gefühl. Sir Humphrey Carmichael und Lord Stanton waren, wie auch ein Angehöriger der East India Company namens Atkinson, allesamt aus demselben Grund gestorben. »Und Felix Atkinson? Wurde auch er so umgebracht?«

»Ja.«

Sebastian trat aus dem klammen, nach Fäulnis stinkenden Gebäude hinaus in den sonnenbeschienenen Garten. Der Regen der letzten Nacht hatte den Staub aus der Luft gewaschen und einen so blankgeputzten, blauen Himmel zurückgelassen, dass es beinahe in den Augen wehtat, hinaufzublicken. »Es ergibt keinen Sinn«, sagte Sebastian, der bemerkte, dass Gibson neben ihm zu stehen kam.

»Ich dachte das auch. Aber dann dachte ich, dass ich vielleicht etwas übersehen hatte.«

Sebastian schüttelte den Kopf. Eine grauenhafte Möglichkeit dämmerte ihm. All das – der Überfall auf das Magdalenenhaus, Miss Jarvis' Interesse daran, das Geheimnis um Rachel Fairchilds gesellschaftlichen Absturz und unweigerlich folgenden Mord, ja selbst die schmerzliche Berührung mit dem Tod unter den alten Gärten von Somerset House – konnte Teil einer teuflischen Scharade sein, die Jarvis sich ausgedacht hatte, um ihn in ... *was?* ... hineinzuziehen. Und zu welchem Zweck?

Nur eine Sache wusste Sebastian sicher: Während ihre Morde nie offiziell aufgeklärt worden waren, so waren die Männer, die Gibson aufgezählt hatte – Stanton, Carmichael und Atkinson – doch alle auf Befehl ein- und desselben Mannes getötet worden.

Charles Lord Jarvis.

Kapitel 57

Sebastian schlug die Tür zum Vorzimmer von Lord Jarvis' Räumen in Carlton House auf und ging zielstrebig in die Privatkammern hinein. Hinter der geschlossenen Tür klang gedämpft die dröhnende Stimme des Barons hervor.

»*Sir*« Ein dürrer, leichenblasser Diener mit buschigen Augenbrauen schnappte nach Luft und eilte ihm hinterher. »Lord Jarvis beschäftigt sich mit wichtigen Staatsangelegenheiten. Ihr könnt nicht einfach hineinplatzen.«

Sebastian ignorierte ihn und öffnete die Tür zum nächsten Raum.

»Was die Einnahmen angeht ...« Lord Jarvis unterbrach sich. Seine Stirn runzelte sich, als er den Kopf zur Tür drehte. Er saß bequem auf einem Kanapee mit krokodilförmigen Füßen und dicken Polstern aus braun-türkis-gestreiften Kissen. Ein zweiter Angestellter blickte von einem langen Tisch, der vor dem Fenster zur Mall stand, auf. Er war wohl mit der Aufgabe betraut, die Worte Seiner Lordschaft aufzuschreiben. Seine Augen weiteten sich erschrocken.

»Was zur Hölle habt Ihr getan?«, wollte Sebastian ohne Vorrede wissen. »Habt Ihr Eure Tochter benutzt, mich in einen Eurer teuflischen Pläne zu verwickeln, damit Ihr mich als Vorwand nutzen könnt?«

Jarvis warf zuerst dem einen, dann dem zweiten Angestellten einen frostigen Blick zu. »Hinaus. Beide.«

Mit gebeugtem Kopf wieselte der Mann vom Tisch, seine Papiere an die Brust gepresst, davon, den ersten Angestellten dicht auf seinen Fersen.

Jarvis lehnte sich in die Seidenkissen zurück, die Arme bequem auf der Rückenlehne des Kanapees ausgestreckt. Sein massiger Körper wirkte entspannt. Weit davon entfernt, von Sebastians ärgerlicher und unverhoffter Gegenwart beunruhigt zu sein, wirkte der Baron eher leicht amüsiert. »Meine Tochter hat sich auf eigenen Wunsch an Euch gewandt«, sagte er. »Sollte sie eine Täuschung benutzt haben, um Euch in diese Ermittlungen hineinzuziehen, so war das keineswegs aufgrund eines Vorhabens meinerseits.«

Sebastian spürte die Hitze einer alten Wut durch sich hindurchbranden, die sich unter die neue mischte. »Ihr erwartet, dass ich Euch das glaube? Wo Eure Handlanger alle von Hessy Abrahams bis hin zu Sir William Hadley ermordet haben?«

Mit aufreizender Langsamkeit zog Jarvis ein emailliertes Tabakdöschen aus seiner Westentasche und ließ es aufschnappen. »Und wer genau ist Hessy Abrahams?«

»Machen Eure Männer sich nicht einmal die Mühe, Euch die Namen der Menschen zu verraten, die sie töten?«

»Nur wenn sie wichtig sind.«

Sebastian widerstand mit Mühe dem inneren Drang, seine Faust in das fleischige, selbstgefällige Gesicht seines Gegenübers zu rammen. »Was genau waren ihre Anweisungen? Jeden, der mit diesem Zwischenfall in Zusammenhang steht, umzubringen, egal wie?«

Anstatt zu antworten, hob Jarvis eine Prise Tabak an sein Nasenloch und schnupfte. Er sah äußerst gelangweilt und uninteressiert aus, aber Sebastian wusste, dass das nur Schau war. »Was erweckt bei Euch den Eindruck, meine Männer wären für den Tod von Sir William Hadley verantwortlich?«

»Die Art und Weise, wie Hadley gestorben ist – und Hessy Abrahams und ein halbes Dutzend anderer Menschen – entspricht exakt derjenigen, mit deren Hilfe Ihr in der Vergangenheit Individuen wie Carmichael und Stanton aus dem Weg räumen ließet. Die Vorgehensweise ist so einzigartig, dass sie wie eine Unterschrift wirkt. Es kann in England nicht viele Männer geben, die durch einfaches Umdrehen des Halses einen Menschen sofort töten können.«

Jarvis schloss seine Tabakdose mit einem leisen Klackern. Er lächelte nun nicht mehr. »Wenn Ihr wollt, dass ich Euch diesen Vorwurf abkaufe, müsst Ihr mir berichten, was Ihr herausgefunden habt.«

»Warum? Damit Eure Handlanger jeden töten können, den sie vielleicht noch übersehen haben?«

»*Haben* sie denn jemanden übersehen?«

Sebastian dachte an Hannah Green und die blinde Harfenistin der *Academy*, und ihm wurde bewusst, dass es eine sehr kurze Liste war.

Jarvis wuchtete sich auf die Beine und ging zum Fenster. Während Sebastian ihn beobachtete, wurde ihm klar, dass seine Wut ihn vielleicht dazu verleitet hatte, die Lage falsch zu interpretieren. Möglicherweise stammte das Komplott zum Attentat auf Perceval tatsächlich von Jarvis, aber der große Mann wusste vielleicht nichts von der Indiskretion seiner Handlanger in der Nacht von Somervilles Geburtstagsfeier und ihren anschließenden Versuchen, alles zu vertuschen.

Sebastian hielt den Blick fest auf Jarvis' Antlitz geheftet und versorgte den mächtigen Vetter des Königs mit einer straffen Version der Geschehnisse der letzten beiden Wochen, wie er sie verstanden hatte.

Doch Jarvis gab nichts zu erkennen. Am Ende sagte er lediglich ruhig: »Warum sollte mein Handlanger, wie Ihr ihn nennt, den Premierminister töten wollen?« Der Gebrauch des Singulars – *mein* Handlanger statt *meine* Handlanger – entging Sebastian keineswegs. »Es gibt viel unauffälligere Möglichkeiten, Spencer Perceval loszuwerden«, sagte Jarvis, »wenn das wirklich mein Wunsch wäre. Der Prinz ist leicht zu überzeugen. Man braucht nur ins königliche Ohr zu flüstern.«

»Ihr könntet die Absicht haben, mit Percevals Tod die öffentliche Meinung aufzustacheln. Oder ihn als Entschuldigung nehmen, gegen einen Feind vorzugehen.«

»Das könnte ich«, stimmte Jarvis zu. »Aber ich tue es nicht.«

Die Blicke der beiden kreuzten sich, und für einen flüchtigen Augenblick erlosch Jarvis' vorgespielte Selbstbeherrschung. Sebastian sah Verstehen, das sich in rascher Folge mit Erschrecken und dem Aufbranden einer so blinden Wut abwechselte, dass Sebastians restliche Zweifel, die vielleicht noch geblieben waren, weggewischt wurden. Und im selben Augenblick wusste er, dass Jarvis ihm das nie vergeben würde. Er würde Sebastian nie vergeben, dass er Zeuge des unfasslichen Ausmaßes seines Scheiterns geworden war.

»Was sagt Ihr? Dass Euer Mann auf eigene Faust handelt, und zwar aus Gründen, die wir beide nicht verstehen können?« Sebastian lachte kurz auf. »Das ist ein dicker Hund. Ihr glaubt, alles zu wissen und alles unter Kontrolle zu haben. Dabei hat Euer Agent Eure eigene Tochter drei Mal beinahe ermordet, und womöglich wird es ihm gelingen, den Premierminister zu töten.«

»Drei Mal?« Jarvis' Blick wurde finster.

Zu spät erinnerte Sebastian sich, dass der Baron vom letzten Vorfall ja nichts wusste. Er legte die flachen Hände auf den Tisch zwischen ihnen und beugte sich vor. »Sagt mir den Namen des Mannes.«

Jarvis umfasste seine Tabakdose so fest mit der Faust, dass Sebastian das feine Metall knacken hörte. »Epson-Smith. Colonel Bryce Epson-Smith.«

Kapitel 58

Colonol Bryce Epson-Smith bewohnte Räume im ersten Stockwerk eines vornehmen Hauses gerade außerhalb des Bedford Square. Sebastian kam kurz nach vier Uhr nachmittags dort an und erfuhr, dass der ehemalige Husarencolonel ausgegangen war. Eine intensive Unterhaltung mit dem Majordomus des Colonels förderte zutage, dass dieser den Nachmittag nutzte, mit der Familie eines Freundes aus Liverpool die Ausstellung in der Royal Academy of Art zu besuchen.

Sebastian wendete in Richtung Süden zum Fluss und ließ die Hände mit den Zügeln fallen, sodass die Füchse nach vorn sprangen. »Wenn der Bilder anguckt, bringt er wenigstens nich' den Premierminister umme Ecke«, sagte Tom, zog seine Mütze tiefer in die Stirn und klammerte sich fester an seinen Sitz.

Sebastian konzentrierte sich auf seine Pferde und nahm schwungvoll die Ecke zur Drury Lane. Er hatte das nagende Gefühl, dass er immer noch etwas übersehen hatte. Vielleicht einen Zusammenhang, den er hätte sehen müssen, oder eine Bedeutung, die ihm noch entging.

Die Königliche Kunstakademie nutzte Räume in der großen neoklassizistischen Gebäudeflucht an der Themse, die anstelle des ursprünglichen Palastes des Duke of Somerset erbaut worden war. Sebastian hielt in der *Strand* an, warf Tom die Zügel zu und sprang auf den Fußgängerweg. Er rannte zum Vestibül, achtete nicht auf die schockierten Gesichter und das Gemurmel, und lief zwei Stufen auf einmal nehmend die steile

Wendeltreppe hinauf. Die Akademie belegte wie alle anderen Vereinigungen und Regierungsabteilungen, die in dem Gebäude untergebracht waren, einen vertikalen Streifen, der alle sechs Stockwerke umfasste. Um das natürliche Licht zu nutzen, das Dachfenster ermöglichten, hatte die Akademie ihren Ausstellungsraum mit seinen hohen Wänden in das oberste, fast quadratische Stockwerk am oberen Ende der Treppe gelegt.

Schwer atmend platzte Sebastian in einen Raum, der mit mehr als tausend Gemälden ausgestattet war. Sie waren in vielen Reihen fast bis zur Decke hinauf über- und untereinander an die Wände gehängt worden, und zwar so dicht, dass ihre schweren, vergoldeten Rahmen sich nahezu berührten. Beim Klang seiner eiligen Schritte über den polierten Boden drehte sich die kleine Gruppe, die sich unter der Lampe im Zentrum des Raums versammelt hatte, herum. Sebastian nahm vage zwei blassgesichtige Frauen in schlichten runden Hauben und altmodisch geschnittenen Pelissen wahr. Eine von beiden hielt die Hand eines halbwüchsigen Mädchens fest, die andere mühte sich, einen zappeligen Jungen von vielleicht acht Jahren in Schach zu halten. Neben ihnen gab Epson-Smith mit seinem Mantel im Militärstil, den glänzenden Überschuhen und seinen schwungvollen Koteletten eine schneidige Figur ab.

Den Blick fest auf den ehemaligen Husarenoffizier gerichtet, ging Sebastian zu der kleinen Gruppe und führte einen knappen Diener aus. »Die Damen, wenn Sie uns bitte entschuldigen würden? Der Colonel und ich müssen etwas besprechen.«

Die Blicke der beiden Männer trafen und verhakten sich. »Es wird nur einen Augenblick dauern«, sagte Epson-Smith zu den Damen in seiner Begleitung. »Freunde eines Bekannten aus Liverpool«, sagte er zu Sebastian, als sie von den Damen weggingen. »Ich dachte, es wäre ein schöner Ausflug.«

Sebastian sprach mit leiser Stimme, als würden sie Konversation betreiben. »Lord Jarvis ist vielleicht ein mächtiger Beschützer, doch er kann auch ein mächtiger Feind sein. Ich habe keinen Zweifel, dass er willens ist, über die Morde an unwichtigen Menschen hinwegzusehen, aber er ist keineswegs erfreut von Ihrem Vorhaben, den Premierminister zu töten. Und was Ihre versuchten Anschläge auf das Leben seiner Tochter betrifft ... Ich würde sagen, Sie haben Ihr eigenes Todesurteil unterzeichnet.«

Das selbstgefällige Gesicht des Mannes zeigte keine Regung. »Ihr habt keine Beweise für irgendwelche Verbindungen meinerseits zu diesen Dingen«, sagte er und hielt sein heuchlerisches Lächeln aufrecht.

»Nicht genug, um Sie vor Gericht zu verurteilen«, gestand Sebastian ein. »Andererseits werden Sie das Innere eines Gerichtssaals nie sehen. Allein was Jarvis glaubt, zählt.«

»Richtig. Nur – warum sollte ich Euch glauben? Ihr habt damit gedroht, ihn zu töten. Sogar mehrfach. Ich hingegen habe ihm mittlerweile fast vier Jahre lang treu gedient.«

»Treu und effektiv«, sagte Sebastian und machte einen Schlenker um eines der Podeste, die auf dem Boden des Ausstellungssaals verteilt waren. Auf diesem stand ein außerordentlich hässliches Set Bronzestatuen. »Es ist eine unverwechselbare Mordmethode – nur eine schnelle Drehung des Kopfes. Wo haben Sie es gelernt?«

Das Lächeln des Colonels wurde hart. »Im Sudan.«

Durch das Dachfensterglas konnte Sebastian die Wolken sehen, die sich wie ärgerliche schwarze Massen zusammenballten. Es wurde wahrnehmbar dunkler im Saal. »Wo genau liegt Ihr Streitpunkt in Bezug auf Perceval?«, fragte er.

Epson-Smiths Lippen pressten sich zu einer dünnen, geraden Linie zusammen. »Dank der Unfähigkeit seiner Regierung ist mein Regiment in Argentinien durch die Hölle gegangen. Man hat uns Entschädigungen versprochen, aber Perceval beurteilte sie als extravagante und unnötige Ausgaben und annullierte die Arrangements. Dank seiner verdammungswürdigen Einmischung sind die Zukunftspläne der wenigen Männer, die überlebt haben, zerschlagen worden, während die Witwen der Verstorbenen ruiniert sind.«

»Sie würden ihn deshalb gern ermorden?«

Epson-Smith drehte sich um und blickte zu der kleinen Gruppe Frauen und Kinder, die nun am anderen Ende des Saals zusammenstanden. »Nicht ich«, sagte er ruhig. »Perceval hat sich viele Feinde geschaffen. Ein leidenschaftlicher Mann kann manchmal dazu verleitet werden, auf eine Art und Weise zu handeln, die nicht unbedingt seinen Interessen entspricht. Besonders, wenn er nicht ganz bei Sinnen ist.«

»Bellingham«, sagte Sebastian und erinnerte sich an den fast verrückten Mann aus Liverpool, dem er mit Perceval auf dem Gehweg vor *Almack's* begegnet war.

»Ihr kennt ihn? Wie schade, Ihr habt ihn gerade verpasst. Er war mit uns hier, wisst Ihr, aber er musste früh los. Er hat etwas zu erledigen, sagte er, glaube ich. Im House of Commons.«

Sebastian wirbelte zur Treppe herum, doch Epson-Smith streckte eine Hand aus und schloss sie in einem überraschend starken Griff um Sebastians Oberarm. »Ihr seid zu spät«, sagte der Colonel.

Sebastian ruckte in seine Richtung, um den Griff des Colonels an seinem Arm zu lockern. Doch in einem Manöver, das Sebastian nicht kommen sah, wirbelte ihn der ehemalige Husar herum, indem er mit einem Arm quer über Sebastians Brust nach seinem rechten Arm griff und ihn nach hinten in seine tödliche Umarmung zog.

»Wenn Sie mich jetzt und hier töten, werden Sie damit niemals durchkommen«, sagte Sebastian.

Mit seiner freien Hand packte Epson-Smith Sebastians Kinn und hielt es so fest, dass Sebastian sich nicht rühren konnte. »Wenn Jarvis weiß, dass ich versucht habe, seine Tochter zu töten, bin ich sowieso ein toter Mann.«

Nur eine schnelle Umdrehung, wurde Sebastian klar, und sein Genick würde brechen. Sebastian stemmte sich gegen den Griff seines Gegners und rammte den Hinterkopf in Epson-Smiths Gesicht. Knochen brach Knorpel. Mit einem erschrockenen Grunzen lockerte Epson-Smith seinen Griff gerade lang genug, dass Sebastian nach dem Arm, der um seine Brust geschlungen war, greifen und sich umdrehen konnte, um dem Gegner seine Faust ins Gesicht zu stoßen. Sebastian drehte Epson-Smiths Arm, den er nicht losgelassen hatte, nach

innen und unten, wodurch er Epson-Smith weit genug
herunter zwang, um ihm den Absatz seines rechten
Stiefels von hinten gegen das linke Knie zu treten.

Epson-Smith ging auf die Knie hinunter, sein linker
Arm war noch immer in Sebastians Griff. Zu spät sah
Sebastian die Klinge aufblitzen, die in der rechten
Hand seines Gegners auftauchte. Mit einem Aufwärts-
stoß schnitt er Sebastians Unterarm bis auf den Kno-
chen auf.

Sebastian taumelte zurück, rutschte auf seinem eigenen Blut aus und stieß gegen eines der Podeste im Aus-
stellungssaal. Er wirbelte herum, griff nach der Bronze-
statue eines Satyrs und schleuderte sie von sich. Als Epson-Smith sich zur Seite duckte, zog Sebastian sein eigenes Messer aus seinem Stiefelschaft und wappnete
sich. Mit einer Bewegung seines Unterarms stieß Sebastian das Handgelenk mit der Klinge beiseite und
jagte seinen eigenen Dolch tief in Epson-Smiths Brust.

Plötzlich wurde er der Schreie einer Frau gewahr,
hörte den lauten Ruf eines Mannes und schnelle
Schritte. Er zog sein Messer heraus, rutschte in der größer werdenden Blutlache aus und hastete die Wendeltreppe hinunter. Noch während er durch das Vestibül rannte, schrie er nach seiner Kutsche. Wenn Tom
nur nicht zu weit weg gegangen war!

»Heilige Scheiße, Meister!« Mit geweiteten Augen
brachte Tom die Füchse vor dem Eingang des Vestibüls
zum Stehen. »Ihr blutet schlimmer als 'n Eimer mit
'nem Loch.«

Sebastian kletterte in den Zweispänner. »Du fährst«
sagte er und löste sein Halstuch, um den langen

Leinenstreifen um seinen pochenden Arm zu wickeln.
»Zum House of Commons. *Rasch.*«

Kapitel 59

»Was ist denn hier los?«, fragte Tom, der Mühe hatte, den Zweispänner durch die Ansammlung von geschlossenen Chaisen, Sedans, Gigs und Droschken zu lotsen, die die Parliament Street von Whitehall bis weit über die Parlamentsgebäude und die Abtei hinaus verstopften.

»Heute Abend findet hier eine Anhörung zu den *Orders in Council* statt«, sagte Sebastian, als die Glocken der Abtei gerade begannen, fünf Uhr zu läuten. Männer stießen Rufe aus und Gerten schnalzten. Ein Esel schrie. Verlotterte Gassenkinder und bellende Hunde schossen vorbei, die Jungs jubelten und lachten. »Es sieht so aus, als ziehe es eine verflixte Menschenmenge an.«

»Wann soll'n der Premierminister ankommen?«

»Um fünf Uhr.« Von weiter vorne erklang das Krachen splitternden Holzes. Ein Landauer hatte sich mit einem Rad in einem Kohlekarren verhakt. »Hölle nochmal«, sagte Sebastian und hielt sich mit der guten Hand am Griffsitz fest. »Halt hier an. Zu Fuß bin ich schneller.«

Er sprang von der Kutsche herunter und lief los. Er bahnte sich seinen Weg die Margaret Street hinauf und kürzte über den Old Palace Yard ab zur kleinen ehemaligen Kapelle, die im rechten Winkel zur Westminster Hall stand und als House of Commons diente. Er rannte durch die zweiflügelige Eingangstür in die dunkle Lobby mit niedriger Decke, in der es von Schaulustigen nur so wimmelte, die geduldig Schlange standen, um einen Blick in die Galerien zu werfen. Er verspürte Erleichterung. Es war noch nicht zu spät.

Sebastian blickte sich um, schnappte nach dem Arm eines blasierten Angestellten, der vorbei hastete, und zog ihn zurück. »Wo ist Perceval? Ist er schon da? Sprechen Sie, Mann!«

»Ich sage, Sir«, nörgelte der Angestellte, »Stiefel sind hier nicht erlaubt.« Er wurde blass, als sein Blick von Sebastians nacktem Hals zu seinem blutigen, hastig verbundenen Arm glitt. »Und Halsbedeckungen sind Vorschrift. Habt Ihr eine Einladung eines Mitglieds erhalten? Denn Ihr solltet wirklich durch die *Hall* eintreten, wisst Ihr ...«

Sebastian widerstand dem Drang, den Mann zu schütteln. »Meine Güte, ich bin nicht hier, um von den Galerien aus zuzuschauen. Wo ist Perceval?«

Eine Bewegung auf einer Seite der Lobby weckte Sebastians Aufmerksamkeit. Ein dunkelhaariger Mann war von seinem Platz in der Nähe eines Kamins aufgestanden und ging jetzt raschen Schritts zum Eingang, wobei er die eine Hand verdächtig in seinem Mantel hielt. »Bellingham«, sagte Sebastian. Dann rief er: »*Bellingham. Haltet den Mann auf!*«

Schockierte Gesichter wandten sich jedoch nicht Bellingham zu, sondern Sebastian.

Mit einem Fluch auf den Lippen drängte Sebastian vorwärts. Der Angestellte griff nach seinem verwundeten Arm und hielt ihn fest. »Sir, ich muss darauf bestehen ...«

Die zierliche Gestalt des Premierministers erschien in der offenen Tür. Er hielt den Kopf halb abgewandt, da

er sich gerade mit jemandem unterhielt, der hinter ihm
kam.

»Nein!«, schrie Sebastian und schüttelte den Angestellten ab. Just in diesem Augenblick näherte Bellingham sich dem Premierminister und gab aus einem Abstand von weniger als einem Meter einen einzelnen
Schuss auf Percevals Brust ab. Als Perceval zurück in
die Arme des Mannes hinter sich taumelte, drehte Bellingham sich in aller Ruhe um und nahm seinen Platz
am Kamin wieder ein.

Sie trugen den Premierminister ins Sekretariatsbüro
des Speakers. Jemand schickte nach einem Arzt, doch
ein einziger Blick auf das klaffende, an den Rändern
verkohlte Loch in Percevals Brust verriet Sebastian,
dass es für Perceval keine ärztliche Hilfe mehr geben
konnte.

Sebastian sah sich um. »Sie«, sagte er, als sein Blick
auf den blasierten Angestellten fiel, der sich in der
Nähe aufhielt. »Laufen Sie zur Downing Street. Sagen
Sie seiner Familie, was geschehen ist. *Laufen Sie*!«,
sagte er erneut, als der Mann zögerte.

Percevals Hand wedelte. »Spence? Ist er da?«

»Er kommt«, log Sebastian und nahm die Hand des
Premierministers. Sie fühlte sich schon kalt an.

Perceval sog einen letzten Atemzug ein, der in seiner
Kehle rasselte. »Ich hätte ihn gern ein letztes Mal gesehen, bevor ich ...«

Sebastian beugte sich vor in dem Versuch, seine
Worte zu verstehen. Doch der Premierminister sah mit
leeren, blicklosen Augen nach oben.

Kapitel 60

Paul Gibson stach mit seiner Nadel durch das Fleisch von Sebastians Unterarm und nähte die lange, klaffende Wunde, die Epson-Smiths Klinge hinterlassen hatte. »Du hast Glück«, sagte Gibson. »Er hat beinahe die Sehne durchtrennt.«

Sebastian sah dem Iren dabei zu, wie er mit der Nadel arbeitete. »Ich glaube, du nähst besser als mein Schneider.«

Gibson zog das Garn durch und griff nach einer Schere. »Durch dich habe ich regelmäßige Übung.«

Sebastian streckte den Arm aus, um die Faust zu öffnen und zu schließen.

»Es wäre besser, wenn du deinem Arm ein paar Tage Ruhe gönnst«, sagte Gibson, drehte sich um und strich Salbe auf eine Binde. »Nicht dass ich erwartete, dass du auf mich hörst.« Er begann damit, den Verband anzulegen. »Was werden sie mit Bellingham machen, was meinst du?«

»Ihn erhängen, nehme ich doch an. Wahrscheinlich noch bevor die Woche vorbei ist.«

»Der Mann ist offensichtlich wahnsinnig.«

»Ja. Aber ich bezweifle, dass sie das aufhalten wird.«

»Eine Sache verstehe ich nicht«, sagte Gibson, der mit seiner Aufgabe beschäftigt war. »Wie passt der Mann, der Miss Jarvis' Kutsche auf der Heimfahrt von Richmond zum Anhalten zwang, in diese Geschichte?«

»Er war vermutlich auch ein Husarenoffizier. Er war anscheinend nicht bei der Geburtstagsorgie dabei, muss aber in das Komplott, Bellingham zum

Schussattentat auf Perceval anzustacheln, involviert gewesen sein. Ich nehme an, diese vier Männer – Epson-Smith, Somerville, Drummond und der Verbrecher von Richmond – haben das Magdalenenhaus überfallen. Epson-Smith hat ihn getötet, damit er nicht singen konnte.«

»Du meinst, es könnten noch mehr Männer darin verwickelt sein?«

Sebastian dachte an die Männer, die Hero Jarvis beinahe in ihren Tod gelockt hätten. Doch sagte er lediglich: »Ich bezweifle, dass wir je wissen werden, wie viele Husaren darin verwickelt waren.«

»Insbesondere, wenn die Krone weiterhin darauf besteht, dass Bellingham als Einzeltäter gehandelt hat.«

Das Geräusch einer Kutsche, die auf der Straße angehalten wurde, weckte Sebastians Aufmerksamkeit. Noch bevor er das Pochen an der Tür hörte, bevor er den singenden Klang ihrer Stimme vernahm, als sie mit Misses Federico sprach, wusste er, dass es Kat war.

Sie kam herein, umgeben vom Geruch der Nacht und dem Versprechen von noch mehr Regen. Sie trug ein saphirblaues Reisekleid mit cremefarbener geflochtener Borte und eine passende Pelisse. Auf der Türschwelle zu Gibsons vorderem Zimmer blieb sie stehen, und die erlesene Pfauenfeder ihres flotten blauen Huts bog sich von der Krempe herunter, um sich an ihre blasse Wange zu schmiegen. Er wusste, dass sie nicht erwartet hatte, ihn hier anzutreffen.

»Ich bitte um Verzeihung«, sagte sie, den Blick entschlossen auf Gibson fokussiert. »Wie ich sehe, sind Sie beschäftigt. Ich komme später wieder.«

Sie wandte sich zum Gehen um, doch Gibson sagte: »Nein, warten sie. Lassen Sie mich dies nur ausleeren, und ich bin gleich wieder zurück.« Er nahm die Schale mit blutigem Wasser und schmutzigen Tüchern auf und ging hinaus.

Ihr Blick fiel auf Sebastians Arm. »Ich hörte, du wurdest verwundet.«

»Es ist nur ein Schnitt.«

»Du hättest getötet werden können.«

»Bin ich aber nicht.« Er stand von der Tischecke auf, machte jedoch keine Bewegung auf sie zu. Sie blickten sich über den Raum hinweg an. »Kommst du oft her?«, fragte er. »Um Gibson zu sehen?«

»Manchmal.«

Sie schwiegen. Einen gestohlenen Augenblick lang verlor er sich darin, sie anzusehen. Ihre vertraute, kindlich gebogene Stupsnase und ihre vollen Lippen. Er hätte geschworen, dass die Luft zwischen ihnen in der schmerzlichen Wahrnehmung erzitterte, was sie einander alles gewesen waren und nie wieder sein durften.

Sie sagte: »Ich muss gehen.« Doch sie blieb noch, erwiderte seinen Blick. In diesem Augenblick wusste er mit einer leise aufbrandenden Verzweiflung, dass sowohl diese Liebe als auch dieser Schmerz immer ein Teil von ihm sein würden.

Und ein Teil von ihr.

Später am Abend erhielt Hero einen höflich geschriebenen Brief von Viscount Devlin, in dem er ihr knapp und detailliert die Tagesereignisse und die Umstände um die Morde im Magdalenenhaus darlegte. Er berichtete ihr von dem Streit zwischen Rachel und Tristan Ramsey, doch ohne das Wissen, das Hero durch Lady Sewell gewonnen hatte, hätte ihre darauffolgende Flucht trotzdem keinen Sinn ergeben. Sie bezweifelte nicht, dass Devlin selbst von Lord Fairchilds dunklem Geheimnis gewusst hatte, und es fuchste sie, dass Devlin dachte, sie zu schützen, indem er diese Information vor ihr zurückgehalten hatte.

Sie hielt den steifen, weißen Bogen Papier einen Moment zu lang, bevor sie ihn resolut in den Kamin der Bibliothek warf. Sie war noch immer in der Bibliothek, in einen mit Kissen gepolsterten Sessel neben dem Kamin gekuschelt und in die Betrachtung der tanzenden Flammen versunken, als sie den Blick ihres Vaters auf sich spürte. Sie blickte auf und sah, dass er sie von der Türschwelle aus betrachtete.

»Kein Buch?« fragte er. Seine Lippen lächelten, doch seine Augen waren vor Sorge zusammengekniffen.

Unter seinem Blick bewegte sie sich unbehaglich, als könne er auf geheimnisvolle Weise das gefährliche Abdriften ihrer Gedanken lesen, nur indem er sie beobachtete. Um ihm zuvorzukommen, sagte sie: »Wie ich hörte, ist Patrick Somerville tot. Hast du ihn töten lassen?«

»Nein. Ich wollte es, aber er hat es geschafft, schneller zu sein. Chinin und Arsen kann eine tödliche Mischung sein.«

»Er hat sich selbst getötet?«

»Wahrscheinlich. Allerdings wird es um seines Vaters willen wie ein Unfall dargestellt.«

Sie legte den Kopf zurück gegen das Polster. »So viele Tote«, sagte sie ruhig. »Gibt es schon einen Beschluss darüber, wer Perceval ersetzen wird?«

Jarvis schnaubte. »Ich bin von Prinny und seinem Haufen weggegangen, als sie gerade darüber gestritten haben, ob sie den Posten Canning oder Castlereagh anbieten wollen. Eine rein hypothetische Diskussion, denn keiner von beiden wird das Amt annehmen. Zwischen Bonaparte und Amerika ist dies eine verdammt komplizierte Zeit, wenn es keinen Premierminister gibt. Perceval war vielleicht ein untauglicher Narr, aber immer noch besser als gar keiner.«

»Werden die Geschehnisse des heutigen Tages ein Nachspiel haben?«, fragte sie mit geübter Nonchalance. »In Bezug auf die Ermordung von Epson-Smith durch Devlin, meine ich.«

»Kaum. Epson-Smith hat ihn angegriffen. Oh, Gerede wird es natürlich geben. Aber andererseits gibt es jederzeit Gerede über Devlin. Es wird sich am Ende wieder legen.« Er betrachtete sie so lange, dass sie alle Beherrschung aufbringen musste, um seinem Blick weiter standzuhalten. »Devlin sagte, es gab drei Mordanschläge gegen dich. Ich weiß nur von zweien.«

Seine Feinde schrieben ihm so große Allwissenheit zu, dass sie bereits befürchtet hatte, er käme auf irgendeine Art hinter jene katastrophalen Stunden in den Gewölben unter den verlassenen Gärten des ehemaligen Somerset House. Es war eine Erleichterung zu erfahren, dass ihm das nicht gelungen war. Vielleicht würde sie selbst mit der Zeit dazu in der Lage sein, mehrere Tage hintereinander nicht daran zu denken, was geschehen war. »Es gab keinen dritten Anschlag.«

»Du lügst gut«, sagte er und trat näher zu ihr. »Aber nicht gut genug, um mich zu täuschen.«

Sie legte den Kopf zurück und lächelte ihn sanft an. »Niemand kann dich täuschen, Papa.«

»Nicht für lange jedenfalls. Denk immer daran«, sagte er. Er streckte die Hand aus und berührte ihre Wange, kurz nur, mit den Fingerknöcheln. Das war das Höchste, was er als Zuneigungsbekundung geben konnte. Oder als Entschuldigung.

Der Earl of Hendon hatte die Gewohnheit, an den Tagen, die er in London verbrachte, am frühen Morgen noch vor dem Frühstück mit seinem großen Grauen im Hyde Park auszureiten.

Am Dienstag nach dem Tod von Spencer Perceval lag der Nebel noch schwer auf dem regennassen Gras. Doch in der Luft lag ein Knistern, ein Versprechen von der Energie eines arg verspäteten Frühlings. Sebastian, der seine schwarze Araberstute durch die Tore in den Park lenkte, sah seinen Vater in raschem Trab die *Row* hinauf reiten. Sein Körper bewegte sich in rhythmischer Präzision mit den Bewegungen seines Pferdes auf und ab.

Einen Augenblick lang lauschte Sebastian dem vertrauten Hufklappern des Grauen auf der Erde, das in der geisterhaften Stille hallte. Der innere Drang, den Kopf seiner Stute herumzuziehen und einfach davon zu reiten, war stark. Doch er saß still und hielt die Zügel fest in der verkrampften Faust.

Durch den Dunst hinter der dunklen Reihe von Bäumen konnte er die Umrisse von Westminster Abbey sehen und dahinter die Türme des alten Palastes von

Westminster. Er musste die ganze Zeit an die hilflose Sehnsucht in Percevals Antlitz denken, als der sterbende Premierminister mit seinem letzten Atemzug nach seinem Sohn gefragt hatte. Sebastians Ärger war noch immer da, tief eingegraben. Die Wut und die Verletzung. Aber in ihm hatte sich etwas verschoben, und nun wusste er, was zu tun war.

Hendon war am Ende der *Row* angekommen. Als er wendete, fiel sein Blick auf die aufrechte, einsame Gestalt seines Sohnes. Sebastian sah, wie der Earl sich in vorsichtiger, freudiger Hoffnung anspannte. Er spürte die Luft feucht in seinem Gesicht, die Stute unter ihm war unruhig. Mit einem Schenkeldruck trieb er die Stute zum Galopp durch den Park vorwärts.

Zu seinem Vater und zu einer Vergebung, die zu lange aufgeschoben worden war.

Anmerkung der Autorin

Unmittelbar nach ihrem Eroberungszug gegen Kapstadt und die Holländer versuchten die Briten 1806 und 1807 tatsächlich, Argentinien zu erobern. Der Feldzug war ein katastrophaler Fehlschlag. Die fortbestehende Ablehnung Percevals gegenüber den überlebenden Offizieren des 20. Husarenregiments ist jedoch eine Erfindung.

Am 11. Mai 1812 wurde Spencer Perceval als – bisher - einziger britischer Premierminister im Amt getötet. Sein Tod spielte sich weitgehend so ab, wie ich ihn beschrieben habe, wobei allerdings die darauf folgende Verhandlung am Gericht Old Bailey (die heutzutage online zu finden ist) keine Hinweise auf eine Verschwörung ergab. Trotz seiner offensichtlichen Unzurechnungsfähigkeit wurde John Bellingham schuldig gesprochen und kaum eine Woche später erhängt.

Ich habe auch einige weitere Fakten abgeändert, um sie an meine Geschichte anzupassen. Vor seinem fatalen Besuch des britischen Unterhauses besuchte Bellingham tatsächlich mit der Familie eines Freundes eine Gemäldeausstellung, aber es war eine Ausstellung von Gemälden in Wasserfarbe im European Museum, nicht die jährliche Ausstellung der Royal Academy of Art. Laut einem Journalisten, der bei Percevals Ermordung anwesend war, waren die letzten Worte des Premierministers: »Ich wurde ermordet!« Allerdings ist es wahrscheinlich so, dass es dem Journalisten um reine Sensationspresse ging, da andere Zeugen aussagten, dass der Premierminister vor seinem Ableben nichts mehr

sagte. Ich habe mir deshalb die Freiheit erlaubt, seine
letzten Worte ebenfalls zu ändern.